Rivendicami

CATTURAMI: LIBRO 3

Anna Zaires

♠ Mozaika Publications ♠

Pubblicato da Mozaika Publications, stampato da Mozaika LLC.
www.mozaikallc.com

Traduzione italiana: Martina Stefani 2017
Revisione italiana a cura di Immacolata Sciplini

Copertina della Najla Qamber Designs.
www.najlaqamberdesigns.com

e-ISBN: 978-1-63142-236-2
Print ISBN: 978-1-63142-237-9

La Fuga

lucas

"Ripetilo?" Afferro il telefono con più forza, quasi schiacciandolo, con l'incredulità che si trasforma in furia feroce. "Che cazzo vuol dire che è scappata?"

"Non so come sia successo." La voce di Eduardo è tesa. "Siamo tornati a casa tua mezz'ora fa e ci siamo accorti che era scomparsa. Le manette erano sul pavimento della tua biblioteca, e le corde erano state segate con qualcosa di piccolo e tagliente. Abbiamo fatto perlustrare dalle guardie ogni angolo della giungla, e hanno trovato Sanchez incosciente nei pressi del confine settentrionale. Ha una grave commozione cerebrale, ma siamo riusciti a farlo risvegliare qualche minuto fa. Ha detto di averla incontrata nella foresta, ma che lei lo ha sorpreso, mettendolo fuori gioco. Questo è successo più di tre ore fa. Stiamo aspettando i dati dei droni ora, ma le cose non si mettono affatto bene."

La mia rabbia cresce ad ogni frase pronunciata dalla guardia. "Come ha fatto a mettere le mani su 'qualcosa di piccolo e tagliente'? O ad aprire le manette del cazzo? Tu e Diego dovevate tenerla sotto controllo per tutto il tempo—"

"L'abbiamo fatto." Eduardo sembra scioccato. "Le abbiamo controllato le tasche dopo ogni pasto, come hai detto tu, e abbiamo ispezionato il bagno—l'unico posto in cui è andata da sola e slegata—più volte. Non c'era niente che avrebbe potuto usare. Deve aver nascosto gli arnesi in qualche modo, ma non so come, né quando. Forse li teneva da un po', oppure—"

"Va bene, supponiamo che non siate dei completi coglioni." Faccio un respiro per controllare la rabbia esplosiva nel mio petto. La cosa importante ora è ottenere risposte e capire dove sono i buchi della nostra sicurezza. Con un tono più calmo, dico: "Come ha fatto a scappare senza far scattare gli allarmi o senza essere avvistata da una qualsiasi delle torri di guardia? Sorvegliamo ogni centimetro di quel confine."

C'è un silenzio prolungato. Poi, Eduardo dice a bassa voce: "Non so perché nessuno degli allarmi di sicurezza fosse attivo, ma è possibile che per qualche ora non abbiamo tenuto gli occhi su tutti i punti del confine."

"Che cosa?" Non riesco a trattenere la rabbia questa volta. "Che cazzo significa?"

"Abbiamo fatto un casino, Kent, ma ti giuro che non avevamo idea che il software di sicurezza non avrebbe funzionato." La giovane guardia sta parlando in fretta ora, come se fosse ansiosa di far uscire le parole. "Era solo una partita amichevole a poker; non sapevamo che il computer non avrebbe—"

"Una partita a poker?" La mia voce è pericolosamente calma. "Stavate giocando a poker durante il turno?"

"Lo so." Eduardo sembra davvero mortificato. "È stato stupido e irresponsabile, e sono certo che Esguerra non la prenderà bene. Pensavamo che, con tutta la tecnologia, non sarebbe stato un grosso problema. Solo un modo per sfuggire alla calura pomeridiana per un paio d'ore, capisci?"

Se potessi passare attraverso il telefono e schiacciare la trachea di Eduardo, lo farei. "No, non capisco." Sono furioso. "Perché non me lo spieghi, con calma e lentamente? O, meglio ancora, passami Diego, così potrà farlo *lui*."

C'è un altro minuto di silenzio. Poi, sento Diego dire: "Lucas, ascolta, amico. . . Non so proprio cosa dire." La voce solitamente ottimista della guardia è pesante per il senso di colpa. "Non so perché abbia deciso di superare quella torre, ma sto guardando il filmato dei droni, ed è esattamente quello che ha fatto. È passata proprio davanti a noi, dirigendosi verso ovest, e poi è salita sul ponte. È come se sapesse dove andare e quando." Una nota di incredulità si insinua nel suo tono. "Come se sapesse che saremmo stati distratti."

Mi strofino il naso. *Fanculo*. Se quello che dice è vero, Yulia non è riuscita a fuggire per un semplice colpo di fortuna.

Qualcuno ha dato alla mia prigioniera dei fondamentali dettagli sulla sicurezza—qualcuno che conosceva molto bene i turni delle guardie.

"È entrata in contatto con qualcuno?" La probabilità più logica è che il traditore sia stato Diego o Eduardo, ma conosco bene le giovani guardie, e sono entrambe troppo leali e troppo intelligenti per un doppio gioco del genere. "Qualcun altro ha parlato con lei, oltre a voi?"

"No. Per lo meno, non abbiamo visto nessuno farlo." La voce di Diego si affievolisce, percependo il mio sospetto. "Naturalmente, è stata da sola per gran parte della giornata; qualcuno avrebbe potuto farle visita, quando non eravamo lì."

"Giusto." Dannazione, il traditore avrebbe potuto avvicinarsi a Yulia prima che partissi per Chicago. "Voglio che esaminiate il filmato del drone e controlliate tutte le attività che si sono svolte intorno alla mia casa nelle ultime due settimane. Se qualcuno ha messo un piede sul mio portico, voglio saperlo."

"Tutto chiaro."

"Bene. Ora, mettetevi al lavoro e rintracciate Yulia. Non può essere andata lontano."

Diego riattacca, chiaramente desideroso di farsi perdonare l'errore, così come Eduardo, e rimetto il telefono in tasca, sforzandomi di aprire le dita intorno all'oggetto.

La prenderanno e la riporteranno nella tenuta.

Devo crederci, o non riuscirò ad arrivare a questa sera.

Mentre aspetto un aggiornamento da parte di Diego, faccio un giro con le guardie, assicurandomi che siano tutte posizionate intorno alla nuova casa per le vacanze di Chicago di Esguerra. La villa si trova nel ricco quartiere di Palos

Park, che è ben ubicato dal punto di vista della sicurezza, ma continuo a controllare le telecamere appena installate per individuare eventuali punti ciechi e per confermare alle guardie gli orari di pattuglia. Lo faccio perché è il mio lavoro, ma anche perché ho bisogno di non pensare a Yulia e alla rabbia soffocante che mi brucia nel petto.

È fuggita. Nel momento in cui me ne sono andato, è corsa dal suo amante—da quel Misha, a cui mi aveva pregato di risparmiare la vita.

È fuggita, anche se meno di due giorni fa aveva detto di amarmi.

La furia che provo a quel pensiero è potente e irrazionale al tempo stesso. Non so nemmeno se le parole di Yulia fossero per me; le ha borbottate mentre era mezza addormentata, e non ho avuto la possibilità di confrontarmi con lei. Eppure, il fatto che potesse amarmi mi ha impedito di rigirarmi nel letto la notte prima della partenza.

Per la prima volta in vita mia, mi sono sentito come se fossi vicino a qualcosa... vicino a *qualcuno*.

Ti amo. Sono tua.

Che bugiarda del cazzo. Mi si stringe il petto al ricordo dei tentativi di Yulia di manipolarmi, di convincermi a risparmiare la vita del suo amante. Fin dall'inizio, non sono stato altro che un mezzo per raggiungere un fine per lei. Ha dormito con me a Mosca per ottenere informazioni, e ha recitato la parte della prigioniera obbediente per facilitare la sua fuga.

Il tempo che abbiamo trascorso insieme non ha significato niente per Yulia, e nemmeno io.

La vibrazione del telefono che ho in tasca interrompe le mie amare riflessioni. Tirandolo fuori, vedo il numero cifrato, corrispondente alla nostra trasmissione della proprietà.

"Sì?"

"Abbiamo un problema." Diego sembra mangiarsi le parole. "A quanto pare, la tua ragazza ha pianificato la fuga perfettamente in più di un modo. Questo pomeriggio, c'era una consegna di generi alimentari alla tenuta, e la polizia di Miraflores ha appena trovato il conducente, che stava camminando a piedi sul bordo della strada, pochi chilometri fuori dalla città. Sembrerebbe che abbia dato un passaggio alla bella autostoppista americana appena più a nord della nostra tenuta. Non sapeva che non era affatto una turista—cioè, l'ha capito quando lei ha tirato fuori un coltello, facendolo scendere dal furgone. Questo è successo più di un'ora fa."

"Cazzo." Se Yulia è su quel furgone, le sue possibilità di sfuggirci aumentano in modo esponenziale. "Cercate in tutta Miraflores e trovate quel furgone. Fatevi aiutare dalla polizia locale."

"Lo stiamo già facendo. Ti terrò aggiornato."

Riaggancio e torno a casa. I suoceri di Esguerra stanno già parcheggiando nel vialetto per la loro cena con il mio capo e sua moglie, e probabilmente Esguerra non è in vena di essere disturbato in questo momento. Tuttavia, devo dirgli cos'è successo, così gli mando un'email di una sola riga:

Yulia Tzakova è scappata.

2

yulia

Non appena raggiungo la città di Miraflores, mi fermo presso un distributore di benzina e chiedo all'addetto di utilizzare il telefono fisso del piccolo negozio. Capisce abbastanza del mio inglese da acconsentire; così, compongo il numero di emergenza che tutti gli agenti dell'UUR hanno memorizzato. Mentre aspetto che la chiamata parta, guardo la porta, con i palmi tutti sudati.

Diego ed Eduardo si saranno accorti della mia fuga ormai, il che significa che le guardie di Esguerra mi stanno dando la caccia. Mi sono sentita in colpa per aver minacciato il conducente del furgone e averlo costretto a scendere, ma avevo bisogno del veicolo. A questo punto, gli uomini di Esguerra non ci metteranno molto a rintracciarmi—se non l'hanno già fatto.

"Allo." Il saluto russo, pronunciato da una dolce voce femminile, riporta la mia attenzione sul telefono.

"Sono Yulia Tzakova" dico, rivelando la mia vera identità. Come l'operatrice, sto parlando in russo. "Mi trovo a Miraflores, in Colombia, e ho bisogno di parlare subito con Vasiliy Obenko."

"Codice?"

Snocciolo una serie di numeri, poi rispondo alle domande dell'operatrice atte a verificare la mia identità.

"Un attimo, per favore" dice lei, e c'è un momento di silenzio prima che io possa sentire un clic che indica una nuova connessione.

"Yulia?" La voce di Obenko è carica di incredulità. "Sei viva? Il rapporto dei russi diceva che eri morta in carcere. Come hai fatto—"

"Il rapporto era falso. Gli uomini di Esguerra mi hanno presa." Tengo la voce bassa, consapevole del fatto che il benzinaio mi sta guardando con crescente sospetto. Gli ho detto che sono una turista americana, e sentirmi parlare in russo sicuramente lo sta confondendo. "Ascolta, sei in pericolo. Tutte le persone collegate all'UUR sono in pericolo. Devi sparire e far sparire Misha—"

"Ti ha presa Esguerra?" Obenko sembra inorridito. "Allora, come hai fatto a—"

"Non c'è tempo per spiegare. Sono scappata dalla sua tenuta, ma mi stanno cercando. Devi sparire—tu e tutti i membri della tua famiglia. E Misha. Verranno a cercarvi."

"Sono riusciti a farti parlare?"

"Sì." Il disgusto per me stessa è un nodo spesso nella gola, ma tengo la voce ferma. "Non sanno dove vi trovate, ma hanno le iniziali dell'agenzia e il vero nome di un ex agente. È solo una questione di tempo prima che vi rintraccino."

"Cazzo." Obenko tace per un attimo, poi dice: "Dobbiamo tirarti fuori di lì prima che ti catturino un'altra volta." Prima che possano estorcermi altre informazioni, vuole dire.

"Sì." Il benzinaio digita qualcosa sul suo cellulare, mentre mi guarda, e capisco che devo affrettarmi. "Ho un furgone, ma avrò bisogno di aiuto per lasciarmi il Paese alle spalle."

"Va bene. Puoi avvicinarti a Bogotá? Potremmo riuscire a ottenere dei favori dal governo venezuelano e farti attraversare il confine."

"Credo di sì." Il benzinaio mette giù il telefono e si dirige verso di me, così dico in fretta: "Devo andare" e riaggancio.

Il benzinaio è quasi accanto a me, con la fronte corrugata, ma esco dal negozio prima che possa afferrarmi. Saltando sul furgone, chiudo la portiera dietro di me e avvio il veicolo. Il benzinaio mi corre dietro, ma sto già uscendo dal parcheggio con le ruote che sgommano.

Quando sono di nuovo sulla strada, valuto la mia situazione. È rimasto solo un quarto di serbatoio di benzina nel furgone, e il benzinaio molto probabilmente mi ha segnalata alle autorità—il che significa che il veicolo è stato compromesso prima di quanto mi aspettassi.

Avrò bisogno di un mezzo di trasporto diverso, se voglio andarmene da Miraflores.

Il cuore mi martella nel petto, quando premo sull'acceleratore, spingendo il vecchio furgone al massimo, mentre tengo d'occhio la strada. Un chilometro, un chilometro e mezzo, due chilometri. . . La mia ansia cresce ad ogni istante che passa. Quanto tempo passerà prima che gli uomini di Esguerra vengano a sapere della strana bionda nel distributore di benzina? Quanto tempo passerà prima che inizino a cercare il furgone via satellite? Non avrò più di mezz'ora, a questo punto.

Alla fine, dopo un altro chilometro, la vedo: una stradina sterrata che sembra portare a una fattoria. Pregando che la mia intuizione sia corretta, svolto, lasciando la strada principale.

Un paio di centinaia di metri più avanti, noto un capannone di stoccaggio. Si trova una decina di metri a destra, e dietro c'è una zona boscosa. Giro verso di esso e parcheggio il furgone dietro al capannone, sotto il riparo degli alberi. Se sono fortunata, non lo troveranno per un po'.

Ora, devo trovare un altro veicolo.

Lasciando il capannone, cammino fin quando mi imbatto in un fienile, davanti al quale c'è un vecchio trattore malridotto. Non vedo nessuno nei paraggi, così mi avvicino al fienile e sbircio al suo interno.

È il mio giorno fortunato.

All'interno del fienile c'è un piccolo pick-up. Sembra vecchio e arrugginito, ma i finestrini sono puliti. Qualcuno lo usa regolarmente.

Trattenendo il respiro, mi infilo nel fienile e mi avvicino al camioncino. La prima cosa che faccio è cercare le chiavi sugli scaffali vicini; a volte, le persone sono così stupide da lasciarle accanto al veicolo.

Purtroppo, questo agricoltore non sembra essere stupido. Le chiavi sono introvabili. Oh, beh. Mi guardo intorno e vedo un grosso sasso che trattiene un telone. Afferro il sasso e lo uso per rompere il finestrino del veicolo. È una soluzione che richiede una forza bruta, ma impiegherei troppo tempo a cercare di aprire le serrature.

Ora arriva la parte più difficile.

Aprendo la portiera del conducente, salgo sul sedile e rimuovo il coperchio del blocchetto di accensione sotto al volante. Poi, studio il groviglio dei cavi, sperando di ricordare abbastanza da non disattivare il veicolo o prendere una scarica elettrica. Abbiamo trattato dei cavi di accensione durante la formazione, ma non ho mai dovuto farlo sul campo, e non so se funzionerà. Ogni macchina è diversa; non c'è alcun sistema di colore universale per i cavi, e i veicoli più vecchi, come questo pick-up, sono particolarmente complicati. Se avessi delle alternative, non rischierei, ma questa è la mia opzione migliore al momento.

O la va o la spacca. Restando calma, inizio a testare le diverse combinazioni dei cavi. Al terzo tentativo, il motore del camioncino prende vita.

Tiro un sospiro di sollievo, chiudo la portiera ed esco dal fienile, tornando sulla strada principale.

Con un po' di fortuna, il proprietario del veicolo non si accorgerà della sua scomparsa per un po', e riuscirò a raggiungere la prossima città, dove cercherò un altro mezzo.

Mentre guido, il mio pensiero va a Lucas. Le guardie l'hanno informato della mia fuga? È arrabbiato? Si sente tradito?

Ti amo. Sono tua. Anche adesso, le mie guance avvampano al ricordo di quelle parole, pronunciate in un sogno che forse non è stato un sogno. Fino a quella notte, non sapevo cosa provassi, non mi rendevo conto di quanto fossi legata al mio carceriere. C'erano talmente tanti casini tra noi, talmente tanta paura, rabbia e sfiducia che ci ho messo un po' a comprendere questo strano desiderio.

A dare un senso a qualcosa di così irrazionale e privo di senso.

Mi mancherai. Lucas mi ha detto quelle parole, coccolandomi sul suo grembo la mattina seguente, e ho dovuto davvero sforzarmi per non scoppiare in lacrime. Sapeva cosa mi stava facendo con le sue confuse parole di affetto? La sua bizzarra tenerezza faceva parte della sua diabolica vendetta? Di un modo ancora più sadico per rovinarmi senza infliggermi nemmeno un livido?

La strada si appanna davanti a me, e mi rendo conto che le lacrime che ho trattenuto quel giorno mi stanno rigando il viso, con l'adrenalina per la mia fuga che rafforza il dolore. Non voglio pensare al modo in cui Lucas mi ha distrutta, a come mi ha promesso la sicurezza per poi ridurmi il cuore in pezzi, ma non posso farne a meno. I ricordi mi frullano per la testa, e non riesco a scacciarli. Qualcosa riguardo al comportamento di Lucas in quell'ultimo giorno continua a tormentarmi, come una nota stonata che avevo registrato, ma su cui non avevo riflettuto abbastanza in quel momento.

"Non supplicare per lui, cazzo" era scattato Lucas, quando l'avevo implorato di risparmiare la vita di mio fratello. "Decido io chi vive, non tu."

Aveva detto anche altre cose. Cose offensive. Eppure, quando mi ha presa quella notte, non c'era rabbia nel suo tocco. Lussuria, sì. Folle possessività, sicuramente. Ma non rabbia—per lo meno, non il tipo di rabbia che mi sarei aspettata da un uomo che mi odia abbastanza da lasciare che l'unico membro della mia famiglia venga ucciso. E quel "Mi mancherai," la mattina seguente, mi è sembrato così strano.

Qualcosa non mi torna—a meno che Lucas non abbia pianificato tutto questo.

Forse non aveva ancora finito di sconvolgermi la mente.

La testa comincia a farmi male dalla confusione, e mi asciugo le lacrime prima di stringere la presa sul volante. Qualunque cosa Lucas avesse in serbo per me, non ha più alcuna importanza. Sono fuggita, e non posso continuare a guardare indietro.

Devo andare avanti.

3

Lucas

Venerdì mattina mi sveglio con un mal di testa lancinante che si aggiunge alla mia furia. Ho dormito a malapena—Diego ed Eduardo hanno continuato a mandarmi aggiornamenti ogni ora sulla loro ricerca di Yulia—e mi ci vogliono due tazze di caffè prima di cominciare a sentirmi semi-umano.

Mentre mi preparo a lasciare la cucina, Rosa entra, e noto che indossa un paio di jeans al posto del suo solito abbigliamento da domestica.

"Oh, ciao, Lucas" dice. "Stavo proprio cercando te."

"Davvero?" Cerco di non guardare in cagnesco la ragazza. Mi sento ancora in colpa per aver soffocato la sua cotta per me. Non è colpa di Rosa se la mia prigioniera è fuggita, e non voglio far pesare il mio merdoso stato d'animo sulla ragazza.

"Il Señor Esguerra ha detto che posso esplorare la città oggi, a patto che porti una guardia con me" dice Rosa, guardandomi con diffidenza. Deve aver percepito la mia rabbia, nonostante i tentativi di sembrare calmo. "Ne avresti una libera?"

Rifletto sulla sua richiesta. In verità, la risposta è no. Non voglio togliere nessuna guardia dalla casa dei genitori di Nora, e un quarto d'ora fa, Esguerra mi ha mandato un messaggio, dicendomi che avrebbe portato Nora in un parco, il che significa che avrà bisogno di almeno una dozzina dei nostri uomini posizionati lì.

"Andrò a Chicago oggi" dico, dopo un momento di riflessione. "Ho una riunione lì. Puoi venire con me, se non ti dispiace aspettare un po'. Poi, ti porterò dove vuoi, e all'ora di pranzo uno dei ragazzi mi sostituirà—sempre se vuoi rimanere in città per più di un paio d'ore, voglio dire."

"Oh, io. . ." Un rossore scurisce la pelle abbronzata di Rosa, con i suoi occhi che brillano dall'eccitazione. "Sei sicuro di non sentirti obbligato? Non devo per forza andarci oggi se—"

"Non c'è problema." Ricordo quello che mi ha detto la ragazza, mercoledì, sul fatto di non essere mai stata negli Stati Uniti prima d'ora. "Sono certo che non vedi l'ora di vedere la città, e a me non dispiace."

Forse la sua compagnia riuscirà a non farmi pensare a Yulia e al fatto che la mia prigioniera è ancora in libertà.

Rosa chiacchiera senza sosta, mentre ci dirigiamo verso Chicago, raccontandomi tutte le varie curiosità sulla città che ha letto su internet.

"E sai che la chiamano la Città del Vento a causa dei politici carichi di aria fritta?" dice, mentre svolto su West Adams Street, nel centro di Chicago, e mi fermo nel parcheggio sotterraneo di un alto edificio in vetro e acciaio. "Non ha niente a che fare con il vero e proprio vento proveniente dal lago. Non è assurdo?"

"Sì, incredibile" dico distrattamente, controllando il telefono, mentre scendo dalla macchina. Con mia grande delusione, non c'è nessun aggiornamento da parte di Diego. Mettendo via il telefono, giro intorno alla macchina e apro la portiera per far scendere Rosa.

"Vieni" le dico. "Sono già in ritardo di cinque minuti."

Rosa si affretta dietro di me, mentre ci incamminiamo verso l'ascensore. Fa due passi per ciascuno dei miei, e non posso fare a meno di confrontare la sua camminata saltellante con il passo aggraziato delle gambe lunghe di Yulia. La domestica non è bassa quanto la moglie di Esguerra, ma mi sembra piccola—specialmente da quando mi sono abituato all'altezza di Yulia, simile a quella di una modella.

Smettila di pensare a lei, cazzo. Stringo le mani in tasca, aspettando l'arrivo dell'ascensore, e ascoltando solo in parte le parole di Rosa sul Magnificent Mile. La spia è come una spina nel fianco. Qualunque cosa io faccia, non riesco a togliermela dalla testa. Compulsivamente, tiro fuori il telefono e controllo di nuovo.

Ancora niente.

"Allora, su cosa verterà la tua riunione?" chiede Rosa, e mi rendo conto che mi sta fissando, in attesa di una risposta. "Si tratta di qualcosa per il Señor Esguerra?"

"No" dico, infilando di nuovo il telefono in tasca. "È per me."

"Oh." Sembra sorpresa dalla mia risposta secca, e io sospiro, ricordando a me stesso che non dovrei sfogare la frustrazione sulla ragazza. Non ha niente a che fare con Yulia e con tutta questa situazione incasinata.

"Devo incontrare il mio manager di portafoglio" dico, mentre le porte dell'ascensore si aprono. "Devo solo fare il punto sui miei investimenti."

"Oh, capisco." Rosa sorride, quando entriamo nell'ascensore. "Hai degli investimenti, come il Señor Esguerra."

"Sì." Premo il pulsante per l'ultimo piano. "Questo ragazzo è anche il suo gestore di portafoglio."

L'ascensore sale, con le sue superfici d'acciaio tutte lucenti, e meno di un minuto dopo, ci ritroviamo in una sala reception altrettanto elegante e moderna.

Per essere un ragazzo di ventisei anni, nato nelle case popolari, Jared Winters conduce certamente una vita agiata.

La sua segretaria, un'esile donna giapponese dall'età indefinita, si alza, appena ci avviciniamo.

"Signor Kent" dice, rivolgendomi un sorriso gentile. "Prego, si accomodi. Il Signor Winters sarà da lei tra un minuto. Possa offrire qualcosa a lei e alla sua compagna?"

"Per me niente, grazie." Guardo Rosa. "Vuoi qualcosa?"

"Uhm, no, grazie." Sta fissando la finestra che va dal pavimento al soffitto e la città sotto di noi. "Sto bene."

Prima che io possa sedermi su uno dei morbidi sedili accanto alla finestra, un uomo alto e con i capelli scuri esce da un ufficio all'angolo e mi si avvicina.

"Mi dispiace averti fatto aspettare" dice Winters, allungandosi per stringermi la mano. I suoi occhi verdi brillano freddamente dietro gli occhiali senza montatura. "Ero al telefono."

"Nessun problema. Anche noi siamo un po' in ritardo."

Sorride, e vedo che ha lo sguardo concentrato su Rosa, che è ancora lì in piedi, apparentemente ipnotizzata dal panorama esterno.

"La tua ragazza, immagino" dice Winters tranquillamente, e sbatto le palpebre, sorpreso dalla domanda personale.

"No" dico, seguendolo, mentre si incammina verso l'ufficio. "Più che altro un incarico per le prossime ore."

"Ah." Winters non aggiunge altro, ma, mentre entriamo nel suo ufficio, lo vedo rivolgere delle occhiate a Rosa, come se non potesse farne a meno.

4

yulia

"Yulia Tzakova?"

Il cuore mi salta in gola quando mi giro, stringendo automaticamente il coltello nascosto nei jeans con la mano.

C'è un uomo con i capelli scuri davanti a me. Sembra normalissimo in tutti i sensi; persino i suoi occhiali da sole e il cappello sono standard. Potrebbe essere una persona dell'affollato mercato di Villavicencio, ma non lo è.

È il contatto venezuelano di Obenko.

"Sì" dico, tenendo la mano sul coltello. "Sei Contreras?"

Annuisce. "Seguimi" dice in spagnolo, con accento russo.

Lascio cadere la mano dal manico del coltello e seguo l'uomo, che comincia a farsi strada tra la folla. Come lui, indosso un cappello e un paio di occhiali da sole—due oggetti che ho rubato in un'altra stazione di servizio lungo la strada—ma continuo ad avere la sensazione che qualcuno possa puntarmi il dito contro da un momento all'altro e urlare: "È lei. È la spia che gli uomini di Esguerra stanno cercando."

Con mio grande sollievo, nessuno mi sta prestando molta attenzione. Oltre al cappello e agli occhiali da sole, ho preso una voluminosa T-shirt e un paio di jeans larghi nella stessa stazione di servizio. Con i vestiti privi di forma e i capelli infilati nel cappello, sembro più un ragazzo adolescente che una giovane donna.

Contreras mi conduce verso un anonimo furgone blu parcheggiato all'angolo della strada. "Dov'è il veicolo che hai utilizzato per arrivare qui?" mi chiede, mentre salgo nella parte posteriore.

"L'ho lasciato a una decina di isolati da qui, come mi aveva detto Obenko" dico. Ho parlato con il mio capo due volte dopo il primo contatto a Miraflores, e mi ha dato le indicazioni per questo incontro, oltre a darmi gli ordini su come procedere. "Non credo di essere stata seguita."

"Forse no, ma dobbiamo farti uscire dal Paese nelle prossime ore" dice Contreras, avviando il furgone. "Esguerra sta allargando la rete. C'è già la tua foto in tutti i valichi di frontiera."

"Quindi, come farai a tirarmi fuori?"

"C'è una cassa sul retro" dice Contreras, quando ci immettiamo nel traffico. "E una delle guardie di frontiera mi deve un favore. Con un po' di fortuna, ce la faremo."

Annuisco, sentendo il freddo dell'aria condizionata del furgone sul viso sudato. Ho guidato per tutta la notte, fermandomi solo per rubare un'altra macchina e mettermi i vestiti, e sono esausta. Sono stata in allerta per distinguere eventuali rumori di pale di elicotteri e suoni di sirene ogni minuto in cui sono stata sulla strada. Il fatto che sia giunta fin qui senza incidenti è a dir poco un miracolo, e so che la mia fortuna potrebbe svanire in qualsiasi momento.

Eppure, neppure quella paura è sufficiente a farmi superare la stanchezza. Quando il furgone di Contreras svolta sull'autostrada, in direzione nord-est, sento le mie palpebre che si chiudono, e non mi oppongo al richiamo del sonno.

Ho solo bisogno di appisolarmi per qualche minuto, e poi sarò pronta per affrontare qualunque cosa succederà.

"Svegliati, Yulia."

La sommessa urgenza nel tono di Contreras mi scuote da un sogno in cui sto guardando un film con Lucas. Apro gli occhi, mentre mi siedo ed esamino rapidamente la situazione.

Il sole è già tramontato, e a quanto pare siamo bloccati nel traffico.

"Dove siamo? Che cos'è questo?"

"Un posto di blocco" dice Contreras laconicamente. "Stanno controllando tutte le auto. Devi infilarti nella cassa, subito."

"La tua guardia di frontiera non è—"

"No, siamo ancora a una ventina di miglia dal confine con il Venezuela. Non so perché ci sia questo blocco, ma sicuramente non è nulla di buono."

Cazzo. Mi slaccio la cintura di sicurezza e striscio fuori attraverso un finestrino nella parte posteriore del furgone. Come ha detto Contreras, c'è una cassa lì, ma sembra davvero troppo piccola per una persona. Per una bambina andrebbe bene, forse, ma non per una donna della mia altezza.

Ma, nei numeri di magia, mettono persone in contenitori fin troppo piccoli. È così che spesso si fa il trucco tagliata-in-due: una ragazza flessibile è la "parte superiore del corpo" e una seconda ragazza è le "gambe."

Io non sono flessibile come la tipica assistente di un mago, ma sono molto più motivata.

Aprendo la cassa, mi sdraio di schiena e cerco di piegare le gambe in modo tale da poter chiudere il coperchio sopra di me. Dopo un paio di minuti passati in preda alla frustrazione, mi rendo conto che si tratta di un compito impossibile; le mie ginocchia superano di almeno cinque centimetri il bordo della cassa. Perché Contreras ha preso una cassa così piccola? Se fosse stata qualche centimetro più profonda, sarebbe andata bene.

Il furgone comincia a muoversi, e mi rendo conto che ci stiamo avvicinando al posto di blocco. Da un momento all'altro, le porte sul retro del furgone si apriranno, e verrò scoperta.

Devo infilarmi in questa cassa del cazzo.

Stringendo i denti, mi giro di fianco e cerco di infilare le ginocchia nel piccolo spazio tra il petto e il lato della cassa. Non c'entrano, così faccio un respiro e riprovo, ignorando il dolore alla rotula, quando urta contro il bordo di metallo. Dimenandomi, sento delle voci che parlano in spagnolo e, poi, il furgone si ferma di nuovo.

Siamo arrivati al posto di blocco.

Nervosa, mi giro e afferro il coperchio della cassa, tirandolo a me con mani tremanti.

Sento dei passi, seguiti da voci sul retro del furgone.

Stanno per aprire le portiere.

Con il cuore in gola, mi appiattisco come se fossi una palla incredibilmente piccola, schiacciandomi i seni con le ginocchia. Nonostante gli effetti paralizzanti dell'adrenalina, il mio corpo urla dal dolore per quella posizione innaturale.

Poggio il coperchio sul bordo della cassa, e le portiere del furgone si aprono.

lucas

La mia riunione con Winters dura poco meno di un'ora. Parliamo dello stato attuale dei miei investimenti e discutiamo di come procedere, data la recente salita del mercato. Da quando Jared Winters gestisce il mio portafoglio, esso si è triplicato, raggiungendo poco più di dodici milioni, quindi non sono particolarmente preoccupato, quando dice che intende liquidare la maggior parte delle mie partecipazioni azionarie e che si sta preparando ad acquistare le azioni di un famoso titolo tecnologico.

"Il CEO avrà qualche serio problema legale" spiega Winters, ma evito di chiedergli come faccia a saperlo. Operare sulle informazioni di insider trading sarà anche un crimine, ma i nostri contatti alla SEC ci garantiscono che il fondo di Winters non sia rintracciabile.

"Quanto intendi investire?" chiedo.

"Sette milioni" risponde Winters. "Le cose si stanno mettendo male per lui."

"Va bene" dico. "Fallo."

Sette milioni è una somma considerevole, ma, se il titolo tecnologico scenderà quanto pensa Winters, il suo valore potrebbe facilmente triplicarsi o addirittura moltiplicarsi.

Discutiamo di qualche altra imminente transazione, e poi Winters mi accompagna alla reception, dove Rosa sta leggendo una rivista.

"Sei pronta?" le chiedo, e lei annuisce.

Alzandosi, rimette la rivista sul tavolo e sorride a me e Winters. "Prontissima."

"Grazie ancora" dico, girandomi per stringere la mano di Winters, ma non mi guarda.

Sta fissando Rosa, con i suoi occhi verdi stranamente concentrati.

"Winters?" lo pungolo, divertito.

Distoglie lo sguardo da lei. "Oh, sì. È stato un piacere" mormora, stringendomi la mano, e prima che io possa aggiungere altro, torna nel suo ufficio e chiude la porta dietro di sé.

Come ho promesso a Rosa, dopo la riunione la porto a fare shopping al Magnificent Mile—noto anche come Michigan Avenue. Mentre prova un mucchio di vestiti in un grande centro commerciale, mi metto a sedere accanto al camerino e controllo di nuovo le e-mail. Questa volta, c'è un breve messaggio da parte di Diego:

Il pick-up rubato è stato individuato in una stazione di servizio vicino Granada. Finora, non è stato denunciato il furto di altre vetture. Abbiamo bloccato tutte le strade principali, come ci hai detto di fare.

Metto via il telefono, con la rabbia e la frustrazione che si agitano nella mia pancia. Non hanno ancora trovato Yulia, e ormai, potrebbe essere in un altro Paese. Senza dubbio si è messa in contatto con la sua agenzia e, a seconda delle risorse che hanno, è del tutto possibile che l'abbiano fatta uscire dal Paese.

Per quanto ne so, potrebbe già essere su un aereo per raggiungere il suo amante.

"Ti piace questo?" mi chiede Rosa, e mi giro per vedere che è uscita dal camerino indossando un vestito corto giallo e aderente.

"È carino" dico automaticamente. "Dovresti comprarlo." Obiettivamente, vedo che la ragazza con i capelli scuri sta bene con quel vestito, ma tutto quello a cui riesco a pensare in questo momento è che Yulia potrebbe essersi avvicinata a Misha... all'uomo che ama davvero.

"Va bene." Rosa mi rivolge un bel sorriso. "Lo prendo."

Torna nel camerino, e tiro fuori il telefono per mandare un'e-mail agli hacker che stanno dando la caccia all'UUR.

Anche se Yulia è riuscita a fuggire, non rimarrà in libertà a lungo.

Nonostante tutto, la troverò, e a quel punto non potrà più sfuggirmi.

yulia

"Mi dispiace" dice Contreras, sollevando il coperchio della mia cassa. "Non mi aspettavo che fossi così alta. Sono contento che sei riuscita a entrarci."

Gemo, mentre mi tira fuori, con i crampi ai muscoli per essere rimasta in quel piccolo involucro nell'ultima ora. Le mie ginocchia sembrano due lividi giganti, e la spina dorsale mi palpita per essere stata schiacciata su un lato della cassa. Tuttavia, sono viva e ho attraverso il confine venezuelano, il che significa che ne è valsa la pena.

"Va tutto bene" dico, ruotando la testa in un semicerchio. Il mio collo è dolorosamente rigido, ma niente che un buon massaggio non possa curare. "Siamo riusciti a ingannare la polizia e la pattuglia di frontiera. Non hanno nemmeno provato a guardare nella cassa."

Contreras annuisce. "È per questo che l'ho portata. Sembra troppo piccola per contenere una persona, ma quando si è determinati. . ." Si stringe nelle spalle.

"Sì." Ruoto di nuovo la testa e mi allungo, cercando di rilassare i muscoli. "Allora, qual è il piano adesso?"

"Ora ti metterò sull'aereo. Obenko ha già organizzato tutto. Entro domani, dovresti essere a Kiev, sana e salva."

Il nostro viaggio verso la piccola pista di atterraggio dura meno di un'ora, e poi ci fermiamo davanti a un jet che sembra piuttosto vecchio.

"Eccoci arrivati" dice Contreras. "La tua gente verrà a prenderti qui."

"Grazie" dico, e lui annuisce, mentre apro la portiera.

"Buona fortuna" dice nel suo spagnolo con accento russo, e gli sorrido prima di saltare giù dal furgone e di correre verso l'aereo.

Mentre cammino su per la scala, un uomo di mezza età esce fuori, bloccando l'ingresso. "Codice?" dice, con la mano appoggiata sulla pistola al suo fianco.

Guardando l'arma attentamente, gli dico il mio numero di identificazione. Tecnicamente, eliminarmi equivarrebbe a portarmi via da Esguerra: non potrei più rivelare i segreti sull'UUR. In effetti, sarebbe una soluzione ancora più pulita. . .

Prima che io possa continuare a riflettere, l'uomo abbassa la mano e si fa da parte, lasciandomi salire sull'aereo.

"Benvenuta, Yulia Borisovna" dice, usando il mio vero patronimico. "Siamo contenti che tu ce l'abbia fatta."

lucas

Sabato mattina mi convinco del fatto che Yulia sia tornata in Ucraina. Diego ed Eduardo sono riusciti a individuare le sue tracce quando era ancora in Venezuela, ma poi le hanno perse.

"Credo che abbia lasciato il Paese" dice Diego, quando lo chiamo per un aggiornamento. "Un aereo privato intestato a una società di comodo ha presentato un piano di volo per il Messico, ma non c'è alcuna traccia del suo atterraggio in quel Paese. Dev'essere stata la sua gente, e se così fosse, ormai è andata."

"Non è detto. Continuate a cercare" dico, pur sapendo che probabilmente ha ragione.

Yulia è fuggita, e se voglio avere qualche speranza di ritrovarla, dovrò ampliare la rete e rivolgermi ad alcuni dei nostri contatti internazionali.

Prendo in considerazione l'idea di avvisare Esguerra per accelerare le cose su tutta questa faccenda, ma decido di aspettare fino a domenica. Oggi è il ventesimo compleanno della moglie, e so che non è in vena di essere disturbato. Tutto quello che interessa al mio capo è dare a Nora ciò che vuole—compreso il viaggio in un famoso night club nel centro di Chicago.

"Ti rendi conto che sorvegliare quel luogo sarà un incubo, vero?" gli dico, quando menziona quel programma all'ora di pranzo. "C'è troppa gente. È sabato sera—"

"Sì, lo so" dice Esguerra. "Ma è quello che ha chiesto Nora, quindi cerchiamo di trovare un modo per realizzare il suo desiderio."

Passiamo le due ore successive a esaminare le planimetrie del locale e a decidere dove posizionare tutte le guardie. È improbabile che i nemici di Esguerra approfittino di questa situazione, dal momento che è un evento improvvisato, ma decidiamo di posizionare comunque i cecchini negli edifici vicini e di sistemare le altre guardie nel raggio di un isolato dal locale. Il mio ruolo sarà quello di restare in macchina e tenere d'occhio l'ingresso della discoteca, per eventuali minacce provenienti da quella direzione. Elaboriamo anche un piano per mettere al sicuro il ristorante in cui Esguerra e la moglie ceneranno prima di andare in quel night club.

"Oh, quasi dimenticavo" dice Esguerra, prima di congedarmi. "Nora vuole che Rosa si unisca a noi in discoteca. Puoi dire a una delle guardie di accompagnarla?"

"Sì, credo di sì" dico, dopo un momento di riflessione. "Thomas può portare la ragazza in discoteca, prima di prendere la sua posizione alla fine dell'isolato."

"Dovrebbe funzionare." Esguerra si alza in piedi. "Ci vediamo stasera."

Lascia la stanza, e io esco per assegnare gli incarichi alle guardie.

———

La cena di Esguerra si svolge senza incidenti, e poi, porto lui e Nora in discoteca. Rosa ci sta già aspettando, con l'abito giallo che ha acquistato durante il nostro viaggio all'insegna dello shopping. Nel momento in cui Nora scende dalla macchina, Rosa corre verso di lei, e sento le due giovani donne chiacchierare animatamente, mentre si dirigono verso la discoteca. Esguerra le segue, sembrando leggermente divertito, e io resto in macchina, sistemandomi per quella che promette di essere una notte lunga e noiosa.

Circa un'ora dopo, mangio un panino che ho preparato prima e controllo la posta elettronica. Con mio grande sollievo, c'è un aggiornamento da parte dei nostri hacker.

Finalmente, siamo riusciti a superare i firewall del governo ucraino e abbiamo decifrato alcuni file, leggo nell'e-mail. UUR è un acronimo che sta per Ukrainskoye Upravleniye Razvedki, che può essere tradotto approssimativamente con "Ufficio dell'Intelligence Ucraino." Si tratta di un gruppo segreto di spie, che è stato fondato come risposta alla corruzione della loro agenzia di sicurezza principale e dei suoi stretti legami con la Russia. Stiamo lavorando per decodificare un messaggio che potrebbe indicarci due agenti operativi dell'UUR e un indirizzo a Kiev.

Con un sorriso cupo, scrivo una risposta e metto via il telefono. È solo una questione di tempo prima che rintracciamo l'organizzazione di Yulia. E una volta fatto, non potrà scappare da nessuna parte, e non ci sarà nessuno ad aiutarla.

Nessun amante da cui poter tornare.

Digrigno i denti, mentre una violenta fitta di gelosia mi attraversa. Yulia potrebbe già essere con lui, con quel suo Misha. Probabilmente la sta stringendo in questo momento.

Probabilmente la sta scopando.

Quel pensiero mi provoca un impeto di collera. Se avessi quell'uomo davanti in questo momento, lo ucciderei con le mie stesse mani e costringerei Yulia a guardare la scena. Sarebbe la sua punizione per quest'ultimo tradimento.

Una vibrazione del telefono mi distoglie dai pensieri di vendetta. Afferrandolo, leggo il messaggio di Esguerra, e il mio sangue si trasforma in ghiaccio.

Nora e Rosa sono state aggredite, dice il messaggio. *Rosa è stata presa. La sto cercando. Avverti gli altri.*

yulia

Il familiare odore del gas di scarico delle automobili e di lillà mi riempie le narici, mentre attraversiamo le strade trafficate di Kiev. L'uomo che Obenko ha mandato a prendermi all'aeroporto è una persona che non avevo mai visto prima, e non parla molto, lasciandomi libera di ammirare i luoghi della città in cui ho vissuto e mi sono addestrata per cinque anni.

"Non stiamo andando all'Istituto?" chiedo al conducente, quando la vettura svolta su una strada sconosciuta.

"No" risponde l'uomo. "Ti sto portando in una casa-rifugio."

"Obenko è lì?"

Il conducente annuisce. "Ti sta aspettando."

"Perfetto." Faccio un respiro per calmarmi. Dovrei essere sollevata di essere qui; invece, mi sento tesa e ansiosa. E non solo perché ho mandato a rotoli l'organizzazione.

Obenko non è molto tenero con gli insuccessi, ma il fatto che mi abbia tirata fuori dalla Colombia, invece di uccidermi, attenua la mia preoccupazione.

No, la fonte principale della mia ansia è la sensazione di vuoto dentro di me, un dolore che si acuisce ogni ora che passa, senza Lucas. Mi sento come se stessi attraversando una crisi d'astinenza—anche se questo farebbe di Lucas la mia droga, e mi rifiuto di accettarlo.

Qualunque cosa io abbia cominciato a provare per il mio rapitore, passerà. Deve passare, perché non c'è alternativa.

La storia con Lucas è finita per sempre.

"Eccoci qua" dice l'autista, fermandosi davanti a un modesto palazzo di quattro piani. È uguale a qualsiasi altro edificio in questo quartiere: vecchio e fatiscente, con l'esterno coperto da un intonaco giallastro di epoca sovietica. Il profumo dei lillà è più forte qui; viene da un parco dall'altro lato della strada. In altre circostanze, mi sarebbe piaciuta quella fragranza che associo alla primavera, ma oggi mi ricorda la giungla che mi sono lasciata alle spalle e—per riflesso, l'uomo che mi ha tenuta lì.

Il conducente lascia l'auto accanto al marciapiede e mi porta nell'edificio. Non c'è l'ascensore, e la tromba delle scale è fatiscente come l'esterno dell'edificio. Quando superiamo il primo piano, sento alcune voci e un fetore di urina e vomito.

"Chi sono quelle persone al primo piano?" chiedo, mentre ci fermiamo davanti a un appartamento al secondo piano. "Sono dei civili?"

"Sì." L'autista bussa alla porta. "Sono troppo occupati a ubriacarsi per prestarci molta attenzione."

Non ho la possibilità di fare altre domande, perché la porta si apre, e vedo un uomo con i capelli scuri. La sua fronte è piena di rughe, e delle linee di tensione delimitano la sua piccola bocca.

"Entra, Yulia" dice Vasiliy Obenko, facendo un passo indietro per farmi entrare. "Abbiamo molte cose di cui discutere."

Nel corso delle due ore successive, subisco un interrogatorio più estenuante di quello che avevo vissuto nella prigione russa. Oltre a Obenko, ci sono due agenti anziani dell'UUR, Sokov e Mateyenko. Come il mio capo, hanno una quarantina d'anni, e i loro corpi sono praticamente delle armi letali, dopo decenni di addestramento. I tre si siedono davanti a me al tavolo della cucina, e si alternano a farmi domande. Vogliono sapere tutto, dai dettagli della mia fuga alle informazioni esatte che ho dato a Lucas sull'UUR.

"Non ho ancora capito come ti ha fatta cedere" dice Obenko, quando finisco di raccontare la mia storia. "Come faceva a sapere di quell'incidente con Kirill?"

Mi brucia il viso dalla vergogna. "L'ha saputo come conseguenza di un incubo che ho avuto." E perché dopo mi sono confidata con Lucas, ma questo non glielo dico. Non voglio che il mio capo venga a sapere che aveva ragione sul mio conto—sul fatto che, al momento opportuno, io non riesca a controllare le mie emozioni.

"E in questo incubo, hai. . . hai parlato del tuo addestratore?" È Sokov che mi chiede questo, con un'espressione severa che mi fa capire che dubita della mia storia. "Di solito parli nel sonno, Yulia Borisovna?"

"No, ma quelle non erano esattamente circostanze *normali*." Faccio del mio meglio per non sembrare sulla difensiva. "Sono stata tenuta prigioniera e messa in situazioni che avrebbero scatenato quella reazione in me—che avrebbero scatenato quella reazione in qualsiasi donna sopravvissuta a un'aggressione."

"Quali situazioni, esattamente?" mi interrompe Mateyenko. "Non sembri essere stata particolarmente maltrattata."

Mi mordo la lingua per non rispondere in modo adirato. "Non sono stata torturata fisicamente o lasciata morire di fame, ve l'ho già detto" dico. "I metodi di interrogatorio di Kent erano più di natura psicologica. E sì, questo era in gran parte dovuto al fatto che mi trovava attraente. Da qui derivano gli elementi scatenanti."

I due agenti si scambiano delle occhiate, e Obenko aggrotta la fronte verso di me. "Quindi, ti ha violentata, e questo ha provocato i tuoi incubi?"

"Lui. . ." Mi si stringe la gola al ricordo della reazione del mio corpo nei confronti di Lucas. "È stata la situazione generale. Non l'ho gestita bene."

Gli agenti si guardano di nuovo, e poi Mateyenko dice: "Dicci di più sulla donna che ti ha aiutata a fuggire. Come hai detto che si chiamava?"

Facendo appello a tutta la mia pazienza, parlo dei miei incontri con Rosa per la terza volta. Dopodiché, Sokov mi chiede di tornare sulla mia fuga, minuto per minuto, e poi Mateyenko mi interroga sulla sicurezza della tenuta di Esguerra.

"Ascoltate" dico, dopo un'altra ora di domande non-stop: "Vi ho detto tutto quello che so. Qualunque cosa pensiate di me, la minaccia per l'agenzia è reale. L'organizzazione di Esguerra ha eliminato intere reti terroristiche, e ci stanno dando la caccia. Nel caso abbiate delle misure di emergenza, ora è il momento di metterle in atto. È giunto il momento di mettere voi e le vostre famiglie al sicuro."

Obenko mi studia un attimo, poi annuisce. "Abbiamo finito per oggi" dice, voltandosi verso i due agenti. "Yulia è stanca dopo il lungo viaggio. Ne riparleremo domani."

I due uomini se ne vanno, e io crollo sulla sedia, sentendomi ancora più vuota di prima.

9

Lucas

Appena leggo il messaggio di Esguerra, comunico alle guardie e ordino a metà di loro di andare al locale. Nessuna di loro aveva notato attività sospette, il che significa che la minaccia, qualunque sia stata, è venuta dall'interno della discoteca, e non da fuori come ci si aspettava. Sto per correre nel night club, quando ricevo un altro messaggio da Esguerra:

Ho recuperato Rosa. Segui il SUV bianco.

Comunico subito alle guardie di farlo e, in quel momento, ricevo un altro messaggio:

Riporta la macchina nel vicolo sul retro.

Avvio l'auto ed esamino il quartiere, quasi investendo due pedoni nel farlo. Il vicolo sul retro della discoteca è buio e puzza di spazzatura mista a piscio, ma non ci faccio caso. Scendendo dalla macchina, aspetto, con la mano sulla pistola al mio fianco. Qualche secondo dopo, gli uomini mi avvisano che hanno trovato il SUV bianco e che lo stanno seguendo. Sto per dar loro ulteriori istruzioni, quando la porta della discoteca si apre, e Nora esce fuori, con le braccia avvolte intorno a Rosa. Esguerra le segue, con il volto contorto dalla rabbia. Quando la luce della macchina illumina le loro sagome, capisco perché.

Entrambe le donne stanno tremando, con i volti pallidi e rigati dalle lacrime. Tuttavia, è lo stato di Rosa a farmi alzare la pressione sanguigna. Il suo abito giallo brillante è strappato e macchiato di sangue, e un lato del suo viso è terribilmente gonfio.

La ragazza è stata aggredita violentemente, proprio come Yulia sette anni fa.

Una nebbia rossa mi offusca la vista. So che la mia reazione è sproporzionata—Rosa è poco più di un'estranea per me—ma non posso farci niente. Le immagini nella mia mente sono quelle di una fragile quindicenne, con il corpo esile lacero e sanguinante. Vedo la vergogna e la devastazione sul volto di Rosa, e la consapevolezza che Yulia abbia passato questo mi fa ribollire le viscere.

"Quei bastardi." La mia voce è carica di rabbia, mentre giro intorno alla macchina per aprire la portiera. "Quei fottuti bastardi. Moriranno, cazzo."

"Sì, moriranno" dice Esguerra, cupo, ma non lo sto ascoltando. Allungandomi verso Rosa, la allontano con cautela da Nora. La moglie di Esguerra non sembra altrettanto ferita, ma è chiaramente scossa. Rosa singhiozza quando la metto in macchina, e faccio del mio meglio per essere gentile con lei, per consolarla come non ho potuto confortare Yulia tanti anni fa.

Mentre le allaccio la cintura, sento Esguerra pronunciare il nome di sua moglie, con voce stranamente tesa, e mi giro per vedere Nora che si piega accanto alla macchina.

Il bambino, mi rendo subito conto, ricordando la sua gravidanza, ma Esguerra la sta già mettendo in macchina, urlandomi di andare all'ospedale.

Arriviamo in ospedale a tempo di record, ma, molto prima che Esguerra entri nella sala d'attesa, capisco che il bambino non ce l'ha fatta. C'era troppo sangue in macchina.

"Mi dispiace" dico, notando l'espressione sconvolta del mio capo. "Come sta Nora?"

"Hanno fermato l'emorragia." La voce di Esguerra è roca. "Vuole andare a casa, ed è quello che faremo. Porteremo anche Rosa."

Annuisco. Ho detto all'ospedale che sono il ragazzo di Rosa, quindi ricevo aggiornamenti regolari sulle sue condizioni. Come immaginavo, la ragazza si è rifiutata di parlare con la polizia, e dato che nessuna delle ferite che ha riportato è tale da metterla in pericolo di vita, non c'è bisogno che passi la notte in ospedale.

"Va bene" dico. "Prenditi cura di tua moglie, e io mi occuperò di Rosa."

Esguerra torna da Nora, e io parlo con la nostra squadra di pulizia, dando loro istruzioni su cosa fare con il ragazzo che hanno trovato a terra in discoteca. Da quel poco che sono riuscito a capire dalle spiegazioni isteriche di Rosa, la domestica è stata aggredita nella stanza sul retro della discoteca da due uomini con cui aveva ballato. Nora è venuta in suo soccorso, mettendo fuori gioco un terzo ragazzo che stava sorvegliando la stanza. Esguerra li ha raggiunti in un batter d'occhio, uccidendo uno degli assalitori, ma l'altro ha portato Rosa fuori e si sarebbe divertito con lei in macchina, se Esguerra non l'avesse salvata. È stato l'uomo che è fuggito con il SUV bianco—il SUV di cui sto rintracciando la targa.

Una volta scoperta la sua identità, il conducente del veicolo in questione sarà praticamente morto.

Mettendo via il telefono, vado a prendere Rosa. Quando entro nella sua camera, la trovo seduta sul letto con il camice da infermiera; il personale ospedaliero deve averglielo dato per sostituire l'abito strappato. Ha le ginocchia al petto, e il viso è livido e pallido. L'immagine di Yulia mi torna in mente, ancora una volta, e devo fare un respiro profondo per sopprimere un'ondata di rabbia.

Con movimenti lenti e dolci, mi avvicino al letto. "Mi dispiace" dico sottovoce, stringendo il gomito di Rosa per aiutarla ad alzarsi in piedi. "Davvero. Puoi camminare o preferisci che ti porti in braccio?"

"Posso camminare." La sua voce è alta, acuta a causa dell'ansia, e lascio cadere la mano, quando mi rendo conto che il mio tocco la sta infastidendo. "Sto bene."

È un'evidente bugia, ma evito di farglielo notare. Adeguo il mio ritmo al suo, che è più lento, e l'accompagno alla macchina.

Un'ora dopo il nostro ritorno alla residenza di Esguerra, il mio capo mi raggiunge nel salone, dove sto aspettando di informarlo sugli sviluppi della situazione.

"Dov'è Rosa?" chiede. La sua voce è calma, e non tradisce il dolore che vedo nel suo sguardo. Sta cercando di affrontare quello che è successo, scegliendo di concentrarsi su ciò che dev'essere fatto, piuttosto che su quello che non può essere sistemato.

"Sta dormendo" rispondo, alzandomi dal divano. "Le ho dato l'Ambien, e mi sono assicurato che facesse una doccia."

"Bene. Grazie." Esguerra attraversa la stanza per fermarsi davanti a me. "Ora, dimmi tutto."

"La squadra di pulizia si è occupata del corpo e ha catturato il ragazzo che Nora ha steso nel corridoio" dico. "Lo tengono in un magazzino che ho affittato nella zona sud."

"Bene. E che mi dici della macchina bianca?"

"Gli uomini sono riusciti a seguirla fino a uno dei grattacieli residenziali del centro. A quel punto, è scomparsa in un parcheggio, e hanno deciso di non proseguire. Sto già controllando il numero di targa."

"E?"

"E a quanto pare, abbiamo un problema" dico. "Il nome Patrick Sullivan ti dice niente?"

Esguerra si acciglia. "Mi sembra di conoscerlo, ma non riesco a identificarlo."

"I Sullivan posseggono la metà di questa città" dico, spiegando quello che ho appena scoperto sul conto del nostro nuovo nemico. "Prostituzione, droga, armi—hanno messo la propria firma su qualsiasi cosa. Patrick Sullivan dirige la famiglia, e ha al soldo quasi ogni capo politico e membro della polizia locale."

"Ah." Un barlume appare sul volto di Esguerra, mentre sembra ricordare. "Che c'entra Patrick Sullivan con tutto questo?"

"Ha due figli" spiego. "O meglio, *aveva* due figli. Brian e Sean. Brian è attualmente immerso nella soda caustica del nostro magazzino in affitto, e Sean è il proprietario del SUV bianco."

"Capisco" dice Esguerra, e mi rendo conto che sta pensando la stessa cosa che sto pensando io.

Il legame degli stupratori complica le cose, ma spiega anche perché hanno aggredito Rosa in un luogo pubblico. Sono abituati a essere tirati fuori dai guai dal padre mafioso, e non è mai capitato loro di dover affrontare qualcuno altrettanto pericoloso.

"Inoltre" dico, mentre Esguerra metabolizza il tutto: "Il ragazzo che abbiamo appeso in quel magazzino è il loro cugino diciassettenne, nipote di Sullivan. Si chiama Jimmy. A quanto pare, lui e i due fratelli sono molto uniti. O *erano* uniti, dovrei dire."

Esguerra socchiude i suoi occhi azzurri. "Hanno idea di chi siamo? Potrebbero aver puntato Rosa per arrivare a me?"

"No, non credo." Una nuova ondata di rabbia mi fa serrare la mascella. "I fratelli Sullivan hanno una brutta storia con le donne. Droghe da stupro, violenza sessuale, gang-bang di studentesse universitarie—e l'elenco potrebbe continuare all'infinito. Se non fosse per loro padre, starebbero marcendo in carcere in questo momento."

"Capisco." Esguerra storce la bocca. "Beh, quando avremo finito con loro, si pentiranno di non esserci stati."

Annuisco. Non appena ho saputo di Patrick Sullivan, ho capito che saremmo entrati in guerra. "Devo organizzare una squadra d'assalto?" chiedo, in preda a una familiare trepidazione. È da un po' che non affronto una bella battaglia.

"No, non ancora" dice Esguerra. Si gira e si avvicina alla finestra. Non so cosa stia guardando, ma resta in silenzio per più di un minuto, prima di voltarsi verso di me.

"Voglio che Nora e i suoi genitori vengano portati a casa mia prima di fare qualsiasi cosa" dice, e vedo la dura decisione sul suo volto. "Sean Sullivan dovrà aspettare. Per ora, ci concentreremo sul nipote."

"Va bene." Piego la testa. "Comincerò a prendere accordi."

10

yulia

La prima notte che trascorro presso la casa-rifugio, ho un sonno agitato, e mi sveglio ogni due ore a causa degli incubi. Non ricordo i dettagli esatti di quei sogni, ma so che hanno a che fare con Lucas e con mio fratello. Le immagini sono sfocate nella mia mente, ma ricordo treni, lucertole, spari e, soprattutto, il delicato profumo di lillà.

Verso le cinque del mattino, smetto di provare a riaddormentarmi. Alzandomi, metto una vestaglia e mi dirigo in cucina per prepararmi una tazza di tè. Obenko è lì, a leggere un giornale, e quando entro, alza lo sguardo, con gli occhi nocciola chiari e svegli, nonostante l'ora mattutina.

"Jet-lag?" chiede, e io annuisco. È la spiegazione perfetta per descrivere il mio stato d'animo.

"Vuoi del tè?" gli chiedo, versando l'acqua in un bollitore per il tè e mettendolo sul fornello.

"No, grazie." Mi studia, e mi chiedo che cosa veda. Una traditrice? Un fallimento? Qualcuna che ora è più un peso che un vantaggio? Un tempo l'opinione del mio capo era molto importante per me, e desideravo la sua approvazione più di quella dei miei genitori, ma in questo momento non me ne importa affatto.

C'è solo una cosa di cui mi importi questa mattina.

"Mio fratello" dico, sedendomi, dopo aver preparato una tazza di Earl Grey. "Come sta? Dov'è la famiglia di tua sorella ora?"

"Sono al sicuro." Obenko piega il suo giornale. "Li abbiamo fatti traslocare da un'altra parte."

"Hai qualche nuova foto per me?" chiedo, cercando di non sembrare troppo ansiosa.

"No." Obenko sospira. "Pensavamo che fossi morta, e quando ci hai contattati, temo che scattare foto non fosse la nostra priorità."

Bevo un sorso di tè bollente per mascherare la delusione. "Capisco."

Obenko si lascia sfuggire un altro sospiro. "Yulia. . . Sono passati undici anni. Devi lasciar andare Misha. Tuo fratello ha una vita senza di te."

"Lo so, ma non credo che qualche foto di tanto in tanto sia chiedere troppo." Il mio tono è più tagliente di quanto volessi. "Non è che ti sto chiedendo di vederlo. . ." Mi fermo, prendendo in considerazione quell'idea. "Beh, in realtà, visto che non hai le foto, forse potrei vederlo da lontano" dico, con il cuore che mi batte più forte dall'emozione. "Potrei usare un binocolo o un telescopio. Non lo saprebbe mai."

Lo sguardo di Obenko si indurisce. "Ne abbiamo già parlato, Yulia. Sai perché non lo puoi vedere."

"Perché peggiorerebbe il mio attaccamento irrazionale" dico, ripetendo a pappagallo le sue parole. "Sì, so che hai detto questo, ma non sono d'accordo. Avrei potuto morire in quella prigione russa o essere torturata a morte da Esguerra. Il fatto che oggi io sia seduta qui—"

"Non ha nulla a che vedere con Misha e con l'accordo che abbiamo stretto undici anni fa" dice Obenko. "Hai rovinato tutto con quest'incarico. Per colpa tua, tuo fratello è già stato sradicato, costretto a cambiare scuola e a rinunciare ai suoi amici. Non ascolterò le tue pretese oggi."

Stringo le dita intorno alla tazza di tè. "Non sto pretendendo niente" dico. "Sto solo chiedendo. So che è stato un mio errore a condurci in questa situazione, e mi dispiace. Ma non vedo come questo sia rilevante per la questione di cui stiamo parlando. Ho passato sei anni a Mosca a fare esattamente quello che volevi da me. Ti ho passato tante informazioni preziose. Tutto quello che voglio in cambio è vedere mio fratello da una certa distanza. Non lo avvicinerei, non ci parlerei—lo guarderei soltanto. Perché questo sarebbe un problema?"

Obenko si alza in piedi. "Bevi il tuo tè, Yulia" dice, ignorando la mia domanda. "Ci sarà un altro interrogatorio alle undici."

lucas

Trascorro la notte a coordinare la squadra di pulizia e a preparare la nostra partenza. Se c'è un lato positivo in questo disastro, è che presto torneremo a casa, e che presto riuscirò a dare la caccia a Yulia senza distrazioni.

Prima, però, devo occuparmi della situazione qui.

Comincio a preparare la colazione per Rosa, che non è uscita dalla sua camera questa mattina. In un primo momento, sono tentato di farle un panino, ma poi decido di provare a cimentarmi con una delle frittate che ho visto cucinare da Yulia. Mi ci vogliono due tentativi, ma riesco a produrre qualcosa di simile a una delle deliziose preparazioni di Yulia. Non ha neanche un cattivo sapore, mi accorgo, assaggiandone un boccone prima di mettere la metà della frittata su un piatto per Rosa.

Tenendo il piatto con una mano, busso alla porta della camera di Rosa. Dopo qualche minuto, sento dei passi, e lei apre la porta. Indossa una lunga T-shirt senza forma, e con mio grande sollievo, i suoi occhi sono asciutti, anche se i lividi sul suo viso sembrano più evidenti.

"Ciao" dico, con un sorriso forzato. "Ho preparato una frittata. Ne vuoi un po'?"

La domestica sbatte le palpebre, sembrando sorpresa. "Oh. . . Certo, grazie." Prende il piatto e lo guarda. "Ha un ottimo aspetto, grazie, Lucas."

"Prego." Studio le sue ferite, con lo stomaco in subbuglio a quella vista. "Come ti senti?"

Arrossisce, e distoglie lo sguardo. "Sto bene."

"Va bene." Vedo che non vuole compagnia, così dico: "Se hai bisogno di qualcosa, chiamami" e poi torno in cucina.

Devo finire la mia colazione prima di affrontare il prossimo compito.

Quando Esguerra esce di casa, è tutto pronto.

"Ho portato qui il cugino" dico, quando il mio capo mette piede sul vialetto. "Ho pensato che forse non avresti avuto voglia di andare fino a Chicago oggi."

"Fantastico." Gli occhi di Esguerra brillano cupamente. "Dov'è?"

"In quel furgone laggiù." Indico il furgone nero che ho parcheggiato dietro gli alberi più lontani dai vicini di casa.

Camminiamo insieme in quella direzione, ed Esguerra chiede: "Ci ha già dato qualche informazione?"

"Ci ha dato i codici di accesso per il parcheggio e gli ascensori del palazzo del cugino" dice Lucas. "Non è stato difficile farlo parlare. Ho pensato di affidare il resto dell'interrogatorio a te, nel caso avessi voluto sentirlo di persona."

"Hai pensato bene. Lo farò sicuramente." Avvicinandosi al furgone, Esguerra apre le portiere posteriori e scruta l'interno buio.

So cosa sta vedendo: un adolescente magro, imbavagliato e con le caviglie legate ai polsi dietro la schiena. È il terzo uomo, quello che Nora ha steso ieri in discoteca. Un paio delle mie guardie hanno già fatto un ottimo lavoro con lui, e ora è pronto per Esguerra.

Il mio capo non perde tempo. Salendo sul furgone, si gira e chiede: "Le pareti sono insonorizzate?"

Annuisco. "Circa il novanta percento." Sento il tanfo del sudore e dell'urina all'interno del furgone, e capisco che quegli odori presto verranno sopraffatti dalla puzza del sangue.

"Bene" dice Esguerra. "Dovrebbe essere sufficiente."

Sbatte le portiere del furgone, chiudendosi dentro con il ragazzo, e un minuto dopo, il rumore delle urla e delle suppliche della sua vittima riempie l'aria. Li lascio soli, facendo sì che Esguerra si diverta, mentre leggo l'ultimo aggiornamento di Diego ed Eduardo. Hanno trovato il tabulato dell'aereo privato atterrato a Kiev, quindi Yulia ha sicuramente lasciato la Colombia.

Inoltro le informazioni di Diego agli hacker, e quando Esguerra ha finito, avvolgo il corpo dell'adolescente in un foglio di plastica e comunico alla squadra di pulizia di entrare.

Mezz'ora dopo, sto tornando a casa, quando il mio telefono vibra per un nuovo messaggio da parte di Esguerra.

Nuovo sviluppo. Dobbiamo accelerare la partenza.

La mia adrenalina raggiunge il culmine. Entrando in casa, incontro Esguerra nel corridoio. "Che cos'è successo?"

"Frank, il nostro contatto della CIA, mi ha mandato un'e-mail" dice Esguerra, sistemandosi i capelli bagnati. Deve aver fatto una doccia per togliersi il sangue del ragazzo. "Ho appena saputo che un identikit di me, Nora e Rosa fatto da un artista sta circolando nell'ufficio dell'FBI locale. Il fratello che è scappato in quel SUV bianco deve avere un'ottima memoria visiva. Credo che i Sullivan non ci metteranno molto a scoprire chi siamo, e dopo quello che ho fatto all'altro fratello in discoteca e a suo cugino proprio ora. . ." Si ferma, ma non è necessario che continui.

Esguerra ed io sappiamo che Patrick Sullivan cercherà di ucciderci.

"Manderò Thomas a preparare l'aereo" dico. "Pensi che i genitori di Nora possano essere pronti per partire nella prossima ora?"

"Devono essere pronti" dice Esguerra. "Voglio che loro e le donne siano lontani, prima che facciamo qualsiasi cosa."

"Quante guardie dovremmo mandare sull'aereo con loro?"

"Quattro, per ogni evenienza" dice Esguerra, dopo un momento di riflessione. "Le altre possono rimanere a far parte della nostra squadra d'assalto."

"Va bene. Vado ad avvisare gli altri e ad assicurarmi che Rosa sia pronta per partire."

Arriviamo a casa dei suoceri di Esguerra, con la nostra limousine seguita da sette SUV blindati che trasportano ventitré guardie. I vicini ci guardano sbalorditi, e provo un leggero divertimento al pensiero che i genitori di Nora dovranno spiegare questo ai loro vicini di casa. Sono sicuro che la brava gente di Oak Lawn abbia sentito le voci sul trafficante d'armi che è il marito di Nora, ma sentire e vedere sono due cose diverse.

Com'era prevedibile, i genitori non sono ancora pronti, così Esguerra e sua moglie vanno a chiamarli. Rosa rimane in macchina, spiegando a Nora che non vuole farsi vedere.

Quando siamo soli, mi giro e guardo Rosa dal divisorio della limousine.

"Vuoi ascoltare un po' di musica?" chiedo, ma lei scuote la testa. Non parla, guarda fuori dal finestrino, e sono certo che stia pensando a quello che è successo ieri.

Non volendo distoglierla dai suoi pensieri, alzo il divisorio e ne approfitto per controllare l'aereo. Thomas mi assicura che è pronto per andare, così esamino le mie armi per la seconda volta—un M16 sul torace e una Glock 26 legata alla gamba. Mi piacerebbe essere ancora più armato, ma devo guidare. Fortunatamente, Esguerra ha un intero arsenale nella parte posteriore, sotto uno dei sedili. Spero che non ne avremo bisogno, ma in caso contrario siamo preparati.

Una quarantina di minuti dopo, Esguerra esce di casa, con un'enorme valigia. È seguito dal padre di Nora con un'altra valigia, e, più dietro, vedo Nora e sua madre.

Anche se c'è molto spazio nella parte posteriore, Rosa viene a sedersi nella parte anteriore con me, spiegando che vuole concedere più spazio a loro quattro.

"Non ti dispiace, vero?" chiede, guardandomi, e le rivolgo un sorriso rassicurante.

"No, accomodati pure." Alzo nuovamente il divisorio, che ci separa dall'abitacolo principale, e avvio la macchina. "Come stai?"

"Bene." La sua voce è bassa, ma ferma. Non insisto, e proseguiamo in un confortevole silenzio per un po' di tempo. È solo quando imbocchiamo una strada a due corsie che Rosa parla di nuovo. "Lucas" dice a bassa voce. "Vorrei chiederti un favore."

Sorpreso, la guardo, prima di rivolgere nuovamente l'attenzione alla strada. "Di cosa si tratta?"

"Se dovesse esserci la possibilità—" Le si incrina la voce. "Se li catturi, voglio esserci. Va bene? Voglio esserci."

Non specifica, ma capisco. "Va bene" le prometto. "Farò in modo che tu possa veder fatta giustizia."

"Grazie—" comincia a dire, ma in quel momento intravedo un movimento nello specchietto laterale, e il mio cuore salta un battito.

Sulla strada stretta dietro i nostri SUV c'è un intero corteo di automobili, che ci stanno raggiungendo velocemente.

Premo il pedale sul gas con una scarica di adrenalina. La limousine scatta in avanti, accelerando a un ritmo folle, e abbasso il divisorio per incrociare lo sguardo di Esguerra nello specchietto retrovisore.

"C'è una coda" dico laconicamente. "Ci stanno alle calcagna, e ci attaccheranno con tutti i loro mezzi."

yulia

"**B**ayu-bayushki-bayu, ne lozhisya na krayu. . ." Mia madre mi sta cantando una ninna nanna russa, con voce dolce, mentre mi sistemo meglio sotto la coperta. "*Pridyot seren'kiy volchok, i ukusit za bochok. . .*"

È stonata, e le parole narrano di un lupo grigio che mi morderà il fianco, se rimarrò sdraiata troppo vicino al bordo del letto, ma la melodia è confortante, come il sorriso di mia madre. Mi inebrio, godendomela il più a lungo possibile, ma parola dopo parola la voce di mia madre si fa più debole e lontana, fin quando rimane solo il silenzio.

Silenzio e un buio vuoto e freddo.

"Non andare, Mamma" sussurro. "Resta a casa. Non andare da Nonno stasera. Ti prego, resta a casa."

Ma non c'è alcuna risposta. Non c'è mai una risposta. Ci sono solo l'oscurità e il rumore del pianto di Misha. Ha la febbre e vuole i nostri genitori. Lo prendo in braccio e lo cullo, con il peso del corpo del bambino che mi conforta in quel mare tenebroso. "Va tutto bene, Mishen'ka. Va tutto bene. Andrà tutto bene. Mi prenderò cura di te. Staremo bene, te lo prometto."

Ma non smette di piangere. Piange per tutta la notte. Le sue urla diventano isteriche, quando arriva la direttrice la mattina seguente, e capisco che gli ha fatto qualcosa. Ho visto i lividi sulle sue gambe, quando è uscito dall'ufficio della donna ieri sera. In qualche modo, gli ha fatto del male, l'ha traumatizzato. Non ha smesso di piangere da allora.

"No, non prenderlo." Cerco di tenere Misha, ma lei mi spinge via, portando mio fratello con sé. La seguo, ma due ragazzi più grandi mi sbarrano la strada, formando un muro umano davanti a me.

"Non farlo" dice uno dei ragazzi. "Non servirà a niente."

I suoi occhi sono neri come la pece, come il buio intorno a me, e mi gira la testa. Mi sento persa, davvero persa in quelle tenebre.

"Ho una proposta per te, Yulia." Un uomo con un bel vestito elegante mi sorride, con gli occhi color nocciola freddi e calcolatori. "Un affare, se vuoi. Non sei troppo giovane per un accordo, no?"

Alzo il mento, incontrando il suo sguardo. "Ho undici anni. Posso fare qualsiasi cosa."

"Bayu-bayushki-bayu, ne lozhisya na krayu. . ."

"È colpa tua, troia." Mani crudeli mi afferrano, trascinandomi nell'oscurità. "È tutta colpa tua."

"Pridyot seren'kiy volchok, i ukusit za bochok. . ."

La melodia si interrompe di nuovo, e piango, piango e combatto, mentre sprofondo nel buio.

"Parlami del programma." Due braccia forti mi prendono, imprigionandomi contro un muscoloso corpo maschile. So che dovrei essere terrorizzata, ma quando alzo lo sguardo e scruto gli occhi chiari dell'uomo sento il calore dentro di me. Il suo volto è duro, con ogni lineamento scolpito nella pietra, ma i suoi occhi grigio-azzurri sprigionano un calore che non provavo da anni. C'è una promessa di sicurezza in essi, e qualcos'altro.

Qualcosa che bramo con tutta l'anima.

"Lucas. . ." Sono disperata, quando lo raggiungo. "Scopami, ti prego. Per favore."

Spinge dentro di me, dilatandomi con il suo cazzo, trafiggendomi, e il suo calore dissipa il freddo persistente. Sto bruciando, e non è sufficiente. Non mi basta. "Ti amo" sussurro, scavando con le unghie nella sua schiena muscolosa. "Ti amo, Lucas."

"Yulia." La sua voce è fredda e distante, quando dice il mio nome. "Yulia, è giunto il momento."

"Per favore" lo imploro, raggiungendo Lucas, ma sta già svanendo. "Ti prego, non andare. Resta con me."

"Yulia." Una mano mi tocca la spalla. "Svegliati."

Ansimando, mi siedo sul letto e guardo nei freddi occhi color nocciola di Obenko. Il cuore mi martella nella gola, e sono ricoperta da un sottile strato di sudore. Girando la testa, osservo la carta da parati e la luce grigia che filtra dalla finestra sporca. Non c'è Lucas qui, nessuno che mi stringa nel buio.

Sono nella camera da letto della casa-rifugio, dove devo essermi addormentata prima dell'interrogatorio.

"Ho. . . Ho detto qualcosa?" chiedo, cercando di stabilizzare il mio respiro incerto. Il sogno sta già svanendo dalla mia memoria, ma i pezzi che ricordo sono sufficienti a mettermi le viscere in subbuglio.

"No." Il volto di Obenko è inespressivo. "Avresti dovuto?"

"No, certo che no." Il mio frenetico battito sta cominciando a rallentare. "Dammi un minuto per rinfrescarmi, e sarò da te."

"Va bene." Obenko esce dalla mia stanza, e mi stringo la coperta sul corpo, alla disperata ricerca di quel po' di comfort che riesco a trovare.

lucas

Al colpo di un'arma da fuoco, do un'occhiata allo specchietto laterale e vedo le nostre guardie nei SUV che stanno sparando ai veicoli che ci inseguono. Un proiettile colpisce la fiancata della nostra macchina, e io devio, facendo della limousine un obiettivo più difficile. Sul retro, i genitori di Nora urlano in preda al panico, ed Esguerra salta giù dal sedile per afferrare la sua scorta di armi.

Cazzo. Stringo le mani sul volante. Non dovrebbe succedere questo. Non quando abbiamo dei civili con noi. Io ed Esguerra siamo in grado di gestire questa situazione, ma non Rosa e Nora—e certamente non i genitori di Nora. Se dovesse succedere loro qualcosa. . . Premo più forte sul pedale dell'acceleratore, spingendo il tachimetro a oltre 100 miglia all'ora.

Altri spari. Nello specchietto laterale, vedo i nostri uomini rispondere al fuoco degli inseguitori. Dietro di noi, una delle auto dei Sullivan colpisce lateralmente una delle nostre, cercando di mandarla fuori strada, e si sente un'altra raffica, prima che i SUV degli inseguitori scivolino fuori strada e si ribaltino.

Un'altra macchina si avvicina pericolosamente a uno dei nostri SUV, distruggendone la fiancata. Dietro, c'è almeno una dozzina di veicoli—un mix di SUV, furgoni e Hummer con lanciagranate sui tetti.

No, non è una dozzina.

Hanno ben quindici o sedici vetture contro otto delle nostre.

Cazzo. Spingo di nuovo sul pedale dell'acceleratore, e il tachimetro sale a 110. Dobbiamo andare più veloci, ma la limousine blindata è troppo pesante. È stata costruita per proteggere, non per andare veloce.

Dietro, uno dei nostri SUV vola, esplodendo a mezz'aria. L'esplosione è assordante, ma la ignoro, rivolgendo tutta la mia attenzione alla strada. Non posso pensare agli uomini che abbiamo appena perso o alle loro famiglie.

Se vogliamo sopravvivere, non posso permettermi quella distrazione.

"Lucas." Rosa sembra in preda al panico. "Lucas, quello è—"

"Un posto di blocco, sì." Devo alzare la voce per farmi sentire sul frastuono degli spari e delle esplosioni. Ci sono quattro auto della polizia a bloccarci la strada, e sono circondate da uomini delle squadre speciali. Sono qui per noi—il che significa che devono essere al soldo dei Sullivan.

Sul retro, Julian sta gridando qualcosa a Nora, e nello specchietto retrovisore, lo vedo tirar fuori dei giubbotti antiproiettile e un lanciagranate.

"Dobbiamo superarli" grido, tenendo il piede sul gas. Siamo a pochi secondi di distanza ora, avvicinandoci al blocco a tutta velocità. Punto la limousine nello stretto spazio tra due macchine della polizia. Per questo, il peso della limousine blindata è un vantaggio.

"Reggiti forte!" grido a Rosa, e poi andiamo a sbattere contro le macchine, con l'impatto della collisione che mi sbalza in avanti. Sento la cintura di sicurezza segarmi, sento le pallottole delle forze speciali che colpiscono la fiancata e i finestrini della nostra auto, e poi passiamo, con la limousine che si fa strada, mentre altre due auto dietro di noi si scontrano ed esplodono.

Le auto dei Sullivan, mi rendo conto con sollievo un attimo dopo. Da quello che posso vedere nello specchietto laterale, i nostri SUV sono ancora intatti. Accanto a me, Rosa è bianca dalla paura, ma apparentemente illesa.

Prima che io possa riprendere fiato, sento un *boom* assordante e vedo la macchina della polizia dietro di noi saltare, esplodendo in aria. Atterra su una fiancata, bruciando, e una delle Hummer dei Sullivan va a sbatterci contro. Si sente un'altra esplosione, seguita da un furgone dei Sullivan che finisce fuori strada. Sorrido selvaggiamente, quando scorgo Esguerra in piedi in mezzo alla limousine, con la testa e le spalle che spuntano dall'apertura nel tetto.

Il mio capo deve aver utilizzato il lanciagranate sotto al sedile.

C'è un'altra *esplosione*, quando spara il colpo successivo, ma nessun veicolo nemico salta in aria questa volta. Tuttavia, una Hummer sbanda, sbattendo contro uno dei nostri SUV, e vedo l'auto delle guardie ribaltarsi, finendo fuori strada.

Cazzo. Il mio entusiasmo svanisce. Esguerra farebbe bene a mirare come si deve, o siamo fottuti.

Come se mi leggesse nel pensiero, si sente un'altra esplosione, seguita da un furgone dei Sullivan che esplode dietro di noi. Due SUV dei Sullivan si schiantano contro di esso, ma la mia soddisfazione è di breve durata, quando sento i proiettili sulla fiancata della nostra macchina. Imprecando, stringo il volante e comincio a zigzagare da una parte all'altra.

A differenza della limousine, la testa di Esguerra non è a prova di proiettile.

"Dai, Esguerra" mormoro, stringendo il volante. "Sparagli, cazzo."

Boom! Un altro SUV dei Sullivan esplode, tirando con sé quello dietro.

"Lo sta facendo" dice Rosa con voce tremante. "Gli sono rimaste solo sei vetture."

Do un'occhiata allo specchietto e vedo che ha ragione. Sei veicoli nemici contro cinque dei nostri.

Possiamo ancora farcela.

Improvvisamente, vedo un lampo di fuoco nello specchietto. Due dei nostri SUV volano in aria, e mi rendo conto che le Hummer li hanno eliminati. *Fanculo. Fanculo, fanculo, fanculo.*

"Dai, Esguerra." Le mie nocche diventano bianche sul volante. "Fallo, cazzo."

Boom! Una delle Hummer vira fuori strada, andando in fumo.

"Il Señor Esguerra ce l'ha fatta!" La voce di Rosa è carica di gioia isterica. "Lucas, l'ha presa!"

Non faccio in tempo a rispondere, perché una delle auto nemiche sbanda e si schianta contro un'altra. I nostri uomini devono aver colpito il conducente.

"Ne mancano tre, Lucas. Solo tre!" Rosa sta saltando sul sedile, e mi rendo conto che ha l'adrenalina nelle vene. Dopo un po', si smette di provare paura, e diventa tutto un gioco, una corsa diversa da tutte le altre. È questo che rende il pericolo così emozionante—almeno per me.

Mi sento più vivo quando sono vicino alla morte.

Ma questo non vale ora, mi rendo conto con un sussulto. Quell'euforia è attenuata oggi, offuscata dalla mia preoccupazione per i nostri civili e per la rabbia dovuta alle morti dei nostri uomini. Al posto dell'emozione, c'è solo una cupa determinazione a sopravvivere.

A vivere in modo da poter catturare Yulia e sentirmi vivo in un modo completamente diverso.

"Lucas." Rosa sembra tesa tutto d'un tratto. "Lucas, lo vedi?"

"Che cosa?" dico, ma poi il rumore raggiunge le mie orecchie.

È il debole ma inconfondibile rombo delle pale di un elicottero.

"È un elicottero della polizia" dice Rosa, con voce nuovamente tremante. "Lucas, perché c'è un elicottero?"

Spingo sul pedale dell'acceleratore, invece di rispondere. Ci sono solo due possibilità: o le autorità hanno saputo cosa sta succedendo o si tratta di altri sporchi poliziotti. Scommetto sulla seconda ipotesi, il che significa che siamo fottuti. Secondo i miei calcoli, Esguerra è rimasto con un solo colpo in quel lanciagranate, e non riuscirà mai a far fuori quell'elicottero.

"Che cosa faremo?" Il panico di Rosa è evidente. "Lucas, che cosa—"

"Calmati." Spingo sul pedale, concentrandomi sulla struttura davanti a noi. Siamo quasi arrivati all'aeroporto privato, e se entrassimo ora, avremmo una possibilità.

"Vado verso l'hangar!" grido a Esguerra, e svolto verso la struttura. Allo stesso tempo, premo il pedale del gas, spingendo la limousine al limite. Sfrecciamo verso l'hangar, ma il rombo dell'elicottero si sta facendo inesorabilmente più forte.

Boom! Con le orecchie che mi fischiano dall'esplosione, devio d'istinto prima di raddrizzare la macchina e di spingere di nuovo sull'acceleratore. Dietro di noi, uno dei nostri SUV va a sbattere contro un altro, e si scontrano con uno stridio di pneumatici, prima di uscire fuori strada.

"Ci hanno sparato." Rosa sembra stordita. "Oh mio Dio, Lucas, l'elicottero ci ha sparato."

Scuoto la testa, cercando di sbarazzarmi del ronzio nelle orecchie, ma, prima che il rumore si plachi, c'è un'altra esplosione assordante.

L'Hummer dietro di noi va in fiamme, lasciando due SUV nemici e l'elicottero.

A Esguerra è rimasto un ultimo colpo.

Prima che io possa fare un respiro, un'esplosione fa tremare la limousine. Mi si appanna la vista e mi gira la testa, con il ronzio nelle orecchie che si trasforma in un acuto lamento vertiginoso. Solo decenni di formazione mi permettono di tenere le mani sul volante, e mentre la mia vista torna alla normalità, mi rendo conto di ciò che sta gridando Rosa.

"Siamo stati colpiti, Lucas! Siamo stati colpiti!"

Cazzo, ha ragione. C'è del fumo che esce dalla parte posteriore della vettura, e il lunotto posteriore è in frantumi.

"Esguerra e la sua famiglia—" comincio a dire con voce roca, ma poi vedo Esguerra sbucare nello specchietto retrovisore. Ha il viso ricoperto di sangue, ma è vivo. Tirando su Nora dal pavimento, le porge un AK-47. Dietro di loro, i genitori sembrano storditi e sanguinanti, ma coscienti.

Abbiamo quasi raggiunto l'hangar, quindi tolgo il piede dall'acceleratore. Sento Esguerra dare istruzioni a sua moglie nella parte posteriore. Vuole che prenda i suoi genitori e corra verso l'aereo, non appena ci saremo fermati.

"Correrai insieme a loro anche tu, Rosa, mi hai sentito?" dico, senza distogliere lo sguardo dalla strada. "Scenderai, e correrai."

"O-okay." Sembra vicina all'iperventilazione.

Oltrepassiamo le porte aperte dell'hangar, e premo sui freni, facendo fermare la limousine tutto d'un tratto.

"Corri, Rosa!" grido, slacciandomi la cintura di sicurezza, e mentre si precipita fuori dalla macchina, salto a mia volta, afferrando il mio M16.

"Ora, Nora!" grida Esguerra dietro di me, spalancando la portiera del passeggero. "Vai, ora!"

Con la coda dell'occhio, vedo Rosa correre dietro Nora e i suoi genitori, ma, prima che io possa verificare che siano saliti sull'aereo, un SUV dei Sullivan piomba nell'edificio.

Apro il fuoco, ed Esguerra si unisce a me.

Il parabrezza del SUV va in frantumi, quando inchioda davanti a noi, e degli uomini armati si riversano fuori.

"Dietro! Dietro la limousine!" urlo a Esguerra, coprendo la sua ritirata. Poi, è lui a coprire me, quando mi tuffo dietro la limousine.

"Pronto?" chiedo, e lui annuisce. Sincronizzando i nostri movimenti, ci sistemiamo sui lati della limousine e spariamo una raffica di colpi prima di accovacciarci.

"Ne abbiamo fatti fuori quattro" dice Esguerra, ricaricando il suo M16. "Credo che ne sia rimasto uno solo."

"Coprimi" dico, e striscio intorno alla limousine. Sento il sudore che mi gocciola negli occhi, mentre cammino sullo stomaco, ed Esguerra spara al SUV per distrarre il ragazzo. Ci metto quasi un minuto a trovare un varco e a sparare al tiratore.

I miei proiettili lo colpiscono al collo, scatenando un geyser di sangue.

Respirando a fatica, mi alzo in piedi. Dopo la battaglia, il silenzio mi dà la sensazione di essere diventato sordo.

"Ottimo lavoro" dice Esguerra, uscendo da dietro la limousine. "Ora, se i nostri uomini rimasti hanno—"

"Julian!" Dall'altra parte dell'hangar, Nora sta agitando il suo AK-47 sopra la testa. Sembra felice. "Qui! Vieni qui, sbrigati!"

Un enorme sorriso illumina il viso di Esguerra, mentre lei comincia a correre verso di lui—e poi, una ventata incandescente mi fa volare.

yulia

Il secondo "interrogatorio" è ancora più faticoso del primo. Obenko e i due agenti vogliono che racconti loro ogni conversazione con Lucas e che descriva ciascuno dei nostri incontri in dettaglio. Vogliono sapere come mi ha tenuta legata, quando mi ha comprato i vestiti, che genere di pasti mi cucinava, e quali sono le sue preferenze sessuali. Collaboro, in un primo momento, ma dopo un po' inizio ad oppormi. Non posso sopportare che il rapporto con il mio ex rapitore venga analizzato da questi uomini. Non voglio che sappiano dei miei sentimenti per Lucas o delle mie fantasie su di lui. I momenti più dolci tra noi e le cose che mi ha promesso—sono solo miei.

Quello che è successo durante la mia prigionia era sbagliato e contorto, ma ha anche significato qualcosa—per me, almeno.

"Yulia" dice Obenko, dopo che ho eluso un'altra delle sue domande. "Questo è importante. L'uomo con cui hai passato due settimane è il braccio destro di Esguerra. Da quello che ci stai dicendo, sembrerebbe che lui, e non Esguerra, sia la forza trainante alle nostre calcagna. È fondamentale che capiamo esattamente cosa vuole e come la pensa."

"Ho già detto tutto quello che so." Cerco di non lasciar trapelare la frustrazione dalla mia voce. "Cos'altro volete da me?"

"Che ne dici della verità, Yulia Borisovna?" Mateyenko mi rivolge uno sguardo penetrante. "È stato Kent a mandarti qui? Lavori per lui, ora?"

"Che cosa?" Resto a bocca aperta. "Stai dicendo sul serio? Sono stata io ad avvisarvi. Credete davvero che tradirei la famiglia adottiva di mio fratello?"

"Non lo so, Yulia Borisovna." L'espressione di Mateyenko non cambia. "Lo faresti?"

Mi alzo in piedi. "Se lavorassi per lui, perché vi avrei detto che ha ottenuto queste informazioni da me? Un agente che fa il doppio gioco non ammetterebbe di aver fallito—si presenterebbe come un eroe, non come uno sconfitto."

Accanto a Mateyenko, Sokov incrocia le braccia. "Questo dipenderebbe dall'intelligenza dell'agente che fa il doppio gioco, Yulia Borisovna. I migliori hanno sempre una storia da raccontare."

Mi rivolgo a Obenko. "Anche tu pensi questo? Che vi ho traditi?"

"No, Yulia." Il mio capo non batte ciglio. "In questo caso, saresti già morta da un pezzo. Ma credo che tu stia nascondendo qualcosa. Non è così?"

"No." Sorreggo il suo sguardo. "Ti ho detto tutto. Non so nient'altro che potrebbe aiutarci."

Obenko serra la mascella, ma annuisce. "Va bene, allora. Abbiamo finito per oggi."

Quando Mateyenko e Sokov se ne vanno, mi avvio verso la camera, con un mal di testa che mi fa battere le tempie. Non ho alcun dubbio sul fatto che Obenko intendesse davvero quello che ha detto: se pensasse che stessi facendo il doppio gioco, mi avrebbe già uccisa.

Dopo essere sopravvissuta alla prigione russa e alla tenuta di Esguerra, potrei morire per mano dei miei colleghi.

Stranamente, quel pensiero non mi sconvolge più di tanto. Il freddo vuoto che si è insinuato nel mio petto intorpidisce tutto, anche la paura. Ora che sono qui—ora che ho fatto tutto il possibile per garantire la sicurezza di mio fratello—non ho più il minimo interesse per il mio destino. Persino il ricordo della crudeltà di Lucas sembra lontano e distante, come se fosse successo anni fa, invece di qualche giorno fa.

Quando arrivo in camera, mi corico e stringo la coperta intorno al corpo, ma non riesco a scaldarmi.

C'è solo una cosa che potrebbe scacciare questo freddo—e lui è a migliaia di chilometri di distanza.

lucas

at-tat-tat!

Il forte crepitio degli spari attraversa l'oscurità, facendomi riprendere i sensi. È come se il mio cervello stesse nuotando in una spessa nebbia viscosa.

Gemendo, mi giro sullo stomaco, quasi vomitando dal dolore al cranio. Dov'è Jackson? Che cos'è successo? Eravamo fuori di pattuglia e poi... *Fanculo!*

Ignorando la pulsazione nella testa, inizio a strisciare sulla sabbia, lontano dagli spari. Mi fa male tutto, con le particelle di sabbia che mi vanno negli occhi e mi riempiono i polmoni. Mi sento come se fossi fatto di sabbia, con la pelle pronta a dissolversi e a volar via, spinta dal duro vento pungente.

Altri spari, poi un grido sofferente.

La paura mi stringe il petto. "Jackson?"

"Sono stato colpito." La voce di Jackson è carica di terrore. "Oh, cazzo, Kent, mi hanno colpito."

"Tieni duro." Striscio in direzione degli spari, trascinando il mio inutile fucile. Ho finito le munizioni cinque minuti dopo essere caduto in un'imboscata, ma non voglio lasciare l'arma ai nemici. "Ho chiamato i soccorsi. Stanno arrivando."

Jackson tossisce, ma il suo verso si trasforma in un gorgoglio. "È troppo tardi, Kent. È troppo tardi, cazzo. Lascia perdere."

"Zitto." Striscio più velocemente verso gli spari, con la luce fioca della luna che illumina un piccolo rialzo accanto alla nostra Humvee capovolta. La voce di Jackson viene da quella direzione, quindi so che dev'essere lì. "Tieni duro."

"Non. . . Non verranno, Kent." Jackson sta ansimando ora. Il proiettile deve averlo colpito ai polmoni. "Roberts. . . È stato lui a volere questo. È stato lui a ordinare questo."

"Di cosa stai parlando?" Finalmente, lo raggiungo, ma quando lo tocco tutto quello che sento è la pelle bagnata e l'osso fratturato. Ritraggo la mano. "Cazzo, Jackson, la tua gamba—"

"Devi"—Jackson emette un gorgoglio—"andare. Faranno saltare questo posto, se verranno. Roberts, lui. . . L'ho preso. Stavo per smascherarlo. Non si tratta dei Talebani. Roberts sapeva"—sputa sangue—"sapeva che saremmo stati qui. Tutto questo è colpa sua."

"Basta. Ce la faremo." Non riesco a riflettere su ciò che Jackson sta dicendo, non riesco a capire le implicazioni delle sue parole. Il nostro comandante non può averci tradito in questo modo. È impossibile. "Tieni duro, amico."

"È troppo tardi." Jackson emette un sibilo simile a un mugolio, quando mi allungo di nuovo verso di lui. "Roberts. . ." Sembra soffocare, e sento del liquido caldo sulle mani, quando le premo sul suo stomaco.

"Jackson, resta con me." Il cuore mi batte a un ritmo folle, irregolare. Non a Jackson. Questo non sarebbe dovuto succedere proprio a Jackson. Faccio pressione sulla ferita, cercando di fermare l'emorragia. "Andiamo, amico, resta con me. I soccorsi arriveranno presto."

"Corri" borbotta Jackson impercettibilmente. "Ti ucciderà. . ." Rabbrividisce, e sento il momento in cui accade. Il suo corpo si affloscia, e un terribile fetore riempie l'aria.

"Jackson!" Tenendogli la mano sullo stomaco, raggiungo il suo collo, ma il suo cuore ha cessato di battere.

È finita. Il mio miglior amico è morto.

Tat-tat-tat!

Gli spari sono tornati, così come la nebbia viscosa nel mio cervello. Fa anche caldo—molto più caldo di quanto dovrebbe fare di notte nel deserto. Il caldo mi sta consumando, facendomi a pezzi come—

Cazzo, sto bruciando!

Gettandomi da una parte, mi rotolo, senza fermarmi, fin quando il caldo bruciante non si attenua. Le costole urlano dal dolore e mi gira la testa, ma le fiamme che mi lambivano la pelle sono scomparse.

Ansimando, apro gli occhi e fisso il soffitto alto sopra di me.

Il soffitto, non il cielo notturno.

Le sinapsi del mio cervello finalmente si connettono e cominciano a lavorare.

L'Afghanistan è stato otto anni fa.

Sono a Chicago, non in Afghanistan, e chiunque mi abbia abbattuto non può avere niente a che fare con il mio vecchio comandante.

Tat-tat-tat!

Giro la testa per vedere una piccola figura che corre dall'altra parte dell'hangar. Quattro uomini delle forze speciali la stanno inseguendo. Mentre osservo, incredulo, la moglie di Esguerra si gira e spara con il suo AK-47 agli inseguitori, prima di scomparire in uno degli aerei.

Cazzo. Devo aiutare Nora. Gemendo, mi rotolo su un fianco. Ci sono delle macerie che stanno bruciando tutto intorno a me, e la limousine è in fiamme. Sulla parete dell'hangar dietro la limousine c'è un buco attraverso il quale vedo l'elicottero della polizia. È parcheggiato sul prato, e le sue pale sono ferme.

Gli scagnozzi di Sullivan devono aver fatto fuori le guardie nel nostro ultimo SUV prima di venire da noi.

Mentre cerco di alzarmi in piedi, vedo Esguerra saltare verso la limousine in fiamme. È sopravvissuto, mi rendo conto con sollievo. Combattendo un'ondata di vertigini, faccio un passo verso la macchina, ignorando il dolore atroce alle costole.

Prima che io possa arrivare, Esguerra salta fuori dalla limousine, con due mitragliatrici, e si lancia verso gli inseguitori di Nora. Sto per andare ad aiutarlo, quando noto un movimento vicino all'elicottero.

Due uomini stanno saltando fuori, chiaramente intenti a fuggire.

Reagisco ancora prima di capire chi siano. Sollevando la mia arma, li riempio di proiettili, mirando volutamente lontano dagli organi vitali. Quando mi fermo, l'hangar è di nuovo silenzioso, e mi guardo dietro per vedere Esguerra abbracciare Nora, entrambi apparentemente illesi.

Un sorriso mi fa piegare le labbra, mentre mi giro e mi dirigo verso i due uomini che ho ferito.

È giunto il momento che i Sullivan paghino per quello che hanno fatto.

———————

"È chi penso che sia?" chiede Esguerra con voce roca, facendo un cenno con la testa verso l'uomo più anziano, e il mio sorriso si allarga.

"Sì. Patrick Sullivan in persona, insieme al suo figlio prediletto—e l'unico ancora vivo—Sean."

A Patrick ho sparato alla gamba e al figlio al braccio, ed entrambi stanno rotolando a terra, frignando per il dolore. La loro sofferenza aiuta a lenire un po' della mia rabbia che infuria. Per quello che hanno fatto a Rosa e Nora, e alle guardie che sono morte oggi, questi uomini pagheranno.

"Credo che siano venuti in elicottero per osservare il combattimento e intervenire al momento giusto" dico, toccandomi le costole. "Solo che il momento giusto non è mai arrivato. Devono aver scoperto chi sei e aver chiamato tutti i poliziotti che dovevano loro dei favori."

"Gli uomini che abbiamo ucciso erano poliziotti?" chiede Nora, tremando visibilmente. Il suo picco di adrenalina dev'essere svanito. "Anche quelli nelle Hummer e nei SUV?"

"A giudicare dalla loro attrezzatura, molti di loro lo erano." Esguerra le avvolge un braccio intorno alla vita per sorreggerla. "Alcuni probabilmente erano corrotti, ma altri stavano solo eseguendo ciecamente gli ordini dei loro superiori. Non ho alcun dubbio sul fatto che abbiano detto loro che eravamo dei criminali estremamente pericolosi. Forse addirittura dei terroristi."

"Oh." Nora si appoggia al marito, improvvisamente pallida.

"Cazzo" mormora Esguerra, prendendola in braccio. Tenendola sul petto, dice: "La porto sull'aereo."

Con mia grande sorpresa, Nora scuote la testa. "No, sto bene. Ti prego, rimettimi giù." Spinge sulle sue spalle con una tale determinazione che Esguerra acconsente, poggiandola a terra con cura.

Tenendole un braccio intorno alla schiena, le rivolge uno sguardo preoccupato. "Che cosa c'è, tesoro?"

Nora fa un gesto verso i nostri prigionieri. "Che cos'hai intenzione di fare? Li ucciderai?"

"Sì" risponde Esguerra senza esitazioni. "Li ucciderò."

Nora non dice niente, e ricordo la promessa che ho fatto alla sua amica. "Credo che Rosa dovrebbe essere qui in questo momento" dico. "Le piacerebbe veder trionfare la giustizia."

Esguerra guarda sua moglie, e lei annuisce.

"Portala qui" dice Esguerra, e nonostante la cupezza della situazione, provo una fitta di divertimento mentre torno verso l'aereo.

La piccola moglie delicata di Esguerra si è abituata abbastanza bene al nostro mondo.

Quando raggiungo l'aereo, Rosa esce fuori, venendomi incontro con il viso pallido. "Lucas, sono—"

"Sì, vieni." Prendendole il braccio con cautela, la conduco fuori dall'hangar. Mentre usciamo fuori, vedo che Patrick Sullivan è a terra, svenuto, ma il figlio è ancora cosciente e sta supplicando per convincerci a risparmiargli la vita.

Guardo Rosa, e sono felice di notare che le sue guance hanno riacquistato un po' di colore. Avvicinandosi a Sean Sullivan, lo guarda per un paio di secondi prima di alzare lo sguardo verso me ed Esguerra.

"Posso?" chiede, allungando la mano, e io sorrido con freddezza, consegnandole il mio fucile. Le mani di Rosa sono ferme, quando mira contro il suo aggressore.

"Fallo" dice Esguerra, e lei preme il grilletto. La testa di Sean Sullivan esplode, con il suo sangue e i frammenti di materia cerebrale che volano dappertutto, ma Rosa non si tira indietro, né distoglie lo sguardo.

Prima che il rumore dello sparo si dissolva, Esguerra si avvicina a Patrick Sullivan, ancora privo di sensi, e scarica una serie di proiettili nel petto dell'uomo più anziano.

"Abbiamo finito qui" dice Esguerra, allontanandosi dal corpo morto, e ci avviamo tutti e quattro verso l'aereo.

La Pista

16

Lucas

Trascorro la settimana dopo il nostro ritorno da Chicago a occuparmi delle conseguenze del viaggio e a guarire dalle mie ferite. Secondo Goldberg, il nostro medico della tenuta, ho le costole incrinate e qualche ustione di primo grado sulla schiena e le braccia—lesioni che sono davvero poco gravi vista la battaglia a cui siamo sopravvissuti.

"Sei un figlio di puttana fortunato" dice Diego, quando finalmente mi siedo con lui ed Eduardo per aggiornarli sulla situazione di Yulia. "Tutti quei ragazzi. . ."

"Sì." Mi fanno male i denti dopo aver digrignato la mascella per tutto il giorno. I volti dei nostri uomini morti mi perseguitano, proprio come quelli delle guardie che sono morte nell'incidente aereo. Nel corso degli ultimi due mesi, abbiamo perso più di settanta membri della nostra gente, e lo stato d'animo nella tenuta è cupo, a dir poco.

Tra l'organizzazione dei funerali, trovare nuove re-clute e ripulire il casino di Chicago, sto agendo in preda all'adrenalina.

"Spero che tu l'abbia fatta pagare a quei bastardi" dice Eduardo, con voce carica di rabbia. "Se fossi stato lì—"

"Saresti morto come gli altri" dico, seccato. Non sono in vena di ascoltare le spacconate della giovane guardia; le mie ustioni sono per lo più guarite ormai, ma le costole mi fanno male ad ogni movimento. "Dimmi cos'avete scoperto finora. Avete capito se qualcuno ha avuto contatti con la mia prigioniera prima della fuga?"

Diego ed Eduardo si scambiano delle strane occhiate. Poi, Diego aggiunge: "Sì, ma non credo che sia stata lei."

Corrugo la fronte. "Lei?"

"Rosa Martinez, la domestica della casa principale" dice Eduardo, esitante. "Lei. . . Beh, il filmato del drone ha mostrato che è venuta un paio di volte a casa tua nelle ultime due settimane."

"Oh, sì." Ridacchio senza umorismo. "Era stranamente curiosa di Yulia." Non parlerò alle guardie della possibile cotta di Rosa nei miei confronti. La ragazza sembra averla superata ormai, e non credo che le farebbe piacere che gli altri sappiano dei sentimenti che prova per me.

Ne ha passate abbastanza.

"Oh, bene. Mi fa piacere che tu ne sia a conoscenza." Diego tira un sospiro di sollievo. "Abbiamo pensato che fosse improbabile che sia stata lei, ma volevo dirtelo lo stesso. È l'unica che è venuta a casa tua martedì, quindi. . ." Si stringe nelle spalle.

"Aspetta, martedì? Cioè, il giorno prima della mia partenza?" Avevo avvertito Rosa molto prima, e credevo che mi avrebbe ascoltato. "È venuta a casa mia martedì?"

"Questo è ciò che mostra il filmato" dice Eduardo cautamente. "Ma non può essere stata lei. Conosco Rosa—ci siamo frequentati per un po'. Non... non lo farebbe mai—"

Alzo la mano, interrompendolo. "Sono certo che non sia stata colpa sua" dico, mentre un duro nodo mi si forma nel petto. Se Rosa è venuta a casa mia dopo essere stata avvertita di non farlo, questo cambia le cose.

Le mie ipotesi sul conto della ragazza erano sbagliate.

"Avete fatto bene a dirmelo" dico alle due guardie. "Ma vi sarei grato se lo teneste per voi ora. Non vorrei che qualcuno si facesse un'idea sbagliata—Rosa compresa."

Se dietro le sue azioni c'è qualcosa di più di una cotta fuori luogo, non voglio che qualcuno la metta in guardia.

Diego ed Eduardo annuiscono, sembrando sollevati, quando li congedo. Dopo che se ne sono andati, prendo il telefono e chiamo gli uomini che abbiamo mandato a Chicago.

I contatti della CIA di Esguerra hanno fatto del loro meglio per coprire la nostra battaglia ad alta velocità, ma era impossibile nascondere tutto, e ora tutti i notiziari di Chicago speculano sull'operazione clandestina per arrestare un pericoloso trafficante d'armi. La storia del "trafficante d'armi" è stata diffusa dal capo della polizia, che era in combutta con Sullivan. L'uomo ha sfruttato le informazioni che Sullivan aveva scoperto su di noi per raccontare la storia di un trafficante d'armi che contrabbandava esplosivi a Chicago. Con questo pretesto, ha formato la squadra speciale che ha aiutato Sullivan, e ha detto a tutti che gli uomini di Sullivan erano rinforzi di un'altra divisione. L'operazione è stata tenuta segreta dalle altre agenzie—che è il motivo per cui le forze dell'ordine non ci hanno avvisato prima dell'attacco. Così, ora c'è un casino di lavoro da fare. Dobbiamo occuparci del capo della polizia e delle altre talpe di Sullivan, e quel che resta dell'organizzazione di Sullivan dev'essere spazzato via prima che i genitori di Nora possano tornare a casa.

Per quanto mi piacerebbe occuparmi del tradimento di Rosa, ho questioni più urgenti da affrontare prima.

È solo quando mi sdraio sul letto a tarda notte che ho la possibilità di ripensare a Rosa. Potrebbe averlo fatto davvero? Potrebbe aver aiutato Yulia a fuggire? Se sì, perché? Per gelosia o perché qualcuno ha sfruttato la domestica?

L'agenzia di Yulia potrebbe aver corrotto o minacciato Rosa?

Rimugino su questa ipotesi per qualche minuto, prima di stabilire che è improbabile. La tenuta è isolata, e tutte le e-mail e le telefonate con il mondo esterno sono monitorate. Esguerra è l'unico ad avere comunicazioni private, il che significa che è impossibile che l'UUR abbia contattato Rosa senza sollevare allarmi nel sistema.

Qualunque cosa abbia fatto Rosa, l'ha fatta di propria iniziativa.

Il nodo nel mio petto si stringe, con l'amarezza del tradimento che si mescola all'immancabile rabbia. La furia è la mia compagna da quando ho saputo della fuga di Yulia, e ora il mio livore ha un nuovo bersaglio. Se non fosse per il fatto che la domestica sta attraversando un calvario, l'interrogherei domani. Ma visto come stanno le cose, darò a Rosa un'altra settimana per riprendersi e sfrutterò quel tempo per tenerla d'occhio, nel caso in cui mi sbagliassi sulle sue motivazioni.

Se *è* sul libro paga di qualcuno, lo scoprirò. Nel frattempo, devo finire la pulizia a Chicago e individuare Yulia, e devo farlo al più presto. Non avere Yulia mi sta incasinando la testa. Nonostante la stanchezza, non riesco a dormire la notte. Ci sono decine di questioni d'affari urgenti che dovrebbero occuparmi i pensieri, ma non sono le preoccupazioni di trovare nuove guardie o di limitare le fughe di notizie dei media a tenermi sveglio. No, tutto quello a cui penso quando mi sdraio a letto è lei.

Yulia.

La mia bellissima ossessione insidiosa.

Quando chiudo gli occhi, vedo lei—i suoi occhi, il suo sorriso, la sua graziosa camminata. Ricordo le sue risate e le lacrime, e mi sento male in un modo che va oltre il desiderio del mio cazzo per la sua tenera carne. Per quanto mi piacerebbe scoparla, vorrei anche abbracciarla, sentirla respirare accanto a me e inebriarmi del caldo profumo di pesca della sua pelle.

Mi manca, cazzo, e la odio per questo.

Mi pensa un po' o è troppo presa dall'uomo che ama? La immagino tra le sue braccia, assonnata e sazia dopo il sesso, e la mia rabbia si trasforma in sofferenza, facendomi stringere il petto fin quando non riesco più a respirare.

Preferirei una dozzina di costole rotte, un centinaio di ustioni pur di evitare questa sensazione.

Farei di tutto per riaverla con me.

Ti amo. Sono tua.

Figlia di puttana.

Accendo la lampada sul comodino e mi siedo, storcendo la bocca per il dolore alle costole. Alzandomi, cammino verso la biblioteca e prendo un libro a caso.

Solo quando torno a letto mi rendo conto che il libro che ho preso è l'ultimo che ha letto Yulia.

Il senso di oppressione al petto riaffiora.

Devo riaverla.

Devo e basta.

yulia

"Ho un nuovo incarico per te" dice Obenko, entrando nella cucina dell'appartamento della casa-rifugio.

Sorpresa, alzo lo sguardo dal piatto di crema di grano saraceno Kasha. "Un incarico?"

Durante la scorsa settimana, il mio capo è stato occupato a cancellare ogni traccia dell'esistenza dell'UUR dalla rete e a riassegnare agli agenti chiave operazioni di basso profilo, per quanto possibile. Inoltre, mi ha ignorata—è per questo che sono sorpresa di vederlo qui questa mattina.

Obenko si siede al tavolo davanti a me. "A Istanbul" dice. "Come sai, la situazione tra la Turchia e la Russia sta cominciando a farsi calda, e abbiamo bisogno di qualcuno sul territorio."

Prendo un'altra cucchiaiata di Kasha per poter riflettere un attimo. "Che cosa vuoi che faccia a Istanbul?" chiedo, dopo aver ingoiato. Non ho appetito—non l'ho avuto per tutta la settimana—ma mi sforzo di mangiare, fingendo di stare al gioco.

Non voglio che Obenko sappia quanto mi sento svogliata e indaghi sulla causa del mio malessere.

"Il tuo incarico consiste nell'avvicinarti a un importante funzionario turco. Per fare ciò, ti immatricolerai all'Università di Istanbul, registrandoti a un programma di laurea di scambi tra studenti con gli Stati Uniti. Abbiamo già preparato i tuoi documenti." Obenko fa scivolare un fascicolo verso di me. "Ti chiami Maria Becker, e sei di Washington D.C. Stai studiando per il Master in Scienze Politiche presso l'Università del Maryland, e anche se il tuo diploma di laurea è in Economia, ti specializzerai in Studi del Medio Oriente—da qui deriva il tuo interesse per un programma di studio all'estero, in Turchia."

La Kasha che ho mangiato si trasforma in un sasso nel mio stomaco. "Quindi, sarà un altro incarico a lungo termine."

"Sì." Obenko mi rivolge uno sguardo duro. "È un problema?"

"No, certo che no." Faccio del mio meglio per sembrare disinvolta. "Ma per quanto riguarda mio fratello? Hai detto che mi avresti fatto vedere le foto."

Obenko assottiglia le labbra. "Sono in quella cartella. Da' un'occhiata e fammi sapere se hai qualche domanda."

Si alza ed esce dalla cucina per fare una chiamata, e io apro la cartella, con mani tremanti. Sto cercando di non pensare a ciò che comporterà questo incarico, ma non ci riesco. La mia gola è di nuovo stretta, e le mie viscere si contorcono dalla nausea.

Non ora, Yulia. Concentrati su Misha.

Ignorando i fogli nel fascicolo, trovo le foto sul retro della cartella. Sono di mio fratello—riconosco il colore dei suoi capelli e il modo in cui piega la testa. Le foto sono state chiaramente scattate in fretta; il fotografo lo ha ripreso soprattutto di profilo e da dietro, e solo una fotografia mostra il suo viso. In quella foto, Misha è accigliato, con il suo volto giovane che sembra insolitamente maturo. È arrabbiato perché la sua famiglia ha dovuto trasferirsi o c'è qualcos'altro dietro la sua espressione tesa?

Studio le foto per diversi minuti, con il cuore che mi fa male, e poi mi sforzo di metterle da una parte in modo da potermi concentrare sull'incarico.

Ahmet Demir, un membro del Parlamento turco, ha quarantasette anni ed è noto per avere un debole per le donne bionde americane. Oggettivamente parlando, non è un uomo brutto—un po' stempiato, un po' paffuto, ma con lineamenti simmetrici e un sorriso carismatico. Guardare la sua foto non mi fa venir voglia di vomitare, ma è esattamente quello che provo davanti alla prospettiva di avvicinarmi a lui.

Non riesco a immaginare di andare a letto con quest'uomo—o con qualunque altro uomo che non sia Lucas.

Sentendomi sempre più nauseata, allontano i fogli e faccio qualche respiro profondo. L'ultima volta che ho provato un terrore così forte è stato prima del mio primo incarico, quando temevo il tocco di un uomo dopo l'aggressione di Kirill. È stata una fobia che ho dovuto affrontare per poter svolgere il mio lavoro, e sono determinata a superare qualunque cosa io provi ora.

Per Misha, mi dico, riprendendo le sue foto. *Lo sto facendo per Misha*. Solo che, questa volta, quelle parole sembrano vuote nella mia mente. Mio fratello non è più un bambino, non è più un bimbo indifeso abusato in un orfanotrofio. Il volto nella foto è quello di un giovane uomo, non di un ragazzo. Per colpa mia, la sua vita è stata già rovinata. Non so quali motivazioni gli abbiano dato i suoi genitori adottivi per il cambio di identità, ma non ho dubbi che sia stressato e arrabbiato. La vita serena e spensierata che volevo per lui non è più possibile, e nonostante il senso di colpa nel petto, provo un leggero sollievo.

Quello che temevo è passato, e non posso tornare indietro.

Per la prima volta, rifletto su cosa potrebbe accadere se lasciassi l'UUR—se andassi via. Mi lascerebbero andare o mi ucciderebbero? Se scomparissi, la sorella di Obenko e suo marito continuerebbero a trattare bene mio fratello? Non riesco a immaginare che non lo farebbero; è il loro figlio adottivo da undici anni. Solo dei mostri lo sbatterebbero fuori casa a questo punto, e per quanto ne so, i genitori adottivi di Misha sono brave persone.

Amano Misha, e non gli farebbero del male.

Raccolgo i documenti nella cartella e li esamino. Sembrano autentici—un passaporto, una patente di guida, un certificato di nascita e una tessera di previdenza sociale. Se accetto questo incarico, diventerò Maria Becker, una studentessa americana laureata. Vivrò a Istanbul, frequenterò le lezioni e alla fine diventerò la ragazza di Ahmet Demir. La mia relazione con Lucas Kent svanirà nell'oblio, e volterò pagina.

Sopravvivrò, come ho sempre fatto.

"Hai qualche domanda per me?" chiede Obenko, e alzo lo sguardo per vederlo tornare in cucina. "Hai avuto la possibilità di esaminare il fascicolo?"

"Sì." La mia voce è roca, e devo schiarirmi la gola prima di continuare. "Dovrò rispolverare un sacco di cose, prima di andare a Istanbul."

"Certo" dice Obenko. "Hai una settimana prima dell'inizio del semestre estivo. Ti consiglierei di metterti al lavoro."

Esce dalla cucina, e prendo il mio piatto semi-pieno con mani instabili. Portandolo verso il cestino dell'immondizia, butto via i resti della colazione, lavo il piatto e torno in camera mia, con la bozza di un piano che comincia a formarsi nella mia mente.

Per la prima volta in vita mia, posso decidere del mio futuro, e sfrutterò l'opportunità nel migliore dei modi.

———

La settimana seguente, imparo le basi della lingua e della cultura turca. Non ho bisogno di sapere molte cose, solo quanto basta per passare per una studentessa americana laureata interessata all'argomento. Memorizzo anche il background di Mary Becker e ripasso la vita del college americano. Preparo storie sui miei compagni di stanza e le feste nel dormitorio, leggo libri di economia e mi invento gli interessi e gli hobby di Maria. Obenko e Mateyenko mi fanno domande quotidianamente, e quando si convincono che io sia una convincente Mary Becker, mi comprano un biglietto aereo per Berlino.

"Viaggerai come Elena Depeshkova per Berlino" spiega Obenko. "E come Claudia Schreider da Berlino a New York. Non appena sarai negli Stati Uniti, inizierà la tua identità di Mary Becker, e volerai da lì verso Istanbul. In questo modo, nessuno potrà collegarti all'Ucraina. Yulia Tzakova scomparirà definitivamente."

"Capisco" dico, mettendomi un rossetto rosso brillante davanti allo specchio. Indosserò una parrucca scura per il ruolo di Elena, quindi avrò bisogno di un trucco più aggressivo. "Elena, Claudia, poi Mary."

Obenko annuisce e mi fa ripetere i nomi di tutti i parenti di Mary, a cominciare dai cugini lontani, per finire con i genitori. Non faccio neanche un errore, e quando se ne va, quel giorno, mi rendo conto che il mio duro lavoro ha dato i suoi frutti.

Il mio capo crede che sarò una straordinaria Mary Becker.

La mattina seguente, Obenko mi porta in aeroporto, facendomi scendere nella zona Partenze. Sono Elena ora, quindi indosso la parrucca e gli stivali col tacco alto che stanno bene con i jeans scuri e la giacca elegante. Obenko mi aiuta a caricare le valigie su un carrello prima di andarsene, e io lo saluto mentre scompare nel traffico aeroportuale.

Non appena la sua auto è fuori dalla mia vista, entro in azione. Lasciando le valigie sul carrello, corro verso la zona Arrivi e prendo un taxi.

"Mi porti verso la città" dico all'autista. "Devo trovare l'indirizzo esatto."

Comincia a guidare, e tiro fuori il mio telefono. Aprendo l'applicazione di localizzazione che ho installato un paio di giorni fa, individuo un puntino rosso in direzione della città, un chilometro o due davanti a noi. È il piccolo chip GPS che ho installato furtivamente sul telefono di Obenko nella casa-rifugio.

Forse non avrò alcuna intenzione di svolgere la missione di Istanbul, ma certamente ho trovato utili le apparecchiature di sorveglianza che l'UUR mi ha fornito.

"Svolti qui a sinistra" indico al conducente, quando vedo il puntino rosso che gira a sinistra, lasciando l'autostrada. "Poi prosegua dritto."

Continuo a dargli le indicazioni fin quando non vedo il puntino di Obenko che si ferma nel centro di Kiev. Dicendo all'autista di fermarsi a un isolato di distanza, tiro fuori il portafogli e lo pago; poi salto giù e cammino per il resto della strada, tenendo d'occhio l'app per assicurarmi che Obenko non vada da nessuna parte.

Trovo la macchina di Obenko davanti a un edificio alto. Sembra una specie di spazio per uffici, con il logo di una società internazionale in alto, e il primo piano è occupato da aziende che vanno da un bar alla moda a una boutique di abbigliamento.

Lentamente, mi avvicino al palazzo, esaminando l'ambiente circostante ogni pochi secondi per assicurarmi di non essere osservata.

Quello che voglio fare non sarà facile: non c'è alcuna garanzia che Obenko vada a trovare sua sorella prossimamente. Tuttavia, questo è l'unico modo che mi viene in mente per trovare Misha. Visto il loro recente trasferimento, i genitori adottivi di mio fratello devono ancora adattarsi alle loro nuove vite, e c'è la possibilità che possano aver bisogno di qualcosa da Obenko, qualcosa che richieda la sua visita personale.

Se seguissi il mio capo abbastanza a lungo, potrebbe condurmi da mio fratello.

So che il mio piano è disperato e folle al tempo stesso. Dal momento che mi sto allontanando dall'UUR, la cosa migliore sarebbe scomparire a Berlino, o meglio ancora, riuscire a raggiungere New York. E ho intenzione di fare esattamente questo—*dopo* aver visto mio fratello con i miei occhi.

Non posso lasciare l'Ucraina senza prima essermi assicurata che Misha stia bene.

Due giorni, mi dico. *Farò questo per un massimo di due giorni.* Se non avrò ancora trovato mio fratello entro questo lasso di tempo, me ne andrò. Non si accorgeranno che non sono salita sull'aereo fin quando non incontrerò il mio gestore di Istanbul tra tre giorni—il che mi concede poco più di quarantotto ore per pedinare Obenko prima di lasciare il Paese.

Il puntino sul mio telefono indica che Obenko si trova al secondo piano del palazzo. Sono curiosa di sapere cosa stia facendo lì, ma non voglio espormi seguendolo all'interno. Dubito che la famiglia di mio fratello sia qui; Obenko li avrà fatti trasferire fuori città—ammesso che prima vivessero in città. Il mio capo non mi ha mai rivelato la loro ubicazione per motivi di sicurezza, ma a giudicare dagli sfondi nelle foto di mio fratello ho dedotto che vivevano in un ambiente urbano, come Kiev.

Entrando nel bar, ordino un dolce e una tazza di Earl Grey, e aspetto che il puntino di Obenko ricominci a muoversi. Quando lo fa, prendo un altro taxi e lo seguo verso la sua prossima destinazione: la nostra casa-rifugio.

Rimane nell'appartamento per diverse ore, prima che il puntino ricominci a muoversi. Quando lo fa, ho già pranzato in un ristorante nelle vicinanze e ho sostituito la mia parrucca scura con una rossa che ho portato con me per questo scopo. Ho anche sostituito i jeans con un abito grigio a maniche lunghe, e gli stivali con i tacchi alti con degli stivaletti bassi—la soluzione più comoda che "Elena" aveva nel proprio bagaglio a mano.

La prossima destinazione di Obenko sembra essere un altro edificio per uffici del centro. Rimane lì per un paio d'ore prima di tornare nella casa-rifugio. Lo seguo di nuovo, sentendomi sempre più scoraggiata.

Chiaramente, non è questo il modo per trovare mio fratello.

La batteria del mio telefono sta cominciando a scaricarsi, così vado in un altro bar per ricaricarlo, mentre Obenko è nella casa-rifugio. Inoltre, mi connetto e acquisto un biglietto aereo diretto a Berlino per domani, sostituendo quello che non ho utilizzato oggi.

È giunto il momento di ammettere la sconfitta e di scomparire per sempre.

Sospirando, mi ordino un altro tè e lo bevo, leggendo le notizie sul telefono. Obenko sembra essersi stabilizzato per la notte, con il puntino saldamente fermo nella casa-rifugio ogni volta che controllo l'applicazione. Finendo il mio tè, mi alzo, decidendo di andare in un hotel a riposarmi un po', prima di affrontare il lungo viaggio di domani. Proprio mentre esco, tuttavia, il cellulare vibra nella mia borsa, il che significa che Obenko si è mosso.

Il mio cuore salta un battito. Tirando fuori il telefono, osservo lo schermo e vedo che il puntino che indica Obenko si sta spostando verso nord—probabilmente fuori città.

Forse è il mio giorno fortunato.

Sentendomi subito emozionata, salto su un taxi e seguo Obenko. So che c'è una probabilità del 99,9 percento che questo non abbia nulla a che fare con mio fratello, ma non riesco ad attenuare l'irrazionale speranza che mi attanaglia, mentre guardo il puntino di Obenko dirigersi sempre più a nord.

"È sicura di sapere dove sta andando, signorina?" chiede il tassista, quando siamo fuori città. "Ha detto che avrebbe ricevuto le indicazioni dal suo ragazzo."

"Sì, mi sta mandando dei messaggi mentre parliamo" lo rassicuro. "Non è molto lontano."

Sto mentendo—non ho idea di dove stiamo andando—ma spero che non sia troppo lontano. Con tutte le mie corse in taxi, sono quasi a corto di contanti, e avrò bisogno di quello che mi rimane per raggiungere l'aeroporto domani mattina.

"Bene" mormora il tassista. "Ma farebbe bene a dirmelo al più presto, altrimenti la lascerò alla fermata dell'autobus più vicina."

"Solo un altro quarto d'ora" dico, vedendo il puntino girare a sinistra e fermarsi mezzo chilometro più avanti. "Svolti a sinistra all'incrocio successivo."

L'autista mi rivolge un'occhiataccia nello specchietto retrovisore, ma fa come chiedo. La strada in cui finiamo è buia e piena di buche, e lo sento imprecare, quando sterza per evitare una buca così grande che potrebbe inghiottire tutta la nostra macchina.

"Si fermi qui" gli dico, quando l'applicazione dice che siamo a duecento metri di distanza. Scendendo dalla macchina, mi avvicino al finestrino dell'autista e gli porgo un mazzo di banconote, dicendo: "La metà di quello che le devo. Mi aspetti qui, e le darò il resto quando mi riporterà in città."

"Che cosa?" Mi guarda storto. "No, cazzo. Dammi la cifra intera, troia."

Lo ignoro, girandomi per allontanarmi, ma scende dall'auto e mi afferra per il braccio. Istintivamente, mi volto, colpendolo con un pugno sulla parte inferiore del mento, mentre il mio ginocchio lo colpisce alle palle. Si accascia a terra, ansimando e stringendosi l'inguine, e porto il piede sulla sua tempia, facendogli perdere i sensi.

Mi sento malissimo per aver ferito questo civile, ma non posso permettergli di andarsene con questo taxi. Se va via, non potrò tornare in città e perderò il volo di domani mattina.

Mettendo da parte il mio senso di colpa, controllo il polso dell'autista per assicurarmi che sia vivo, afferro le chiavi dalla macchina nel caso si svegliasse e poi mi dirigo verso il punto rosso che lampeggia sulla mappa del mio telefono.

Un paio di minuti dopo, mi imbatto in quello che sembra un magazzino abbandonato. Delusa, lo osservo, riflettendo sull'idea di avvicinarmici. Qualunque cosa Obenko stia facendo qui, è improbabile che possa avere a che fare con i genitori adottivi di mio fratello; il mio capo non rischierebbe la vita di sua sorella chiedendogli di incontrarlo nel bel mezzo del nulla solo per consegnarle dei documenti. È molto più probabile che stia svolgendo qualche operazione, e l'ultima cosa che voglio è restare a guardare.

Nonostante ciò, osservo più da vicino. Ancora un altro po'. Le mie gambe sembrano camminare di propria iniziativa. Sono venuta fin qui, e devo giustificare la mia compulsione. Che cosa c'è di male nell'aspettare ancora qualche minuto per confermare che ho sprecato il mio tempo?

C'è un debole bagliore di luce visibile su un lato del magazzino, così mi dirigo fin lì e mi accovaccio davanti a una piccola finestra sporca. Al suo interno, sento delle voci, e trattengo il respiro, cercando di capire cosa stiano dicendo.

"—bene" dice un uomo in russo. C'è qualcosa di familiare nella sua voce, ma non riesco a capire a chi appartenga. La pareti attutiscono il suono. "Davvero bene. Credo che tra un altro paio d'anni saranno pronti."

"Bene" risponde un altro uomo, e questa volta, riconosco la voce di Obenko. "Avremo bisogno di tutto l'aiuto possibile."

"Vuoi una dimostrazione?" dice l'uomo che ha parlato per primo. "Saranno felici di mostrarti ciò che hanno imparato finora."

"Certo" dice Obenko, e poi sento un grugnito, seguito dal tonfo di qualcosa che cade. I rumori si ripetono più e più volte, e mi rendo conto che sto ascoltando una lotta. Due o più persone sono coinvolte in un combattimento corpo a corpo, che, insieme ai frammenti di frasi che ho sentito, significa solo una cosa.

Mi sono imbattuta in una struttura di addestramento dell'UUR.

Tutto qui. Devo fuggire prima che mi prendano.

Mi giro, in procinto di tornare indietro, quando l'uomo che ha parlato per primo ride a crepapelle ed esclama: "Ottimo lavoro!"

Mi blocco, con una sensazione di malessere che mi attraversa. *Quella voce.* Conosco quella voce. L'ho sentita nei miei incubi, più e più volte.

Un sudore freddo ricopre la mia pelle quando mi giro, attratta dalla finestra, mio malgrado.

Non può essere lui.

Non può assolutamente essere lui.

Il mio cuore è un tamburo violento, e mi tremano le mani, quando le poggio sul muro accanto alla finestra.

Sto immaginando tutto questo.

Ho le allucinazioni.

Dev'essere così.

Affondando i denti nel labbro inferiore, mi sollevo sulla sinistra fin quando posso vedere attraverso la finestra. So che sto correndo un rischio terribile, ma devo scoprire la verità.

Devo scoprire se mi hanno mentito.

La scena che appare davanti ai miei occhi sembra essere uscita dalle mie sessioni di addestramento. Ci sono diversi adolescenti di entrambi i sessi disposti in un semicerchio.

Mi danno le spalle, e davanti a loro c'è un grande tappetino su cui due uomini—o meglio, un uomo e un ragazzino—stanno lottando. Obenko sta in disparte, osservando la scena con un sorriso di approvazione.

Noto tutto questo solo di sfuggita, perché i miei occhi sono incollati sulla coppia che si sta sfidando. Torcendosi e rotolando sul tappeto, non riesco a vedere bene nessuno dei due—almeno fin quando non si fermano, con l'uomo che inchioda il suo avversario più giovane al tappeto.

"Ottimo lavoro" dice l'uomo, alzandosi in piedi. Ridendo, allunga la mano per aiutare il suo avversario sconfitto. "Sei stato straordinario oggi, Zhenya."

Il ragazzo si alza, togliendo lo sporco dai suoi vestiti, ma non sto guardando lui.

Sto guardando l'uomo accanto a lui.

Non è cambiato molto. I suoi capelli castani sono più corti e più grigi, ma il suo corpo è forte e grosso come ricordavo. Le sue spalle tendono le cuciture della sua maglietta madida di sudore, e le sue braccia sono grosse come tubi di scarico.

Nessuno riusciva a battere Kirill nel combattimento corpo a corpo sette anni fa, e a quanto pare è ancora imbattuto.

Vivo e imbattuto.

Obenko mi ha mentito. Mi hanno mentito tutti.

Il mio stupratore non è stato ucciso per quello che mi ha fatto.

Non è stato neppure rimosso dal suo ruolo di addestratore.

Un sapore metallico mi riempie la bocca, e mi rendo conto di essermi morsa il labbro.

"*È colpa tua, troia. È tutta colpa tua.*" *Il corpo muscoloso di Kirill mi spinge sul pavimento, con le sue mani crudeli che mi strappano i vestiti.* "*Pagherai per quello che hai fatto.*"

L'acido mi sale nella gola, mischiandosi all'amarezza della bile. Mi sento come se stessi per soffocare dal terrore e l'odio, ma, prima che i ricordi possano avere la meglio, qualcun altro entra nel mio campo visivo.

"Tocca a me" dice un ragazzo biondo, avvicinandosi al tappeto. "Zio Vasya, voglio che guardi questo." Assume la posizione di combattimento davanti a Kirill, e le luci fluorescenti gli illuminano il viso.

È un viso che conosco come il mio—perché ho passato ore a guardarlo nelle foto.

Perché ogni lineamento di quel viso è una versione maschile di quello che vedo nello specchio.

Mio fratello è davanti a me, pronto ad affrontare Kirill.

18

Lucas

"Ecco fatto" dico, entrando nell'ufficio di Esguerra. "I tuoi suoceri possono tornare a casa domani, se vogliono."

Durante la scorsa settimana, abbiamo sterminato i resti della famiglia criminale Sullivan, e la CIA ha finalmente accettato di lasciare che i genitori di Nora tornassero a casa loro. Dopo l'incubo che abbiamo causato ai media, ci sono volute promesse di grandi favori, ma i contatti di Esguerra sono tornati utili.

"Hai fatto fuori il capo della polizia?" chiede Esguerra.

Annuisco, avvicinandomi alla scrivania. "Il suo corpo si sta dissolvendo nella soda caustica mentre parliamo. Era l'ultima talpa—il Dipartimento di Polizia di Chicago ora è assolutamente pulito e privo di parassiti. A parte qualche pezzo grosso della CIA, nessuno sa che i tuoi suoceri sono rimasti coinvolti in questo casino."

"Perfetto." Esguerra si strofina le tempie, e vedo che è insolitamente stanco. Come me, ha lavorato ininterrottamente dopo il nostro ritorno a Chicago. Avrebbe potuto farne a meno—visto che mi sto occupando io della maggior parte della logistica di pulizia—ma il lavoro sembra essere il suo modo di affrontare l'aborto spontaneo. "Lo dirò a Nora. Nel frattempo, voglio mettere un'altra dozzina di uomini a sorvegliare i suoi genitori per i prossimi mesi. Non mi aspetto problemi, ma è meglio essere sicuri."

"Capisco" dico. "Forse potresti anche dir loro di stare lontano dai luoghi affollati per un po', per maggior prudenza."

"Questa è una buona idea." Esguerra mi rivolge un cenno di approvazione. "Purché possano tornare al lavoro e riprendere la loro vita sociale, non dovrebbero preoccuparsi troppo delle restrizioni."

"Sono sicuro che ti mancheranno" dico ironicamente. I genitori di Nora sono stati i nostri ospiti riluttanti nelle ultime due settimane, e suppongo che Esguerra deve aver trovato estenuante la loro presenza estremamente critica.

Con mia grande sorpresa, il mio capo ridacchia. "Non sono così male. Sai, la famiglia e tutto il resto."

"Già." Cerco di non guardarlo, ma non ci riesco. Esguerra è cambiato; ormai è ovvio. Quando l'ho conosciuto per la prima volta, la parola "famiglia" non avrebbe mai sfiorato le sue labbra. E ora deve vedersela con dei suoceri che non lo sopportano, e si fa in quattro per far felice la sua giovane moglie.

È sia divertente che inquietante da osservare: è come vedere un giaguaro che gioca con una gattina domestica.

"Un giorno capirai" dice Esguerra, e mi rendo conto che la mia espressione deve avermi tradito. "La vita è più di questo." Agita le mani davanti al monitor a schermo piatto alle sue spalle e alla pila di carte sulla scrivania.

"Rinuncerai, allora? Seguirai la retta via?" chiedo, scherzando solo in parte. Esguerra è certamente abbastanza ricco da poterlo fare. Il suo patrimonio netto è nell'ordine dei miliardi; anche se non vendesse più un'arma, potrebbe vivere come un re per il resto della sua vita.

Eppure, non sono sorpreso quando Esguerra scuote la testa e dice: "Sai che non posso farlo. Una volta entrato in questa vita, non se ne esce. E poi"—mostra i denti in un sorriso tagliente—"mi mancherebbe. A te no?"

"Certo" dico, e condividiamo un momento di cupa intesa.

Il giaguaro può giocare con la gattina, e addirittura amare quella gattina, ma resterà sempre un giaguaro.

Mentre lascio l'ufficio di Esguerra, il mio telefono vibra per un messaggio in arrivo. Apro la mia e-mail, e piego le labbra dall'emozione.

Messaggio decodificato, dice l'e-mail degli hacker. *Confermo una base segreta dell'UUR venticinque chilometri a nord di Kiev. A quanto pare, stanno coprendo le loro tracce, ma non sono abbastanza veloci. Ci stiamo avvicinando ai due agenti operativi. Contiamo di avere presto altre notizie.*

Nella parte inferiore dell'e-mail c'è un allegato. È una foto satellitare sgranata con una x che indica un punto sulla mappa dove, presumo, è situata la base segreta.

Abbiamo un punto di partenza.

"Ciao, Lucas" dice una voce femminile leggermente accentata, e mi giro per vedere Rosa che si avvicina dalla casa principale. Indossa il solito grembiule da domestica, con i capelli scuri tirati su in un elegante chignon. "Come stai?"

La rabbia mi attraversa, ma riesco a dire con calma: "Sto bene." Il suo atteggiamento cordiale stride su di me come il gesso sul vetro. Sono tentato di portarla nel capannone e interrogarla immediatamente, ma sarebbe più intelligente aspettare un po' più a lungo. Facendo un respiro per calmarmi, imito il suo tono amichevole e chiedo: "E tu come stai?"

Si stringe nelle spalle, abbassano lo sguardo per un attimo. "Sai. Vivo alla giornata."

"Giusto." Nonostante tutto, sento un'ondata di compassione. Anche se i lividi sul viso di Rosa sono sbiaditi, ricordo com'era ridotta la ragazza dopo la discoteca e un po' della mia rabbia si raffredda.

Se credessi nel karma, sarei propenso a credere che è già stata punita.

"Come stanno le tue costole?" chiede, guardandomi di nuovo. Sembra esserci una sincera preoccupazione nel suo sguardo. "Ti fanno ancora male?"

"No, non come prima" dico, con la rabbia che si attenua un po'. "Ci vorrà almeno un altro mese prima di poter riprendere gli allenamenti normalmente, ma sono giunto al punto in cui posso respirare senza provare dolore."

"Oh, bene." Rosa sorride, poi chiede con nonchalance: "Ci sono novità sulla prigioniera evasa?"

La mia ira riaffiora in tutta la sua forza; devo davvero sforzarmi per non torcere il collo della ragazza. "Sì" dico. "L'ho appena trovata." È una bugia—non so se la struttura che gli hacker hanno scoperto mi porterà da Yulia—ma se Rosa sta lavorando con l'UUR, voglio che entri nel panico e li contatti. "Anzi" aggiungo, decidendo di spaventare davvero la domestica: "Andrò da Yulia subito dopo essermi occupato dei genitori di Nora."

"Oh." Rosa sbatte le palpebre, e scorgo un'ombra sul suo viso. "Fantastico."

"Sì, vero?" Le rivolgo il mio sorriso più smagliante. "Non vedo l'ora. Se vuoi scusarmi, devo occuparmi delle nostre nuove reclute."

E prima che lei possa rispondere, mi allontano e mi dirigo verso il campo di addestramento.

Se resto ancora un altro po' con Rosa, ucciderò la ragazza con le mie mani.

yulia

Mio fratello.

Kirill sta addestrando mio fratello.

Mi sento come se fossi in uno dei miei incubi. Ho bisogno di indietreggiare, di andarmene prima che mi vedano, ma non riesco a muovermi. Ai miei piedi sono cresciute delle radici, e i miei polmoni urlano per l'improvvisa mancanza d'aria.

Misha e Kirill.

Allievo e insegnante.

Sento il sapore del vomito e mi si appanna la vista, diventando sfocata ai lati.

Scappa, Yulia. Vai, prima che sia troppo tardi.

Vorrei obbedire alla voce nella mia testa, ma sono paralizzata, bloccata.

Obenko non mi ha mentito solo sulla morte di Kirill. Mi ha ingannato su tutto.

Cerco di respirare l'ossigeno, ma la mia gola è troppo stretta. La finestra ondeggia davanti a me, come l'obiettivo di una macchina fotografica che si muove, e mi rendo conto che è perché sto tremando violentemente, con le dita gelide e intorpidite, mentre premo i palmi sul muro.

Corri, Yulia. Ora.

La voce si fa più insistente, e mi sforzo di fare un passetto indietro. Ma ancora non riesco a distogliere lo sguardo dall'orrore davanti a me.

Fuggi, Yulia! Scappa!

Prima che io possa fare un altro passo, Misha rivolge un'occhiata alla finestra e si blocca, guardandomi dritto in faccia.

Vedo i suoi occhi azzurri sgranarsi, e poi grida: "C'è un'intrusa" e si precipita verso la finestra.

La mia paralisi finalmente si spezza, e mi giro per correre.

Le mie gambe sono come bastoni di legno, rigide e goffe, e non riesco a mandare giù aria a sufficienza. È come se mi stessi muovendo su delle sabbie mobili, con ogni passo che richiede uno sforzo disperato. So che è lo shock che mi sta facendo questo effetto, ma questa consapevolezza non aiuta. Mi sento come se i muscoli appartenessero a un estraneo, e ho i piedi insensibili, quando toccano terra.

L'auto. Devo tornare alla macchina.

Mi concentro su quell'unico obiettivo, mettendo un piede davanti all'altro senza pensare. Mentre corro, sento la rigidità dei miei muscoli dissolversi, e mi rendo conto che l'adrenalina sta finalmente prendendo il sopravvento, sopraffacendo lo shock.

"Yulia! Fermati!"

È Obenko. Sentirlo mi riempie di una rabbia tale che ogni residuo della mia lentezza svanisce. Stringendo i denti, accelero il ritmo, con le gambe che pompano dalla crescente disperazione. Se mi prendono, sono morta, e quindi nessuno farà pagare Obenko per il suo mostruoso tradimento.

Marcirò in una tomba senza nome, mentre Kirill trasformerà mio fratello in una macchina per uccidere senza coscienza.

"Yulia!"

È una voce diversa quella che sta gridando il mio nome. Riconosco il tono più profondo di Kirill, e un folle terrore mi esplode nelle vene. I ricordi mi avvinghiano come piante rampicanti velenose. Cerco di scacciarli, ma riaffiorano, tornandomi in mente in modo sconnesso.

Sto entrando nella mia camera del dormitorio. Una grande mano mi chiude la bocca, afferrandomi da dietro.

Corro più veloce, con il terreno che si appanna davanti ai miei occhi. Il mio respiro è affannoso, e i miei polmoni sono sul punto di scoppiare.

Sto lottando. Cado a terra. C'è un uomo sopra di me. Sono immobilizzata, indifesa.

Sto a una decina di metri dalla macchina, e afferro le chiavi nella tasca, preparandomi a saltare dentro.

Bang! Bang! Il finestrino va in frantumi, e io mi muovo a zig-zag per evitare il prossimo proiettile.

"Non sparare per uccidere!" ruggisce Kirill dietro di me. La sua voce sembra più vicina; sta guadagnando terreno su di me. "Ripeto, non sparare per uccidere!"

Sapere che mi vuole viva è più terrificante dell'idea di morire. Correndo ancora più velocemente, salto per raggiungere l'auto. Il tassista è a terra, ancora incosciente, e spero disperatamente che nessun proiettile lo abbia colpito. Non ho il tempo di preoccuparmene, però, perché sto per infilare la chiave nella portiera, quando una mano mi afferra la spalla.

Mi giro, afferrando le chiavi come un'arma, e lancio un pugno in alto, puntando a un occhio del mio aggressore. Barcolla, e io mi abbasso per rotolare sotto l'auto, notando solo vagamente il viso dimagrito e i capelli più chiari del mio avversario.

Non è stato Kirill a tentare di afferrarmi; è stato Misha.

Mi alzo in piedi dall'altra parte della vettura e comincio a correre. Nonostante il terrore, provo una leggera sensazione di illogico orgoglio. Mio fratello è un corridore veloce. Obenko non me l'aveva mai detto.

Lo sento correre dietro di me, e mi chiedo se sappia chi sono, se si renda conto che sta per uccidere la propria sorella. È stato raggirato da Obenko o hanno mentito anche a lui?

"Afferrala!" grida Kirill, e un corpo duro mi colpisce alla schiena, facendomi cadere a terra. Riesco a voltarmi prima di cadere, in modo da piombare sopra a Misha, e prima che abbia la possibilità di agire, gli do un pugno sulla mascella e salto per riprendere la corsa.

Solo che è troppo tardi. Mentre mi volto, un altro colpo mi raggiunge, facendomi cadere, e questa volta, non riesco a sferrare il pugno.

In un lampo, mi ritrovo con il braccio piegato dietro la schiena, e con il viso premuto nella cruda terra, mentre un enorme peso mi spinge in basso.

"Ciao, Yulia" mi sussurra l'addestratore all'orecchio. "È bello rivederti."

20

Lucas

Esguerra mi informa che i genitori di Nora desiderano tornare a casa in mattinata, e decido di fare esattamente quello che ho detto a Rosa: andare in Ucraina dopo averli riportati a casa. Non mi sono ancora ripreso completamente, ma il carico di lavoro dopo il disastro di Chicago sta diminuendo, e le mie costole potranno guarire in Ucraina tanto quanto qui.

Ora devo dare la notizia a Esguerra e informarlo su tutto quello che ho saputo dell'UUR.

"Allora, fammi capire" dice Esguerra, quando vado a fargli visita nel suo ufficio e gli parlo della base segreta. "Vuoi prendere una dozzina dei nostri migliori uomini addestrati per condurre un'operazione in Ucraina, quando stiamo ancora cercando di riprenderci dopo tutte le perdite che abbiamo avuto? Come mai questa urgenza?"

"Stanno facendo sparire le loro tracce" dico. "Se aspettiamo ancora, sarà molto più difficile rintracciarle."

Taccio sul fatto che ogni giorno che passa senza Yulia è una fottuta tortura, e che non riesco a dormire senza di lei al mio fianco.

"E allora?" dice Esguerra, corrugando la fronte. "Alla fine li troveremo—quando saremo più forti e avremo ricostruito la nostra squadra di sicurezza. Non possiamo fare a meno di una dozzina di guardie in questo momento. L'UUR non è una minaccia immediata come lo era Al-Quadar. Faremo pagare gli ucraini per l'incidente, ma lo faremo quando sarà il momento giusto."

Faccio un respiro profondo. So che Esguerra ha ragione, ma non posso rimanere nella tenuta, mentre Yulia è là fuori con quel suo Misha.

"Va bene" dico. "Che ne dici se vado in Ucraina da solo, con soltanto un paio di guardie? Potrei portare Diego ed Eduardo—sicuramente puoi fare a meno di noi tre."

Lo sguardo di Esguerra si indurisce. "Perché? È a causa della ragazza che è fuggita?"

Esito un attimo, poi decido di dire la verità. "Sì" dico, osservando la reazione di Esguerra. "La rivoglio qui."

"Credevo che fosse solo un divertimento per te."

"È così—ma non ho ancora finito di divertirmi."

Esguerra mi fissa. "Capisco."

"È mia" dico, decidendo di dire le cose come stanno. "La riporterò qui e la terrò con me."

"La terrai?" L'espressione di Esguerra non cambia, ma vedo la contrazione del muscolo della sua mascella, quando si piega in avanti sulla sedia. "Che cosa vuoi dire?"

Distanzio i piedi e lo guardo alla sua stessa altezza. "Vuol dire che le metterò dei localizzatori e la terrò fin quando vorrò. Sono certo che questo non sia un problema per te."

La contrazione della mascella di Esguerra si accentua, mentre ci fissiamo, e nessuno dei due fa marcia indietro. L'aria è carica di tensione, e capisco che è giunto il momento: il momento in cui scoprirò se il mio capo crede davvero alla mia fedeltà.

Esguerra è il primo a rompere il silenzio. "Quindi, è così? Sei pronto a dimenticare l'incidente?"

"Stava solo eseguendo gli ordini" dico. "E poi, chi ha detto che la farà franca?"

Per questo nuovo tradimento—per essere scappata dal suo amante—Yulia *pagherà*.

Esguerra sorregge il mio sguardo per qualche altro secondo prima di alzarsi e di camminare intorno alla scrivania. Fermandosi davanti a me, dice con calma: "Sappiamo entrambi che ti devo un favore per la Tailandia, e se è questo che vuoi—se è *lei* che vuoi—allora, non mi opporrò. Ma è una cattiva notizia, Lucas. Fa' ciò che devi per sfogarti, ma non dimenticare chi è e quello che ha fatto."

"Oh, non preoccuparti." Gli rivolgo un sorriso privo di umorismo. "Non lo farò."

Non ho ancora deciso come punirò Yulia quando la riavrò, ma di una cosa sono certo.

Il suo amante ha i giorni contati.

Quella sera, prendo accordi per far sì che Thomas—un'altra guardia di cui mi fido—tenga d'occhio Rosa. Non gli dico per quale motivo; gli chiedo solo di seguirla con discrezione e di controllare tutte le sue e-mail e le telefonate. La mia priorità in questo momento è trovare Yulia, ma non ho dimenticato il potenziale pericolo che Rosa rappresenta per noi.

Quando tornerò dall'Ucraina, me ne occuperò. Prima, però, devo riportare a casa i genitori di Nora e capire come entrare in Ucraina senza essere scoperto.

Comincio a contattare Buschekov, il funzionario russo che abbiamo conosciuto a Mosca. Non menziono la fuga di Yulia, ma gli do le informazioni che ho ottenuto finora sull'UUR. Più pressione farò pesare sull'agenzia di Yulia, meglio è.

Purtroppo, Buschekov sostiene di non potermi aiutare per l'ingresso discreto in Ucraina, spiegando che le tensioni tra i due Paesi sono troppo elevate. Ho il sospetto che semplicemente non voglia mettere in pericolo gli agenti che tiene lì, ma evito di insistere su questo. Se avesse la certezza dell'ubicazione di Yulia, sarebbe diverso, ma questa base segreta è solo una pista, e devo preservare i buoni rapporti con i russi. Questo significa che c'è solo una cosa da fare.

Contatto Peter Sokolov, l'ex consulente per la sicurezza di Esguerra, e gli chiedo aiuto.

Peter ha salvato il culo di Esguerra dopo l'incidente, ma per farlo ha lasciato che i terroristi prendessero Nora, e il mio capo ha giurato di ucciderlo se mai lo avesse rivisto. Io, però, non la penso come Esguerra. Infatti, sono contento che quest'ultimo sia vivo e vegeto. Non mi sono tenuto in contatto con Peter, ma ho ancora la sua e-mail, così gli mando un messaggio per spiegargli la situazione. I contatti del russo nell'Europa dell'Est sono ineguagliabili; è stato lui a presentarci Buschekov.

Non risponde subito, ma non mi aspetto che lo faccia. So che è occupato a vendicarsi della gente sulla sua lista. Eppure, spero che trovi un momento per controllare la posta elettronica. Tutto quello che mi serve è avere un paio di funzionari addetti al controllo aereo in Ucraina che guardino dall'altra parte quando atterrerò a Kiev.

Come ultimo passaggio, aggiorno Diego ed Eduardo sulla nostra prossima missione.

"Saremo solo noi tre" spiego "quindi, terremo un basso profilo. Non vogliamo che qualcuno si accorga della nostra presenza lì fin quando non ce ne saremo andati. L'obiettivo è quello di scoprire cosa possiamo fare e allontanarci dal Paese. Chiaro?"

Annuiscono entrambi, e la mattina successiva carico l'aereo di armi, armature, documenti falsificati, e tutto ciò che potrebbe servirci nel caso le cose non andassero secondo i piani.

Ora, ho solo bisogno che Peter mi contatti.

Quando atterriamo a Chicago, non ci sono ancora e-mail da parte di Sokolov, così consegno i suoceri di Esguerra al nostro equipaggio di sicurezza a Chicago e istruisco le guardie per riportarli a casa in modo sicuro. Entrambi i genitori di Nora sembrano contenti di essere di nuovo sul suolo americano, e ho il sospetto che non li rivedremo tanto presto in Colombia.

"Allora, qual è il piano?" chiede Diego, quando torno sull'aereo. "Voleremo subito a Kiev?"

"Potremmo fermarci a Londra un giorno o due" dico. "Sto aspettando una dritta." Mentre parlo, il mio telefono vibra per un messaggio in arrivo. Aprendo la mia e-mail, leggo la risposta di Peter, e un sorriso mi illumina il viso.

"Come non detto" dico, voltandomi verso la cabina di pilotaggio. "Ci dirigiamo verso l'Ucraina."

yulia

"**A**llora, dicci, Yulia" dice Obenko, appoggiandosi sul tavolo. "Perché non hai preso quell'aereo?"

Rimango in silenzio e cerco di fare piccoli respiri profondi. Inspiro, espiro. Più e più volte. È tutto quello che posso fare in questo momento. Tutto il resto è fuori dal mio controllo. Da qualche parte, là fuori, in agguato ai margini della mia coscienza, c'è il dolore del tradimento, il mostruoso dolore che mi distruggerebbe, se glielo permettessi, così mi concentro sulle cose più semplici, come il mio respiro e le luci fluorescenti sopra la testa.

Ho le mani ammanettate dietro la schiena, e le mie caviglie sono legate ai polsi con una lunga catena. Indosso ancora il vestito con cui sono stata catturata, ma mi hanno tolto la parrucca, a un certo punto. Non so quando sia successo, né dove mi trovi, perché ho solo un vago ricordo delle ore dopo la mia cattura. So che questa è una stanza per interrogatori, con uno specchio a parete e mobili in metallo duro, ma non so se siamo ancora a Kiev. Credo di essere stata portata da qualche parte, lontano dal magazzino, ma comunque non importa.

Non uscirò viva da qui.

"Rispondimi, Yulia" dice Obenko con un tono più duro. "Perché non hai preso quell'aereo come avresti dovuto, e come hai trovato il centro di addestramento? Lavori per Esguerra adesso?"

Non rispondo, e Obenko socchiude gli occhi. "Capisco. Beh, se non vuoi parlare con me, forse parlerai con Kirill Ivanovich." Lui si alza in piedi e annuisce davanti allo specchio prima di uscire dalla stanza.

Un minuto dopo, il mio ex addestratore rientra, con le sue labbra sottili piegate in un sorriso duro. Nonostante i miei sforzi di mantenere la calma, mi si chiude la gola e mi si bagnano le ascelle di un sudore freddo, mentre si avvicina al tavolo e si siede davanti a me.

"Perché sei così testarda?" Mi sfiora il ginocchio della gamba nuda sotto il tavolo, e devo deglutire per trattenere il vomito che mi sta salendo nella gola. "Stai facendo il doppio gioco come credono loro?"

Provo a muovere la gamba, ad allontanarmi dal suo tocco, ma la catena mi blocca. Da questa distanza, sento l'odore della sua colonia, e il mio respiro accelera finché non vado quasi in iperventilazione. Nel disperato tentativo di controllarmi, guardo il tavolo, concentrandomi sulle macchie oleose della superficie metallica. *Inspirare. Espirare. Inspirare. Espirare.*

"Yulia. . ." Le mani di Kirill mi afferrano il ginocchio sotto il tavolo, con le sue dita che scavano nella mia coscia. "Lavori per Esguerra?"

Inspirare. Espirare. Inspirare. Espirare. Posso sopravvivere a questo. Posso tenere a bada il dolore. *Inspirare. Espirare.*

La sua mano si sposta più in alto sulla mia coscia. "Rispondimi, Yulia."

Inspirare. Espirare. Sento l'oscurità che si avvicina, il vuoto che mi ha protetta durante la cattura, e l'abbraccio, lasciando che la mia mente evada da questa stanza, lontano dall'invadente agonia. Non sono io ad essere incatenata a questa sedia— è solo il mio corpo. Sono solo ossa e carne che presto cesseranno di esistere. Non possono farmi del male, perché io non sono qui.

Non esisto in questo luogo.

"—catatonica" dice un uomo. La sua voce sembra provenire da una spessa parete d'acqua. Ho difficoltà a distinguere le parole, e faccio fatica a respingere l'oscurità quando dice: "Non otterrai risposte da lei in questo modo. Lascia perdere. È ovvio che è una traditrice."

"Dobbiamo scoprire che cosa sa" risponde un altro uomo, e riconosco la voce di Obenko. "E poi, se non sta facendo il doppio gioco, forse possiamo risolvere il problema."

"Ti stai illudendo" risponde la prima voce, e questa volta, riconosco che è quella di Mateyenko, uno degli agenti di alto livello che mi ha interrogata dopo il ritorno. "Non ti perdonerà mai per questo."

"Forse no, ma ho un'idea" dice Obenko, e sento il rumore di passi che si dissolvono. La mia mente comincia lentamente a schiarirsi, e apro gli occhi, sbirciando leggermente tra le ciglia.

Sono ancora nella stanza degli interrogatori, ma non sono più incatenata al tavolo. Anzi, sono sdraiata di fianco sul freddo pavimento di cemento accanto alla sedia, con i polsi ancora ammanettati dietro la schiena.

Ci sono due uomini vicino alla porta—Kirill e Mateyenko. Stanno parlando a bassa voce, guardando di tanto in tanto verso di me, e la nausea mi fa torcere le viscere, con l'oscurità che prende di nuovo il sopravvento. Kirill mi ha toccata mentre ero svenuta? È stato lui a slegarmi e a mettermi qui?

"È sveglia" esclama Mateyenko, avvicinandosi a grandi passi verso di me, e smetto di combattere l'oscurità.

Non sono qui.

Non esisto.

"Yulia." Una mano fredda mi sfiora la fronte. "Yulia, sei sveglia?"

Il muro d'acqua è tornato, interferendo con il mio udito, ma qualcosa di quella voce cattura la mia attenzione. L'oscurità pian piano svanisce, con il muro d'acqua che si assottiglia, e apro gli occhi.

Un ragazzo biondo è accovacciato su di me, con gli occhi penetranti e azzurri sul suo bel viso.

Ci guardiamo l'un l'altra per un secondo; poi, mio fratello balza in piedi. "Zio Vasya" urla. "Si è svegliata."

Sento dei passi, e poi due mani forti mi alzano da terra e mi rimettono sulla sedia. Il battito del mio cuore accelera, ma, prima di lasciarmi prendere dal panico, mi rendo conto che non c'è traccia di Kirill.

Siamo soli, io e Obenko.

"Dov'è Misha?" chiedo con voce roca. La mia gola sembra ricoperta di sabbia, e ho la bocca secca. Devo essere svenuta per un po'.

"È uscito fuori, così possiamo parlare" dice Obenko. "Allora, Yulia, parliamo."

"Va bene." Mi rendo conto che ho i brividi e che le punte delle mie dita sono intorpidite e congelate. Nonostante ciò, la mia voce è ferma quando dico: "Di cosa vuoi parlare? Del fatto che mi hai mentito per undici anni?" La mia voce si rafforza man mano che la nebbia residua nel mio cervello svanisce. "Del fatto che hai preso mio fratello e lo stai facendo addestrare da un mostro?"

Obenko si lascia sfuggire un sospiro di stanchezza. "Non c'è bisogno di essere così drammatica. Non ti ho mentito—non su Misha, almeno. È solo che non ti ho detto tutto."

"Tutto cosa?"

"Fino a due anni fa, Misha ha condotto esattamente il tipo di vita che ti abbiamo mostrato in quelle foto. Era un normale ragazzo felice. Poi le cose hanno iniziato a cambiare. Ha cominciato a saltare la scuola, a fare a botte, a rubare sigarette. . ." Obenko fa una smorfia. "Mia sorella non sapeva cosa fare, così mi ha contattato per chiedermi di parlare con lui. Ma quando ci ho provato, ho capito che non avrebbe funzionato. Misha era troppo agitato, troppo annoiato dalla vita." Obenko mi guarda. "Un po' come mi sentivo io alla sua età."

"E allora?" Stringo le mani congelate dietro la schiena. "Hai deciso che sarebbe diventato una spia?"

Obenko non batte ciglio. "Aveva bisogno di una direzione, Yulia. Aveva bisogno di un obiettivo, e potevamo darglielo. Ci sono così tanti giovani come lui nel nostro Paese—ragazzi disillusi che perdono la propria strada e non la trovano più. Non sanno cosa fare nella vita, non si preoccupano di nient'altro che non sia un'eccitazione momentanea. Non volevo che tuo fratello diventasse così."

"Giusto." Mi sento soffocare. "Volevi che diventasse come te e Kirill."

"Yulia, ascolta, per quanto riguarda Kirill. . ." Qualcosa di simile al senso di colpa attraversa lo sguardo di Obenko. "Devi capire che siamo una piccola organizzazione segreta. Non potevamo permetterci di perdere qualcuno abile ed esperto come Kirill. Non per un solo errore."

"Un errore?" Mi si incrina la voce. "È così che chiamano le aggressioni brutali ora?"

Obenko sospira di nuovo, come se fossi irragionevole. "Quello che è successo con te è stato un incidente isolato" dice con pazienza. "È stata l'unica volta che ha perso il controllo in quel modo. Capisco che sia stata un'esperienza traumatica per te, ma lui è una risorsa per la nostra agenzia e per il nostro Paese. La cosa migliore che potessimo fare era trasferirlo lontano da te—e fare in modo che tu potessi superarlo."

"Dicendomi che era morto? Che l'avevate fatto uccidere?"

Obenko annuisce. "L'abbiamo fatto per il tuo bene. In questo modo, lo avresti dimenticato e saresti andata avanti."

"Vuoi dire che così sarei stata utile all'UUR."

Obenko non risponde, e mi rendo conto che è esattamente quello che intendeva dire. Per lui, non sono una persona. Sono una pedina su una scacchiera—una che potrebbe funzionare sia in modo positivo che negativo.

"Misha lo sa?" chiedo, fissando l'uomo che un tempo ammiravo. "Sa che sono sua sorella?"

Obenko esita, poi dice: "Sì, Misha lo sa. Si ricordava di te, dell'orfanotrofio, così non abbiamo avuto altra scelta che non fosse dirgli di te. Sa anche che ci hai traditi—che qualunque cosa sia successa nella tenuta di Esguerra ti ha fatto tradire il tuo Paese."

Scavo nelle mie mani con le unghie. "Questa è una bugia. Non vi ho traditi."

"E allora perché mi hai seguito? Perché mi hai fatto questo?" Obenko mette la mano sul tavolo e apre il pugno per mostrarmi il chip GPS che avevo inserito nel telefono.

Dopo un attimo di riflessione, decido che non ho niente da perdere dicendogli la verità. Sono già una persona negativa per Obenko. "Perché volevo vedere Misha per l'ultima volta" dico. "Perché non avrei avuto un'altra occasione."

"Quindi, volevi scappare." Obenko mi fissa. "Sai, avevo il sospetto che le cose stessero così. Non eri più la stessa dopo il tuo ritorno."

Mi stringo nelle spalle, non avendo alcuna intenzione di parlargli del mio complesso rapporto con Lucas e della mia incapacità di accettare un altro "incarico." Qualunque senso di colpa provassi nel lasciare l'UUR, ormai è svanito, messo a tacere dal colpo schiacciante del tradimento di Obenko e dall'abbandono di Misha della vita che ho lottato così duramente per offrirgli.

Ho passato undici anni a proteggere mio fratello, solo per scoprire che finirà come me.

Credo che dovrei essere devastata, ma il dolore è ancora lontano, tenuto a bada dal freddo intorpidimento che sovrasta tutto, compresa la mia rabbia.

"Voglio parlare con lui" dico a Obenko. "Voglio parlare con Misha."

Mi studia un attimo, poi scuote lentamente la testa. "No, Yulia. Non faresti che confondere il ragazzo. È nel posto in cui deve essere, sia mentalmente che emotivamente, e qualunque cosa hai intenzione di dirgli non farà che rendergli le cose più difficili. Non credo che tu voglia questo."

Piego il labbro superiore. "Quindi, non sa cosa mi ha fatto Kirill, né come mi hai manipolata in tutti questi anni."

Obenko non batte ciglio. "Quello che Misha sa è che Kirill Ivanovich ha dedicato la vita a questo Paese, proprio come tutti noi dell'UUR—e che hai abbandonato Misha quando era solo un bambino. Tutto il resto è una questione di punti di vista."

"Certo." Dovrei essere infuriata che mio fratello creda che io sia una traditrice che lo ha abbandonato in orfanotrofio, ma sarebbe troppo da metabolizzare in una sola volta. Mi sento come se questo stesse accadendo a qualcun altro, come se stessi guardando un film invece di viverlo. "Quindi, che cosa penserebbe della mia scomparsa?"

Obenko sospira. "Yulia. . ."

"Dimmelo."

"Che sei fuggita" dice Obenko. "Scomparsa in Sud America per stare con il tuo amante."

"Ah sì. Il mio amante, naturalmente." Penso a Lucas e al modo in cui ci siamo lasciati, e il dolore mi schiaccia. "E così, quando avrei dovuto mettere in atto la mia straordinaria fuga?" riesco a dire. "Oggi? Domani?"

"Non deve andare così, Yulia." C'è un vero e proprio rimpianto negli occhi di Obenko. "Non è troppo tardi. Possiamo ricominciare e dimenticare tutto questo. Se dimostri—"

"Sono io che devo dimostrare qualcosa?" Non riesco a trattenere una risata amara. "Facendo cosa? Scopando con qualche altro uomo per te?"

Obenko flette la mano sul tavolo, ma il suo tono resta imperturbabile. "Accettando il tuo incarico. Sai quanto è importante quello che facciamo—"

"Sì, lo so." Faccio una smorfia. "Così importante da lasciare che uno stupratore addestri ragazze minorenni. Così importante da mentire, uccidere e manipolare tutti. . . perfino il tuo nipote adottivo."

Lo sguardo di Obenko si indurisce, quando si alza. "Come vuoi" dice. "Hai tempo fino a domani mattina. Se decidi di fare la cosa giusta, fammelo sapere."

Esce dalla stanza, e io rimango vicino al tavolo, ascoltando il rumore dei suoi passi che si allontanano.

Dopo circa un'ora, Mateyenko viene a sbloccarmi le manette e mi porta in una stanza senza finestre che somiglia a una cella. Ha una branda stretta con una coperta leggera, un water di metallo senza la tavoletta e un piccolo lavandino arrugginito.

"Dove siamo?" chiedo, ma l'anziano agente non risponde. Esce e chiude la porta dietro di sé, lasciandomi sola.

Aspetto qualche minuto per assicurarmi che non torni, poi faccio pipì e mi lavo le mani con l'acqua che scorre dal rubinetto arrugginito del lavandino. Prendo anche in considerazione l'idea di bere un po' d'acqua per placare la mia sete, ma decido di non farlo.

Preferirei non passare la mia ultima notte a vomitare le budella.

Mi avvicino alla branda e mi sdraio, fissando il soffitto. So che non riuscirò ad addormentarmi, quindi non ci provo nemmeno. La mia mente vaga, in bilico tra la rabbia e l'amara disperazione. Tre fatti tornano in continuazione nella mia mente:

Kirill è vivo e sta addestrando mio fratello per farlo diventare una spia.

A mio fratello hanno raccontato un mucchio di bugie su di me.

Morirò domani, a meno che non accetti di lavorare per l'UUR.

Non posso fare niente per quanto riguarda i primi due problemi, ma il terzo è sotto il mio controllo—ammesso che Obenko sia attendibile, voglio dire. In teoria, potrei accettare di svolgere il mio incarico, e dopo aver dimostrato di meritare la fiducia, mi verrà perdonato tutto.

Potrei anche promettere di svolgere l'incarico, per poi fuggire.

È un'idea allettante, ma non sarebbe facile. Ho ammesso di voler scomparire, quindi se decidessero di lasciarmi andare, mi terrebbero d'occhio. Potrebbero anche mettermi dei localizzatori, come Lucas aveva pensato di fare.

La mia disperazione lascia il posto all'amaro divertimento. A quanto pare, sono destinata a essere prigioniera, in un modo o nell'altro.

Un brivido mi attraversa, e mi accorgo di sentire di nuovo freddo, con le mani e i piedi congelati e rigidi. Arrotolandomi in una piccola palla, tiro la coperta sopra la testa e fingo di essere in un bozzolo in cui nulla di male potrebbe mai accadermi, in cui posso dormire e sognare una vita diversa—una vita in cui Lucas mi guarda nel modo in cui mi ha guardata la mattina scorsa, prima del suo viaggio, e in cui io non ho bisogno di scappare.

Un familiare dolore mi trafigge il petto, e chiudo gli occhi, abbandonandomi ai ricordi. Il nostro rapporto era sbagliato in tanti modi, ma era anche giusto. E ora . . . ora le cose sbagliate non hanno più alcuna importanza.

Tutto quello che mi resta sono i ricordi, insieme a un potente e impossibile desiderio di rivederlo un'ultima volta prima di morire.

Qualcuno mi toglie la coperta, e due mani forti mi tirano la biancheria intima, strappandola mentre mi tirano su il vestito. Un pesante corpo maschile mi spinge giù, e mi inchioda i polsi sopra la testa. In un primo momento, mi sembra di sognare Lucas, ma poi sento quell'odore.

Colonia.

Lucas non mette mai la colonia.

Apro gli occhi, in preda al panico, e un urlo roco mi sfugge dalla gola—un urlo immediatamente soffocato da un grande palmo sulla bocca.

"Zitta" sussurra Kirill, mentre mi contorco istericamente, cercando di buttarlo giù. "Non vorrai disturbare qualcuno, vero?"

La mano sulla mia bocca mi schiaccia la mascella, e con l'altra mano mi stringe i polsi così forte che sento le ossa schiacciarsi l'una contro l'altra. Inchiodandomi le gambe al letto con le sue, non riesco a muovermi o a dare calci, e un terrore nauseante mi attraversa, mentre sento la sua erezione che sfrega sulla mia gamba nuda.

"Ci divertiremo un po'" dice, con gli occhi scuri che brillano dalla crudele emozione. "In memoria dei vecchi tempi."

E spingendo il ginocchio tra le mie gambe, abbassa la testa.

22

Lucas

Alzo il pugno, facendo segno a Diego ed Eduardo di fermarsi, mentre scruto con i miei occhiali per la visione notturna l'edificio davanti a noi. Per essere una base segreta, è sorprendentemente piccola—solo una casa sgangherata a un piano in una boscosa zona rurale.

"Sei sicuro che sia questo il posto giusto?" sussurra Diego, accovacciandosi accanto a me. "Non sembrerebbe."

"Scommetto che la maggior parte sia sottoterra" dico, mantenendo la voce bassa. "Vedo due SUV nel capannone sul retro, e non credo che gli abitanti dei villaggi ucraini guidino dei SUV."

Abbiamo lasciato la nostra auto nel bosco a mezzo miglio di distanza per dare un'occhiata al posto e mettere a punto il piano d'azione. Qualunque cosa facciamo, dobbiamo essere rapidi e discreti, in modo da poter lasciare il Paese prima che l'UUR si renda conto che siamo stati qui.

Grazie ai contatti di Peter Sokolov, siamo atterrati in un aeroporto privato senza destare sospetti, e dobbiamo riuscire ad andarcene allo stesso modo.

"Va' sul retro e da' un'occhiata da quella parte" dico a Eduardo, che ha raggiunto Diego. "Cercherò di entrare nei loro computer in remoto."

Annuisce e scompare tra i cespugli, e prendo il dispositivo che ho portato con me. Uno dei vantaggi di lavorare con Esguerra sta nell'avere accesso a tecnologie d'intelligence militare all'avanguardia, come questo dispositivo per la lettura di dati remoti.

Accendendo il portatile, lo sincronizzo con il dispositivo e dico a Diego: "Buone notizie: siamo nel raggio d'azione. Ora dobbiamo solo lasciare che il programma di hackeraggio faccia la sua magia."

Ci mettiamo più di un'ora a penetrare nei firewall, ma a poco a poco il mio schermo si riempie di dati, inclusa la mappa della casa e un video in diretta di un corridoio poco illuminato.

"Quello è l'interno dell'edificio?" chiede Diego, guardando da dietro.

"Ci puoi scommettere" dico, guardando due uomini che passano davanti alla telecamera. Uno di loro sembra insolitamente giovane, appena adolescente, cosa che mi destabilizza per un attimo—finché mi ricordo che l'UUR ha l'abitudine di reclutare i ragazzini.

Clicco sul video successivo e vedo quella che sembra essere una stanza per interrogatori. È vuota, fatta eccezione per un tavolo di metallo e due sedie. Poi, vedo la stanza di sicurezza. C'è un uomo pesantemente armato davanti a una fila di computer. Clicco sul successivo, che mostra ancora un altro corridoio, e molti altri video rivelano stanze simili a celle. Con mia grande delusione, tutte quelle stanze sono vuote.

Questa struttura non dev'essere molto utilizzata.

Clicco su altri video, mettendo a confronto le stanze che vedo con le mappe sul mio schermo, e prendo appunti su come il tutto è posizionato. Nel farlo, mi imbatto in altri due uomini—uno che sembra un campione di wrestling dei pesi massimi e uno più magro che sembra avere una quarantina d'anni.

"Solo cinque agenti finora, e uno di loro è un ragazzino" dice Diego alle mie spalle. "Se le cose stanno così, dovremmo riuscire a prenderli."

"Esatto." Clicco su altri video, prendendo appunti sull'interno di ogni stanza e metto in pausa, quando ritorno su una delle celle vuote—o almeno in una cella che credevo fosse vuota. Ora mi rendo conto che mi sbagliavo: su un lettino c'è un piccolo rialzamento ricoperto da un lenzuolo.

"È—"

"Sì, sembra che abbiano un prigioniero lì" dico, scrutando il video appannato. È sicuramente un rialzamento con le dimensioni di una persona; avrei dovuto accorgermene prima. "Aspetta, fammi vedere se riesco a ottenere un'immagine più nitida."

Attivando la funzione di controllo remoto del programma di hackeraggio, isolo la parte del meccanismo di sorveglianza che controlla la telecamera in quella stanza. Con attenzione, lo posiziono ad angolo in modo da puntare direttamente sul lettino. La persona, chiunque sia, è immobile, come se fosse svenuta o addormentata.

"Va bene, quindi, sei persone" dice Diego. "Se contiamo questo prigioniero come una minaccia. Abbiamo buone possibilità, soprattutto se li cogliamo di sorpresa."

"Sì, credo di sì" dico, cliccando sull'immagine successiva. All'inizio, pensavo di raccogliere i dati e andarcene, ma non posso lasciarmi sfuggire quest'occasione. È possibile che uno di questi agenti sappia dove si trova Yulia. Le mie costole scelgono quel momento per provare una fitta di dolore, ma ignoro quella sorda sofferenza.

Anche se sono ferito, dovremmo riuscire a eliminare cinque o sei avversari.

Parlando nell'auricolare, dico: "Eduardo, ho bisogno che tu metta degli esplosivi sugli angoli nord-ovest e sud-ovest della casa. Utilizzane abbastanza da abbattere i muri, ma senza distruggere tutta la casa. Voglio che li prendiamo vivi."

"Ho capito" risponde Eduardo, e mi rivolgo a Diego.

"Entreremo in azione dopo la prima esplosione" dico. "Preparati."

Annuisce, tirando fuori il suo M16, e rivolgo l'attenzione al computer. Nel giro di un minuto, il programma di hackeraggio assume il controllo dei video di sorveglianza all'esterno, sostituendo l'immagine di Eduardo che si avvicina di soppiatto alla casa con una ripresa non minacciosa di alberi e cespugli resi bui dalle tenebre.

Ora abbiamo solo bisogno che Eduardo sistemi gli esplosivi.

Aspettando, visualizzo di nuovo tutti i video. Su quello del corridoio, vedo uno degli uomini camminare verso la cella del prigioniero. È l'agente che sembra un lottatore, da solo questa volta. Con poco interesse, lo guardo entrare nella cella, mettendo la pistola nel lavandino dall'altra parte della stanza, e avvicinarsi alla figura coperta sul lettino. Si china su di essa e, con mia grande sorpresa, si sbottona i jeans.

Che cazzo sta facendo? Sono ancora più incuriosito quando toglie la coperta dalla figura sdraiata—che è una femmina—e le alza il vestito. Visto il modo in cui sta in piedi, la telecamera non mi permette di vedere molto della prigioniera, ma mi si stringe il petto per un'ansiosa premonizione.

"Kent?" dice Diego, ma non lo ascolto. Tutta la mia attenzione è rivolta allo schermo del computer, mentre lavoro freneticamente per angolare la telecamera.

L'uomo si mette a cavallo sulla prigioniera e le afferra i polsi esili—polsi esili e delicati che sembrano incredibilmente fragili nella sua presa simile a quella di un orso. La telecamera si inclina, verso sinistra, e vedo biondi capelli disordinati e un bel viso pallido.

Il mio cuore si ferma per una frazione di secondo; poi, una furia selvaggia mi attraversa.

Yulia.

È qui—e la stanno aggredendo.

23

yulia

Il respiro di Kirill è caldo e fetido sul mio viso, e la sua massiccia mole è come una montagna sopra di me, che mi schiaccia sulla branda. Le mie viscere si contorcono dall'orrore e il disgusto, e sento la mia mente scivolare verso il luogo buio, dove non esisto e non provo tutto questo.

No. Con lucida razionalità, so che se andassi lì, sarei persa. Non riemergerei più da quelle tenebre. Devo rimanere cosciente. Devo combattere.

Non posso lasciare che mi distrugga di nuovo.

Sopprimendo la mia istintiva inclinazione a lottare, mi lascio andare, rilassando i polsi nella stretta brutale di Kirill. Non reagisco quando passa la lingua sulla mia guancia, e non mi irrigidisco quando mi apre le gambe, sistemandosi in mezzo ad esse. Deve credere che io sia stordita e domata.

È la mia unica possibilità.

Sento il suo cazzo, duro sulla mia coscia nuda, e la nausea mi sale nella gola, con il pasto di tanto tempo fa che minaccia di tornare su. *Solo un altro secondo*, mi dico, mantenendo i muscoli rilassati. *Non avere fretta. Aspetta il momento giusto.*

Il momento giusto arriva quando si sposta sopra di me e il suo volto finisce direttamente sul mio. Lo guardo attraverso una piccola fessura tra le palpebre, e quando abbassa una mano per afferrarmi il seno, lo colpisco.

Con tutte le mie forze, alzo la testa, sbattendo la mia fronte sul suo naso.

Il sangue sgorga dappertutto, mentre Kirill indietreggia con un grido di sorpresa. Qualsiasi altro uomo si sarebbe afferrato il naso rotto, ma lui si alza, ringhiando: "Troia!" e mi dà un pugno sulla mascella.

La testa si piega da una parte, con un'esplosione di dolore che mi stordisce per un secondo. Vedo le stelle ai margini della mia vista e assaporo il sangue. Ma Kirill non ha ancora finito con me.

"Troia del cazzo!" Il colpo successivo è rivolto al mio stomaco, con il suo pugno che sembra una palla demolitrice che colpisce il mio rene. "Ti sei sempre sentita troppo superiore per stare con me, non è vero?"

Non posso rispondere; posso solo respirare sopportando il dolore, mentre mi rannicchio per proteggermi. Mi ha lasciato andare i polsi per colpirmi, mi rendo conto, stordita, e quando alza di nuovo il pugno, torco la parte superiore del mio corpo di lato. Il suo pugno mi sfiora lo zigomo, invece di frantumarlo come probabilmente immaginava, ma mi fanno ancora male le orecchie per il colpo. Mi torco di nuovo, cercando di liberarmene, ma la parte inferiore del suo corpo è come un macigno sopra di me.

Combatti, Yulia, combatti. Quelle parole sono come un canto disperato nella mia mente. Colpisco in alto con il pugno e riesco a colpirgli la mascella, ma il suo sguardo brilla quando mi afferra nuovamente i polsi. Vedo la rabbia e la follia nelle oscure profondità dei suoi occhi, e capisco che non ne uscirò viva.

"La pagherai" dice con un basso sibilo gutturale, e sento le sue palle pelose sulla mia coscia, mentre mi apre le gambe, con le dita che interrompono l'afflusso di sangue alle mie mani. Il suo cazzo spinge sul mio ingresso, e io grido per l'inevitabile orrore della violazione.

Boom!

Per un attimo, sono certa che mi abbia colpito un'altra volta, che il rumore assordante è quello delle mie ossa facciali che si spezzano, ma la polvere e il gesso che mi piovono addosso dissipano quell'impressione. Kirill salta giù da me con un'imprecazione, con il cazzo fuori dal pantaloni sbottonati, e barcolla, indietreggiando di qualche metro, mentre un'altra esplosione fa tremare la stanza.

Sfruttando quell'occasione, mi rotolo giù dalla branda e salto in piedi, ignorando il dolore lancinante al viso e alle guance. Sento un acuto crepitio di armi sopra di noi. Kirill si blocca, con il suo sguardo folle concentrato tra me e la porta. Deve aver capito che la struttura è stata attaccata, e sento il suo odio per me in guerra con il suo senso del dovere. Dovrebbe uscire fuori, difendere i suoi colleghi, ma ciò che vuole davvero è farmi soffrire.

Quest'ultimo impulso sembra avere la meglio.

"Traditrice del cazzo" grida, con le vene sporgenti sulla fronte, e poi fa un passo verso di me, alzando il pugno per colpirmi.

Istintivamente, mi abbasso, e in quel momento, un'altra esplosione scuote la stanza, facendo perdere l'equilibrio a Kirill e facendo piovere altro gesso su di noi. Un forte scricchiolio sembra provenire dalle profondità dell'edificio stesso, e un angolo della stanza crolla improvvisamente, con mattoni e intonaco che cadono come una valanga a meno di un metro di distanza da me.

Ansimando, salto da una parte—e poi lo vedo.

Un tondino di metallo arrugginito inserito dentro a un mattone.

Salto per raggiungerlo, scivolando con lo stomaco sul pavimento pieno di detriti. Frammenti di roccia e gesso mi raschiano le gambe nude e la pancia, ma stringo le mani intorno al tondino di metallo, e mi tiro su appena in tempo per sbattere il mattone sul viso di Kirill, mentre si lancia su di me.

Barcolla, avvicinandosi al lavandino, e sento un'altra volta la furia delle armi da fuoco sopra di noi. Questa volta, però, il rumore assordante non si ferma. Chiunque siano gli aggressori, hanno una notevole quantità di esplosivo. Non posso interrogarmi sulla loro identità, però, perché vedo Kirill raggiungere il lavandino e tirare fuori una pistola.

Reagendo in un istante, lascio andare il pesante mattone e mi getto di lato, rotolando sul pavimento verso il mio aggressore. Sento il colpo, sento il bruciore del proiettile che mi sfiora il braccio, e poi mi schianto contro le ginocchia di Kirill a tutta velocità.

Non deve essersi ripreso completamente dal mio precedente colpo, perché barcolla di nuovo, e il suo sparo successivo finisce di lato. Mi alzo in piedi, con le orecchie che mi ronzano per il colpo e gli spari sopra di me, e gli afferro il polso destro, torcendolo lateralmente nel tentativo di allentare la presa sulla pistola.

L'istante successivo, volo per la stanza. Mi ha colpita con l'altra mano, e mi sento confusa quando sbatto contro un muro. L'aria mi esce dai polmoni, e sibilo dal dolore, paralizzata, quando Kirill punta la pistola contro di me, con il volto contorto da una rabbia folle.

Sta per uccidermi.

Quella consapevolezza manda l'adrenalina direttamente nel mio cervello. Senza pensarci due volte, mi schianto contro Kirill, tendendo le braccia in una disperata presa, e chiudo la mano intorno al freddo metallo della canna. Lo sento sotto le mie dita, sento il mortale sibilo del proiettile, e poi cado.

Cado, ma non muoio.

Atterro sopra Kirill, stordita, con la mano che continua a cercare di afferrare convulsamente la canna. Non riesco a credere di essere viva. Istintivamente, tiro la pistola, cercando di strapparla dalla sua presa, e con mia grande sorpresa, ci riesco. Stringendo l'arma, striscio fuori dal corpo massiccio di Kirill, ed è solo quando sono a un paio di metri da lui che mi rendo conto di quello che è successo.

Una parte del soffitto è crollata su di lui, facendogli perdere i sensi. C'è un sottile rivolo di sangue sulla sua tempia, e intorno a lui è pieno di calcinacci.

Kirill è incosciente, forse addirittura morto.

Confusa, salto in piedi e gli punto l'arma contro, cercando di calmare la mia mano tremante. La mia vista è sfocata, e qualsiasi pensiero sembra richiedere uno sforzo eccessivo. Tutto quello che provo è l'odio. Nero e potente, mi pulsa nelle vene, allontanando ogni pensiero razionale. Il mio dito preme sul grilletto, quasi di sua spontanea volontà, e osservo il primo colpo provocare un buco che sanguina nel fianco del mio stupratore.

Il suo corpo sobbalza e sparo un'altra volta, puntandogli la pistola tra le gambe. Il suo cazzo sgonfio e le palle esplodono in uno spruzzo di carne sanguinante. Le mie vertigini si intensificano, con la testa dolorante, e stringo i denti, determinata a rimanere cosciente abbastanza a lungo da finirlo.

Una nuova raffica di spari sopra di me cattura la mia attenzione, e all'improvviso mi rendo conto che non ho ancora capito cosa stia succedendo, né chi siano gli aggressori. Quasi subito, ricordo qualcos'altro.

Misha.

Mio fratello era qui prima.

Un terrore gelido attraversa la mia foschia. Misha potrebbe essere ancora qui? Potrebbe essere al *piano di sopra*, in quella zona di guerra con i nemici sconosciuti?

Prima di poter elaborare quel pensiero, sono già fuori dalla porta, precipitandomi lungo il corridoio dell'interrato.

Devo raggiungere Misha.

Se è ancora vivo, devo salvarlo.

Mentre giro l'angolo per dirigermi verso le scale, mi scontro con una persona che sta correndo nella mia direzione. Ci schiantiamo l'uno contro l'altra, e quando cadiamo a terra, mi rendo conto con sorpresa che si tratta di Misha—che mio fratello stava correndo da me. Atterra su di me, e prima che io possa riprendere fiato, si alza in piedi, respirando a fatica.

"Misha!" Combattendo le vertigini, salto in piedi. Ho ancora in mano la pistola di Kirill, ma riesco ad afferrare il braccio di Misha prima che possa allontanarsi. "Sei ferito? Che cosa sta succedendo?" Le domande mi escono in un frenetico mix di russo e ucraino, ma Misha scuote la testa, con gli occhi spalancati e senza capire. Sembra essere in stato di shock; sotto la polvere e il sangue che gli coprono il volto, le sue guance hanno un aspetto malaticcio e pallido.

Il cuore mi martella nel petto, quando passo la mano libera su di lui, alla ricerca di ferite da arma da fuoco o ossa rotte, ma a parte qualche graffio sembra essere tutto intatto. Sollevata, lo prendo di nuovo per il braccio e lo conduco in una delle stanze fuori dal corridoio. "Andiamo. Dobbiamo andarcene da qui."

"Tu. . . loro. . ." Sembra avere difficoltà a parlare. "Loro—"

"Sì, lo so, andiamo." Lo trascino in una piccola cella che somiglia a quella in cui ero io e cerco un posto per nasconderci. Non lo trovo, e ho lo stomaco in subbuglio quando il fuoco al piano di sopra si ferma, per poi riprendere con una violenza ancora maggiore.

"Misha." Stringendo la pistola nella mano destra, alzo la mano sinistra e gli tocco delicatamente la guancia. Il mio fratellino è già un paio di centimetri più alto di me e, a giudicare dalla sua struttura slanciata, direi che crescerà ancora un po'. Sta tremando in modo incontrollabile, con la pelle gelida sotto al mio tocco. "Mishen'ka, conosci un modo per uscire di qui?"

Deglutisce. "No."

"Va bene." Sto tremando anch'io, ma mantengo la voce calma per non spaventarlo ancora di più. "Sai cosa sta succedendo al piano di sopra? Chi sta attaccando?"

"Non lo so." Trema ancora di più. "Hanno. . . Hanno ucciso Zio Vasya e—"

"Obenko è morto?" Nonostante tutto, sento una leggera fitta nel petto. Spingendo l'illogica emozione da una parte, abbasso la mano e chiedo: "Quanti sono? Qualcuno di loro ha detto qualcosa?"

Misha scuote di nuovo la testa, con gli occhi pieni di lacrime. "Hanno ucciso Zio Vasya" sussurra, come se non riuscisse a crederci. "E l'Agente Mateyenko." Corruga il viso, proprio come faceva da bambino.

"Oh, Misha. . ." Mi avvicino, ingoiando le lacrime. "Mi dispiace." Più di qualunque altra cosa, vorrei abbracciarlo e consolarlo, ma non c'è tempo, così dico: "Dobbiamo trovare una via d'uscita. Ci dev'essere—"

Sono interrotta dal rumore di pesanti passi che scendono giù per le scale. Misha si irrigidisce, e vedo il terrore nei suoi occhi. "Stanno venendo da noi. Ci—"

"Shh." Tengo il dito sulle labbra, facendo un passo indietro e rivolgendo uno sguardo disperato alla stanza.

Non so se la pistola di Kirill fosse completamente carica, quando è arrivato nella mia cella, ma anche se lo fosse stata non ci saranno rimasti più di un paio di proiettili. Tuttavia, potrei utilizzare quelle pallottole come una distrazione, in modo che Misha possa fuggire.

"Vieni" sussurro, afferrandogli il braccio. "Non appena vedrai una possibilità per scappare, correrai. Capito?"

"Ma loro—"

"Zitto" sibilo, trascinandolo lungo il corridoio. Quando raggiungiamo la stanza accanto, spingo mio fratello là dentro e sussurro: "Non fare rumore."

E stringendo la pistola con entrambe le mani, torno verso le scale, pronta ad affrontare il mio destino.

lucas

Yulia.

Devo raggiungere Yulia.

Quel pensiero mi martella nel cervello, mentre corro giù per le scale, ignorando il sangue che mi cola lungo il braccio. Un proiettile mi ha sfiorato la spalla e le costole mi fanno male per il gran movimento, ma non faccio nemmeno caso al dolore. La lotta si è rivelata lunga e brutale; pur essendo stati colti di sorpresa e storditi dalle bombe che abbiamo piazzato, non è stato facile eliminare gli agenti operativi dell'UUR. Essere costretto a rispondere al fuoco, mentre Yulia veniva aggredita al piano di sotto, mi ha fatto quasi impazzire. Non appena abbiamo eliminato due dei tre agenti che difendevano la casa al primo piano, mi sono precipitato verso le scale del seminterrato, lasciando Diego ed Eduardo ad occuparsi del tiratore rimasto. Spero che riescano a catturarlo senza ucciderlo, come abbiamo fatto con gli altri due, ma in ogni caso non sarà un problema.

Il salvataggio di Yulia è di gran lunga più importante della raccolta di informazioni.

Quando arrivo in fondo alle scale, mi sforzo di rallentare. Il giovane agente è corso da questa parte dopo che abbiamo ucciso il secondo tiratore, e anche l'aggressore di Yulia potrebbe essere qui, in agguato. Non può essere sfuggito ai colpi e alle esplosioni al piano di sopra. Almeno, lo spero. Ho dato l'ordine di far esplodere le bombe prima che fossimo posizionati in modo ottimale proprio per questo motivo: ho pensato che fosse improbabile che l'uomo continuasse con Yulia, una volta essersi reso conto che erano sotto attacco.

Stringendo il mio M16, mi fermo, raggiungendo l'angolo. Il corridoio con tutte le stanze è alla mia destra. Se ricordo bene, la cella di Yulia dovrebbe essere la quarta a sinistra.

Non sarà facile. Non posso sparare indiscriminatamente, come ho fatto al piano di sopra—non senza rischiare la vita di Yulia.

Accovacciandomi, do una rapida occhiata dietro l'angolo.

Il corridoio è vuoto.

Rischio con una seconda occhiata, questa volta controllando la distanza della cella più vicina con una porta aperta.

Tre metri. Posso farcela.

Rafforzando la presa sull'arma, mi tuffo sulla cella, rotolando sul pavimento. Quasi mi aspetto il morso dei proiettili, ma non succede nulla, quando mi lancio contro la porta aperta e salto in piedi, esaminando la stanza alla ricerca di eventuali pericoli.

Vuota. Non c'è anima viva.

Respiro per stabilizzare il battito cardiaco. Sapere che Yulia è a sole poche stanze di distanza da me è come un fuoco nel mio sangue, ma so che devo essere paziente. Da qualche parte, qui sotto ci sono due avversari potenzialmente pericolosi, e devo essere prudente, se voglio sopravvivere e riportarla nella tenuta.

Appiattendomi contro il muro accanto alla porta, studio il corridoio, con tutti i miei sensi in allerta. Non ho alcun dubbio sul fatto che sappiano che sono qui, il che significa che è solo una questione di tempo prima che qualcuno si spazientisca e cerchi di farmi fuori. Per combattere la mia voglia di agire, conto mentalmente fino a dieci, poi lo faccio di nuovo.

Al terzo conteggio, sento un debole fruscio e intravedo un movimento. È quasi impercettibile—solo un'ombra che cambia forma su altre porte—ma è sufficiente.

È il nemico.

La mossa più sicura sarebbe riempire la porta di proiettili, ma non posso rischiare di sparare a Yulia. Da quello che vedo, le bombe hanno fatto qualche danno quaggiù. Il pavimento è ricoperto di calcinacci, e le luci del soffitto tremolano. L'idea che Yulia possa essere rimasta ferita in qualche modo è insopportabile, così scaccio quel pensiero, insieme alla paura e alla rabbia nel petto. Non posso concentrarmi su niente di tutto questo, non fin quando Yulia non sarà al sicuro con me.

Facendo un altro respiro, misuro mentalmente la distanza dall'altra porta.

Due metri, più o meno.

Mi concedo un altro respiro per calmarmi, e poi mi lancio da quella parte, annullando la distanza con tre lunghi passi. Sento un colpo, ma sono già lì, strappando la pistola dalla mano del tiratore, mentre lo affronto a terra e inchiodo l'uomo con il mio fucile d'assalto sulla gola.

No, mi rendo conto una frazione di secondo dopo.

Sulla gola di una *donna*.

Yulia è sdraiata di schiena sotto di me, con i suoi occhi azzurri spalancati dallo shock. Il suo pallido viso è sporco e ammaccato, segnato dal sangue e dai pezzi di intonaco, ma non c'è dubbio che sia lei.

"Lucas?" dice quasi soffocando, e vedo il suo sguardo spostarsi a destra.

Reagisco istintivamente. Afferrando Yulia con una mano e l'M16 con l'altra, mi butto da una parte e rotolo, tirandola verso di me. Le costole mi fanno male, ma il mattone che stava per crollare sulla mia testa si schianta sul pavimento, e salto in piedi per affrontare la nuova minaccia—il giovane agente che ho visto nel video.

Il ragazzo chiaramente è stato addestrato, ed è veloce. Mentre faccio oscillare l'arma in direzione della sua testa, si abbassa e, contemporaneamente, sferra un calcio con la gamba destra. Faccio un salto indietro, impedendo al suo piede di colpirmi, e prima che possa riorganizzarsi, spingo la pistola in avanti, premendo la canna sul suo stomaco.

Il suo volto diventa bianco come quello di un fantasma, e gli tremano le ginocchia. Si accascia a terra, senza fiato, e alzo la pistola per colpirlo. Ma prima che io possa portare l'impugnatura sulla sua testa, intravedo un leggero movimento al mio fianco.

Yulia mi salta addosso, mostrando i denti.

"Vattene! Non fargli del male!" Le sue grida si fanno isteriche, mentre la prendo e la inchiodo al muro. Il suo pugno si stampa sul mio fianco, con le mie costole che urlano dal dolore, mentre cerco di tenerla senza far cadere l'arma. Afferra la mia pistola, cercando di strapparmela, e grugnisco dal dolore, quando il suo gomito mi colpisce nuovamente sulle costole.

"Cazzo, Yulia, fermati!" Non voglio farle del male, ma non posso lasciare che mi prenda l'arma. Mi ha già sparato una volta; chissà cosa farebbe con un M16 carico. Mentre lotto contro di lei, nella visione periferica vedo un'ombra che si muove nel corridoio.

Se è l'altro agente che vuole unirsi alla lotta, sono fregato.

Raddrizzandomi, piego e sbatto il gomito sul torace di Yulia. È un colpo attentamente controllato—uso la forza sufficiente a farla volare—e poi salto all'indietro e mi giro per affrontare il ragazzo, che è ancora a terra, ma sta cominciando a riprendersi dal mio colpo.

Sgrana gli occhi quando sollevo la pistola, puntandogliela contro, e per la prima volta, osservo i suoi lineamenti.

Lineamenti stranamente familiari.

"No!"

Prima che io possa riflettere su quello che sto vedendo, Yulia sbatte contro di me, con una forza tale che barcollo, prima di riprendermi. Il suo volto è contorto dalla rabbia, mentre combattiamo per l'arma, e comincio ad avere una vaga idea di quello che sta succedendo.

"Misha!" urla lei a pieni polmoni, seguito da qualche parola in russo, e il mio sospetto diventa certezza, quando vedo il ragazzo alzarsi in piedi e correre verso di me, con una smorfia quasi identica a quella sul viso di Yulia.

Figlio di puttana.

"Ferma" ringhio, strappando la pistola dalle mani di Yulia. "Non gli farò del male!"

Il ragazzo si schianta contro di me prima che io possa finire di parlare, e lo colpisco alla gola, dosando la forza del colpo per evitare di schiacciargli la trachea. Nonostante il leggero colpo, crolla, soffocando e ansimando per respirare, e rimango solo ad affrontare Yulia.

Piomba su di me come una creatura selvaggia, tutta denti e artigli, con gli occhi selvaggi dal terrore. Naturalmente non credeva alla mia promessa che non avrei fatto del male al ragazzo, chiunque egli sia per lei, e sta combattendo come una mamma orso per proteggere il suo cucciolo. Imprecando, blocco il suo tentativo di darmi una ginocchiata alle palle, e mi accovaccio per evitare il suo pugno vagante. Prima che possa scagliarsi di nuovo, la prendo e le inchiodo le braccia lungo i fianchi, stringendola forte. Ho ancora l'M16 in mano, ma non lo uso. Tengo Yulia sul mio petto, lasciando che si stanchi e che smetta di lottare così disperatamente.

Si indebolisce più in fretta di quanto mi aspettassi, probabilmente perché è ferita. Nel giro di un paio di minuti, si accascia tra le mie braccia, con il respiro rapido e incerto. Sento i suoi muscoli tremare mentre l'abbraccio, e nonostante il violento dolore alle costole, un familiare mix di lussuria e tenerezza ha la meglio su di me, riscaldandomi il petto e irrigidendomi il cazzo.

Yulia.

Finalmente ho di nuovo la mia Yulia.

I suoi seni sono morbidi su di me, il suo corpo esile e delicato nel mio abbraccio. Sa di paura, sudore e sangue, ma lì sotto percepisco il lieve profumo di pesche—una fragranza che assocerò sempre a lei. Mi inebrio, indugiando un attimo, ma poi mi ricordo dell'ombra che ho visto muoversi prima.

L'altro agente—l'aggressore di Yulia—è ancora a piede libero.

"Ti ha fatto del male?" La mia voce si carica di rabbia. "Quel bastardo ti ha toccata?"

Il corpo di Yulia si irrigidisce, e poi ricomincia a lottare. "Lasciami andare." Le sue parole sono soffocate sulla mia maglietta. "Lasciami andare, Lucas!"

Stringo le braccia attorno a lei, ignorando il dolore che mi provoca quel movimento. "Rispondimi."

Si blocca, respirando in fretta, e vedo che il ragazzo sta cercando di rialzarsi in piedi. Stringo la mascella e faccio girare Yulia, in modo da avere l'M16 puntato contro di lui. Il ragazzo si ferma subito, e cerco di capire come procedere. Tutto dentro di me mi spinge a precipitarmi nel corridoio per catturare l'agente che l'ha aggredita, ma se lasciassi andare Yulia mi attaccherebbe di nuovo, e non voglio farle del male.

Inoltre, c'è il ragazzino del cazzo.

Mentre lotto contro il mio dilemma, mi rendo conto che non sento più gli spari—che, in realtà, hanno smesso da qualche minuto. Proprio quando quel pensiero mi attraversa la mente, sento dei passi sulle scale, e un minuto dopo, Eduardo irrompe nella stanza, pronto ad uccidere gli avversari rimasti.

"Aspetta" ordino, quando punta l'arma contro il ragazzo. "Non sparare."

Yulia ricomincia a lottare, così la stringo più forte e le sussurro in un orecchio: "Calmati. Non gli faremo del male. Se lo volessi morto, l'avrei già ucciso."

Sembra credermi. Smette di combattere, e allento la presa su di lei. Vedendo che non mi attacca, la lascio andare e faccio un passo indietro. All'ultimo momento, cambio idea e le afferro il polso con la mano sinistra, tirandola a me.

Non rischierò mai più di perderla.

"Ce n'è un altro quaggiù da qualche parte" dico a Eduardo con voce dura. Il pensiero che l'aggressore di Yulia sia a piede libero è intollerabile. "Trovalo e portamelo."

Eduardo annuisce e scompare, e Yulia mi fissa, tutta tremante. Sembra essere sul punto di svenire o esplodere. "Non—" Le si incrina la voce. "Non farai del male a Misha?"

Guardo il ragazzino, che resta saggiamente immobile a terra. "Se è lui Misha, allora no." Faccio un respiro per calmarmi, cercando di non sussultare per il dolore alle costole. "Chi è lui per te?"

Yulia sgrana gli occhi. "Non lo sai? Ma hai detto—"

"Credo di aver frainteso" dico, mantenendo un tono di voce calmo. "Chi è lui? Tuo cugino?"

Sbatte le palpebre. "Mio fratello."

Ora sono io a rimanere a bocca aperta. "Avevi detto di essere figlia unica."

"Ho mentito" dice. Poi, corruga la fronte dalla confusione. "Ma tu avevi detto di saperlo. Quando ti ho chiesto di non ucciderlo, hai detto di sapere. Che cosa volevi dire? Perché—"

"Credevo che fosse il tuo amante, va bene?" La rabbia—rivolta a me stesso questa volta—mi impedisce di parlare. "Perché hai mentito dicendo di essere figlia unica?"

Yulia si bagna le labbra. "Perché non mi fidavo di te."

Naturalmente—e a quanto pare, aveva ottimi motivi per non fidarsi. Mi sforzo di fare un altro respiro. Con un tono più calmo, le chiedo: "Sei ferita? Quel figlio di puttana ti ha fatto del male?"

Si irrigidisce un'altra volta. "Come sei—"

"Ho violato i video di questa struttura" dico. Lasciandole il polso, alzo la mano per passare le dita sul gonfiore che vedo sul lato sinistro del suo viso. "È stato lui a farti questo?" chiedo, cercando di sopprimere la furia. "Ti ha colpita?"

"Lui. . ." Yulia deglutisce. "Ho lottato, così mi ha colpita. Poi tu—" Si ferma. "Come hai fatto a trovare questo posto?"

Socchiudo gli occhi, rifiutando di distrarmi. "Ti ha violentata?"

"Ci ha provato, ma no." Abbassa lo sguardo. "Stavolta no."

"Stavolta no?" Sto per esplodere. "Ti ha fatto del male in passato?"

Alza lo sguardo, trasalendo. "Te ne ho parlato. Non ti ricordi?"

"Quello era—"

"Kirill, sì." Stringe le labbra contuse. "Mi hanno mentito su di lui. Era vivo. Vivo e addestrava Misha. . ." Rivolge un'occhiata al ragazzino, che è assolutamente silenzioso durante la nostra conversazione. Non so quanto capisca bene l'inglese, ma a giudicare dallo sguardo stordito sul suo volto deve aver capito almeno qualcosa.

Vedo che Yulia sta per cominciare a parlargli, così le prendo il mento con fermezza per costringerla a rivolgere l'attenzione di nuovo su di me. "Lo prenderemo" prometto, cupo. "Non la farà franca questa volta."

Con mia grande sorpresa, Yulia piega le labbra in un sorrisetto, quando abbasso la mano. "Tranquillo. Me ne sono occupata io."

"Che cosa?"

"È morto—o morirà tra poco, se non lo è già." Il sorriso di Yulia si allarga. "È nella mia cella. O, per lo meno, il suo corpo dovrebbe essere lì."

Sto per dirle di portarmi lì, quando Eduardo entra nella stanza. "È scappato" dice la guardia con evidente disgusto. "Il bastardo in qualche modo è riuscito a salire su un SUV nel cortile e a fuggire da qui. Ci dev'essere un'altra uscita da qualche parte. Ha sanguinato per tutto il tragitto fino alla macchina, però, quindi dev'essere gravemente ferito. Probabilmente morirà dissanguato."

Yulia solleva le sopracciglia. "Di chi—"

"Sta parlando di Kirill." Cerco di mantenere la voce calma. "Prima ho visto un'ombra che si muoveva nel corridoio, quando tu e Misha stavate facendo del vostro meglio per rompermi la testa. Non devi averlo ferito così gravemente, altrimenti—"

"Gli ho fatto saltare il cazzo e le palle." La schietta affermazione di Yulia fa sobbalzare me e gli altri maschi nella stanza. "Inoltre, gli ho piantato una pallottola nel fianco" dice, e prima che qualcuno possa rispondere, si precipita fuori dalla stanza, correndo lungo il corridoio verso la sua cella.

"Tienilo d'occhio" dico a Eduardo, indicando il fratello di Yulia, e poi la inseguo, determinato a non perderla mai più di vista.

yulia

Lucas è qui. Ha promesso di non fare del male a mio fratello. Kirill potrebbe essere fuggito.

Non posso metabolizzare nessuna di queste cose, quindi non ci provo nemmeno. Quando irrompo nella cella in cui Kirill mi ha aggredita, vedo subito che Eduardo aveva ragione.

Kirill è scappato.

C'è sangue dappertutto. Mi giro per seguire la traccia che porta fuori dalla stanza, ma Lucas è già lì, e incombe sulla soglia come una montagna umana. La sua mascella dura è ombreggiata dalla bionda barba incolta e i suoi occhi hanno il colore di un lago ghiacciato. Con la sua divisa simile a quella delle forze speciali e la mitragliatrice, sembra un soldato spietato.

Vorrei fuggire da lui e allo stesso tempo saltargli tra le braccia.

Non faccio nessuna delle due cose. Così, dico debolmente: "È scappato." So che sto affermando l'ovvio, ma qualsiasi forma di pensiero più alto sembra impossibile in questo momento. La testa mi palpita dal dolore, e mi sento come se le ginocchia potessero cedere da un momento all'altro. L'adrenalina che mi ha sostenuta durante la lotta con Lucas è svanita, lasciandomi in preda ai tremori.

Kirill mi ha quasi violentata di nuovo. Lucas mi ha salvata. Lucas pensava che Misha fosse il mio amante.

Scuoto la testa, con una risata isterica che mi sfugge dalla gola.

"Yulia. . ." Lucas si allunga verso di me, accigliato, e la mia risata si intensifica. Non riesco a smettere di ridere, non quando mi tira nel suo abbraccio, col suo M16 che scava nella mia schiena, e non quando mi stringe a sé sussurrandomi paroline rassicuranti nell'orecchio. Mi promette che troverà Kirill, che si assicurerà che quel figlio di puttana soffra, ma non lo sto ascoltando. La mia mente è come una pallina da ping-pong, che salta da un episodio folle a quello successivo.

Lucas è in Ucraina. Mio fratello è qui con me. Lucas non ha intenzione di ucciderlo—anche se voleva, quando credeva che Misha fosse il mio amante.

La mia risata isterica si trasforma in un singhiozzo altrettanto isterico. So che è patetico, ma non riesco a smettere. Tutta l'angoscia e lo stress delle ultime ore si uniscono in un nodo che si espande nella mia gola, e per quanta aria cerchi di inspirare, non riesco a smettere di sentirmi come se stessi soffocando.

Misha poteva essere ucciso. Potrebbe ancora essere ucciso, se Lucas cambiasse idea. Vorrei supplicare di nuovo per la vita di mio fratello, ma tutto quello che riesco ad emettere è un suono soffocato che si trasforma in un altro singhiozzo.

"Calmati, tesoro, andrà tutto bene. . ." La voce di Lucas è un soffice rimbombo nel mio orecchio. "Ti proteggerò da lui, te lo prometto."

Chinandosi, mi prende in braccio, cullandomi sul suo petto, e gli metto le braccia intorno al collo, spingendo il viso sulla sua gola. Quasi istantaneamente, mi sento più tranquilla, con i singhiozzi che si attenuano, mentre mi conduce lungo il corridoio.

Quando passiamo davanti alla stanza in cui ho lasciato mio fratello, però, vedo che è vuota, e quella sensazione di soffocamento riaffiora. "Dov'è?" Alzo la voce di un tono, spingendo sulle spalle di Lucas. "Dov'è Misha?"

"Credo che Eduardo l'abbia portato al piano di sopra, dove ti sto portando ora" dice Lucas, stringendomi più forte. "Non ti preoccupare, piccola. Starà bene, così come te."

Le sue parole mi rassicurano un po'. Ancora non mi fido di Lucas, ma non vedo che cosa ci guadagnerebbe a mentirmi in questo caso. Come ha detto, se avesse voluto uccidere Misha, l'avrebbe già fatto.

"Che cos'hai intenzione di fare con lui?" Il mio tono è leggermente più calmo, mentre guardo il mio rapitore. "Con noi, voglio dire."

"Verrai con me, insieme a tuo fratello." Gli occhi di Lucas brillano, mentre fa due scale alla volta. "Ora rilassati—presto ci occuperemo di tutto il resto."

E prima che io possa chiedere qualcos'altro, siamo fuori, tra i resti del primo piano della casa.

Le ore successive sono sfocate nella mia mente. Ricordo di aver visto il cadavere insanguinato di Obenko, mentre Lucas mi ha portata fuori dalle macerie, ma devo essere svenuta subito dopo, poiché non ricordo il viaggio verso l'aeroporto o il decollo dell'aereo. Il mio ultimo ricordo semi-lucido è quello di mio fratello seduto in macchina accanto a me, con gli occhi rossi e gonfi e le mani legate dietro la schiena.

Un paio di volte durante il volo, Diego mi sveglia, facendomi dire il mio nome e quante dita ha sulla mano alzata. La prima volta che succede, chiedo di mio fratello, e Diego indica una coperta sul divano dall'altra parte dell'abitacolo.

"Gli abbiamo dato un sedativo per impedirgli di lottare contro di noi" spiega la guardia. "Tuo fratello non ha preso bene la morte degli altri agenti."

Cerco di alzarmi per assicurarmi che Misha stia bene, ma tutto il mio corpo protesta violentemente, a cominciare dal cranio, e ricado sul sedile con un gemito di dolore, combattendo contro una nauseante ondata di vertigini.

"Non muoverti" dice Diego, allacciandomi la cintura di sicurezza. "Lucas crede che tu abbia una commozione cerebrale. Ha detto che devo vegliare su di te, mentre lui pilota l'aereo."

"Ma Misha—"

"Sta bene." Diego si sposta e dà un colpetto sulla spalla di Misha. Mio fratello emette un verso incoerente, e la guardia dice: "Vedi? Sta dormendo. Ora rilassati. Abbiamo già attraversato l'Atlantico e presto dovremmo arrivare a casa."

"Casa?" Cerco di riflettere, nonostante il dolore lancinante alle tempie.

"La nostra tenuta." Il giovane messicano sorride. "Il vento è alle nostre spalle, quindi dovremmo atterrare tra poco."

Vorrei ribattere che la tenuta di Esguerra non è casa *mia*, ma il dolore alla testa si intensifica, e svanisco di nuovo nell'incoscienza.

"—un sacco di lividi sulla schiena, sul viso e sullo stomaco, e sì, una lieve commozione cerebrale. Le somministrerò degli antidolorifici, in modo che possa riposare comodamente. Non c'è bisogno di svegliarla; non ha riportato un danno così grave. Il suo corpo ha appena sopportato un trauma e deve riprendersi. Più dorme, meglio è. Consiglio anche a te di non affaticarti troppo; non aiuterai le tue costole con tutta questa attività."

Quella voce è abbastanza familiare. Aprendo gli occhi, vedo Lucas accanto a un uomo basso e calvo—il medico che mi ha visitata, quando sono stata portata alla tenuta per la prima volta. Come si chiamava? Soffocando un gemito, giro la testa per rendermi conto dell'ambiente che mi circonda e capisco di essere nella stanza di Lucas, distesa sul suo letto grande e comodo.

Sono anche pulita e nuda sotto la coperta. Lucas deve avermi spogliata e lavata mentre ero svenuta.

"Dov'è Misha?" Le mie parole sono appena udibili. Schiarendomi la voce, riprovo. "Dov'è mio fratello?" A giudicare dalle ombre e dalle luci accese, è già sera o forse addirittura notte.

Lucas e il medico si girano per guardarmi contemporaneamente. La bocca di Lucas assume una linea dura, ma non appena provo a mettermi seduta attraversa la stanza con un paio di passi e si siede sul bordo del letto. "Devi riposare." Il suo tono è duro, ma il tocco è delicato, mentre mi spinge giù. "Non ti muovere."

Comincia a rialzarsi, e gli afferro la mano, disperata. "Ho bisogno di vedere Misha."

Lucas esita un attimo, poi dice, burbero: "Bene. Lo farò portare qui. Ma tu riposerai, capito?"

Stringo la presa sulla mano di Lucas. "Dove lo tieni?" Ora che siamo fuori pericolo immediato, una nuova paura prende il sopravvento. Mio fratello è qui, nella tenuta di Esguerra, nelle mani di uomini che possono ucciderlo con la stessa facilità con cui schiaccerebbero un insetto. Se non avessi fermato Lucas in quel seminterrato, probabilmente avrebbe ucciso Misha—proprio come ha ucciso Obenko e gli altri agenti.

Il mio rapitore è pericoloso, e non posso dimenticarlo.

"Misha—o Michael, come ci ha detto che preferisce essere chiamato—rimarrà nella caserma delle guardie" dice Lucas, flettendo i muscoli della mascella. Sembra arrabbiato per qualcosa, ma non ho idea di cosa. "Diego ed Eduardo lo stanno tenendo d'occhio. Ora, se vuoi scusarmi, chiamo Diego e faccio portare qui tuo fratello."

Lascio andare la mano di Lucas, e lui si alza. "Dalle gli antidolorifici" dice al medico. "Torno subito."

L'uomo annuisce, e Lucas se ne va dopo avermi rivolto un ultimo sguardo duro. Nonostante il dolore alle tempie, comprendo il suo implicito avvertimento:

Comportati bene.

Se me l'avesse chiesto, gli avrei detto che la sua cautela è ingiustificata. Non solo mi sento come se fossi stata investita da un camion, ma Lucas ha mio fratello. Anche se volessi fuggire, non andrei da nessuna parte senza Misha— che dev'essere il motivo per cui Lucas lo ha portato qui, mi rendo conto con un brivido.

"Ecco" dice il medico, tendendo la mano verso di me, e automaticamente accetto le due pillole che mi dà.

"Grazie, Dottor Goldberg" dico, ricordando il suo nome.

L'uomo basso mi fa un sorriso gentile e mi aiuta a sedermi, mettendomi due cuscini sotto la schiena, mentre stringo la coperta al petto. Mi porge anche una bottiglia d'acqua, che utilizzo per ingoiare le pillole. Non ha senso oppormi; le pillole potrebbero annebbiarmi la mente, ma il mal di testa lo sta già facendo. Pur avendo dormito per tutto il viaggio, mi sento pigra ed esausta, con il corpo tutto dolorante.

"Dovresti riposare" dice il Dottor Goldberg, poi si allontana per frugare nella sua borsa, mentre stringo la coperta ancora di più sul mio petto nudo, bloccandola con le braccia.

Come se obbedissero ai suoi consigli, le mie palpebre si fanno sempre più pesanti, con i pensieri che cominciano a farsi confusi, mentre il medico mi guarda, canticchiando sottovoce. Mi sono quasi addormentata, quando ricordo improvvisamente una cosa che ha detto prima.

"Lucas è ferito?" Mi raddrizzo, con la sonnolenza che si dissolve dalla preoccupazione. "Hai menzionato le sue costole."

Il Dottor Goldberg si gira, sollevando le sopracciglia dalla sorpresa. "Ah, sì. Le costole incrinate ci mettono del tempo per guarire. Dovrebbe astenersi dall'attività fisica, non correre come Rambo."

Corrugo la fronte. "Quando si è incrinato le costole?" Dal modo in cui il medico ne sta parlando, sembra una ferita più vecchia.

Il Dottor Goldberg mi guarda in modo strano. "Non lo sai?" Poi il suo volto si rilassa, e scuote la testa. "Certo che non lo sai."

"È successo qualcosa qui?"

Esita, poi dice: "Credo che sia meglio che sia Kent a parlartene."

"A parlarle di cosa?" chiede Lucas, entrando nella stanza, e vedo mio fratello dietro di lui, con le mani ammanettate davanti al corpo.

"Misha!" Per poco non salto giù dal letto, se non fosse per quelle maledette ferite, ma all'ultimo momento ricordo di essere nuda sotto la coperta. Arrossendo, stringo le braccia lungo i fianchi e rivolgo a mio fratello un sorriso. "Come stai?" gli chiedo in russo. "Stai bene?"

Misha mi fissa, e vedo un rossore insinuarsi fino al collo, mentre guarda da me a Lucas e poi il Dottor Goldberg.

Mi rivolgo al mio rapitore. "Lucas, posso—"

"Hai cinque minuti" ringhia, uscendo dalla stanza. Il medico lo segue, chiudendo la porta alle sue spalle, e mi ritrovo da sola con mio fratello per la prima volta dopo undici anni.

26

Lucas

Nel momento in cui la porta della camera da letto si chiude, mi rivolgo a Goldberg e dico: "Prepara i localizzatori. Voglio impiantarglieli prima che te ne vada."

Il medico sbatte le palpebre. "Stasera? Ma—"

"Sta già prendendo gli antidolorifici, e stordita com'è, non avrà alcun fastidio." Incrocio le braccia sul petto. "Puoi usare un anestetico locale per assicurarti che non provi dolori mentre li inserisci." Fermandomi, corrugo la fronte, guardando Goldberg. "O pensi che questo le impedirà di riprendersi?"

"No, ma . . ." Mi rivolge uno sguardo diffidente. "Non credi che ne abbia passate abbastanza?"

"Che cosa?"

Goldberg sospira e dice: "Non importa. Vedo che sei deciso su questo. Vado a prepararmi per l'intervento."

Si avvicina al divano e si siede, aprendo la sua borsa da medico per tirare fuori una siringa con un ago spesso e gli impianti sterilizzati che gli ho dato in precedenza. I localizzatori sono molto piccoli, più o meno come un chicco di riso, ma possono trasmettere un segnale da qualsiasi parte del globo. Lo osservo per qualche istante, poi mi avvicino alla finestra e guardo fuori alla cieca, cercando di contenere la furia dentro di me.

Kirill è fuggito.

Ha fatto del male a Yulia, e poi è fuggito, cazzo. Non so come abbia fatto—se Yulia aveva ragione sui danni che gli ha inflitto, sarebbe dovuto morire—ma il figlio di puttana è scappato con il SUV, e non abbiamo potuto dargli la caccia per non mettere in allerta le autorità sulla nostra presenza nel loro Paese. Voglio dire, dopo tutte le esplosioni e gli spari, era solo una questione di tempo prima che ci mettessimo nei guai. La cosa più intelligente da fare era fuggire a gambe levate dal Paese, il più in fretta possibile, e questo è esattamente ciò che abbiamo fatto.

Naturalmente, l'abbiamo fatto solo perché Yulia era ferita, e volevo riportarla a casa al più presto possibile. Altrimenti, avrei inseguito quel bastardo e solo dopo mi sarei preoccupato di lasciare il Paese.

Pensare a questo—al fatto che Yulia è stata picchiata e quasi violentata—mi fa salire la rabbia. Non so cosa mi faccia arrabbiare di più: Yulia per avermi mentito, dicendo di essere figlia unica per poi scappare, o me stesso per non essermi accertato della verità prima di saltare alle conclusioni.

Misha è suo fratello, non il suo amante.

Il suo fratellino adolescente, cazzo.

Durante il volo, ho avuto il tempo di riflettere su tutto e, col senno di poi, è evidente che la gelosia mi abbia impedito di guardare in faccia la realtà. L'idea che Yulia potesse amare un altro uomo era così insopportabile che mi sono rifiutato di ascoltare le sue suppliche.

La mia ossessione per lei l'ha quasi portata a morire.

"Lucas?" La voce di Goldberg mi distoglie dai pensieri. Quando mi giro per fissarlo, il medico dice con cautela: "Credo che i cinque minuti siano passati. Se vuoi che faccia l'intervento, sono pronto."

"Va bene." Mantengo la voce calma. "Continua pure."

Fraintendimento o meno, Yulia non fuggirà mai più da me.

yulia

Non appena la porta si chiude alle spalle del medico, mi avvicino al bordo del letto, assicurandomi che la coperta mi copra il petto. La testa mi martella a quel movimento, ma dico: "Mishen'ka—"

"Sono Mikhail—o Michael, visto che ti piace così tanto la lingua inglese" dice mio fratello, sollevando le sopracciglia chiare in un cipiglio feroce. "Non sono un bambino."

"No, lo vedo." Ignorando la pulsazione alle tempie, studio i suoi lineamenti, notando i cambiamenti dell'adolescenza. A quattordici anni, ha già iniziato il passaggio all'età adulta, e il suo viso è più magro e più duro di quanto ricordassi di aver visto nelle foto di qualche mese fa.

Sopprimendo l'irrazionale impulso di piangere, ricomincio. "Michael"—la versione americana del suo nome sembra estranea nella mia lingua—"Vorrei parlarti di. . . beh, di tutto."

Se ne sta lì, teso e arrabbiato, così proseguo. "Mi dispiace per Obenko—per tuo zio, voglio dire. So che era molto importante per te. E Mateyenko. . . Erano dei bravi agenti. Avevano davvero a cuore il loro Paese, e so che Obenko ti voleva molto bene. . ." Mi rendo conto che sto sproloquiando, così faccio un respiro e dico: "Ascolta, so che gli uomini che ci tengono qui sembrano minacciosi, ma ti prometto che farò di tutto per proteggerti. Lucas ha detto che non ti farà del male, e io—"

"È il tuo amante?" Le guance di Misha arrossiscono, quando fa quella domanda, ma non distoglie lo sguardo, osservandomi in modo accusatorio.

Anche il mio viso va a fuoco. Non è questa la conversazione che voglio avere con il mio fratellino. "Lui è. . . È complicato. Ma non devi preoccupartene. Mi assicurerò che tu sia al sicuro, va bene?"

"Sì, come ti sei assicurata che Zio Vasya fosse al sicuro." Il tono di Misha è duro, ma sento la paura e il dolore che nasconde. L'addestramento che ha ricevuto negli ultimi due anni non lo ha preparato a questo. Il mio fratellino saprà anche come combattere e sparare, ma dubito che avesse mai visto la morte da vicino prima di ieri.

Quella parte arriva solo alla fine del programma di addestramento.

"Michael. . ." Mi mordo il labbro, riflettendo su come affrontare al meglio le bugie di Obenko. "So che tuo zio ti ha detto alcune cose su di me, e—"

"Stai accusando anche lui di essere un bugiardo? Non è abbastanza che sia morto per colpa tua?" Il volto di Misha si contrae, e i suoi occhi brillano un po' troppo vivacemente.

"Questi assassini sono venuti per prendere *te*. Tutto questo è accaduto per colpa tua."

"No, Misha—Michael—non è vero." Ho un tuffo al cuore per il suo dolore. "Sono scappata per avvertire Obenko di—" Mi fermo, rendendomi conto che spaventerei ulteriormente mio fratello. Con un tono più calmo, dico: "Ascoltami, so come deve sembrarti, ma te lo giuro, ho agito con le migliori intenzioni. Tutto quello che ho fatto da quando ti ho lasciato nell'orfanotrofio l'ho fatto solo per—"

"Oh, per favore." Misha fa un passo verso di me, con le mani ammanettate davanti al corpo. "Mi hai lasciato lì a marcire. Un giorno hai promesso che saresti stata sempre con me, e quello dopo te ne sei andata."

Scioccata, apro la bocca, ma non mi dà la possibilità di rispondere. "Pensi che non ricordi?" Alza la voce, facendo un altro passo verso di me. "Beh, ricordo benissimo. Ricordo tutto. Mi hai mentito. Hai detto che saremmo stati sempre insieme, e poi te ne sei andata!"

"Basta." La voce di Lucas interrompe entrambi, mentre la porta si apre e il mio rapitore entra. È seguito dal Dottor Goldberg, chi indossa guanti in lattice e ha in mano un vassoio chirurgico con siringhe e aghi di varie dimensioni.

Il mio cuore salta un battito, poi sento l'adrenalina che mi pompa nelle vene. "Che cos'è quello?" Non riesco a nascondere il panico, quando guardo Lucas. "Avevi detto—"

"Sono i localizzatori di cui ti avevo parlato" dice Lucas, attraversando la stanza. Fermandosi davanti al mio letto, lancia un'occhiata a mio fratello, che guarda il vassoio con orrore. "Andrà tutto bene" gli dice Lucas, afferrando il braccio di Misha e trascinandolo lontano dal letto.

"No, aspetta." Un sudore freddo mi attraversa, quando il Dottor Goldberg prende una piccola siringa e mi si avvicina. Non sono pronta per questa battaglia. "Lucas, ti prego, non hai bisogno di questi" lo imploro, mentre porta mio fratello dall'altra parte della stanza, ignorando il tentativo di Misha di buttarsi a terra e scalciare. "Non scapperò, te lo prometto. Farò tutto quello che vuoi. . ."

Lucas si ferma sulla porta e tira Misha a sé, prendendolo per il collo. Il suo avambraccio muscoloso è più spesso del collo di Misha. "Lo so" dice, con uno sguardo artico che mi ipnotizza. "Lo farai. E in questo momento, voglio che ti comporti come una brava ragazza e lasci che il medico ti somministri un po' di anestetico locale per facilitare l'inserimento."

"Ma—"

Il volto di Misha diventa viola, mentre Lucas stringe la presa, e annuisco rapidamente, con gli occhi che mi bruciano dalle lacrime. "Va bene, sì. Lo farò. Basta che lo lasci andare."

"Lo farò—non appena gli impianti saranno inseriti." Allentando la presa sulla gola di Misha, Lucas afferra la sua maglietta e lo trascina fuori dalla stanza, chiudendo la porta.

"Mi dispiace" dice il medico, appoggiandosi a me. I suoi occhi castani sono carichi di comprensione. "So che non è facile per te. Puoi sdraiarti a pancia in giù. . ."

I lividi mi fanno male quando obbedisco, allungandomi e girandomi sullo stomaco. Il medico mi toglie la coperta di dosso, e sento una lieve puntura tra le scapole, quando l'ago affonda nella mia pelle. È seguita da un'altra iniezione sulla nuca e da un'altra vicino all'ascella. Il sonno inizia ad avere la meglio, e chiudo gli occhi, con le lacrime che bagnano le lenzuola.

Il mio rapitore è più crudele che mai e, questa volta, non c'è scampo.

lucas

"Che cosa vuoi da noi?" chiede il ragazzino in inglese, strofinandosi la gola con le mani ammanettate. Il suo sguardo si sposta da me alla porta della camera, e so che sta prendendo in considerazione l'idea di aggredirmi per salvare sua sorella. "Hai intenzione di ucciderci?"

Il suo inglese è buono, quasi quanto quello di Yulia, cosa che ha un senso. L'UUR deve aver addestrato anche lui fin dalla tenera età.

"No, Michael" dico. "Non se tua sorella farà quello che le ho detto." Non lo ucciderei—e sicuramente non ucciderei Yulia—ma è meglio che il ragazzino non lo sappia ancora. Sarà anche giovane, ma è abile e forte per la sua età.

Non sarà facile tenerlo in riga.

Il ragazzino alza il mento con fare bellicoso. "Se non hai intenzione di ucciderci, perché ci hai portati qui? Non tradirò il mio Paese, quindi se pensi di farmi parlare—"

"Dubito che una recluta sappia qualcosa di utile, quindi puoi rilassarti. Non ho in programma di torturarti oggi."

Mi guarda storto, e lo vedo riflettere sulla possibilità di battermi in un combattimento.

"Non lo farei, se fossi in te." Faccio un passo verso destra, in modo da frappormi tra lui e la porta della camera. "Ho promesso a Yulia che non ti avrei fatto del male, ma se continui ad aggredirmi. . ." Lascio la minaccia a metà, ma il ragazzino sbianca e fa un passo indietro.

Soddisfatto, indico il divano. "Siediti. Puoi guardare la TV fino al ritorno di Diego."

Il ragazzino non si muove. "Perché stai facendo questo a Yulia? Che cosa vuoi da lei?"

"Non sono affari tuoi." Le parole mi escono più dure di quanto volessi. Ho sentito i due fratelli parlare quando sono entrato, e anche se non capisco il russo, era ovvio che Michael stesse accusando sua sorella di qualcosa. Mi è sembrata ferita, sconvolta da qualunque cosa le abbia detto il fratello. E per poco non ho cambiato idea sugli impianti.

Ma non l'ho fatto.

La necessità di legare Yulia a me, di incatenarla a me, è una compulsione che non posso combattere. Non averla avuta con me queste ultime due settimane è stata la peggior forma di tortura, e non permetterò mai più che accada una cosa simile. Esguerra ha sicuramente avuto l'idea giusta quando ha usato quegli impianti su sua moglie. I localizzatori mi terranno informato sui movimenti di Yulia in ogni momento. Con i dispositivi impiantati nel collo e nella schiena, solo un chirurgo altamente qualificato sarebbe in grado di rimuoverli in modo sicuro.

"È mia sorella" scatta il ragazzino, con gli occhi azzurri—simili a quelli di Yulia—che bruciano dalla rabbia. "Se le fai del male—"

"Non potrai farci niente" dico, pensando che sia meglio chiarirlo subito. "È grazie a me se sei vivo e stai bene. Un sacco di persone in questa tenuta sono morte per colpa della tua agenzia, e il mio capo è stato quasi ucciso. Hai capito?"

Il ragazzino mi guarda per qualche istante, poi si avvicina al divano e si siede, con le spalle rigide dalla tensione.

Ha capito finalmente.

Se dovesse succedermi qualcosa, lui e Yulia sarebbero spacciati.

Immagino che dovrei sentirmi in colpa per aver spaventato il ragazzino, ma deve rendersi conto della realtà della sua situazione. Finora, non ha causato che guai. Ha attaccato Eduardo sull'aereo, dandogli un calcio all'inguine, e quando Diego lo ha portato a casa mia, la guardia mi ha detto che il ragazzino ha cercato di prendergli l'arma nella macchina, durante il viaggio.

Per il suo bene, il fratello di Yulia deve accettare le sue nuove circostanze.

"Ascolta, Michael. . ." Mi avvicino al divano e prendo il telecomando. "Non ho intenzione di fare del male a Yulia—o a te, se è questo che ti preoccupa. Ma devi collaborare e smettere di opporti."

Il ragazzino mi guarda, imbronciato. "Vaffanculo."

Probabilmente dovrei punirlo per il suo linguaggio, ma dicevo di peggio alla sua età. "Che cosa vuoi guardare?" chiedo, agitando il telecomando verso il televisore.

Non risponde subito, poi dice a bassa voce: "Hai ucciso mio zio."

Mi giro verso di lui, sorpreso. "Tuo zio?"

"Sì." Il ragazzino balza in piedi, con le mani strette a pugno. "Sai, l'uomo a cui hai sparato alla testa ieri?"

Corrugo la fronte. La storia è più complicata di quanto pensassi. "Era uno degli agenti della base segreta?"

"Vaffanculo." Il ragazzino si lascia cadere sul divano e guarda dritto davanti a sé. "Spero che mangerai la merda e morirai."

"*Modern Family*" dico, accendendo la TV e selezionando la famosa commedia. "Diego dovrebbe essere qui a momenti, ma per ora, puoi guardare questo."

Lo spettacolo inizia, e cammino verso la porta della camera per poi appoggiarmi al muro, tenendo d'occhio il ragazzino mentre ascolto i rumori provenienti dalla camera da letto. È tutto tranquillo lì, e pochi minuti dopo, arriva Diego.

"Tienilo d'occhio" dico alla guardia, abbassando la voce a poco più di un sussurro. "A quanto pare, abbiamo ucciso alcuni membri della sua famiglia. Devo parlare con Yulia per dare un senso a tutto questo, ma per ora, controllalo. Il ragazzo vuole vendetta."

Diego annuisce, con il volto corrugato, e vedo che ha capito.

Non c'è niente in grado di motivare abbastanza quanto la vendetta.

Li accompagno alla porta, assicurandomi che il ragazzo non provi a fare qualcosa, e poi torno nella camera da letto, dove Goldberg sta già risistemando la sua borsa.

Yulia è sdraiata sullo stomaco, rigida e silenziosa, con delle bende quadrate sulle zone dell'inserimento. Ha la coperta piegata fino alla vita, mostrando la schiena e l'elegante linea della sua spina dorsale. Ha il viso rivolto dall'altra parte, con i capelli aggrovigliati come una nuvola bionda tra le lenzuola, e mi fa male il petto quando vedo i graffi e i lividi sulla sua pelle liscia.

Forse avrei dovuto aspettare a inserirle i localizzatori, dopotutto.

No. Scacciando quell'insolita insicurezza, guardo il medico. "È andato tutto bene?" chiedo, e Goldberg annuisce, sollevando la sua borsa.

"Tutto bene" dice, dirigendosi verso la porta. "Il sangue dovrebbe coagularsi tra circa un'ora, e a quel punto potrai sostituire le bende con dei normali cerotti, se vuoi. Se terrai pulite le zone di inserimento, non rimarranno cicatrici."

"Bene. Grazie." Mi avvicino al letto e mi siedo, aspettando che il medico se ne vada. Non appena sento la porta d'ingresso che si chiude, allungo la mano e faccio scorrere le dita sulla schiena nuda di Yulia, evitando le aree con i lividi. La sua pelle è fresca e setosa, e la sento rabbrividire al mio tocco. Il mio corpo si anima immediatamente, mentre la fame si risveglia con una furia selvaggia.

Imprecando tra me e me, ritiro la mano, chiudendola in un pugno per impedire a me stesso di raggiungerla un'altra volta. Non posso ancora prenderla. È traumatizzata e ferita, troppo debole per gestire il mio desiderio represso.

Devo lasciarla guarire.

Con mia grande sorpresa, Yulia rotola sulla schiena e allunga le braccia sopra la testa—un movimento che attira il mio sguardo sui morbidi globi tondi dei suoi seni. "Mi scoperai?" mormora, e vedo i suoi capezzoli indurirsi, come se fosse eccitata.

Il mio cazzo si trasforma in un'asta metallica nei miei jeans. So che probabilmente i suoi capezzoli stanno solo reagendo all'aria fresca del condizionatore, ma muoio dalla voglia di succhiarli, di leccare la pallida carne intorno alle areole rosa e di affondare i denti nella parte morbida dei suoi seni. Solo i segni neri e blu sul suo viso e sullo stomaco mi impediscono di toccarla da tutte le parti.

Con uno sforzo, distolgo lo sguardo dal suo seno. "No" dico con voce roca. So che dovrei alzarmi, allontanarmi dalla tentazione, ma non riesco a muovermi. La voglio, e non solo per il sesso. Il desiderio che mi consuma si sprigiona dal profondo del mio essere. Siamo stati lontani solo per due settimane, ma è come se lo fossimo stati per anni. "Non ti toccherò oggi."

Yulia torce le labbra, con gli occhi innaturalmente brillanti, e noto delle striature umide sulle sue guance. "No? Non sono più abbastanza bella per te?" C'è un'oscura provocazione nella sua voce, e capisco che mi sta punendo per i localizzatori, che questo è il suo modo di rivendicare il controllo.

Pur sapendolo, abbocco alla sua esca. "Sei bellissima, e lo sai, cazzo" dico con durezza. Se tormentarmi in questo modo la fa sentire meglio, glielo lascerò fare—se non altro per alleviare il senso di colpa che mi provoca la vista delle sue lacrime.

Avrei dovuto aspettare, cazzo.

"Allora, fallo. Scopami" dice Yulia, togliendosi il resto della coperta. È nuda—l'ho spogliata e le ho fatto il bagno, quando siamo arrivati un'ora fa—e mi irrigidisco alla vista del suo stomaco piatto e delle sottili gambe che sembrano non finire mai. E tra quelle gambe. . . Il calore cresce dentro di me, con il respiro che si fa rapido e pesante, mentre guardo le pieghe rosa e scintillanti tra le sue cosce.

"Non ti toccherò" ripeto, ma perfino alle mie orecchie le parole suonano prive di convinzione. Era incosciente quando l'ho lavata, e persino quel semplice gesto mi aveva fatto eccitare dolorosamente.

Yulia, sveglia e provocante con il suo corpo nudo, è come un topo indifeso che passa davanti a un gatto affamato.

"Perché no?" Inarca la schiena, spingendo i seni verso l'alto in una posa da pornostar, e trattengo un gemito torturato, mentre i suoi capezzoli catturano la mia attenzione, ancora una volta. "Non è per questo che sei venuto a cercarmi? Per potermi scopare?"

Ha ragione, solo che scoparla è solo una parte del motivo per cui l'ho fatto ormai. Voglio quello che avevamo prima e di più.

Voglio tutto di lei.

Cedendo al feroce desiderio che mi attraversa, salgo sul letto e la cavalco, imprigionandola con il corpo senza toccarla. Sgrana gli occhi, e intravedo un barlume di paura nel suo sguardo.

Non si aspettava che accettassi la sua offerta.

Un sorriso oscuro appare sulle mie labbra. Abbassandomi, le sussurro in un orecchio: "Sì, bellissima. Ti ho riportata qui per scoparti—e lo farò. Presto. Per ora, faremo qualcosa di diverso."

Un brivido la attraversa, mentre il mio respiro le scalda il collo, e si lascia sfuggire un silenzioso lamento, quando le bacio il tenero punto sotto l'orecchio, per poi mordicchiarle il delicato lobo. I suoi capelli fanno il solletico al mio viso, e la sua fragranza alla pesca mi inebria le narici, facendomi bruciare dal bisogno di possederla, di abbassarmi la lampo e spingere dentro di lei, inebriandomi nel suo morbido calore umido.

Quell'impulso è quasi insopportabile, ma scendo dal suo corpo, ignorando la pulsazione insistente del mio cazzo. Le lecco il collo, le bacio la clavicola, e succhio ciascun capezzolo eretto prima di assaggiare il suo tremante stomaco piatto. Quando il mio viso è parallelo alla V tra le sue cosce, abbasso la testa e inalo profondamente, respirando il suo caldo profumo femminile. Yulia si irrigidisce, contraendo le cosce per limitare il mio accesso al suo sesso, e le afferro delicatamente ma saldamente le cosce, aprendole le gambe.

"Rilassati, non ti farò del male" mormoro, guardandola. I suoi occhi azzurri sono sgranati e insicuri, con il suo atteggiamento da pornostar ormai scomparso. Sento la sua ansia crescente, e l'immagine di Kirill che la aggredisce mi attraversa la mente, raffreddando leggermente il mio desiderio.

Nonostante la spavalderia, la mia bella spia non è neanche lontanamente pronta per questi giochini.

Mantenendo lo sguardo sul suo viso, premo la bocca sulla sua figa, assaporando la sua carne rosa. Yulia freme, stringendo le sue esili mani a pugno lungo i fianchi, e le mordicchio le pieghe molli intorno al clitoride, stuzzicandola e leccandole la zona sensibile prima di passare la lingua sulla sua fessura. Geme, chiudendo gli occhi, e assaggio la sua crescente eccitazione, mentre i suoi muscoli interni si contraggono, indifesi, sotto la mia lingua.

"Sì, tesoro, proprio così..." Respiro di nuovo il suo profumo inebriante, poi chiudo le labbra intorno al suo clitoride e le lecco la parte inferiore con la lingua, prima di succhiarlo con forti movimenti. Grida, sollevando i fianchi dal letto, e sento la sua tensione che cresce. Il mio corpo reagisce con un nuovo impulso di sangue che va dritto al mio cazzo, e mi si stringono le palle quando sento le sue contrazioni.

La lecco fin quando è debole e ansimante dopo aver raggiunto l'orgasmo, e poi finalmente cedo alla mia necessità. Mettendomi in ginocchio, mi sbottono i jeans e chiudo il pugno intorno al mio cazzo gonfio.

Qualche duro scatto della mia mano, e vengo anch'io, con gli schizzi del mio seme che ricoprono il suo ventre bianco e il seno. Non è un orgasmo particolarmente soddisfacente—preferirei di gran lunga essere dentro di lei—ma la vista del mio sperma sul suo corpo è erotica, a suo modo.

In un certo senso, la contraddistingue come mia proprietà.

Yulia non si muove, né parla quando scendo giù dal letto e cammino verso il bagno. Mi guarda, con gli occhi socchiusi, e quando torno con un caldo asciugamano bagnato un minuto dopo, resta in silenzio, con un'espressione indecifrabile, mentre la ripulisco.

Quando ho finito, mi spoglio e salgo sul letto accanto a lei. Con cautela, la tiro a me, cercando di non fare pressione sulle sue ferite, mentre piego il corpo intorno a lei da dietro. Le costole mi fanno male, ma ignoro il fastidioso dolore. È troppo bello averla tra le braccia, abbracciarla e sapere che è mia.

Yulia è rigida in un primo momento, ma dopo pochi istanti sento la tensione nei suoi muscoli che lentamente si placa. Un minuto dopo, sento il suo respiro stabilizzarsi, e capisco che il sonno ha avuto di nuovo la meglio.

Anche le mie palpebre si fanno pesanti, e strofino le labbra sulla sua tempia, prima di chiudere gli occhi. "Buona notte, bellissima" sussurro, con un'euforica contentezza che mi attraversa, mentre si rannicchia contro di me con un assonnato borbottio.

Ho di nuovo la mia Yulia, e non la perderò mai più.

Il Tutore

lucas

Il sole è incredibilmente luminoso nel cielo, mentre cammino verso l'ufficio di Esguerra, con l'aria umida che mi fa sudare, nonostante l'ora mattutina. Eppure, mi sento più leggero rispetto alle ultime settimane, con la consapevolezza che Yulia sta dormendo nel mio letto che mi riempie di un incandescente mix di soddisfazione e sollievo.

L'ho trovata. È mia.

Nemmeno la consapevolezza che Kirill è fuggito riesce a togliermi il buon umore questa mattina. Ho lasciato Diego a vegliare su Yulia, che sta dormendo, in modo che potessi avviare la procedura per rintracciare Kirill, ma mi sento infinitamente più tranquillo dopo otto ore di sonno.

Così calmo che il cuore mi batte appena più forte quando vedo Rosa che si dirige verso di me. Man mano che si avvicina, vedo che sembra a disagio, ruotando le mani a pugno sulla gonna lungo i fianchi.

"Ho sentito dire che sei rimasto coinvolto in un'altra sparatoria in Ucraina" dice, studiandomi con preoccupata curiosità. "E che l'hai ritrovata. È vero? Stai bene?"

Annuisco, con il buon umore che si affievolisce a ogni parola che dice. Prima di lasciare la casa, ho dato un'occhiata al rapporto di Thomas su Rosa e ho scoperto che non conteneva informazioni nuove. La domestica non si è messa in contatto con nessuno al di fuori della tenuta, e nessuno ha provato a contattarla. Se la ragazza sta lavorando per l'UUR o per uno qualsiasi dei nostri nemici, o è davvero brava a nasconderlo o la mia ipotesi originale sulla gelosia era giusta.

È giunta l'ora di affrontare questo problema una volta per tutte.

"Rosa" dico a bassa voce, facendo un passo verso di lei. "Perché hai aiutato Yulia a scappare?"

Il volto abbronzato della domestica impallidisce. "Che-che cosa vuoi dire?"

"Ti ha pagato qualcuno?"

Fa un passo indietro, sgranando gli occhi. "No, certo che no! Io—" Fa un visibile sforzo per ricomporsi. "Non so di cosa stai parlando" dice, con voce quasi ferma. "Qualunque cosa ti abbia detto, è una bugia. Non ho niente a che fare con la sua fuga."

Sorrido con freddezza. "Yulia non ha detto una parola, ma trovo interessante che pensi questo."

Rosa impallidisce ancora di più, e vedo le sue mani stringersi convulsamente, mentre continua a indietreggiare. "Ti prego, Lucas, le cose non stanno così."

"No?" Riduco la distanza tra noi e le afferro il braccio, prima che possa girarsi e correre. "Come stanno, allora?"

"È—" Si morde il labbro e scuote la testa, fissandomi. "Non ho niente a che fare con la sua fuga" ripete, sollevando il mento, e vedo che non ha alcuna intenzione di ammettere quello che ha fatto.

"E va bene" dico, stringendo la presa sul suo braccio. "Visto che sei la domestica di Esguerra, vediamo che cos'ha da dire lui su tutta questa storia."

E ignorando la sua espressione terrorizzata, riprendo a camminare verso l'ufficio di Esguerra, trascinando Rosa al mio fianco.

Il volto di Esguerra è teso dalla rabbia, quando gli mostro i filmati del drone. I video sono a bassa risoluzione e oscurati dagli alberi in alcuni punti, ma non c'è alcun dubbio sulla figura sinuosa di Rosa con l'abito da domestica che si avvicina alla mia casa. Rosa si siede, tremando dalla testa ai piedi, mentre Esguerra guarda i video sul suo computer. È solo quando si gira verso di lei che Rosa comincia a piangere.

"Perché?" La voce di Esguerra è come il ghiaccio, quando si alza in piedi. "Che cosa speravi di ottenere con questo? Sai cosa facciamo ai traditori."

Rosa scuote la testa, piangendo ancora di più, quando Esguerra le si avvicina e, nonostante la mia rabbia, provo un accenno di compassione per la ragazza. Un secondo dopo, però, ricordo che tutto quello che è quasi accaduto a

Yulia è stato per colpa di Rosa, e la mia compassione scompare senza lasciare traccia.

Qualunque cosa il mio capo decida di fare alla domestica sarà più che meritata.

"Per favore, Señor Esguerra" lo implora, quando la afferra per il gomito e la trascina giù dalla sedia dov'era rannicchiata. "Per favore, non è andata così. . ."

"E come, allora?" chiedo, tirando fuori il mio coltello svizzero dalla tasca e aprendo la lama. Avvicinandomi alla domestica, stringo il pugno tra i suoi capelli, tirandole la testa indietro, mentre Esguerra la tiene su per le braccia. "Perché hai aiutato la mia prigioniera a fuggire?"

Le lacrime rigano il viso di Rosa e le trema la bocca, quando premo la lama sulla sua gola, graffiandole il collo quanto basta per farle sentire il primo assaggio. "Non farlo, per favore. . ." Il suo terrore mi colpisce, ma questa volta mi lascia indifferente. Sono in modalità di interrogatorio, così come Esguerra. Lo vedo dal duro luccichio negli occhi del mio capo.

Se la ragazza non parlerà nel giro di due minuti, la piccola ferita che le ho lasciato sul collo sarà l'ultima delle sue preoccupazioni.

"Julian, hai visto—" Nora si blocca, quando entra in ufficio, spalancando gli occhi davanti a quella scena.

"Cazzo" mormora Esguerra, lasciando andare Rosa bruscamente. Mi accorgo a malapena che Nora inciampa, schiantandosi contro di me. Prima che possa allontanarsi, stringo la gola della domestica singhiozzante con il mio avambraccio e abbasso il coltello. Allo stesso tempo,

Esguerra fa un passo verso la moglie, dicendole: "Nora, tesoro, vai a casa. Questa è una questione di sicurezza."

"Una questione di sicurezza?" La voce di Nora è debole, e lo sguardo oscilla selvaggiamente tra me e suo marito. "Di cosa stai parlando?"

"Rosa ha aiutato la prigioniera di Lucas a fuggire" spiega Esguerra laconicamente, prendendo il braccio di Nora e mettendole la mano sulla schiena per guidarla fuori dalla stanza. Lei spinge nei suoi tacchi, ma la sua costituzione minuta è nulla in confronto alla forza del mio capo, che dolcemente ma con fermezza la porta verso l'uscita. "La stiamo interrogando per saperne di più. Non preoccuparti, gattina mia."

"Sei pazzo?" Nora alza la voce, cominciando a dimenarsi, ed Esguerra si ferma, avvolgendole le braccia intorno da dietro, mentre lei cerca di dargli i calci, e poi gli dà una testata. "È la mia amica. Non toccarla!"

L'unica reazione di Esguerra è quella di alzare la piccola moglie sul suo petto e di tenerla stretta per limitare la sua agitazione. Nora urla, muovendosi tra le sue braccia, e i singhiozzi di Rosa si intensificano, mentre Esguerra inizia a portare la moglie fuori. È quasi alla porta, quando Nora grida: "Smettila, Julian! Non è stata lei. Sono stata io—ho fatto tutto io!"

I singhiozzi di Rosa si interrompono improvvisamente, come se fosse stata spenta, ed Esguerra si ferma, mettendo Nora in piedi.

"Che cosa?" La sua espressione è accigliata, quando afferra le piccole spalle della moglie. "Di che diavolo stai parlando?"

Sto per fare la stessa domanda, ma all'ultimo momento tengo la bocca chiusa. Visto il coinvolgimento inaspettato di Nora, è meglio che sia Esguerra a occuparsi di questo d'ora in poi.

Mi staccherebbe le budella, se guardassi sua moglie nel modo sbagliato.

"Sono stata io." Nora alza il mento per incontrare lo sguardo furioso di suo marito. "Ho aiutato Yulia a fuggire. Quindi, se c'è qualcuno che devi interrogare, quella persona sono io. Rosa non ha niente a che vedere con questa storia."

"Stai mentendo." La voce di Esguerra è pericolosamente dolce. "Ho visto il filmato del drone. È andata a casa di Lucas appena prima della nostra partenza."

Nora non perde un colpo. "Esatto. Perché le ho chiesto io di farlo."

Rosa emette un suono soffocato, artigliandomi l'avambraccio, e mi rendo conto che inavvertitamente ho stretto il braccio sulla sua gola. Imprecando in silenzio, abbasso il braccio e allontano Rosa da me, lasciando che crolli sulla sedia su cui era seduta prima. La moglie di Esguerra sta mentendo—ne sono quasi certo—ma non so come dimostrarlo. Nora non aveva motivo di aiutare Yulia; non conosce la spia ucraina, e sicuramente non prova qualcosa per me.

"Perché l'hai fatto?" insiste Esguerra. Chiaramente la pensa come me. "Tu detesti quella ragazza. La odi per l'incidente, ricordi?" I suoi occhi fissano Nora, ma lei non fa marcia indietro.

"E allora?" Si libera della presa di Esguerra e fa un passo indietro, con il suo piccolo petto ansante. "Sai che non mi piaceva che Lucas torturasse una donna a casa sua—persino *quella* donna."

Il ricordo appare sul volto di Esguerra prima che serri la mascella ulteriormente, e mi rendo conto con grande shock che potrebbe averlo fatto Nora, dopotutto. Esguerra mi ha detto che lei e Rosa erano state a casa mia il giorno dell'arrivo di Yulia. Se è così, Nora potrebbe aver visto Yulia nel mio soggiorno, nuda e legata a una sedia. Non è da escludere che quella vista abbia infastidito la ragazza; nonostante tutta la sua recente durezza, Nora è un prodotto della sua educazione—del suo tipico bagaglio culturale della classe media americana.

La maggior parte delle persone nuove a questo stile di vita avrebbero obiettato al mio modo di torturare Yulia, ed è possibile che sia stato così anche per Nora.

Cazzo. Se Nora non fosse la moglie di Esguerra. . .

Esguerra stesso sembra sul punto di un omicidio, quando afferra il braccio di Nora e la trascina più vicino a sé. "Ora mi dirai tutto." I suoi occhi azzurri brillano dalla rabbia. "Hai detto a Rosa di fare cosa, esattamente?"

Rosa ricomincia a piangere, e le rivolgo un'occhiata prima di rivolgere l'attenzione sul dramma che si sta consumando davanti ai miei occhi. Non ho mai visto Esguerra così arrabbiato con sua moglie prima d'ora. Se fossi in Nora, farei subito marcia indietro; le cose che ho visto fare dal marito farebbero contorcere qualunque serial killer.

Il viso di Nora è pallido mentre fissa Esguerra, ma la voce le trema appena quando dice: "Le ho chiesto di aiutare Yulia a scappare. Non le ho detto come fare—conosce questo posto meglio di me, così ho lasciato che fosse lei a scegliere la modalità. Rosa non voleva farlo, ma le ho detto quanto mi desse fastidio, e con il bambino e tutto ha acconsentito alla mia richiesta."

Piccola strega manipolatrice. Vorrei torcere il collo di Nora e allo stesso tempo congratularmi con lei per l'ammirazione che provo. Menzionare il bambino che hanno appena perso è stato un colpo basso, ma ha avuto l'effetto desiderato.

Esguerra allenta la presa sul braccio di Nora, e vedo il dolore sul volto del mio capo, prima che si ricomponga. Quando riparla, una parte della pericolosità è svanita dalla sua voce.

"Perché non me ne hai parlato? Se ti infastidiva così tanto, perché non mi hai detto niente?"

"Non pensavo che dirtelo avrebbe cambiato qualcosa" dice Nora, e vedo i suoi grandi occhi scuri che si riempiono di lacrime. "Mi dispiace, Julian. Volevo che la ragazza non ci fosse più al nostro ritorno, e ho detto a Rosa di farlo. Ero sicura che non l'avresti presa bene." Le trema il mento, mentre le lacrime le rigano le guance. "Ti prego, se devi punire qualcuno, quella persona sono io, non Rosa. Lei si è solo comportata da buona amica. Ti prego, Julian." Si allunga per toccare il viso di suo marito con la mano libera, e distolgo lo sguardo, quando Esguerra le afferra il polso e la tira a sé, con le narici spalancate. La tensione tra loro diventa subito sessuale, e all'improvviso mi sento come un intruso, un guardone che sta osservando un momento di intimità.

Schiarendomi la gola, faccio un passo verso Rosa e le afferro il braccio, facendola alzare in piedi. "Vi lascio soli" dico, portando la domestica verso la porta. "Nel frattempo, farò controllare Rosa dalle guardie."

Né Esguerra, né sua moglie degnano la mia affermazione di una risposta, e mentre esco dall'edificio, sento il rumore di qualcosa che cade, seguito dal grido soffocato di Nora. Rosa trattiene il respiro—deve averlo sentito anche lei—e le tremano le spalle per un nuovo attacco di lacrime.

"Non preoccuparti" dico, rivolgendo alla ragazza uno sguardo gelido, mentre la porto lontano dall'edificio. "Esguerra sarà anche sadico, ma non le farà del male—non più di tanto. Tu, invece, sei ancora un punto interrogativo. Se Nora ha mentito per proteggerti. . ."

Non completo la mia minaccia, ma non ce n'è bisogno.

Sappiamo entrambi cosa farebbe Esguerra a Rosa, se la domestica avesse permesso a Nora di far ricadere la colpa su sé stessa.

yulia

Mi sveglio intontita e confusa, dolorante dalla testa ai piedi. Gemendo, scendo dal letto barcollando e mi dirigo verso il bagno. Ancora mezza addormentata, mi prendo cura di me ed è solo quando mi lavo la faccia che mi rendo conto di essere sola—e slegata.

Un dolore nella parte posteriore del collo mi ricorda il motivo del mio malessere: i localizzatori. Lucas dev'essere certo che non riproverò a scappare.

Alzo la mano e tocco la benda sulla nuca, poi mi giro per esaminare la schiena allo specchio. Oltre al punto che sto toccando—e in mezzo a un mare di lividi—ci sono altre due zone in cui sono stati inseriti i localizzatori. Le bende sulle ferite sono dei semplici cerotti ora; Lucas deve averle cambiate mentre dormivo. Ricordo vagamente che il medico gli aveva dato delle istruzioni al riguardo.

Ricordo anche ciò che è successo dopo, e un violento rossore mi fa avvampare, scacciando i residui della mia sonnolenza. Non so per quale motivo io abbia stuzzicato Lucas in quel modo, ma quando l'ho fatto sembrava avere un senso. Ovviamente, gli importa poco di me come persona, e volevo che lo ammettesse. Volevo che mi dimostrasse una volta per tutte che non sono altro che un corpo da scopare per lui, un oggetto sessuale a cui può fare del male quando vuole.

Solo che non mi ha fatto del male. Mi ha soddisfatta, e poi ha soddisfatto sé stesso con un pugno, ricoprendomi con il suo seme.

"Yulia?" Qualcuno che bussa alla porta mi spaventa, e mi giro, con il cuore che salta nella stratosfera. La voce non è quella di Lucas, e sono completamente nuda.

"Sì?" grido, afferrando un grande asciugamano morbido dal ripiano e avvolgendolo intorno a me.

"Lucas mi ha chiesto di vegliare su di te questa mattina" dice l'uomo, e tiro un sospiro di sollievo, quando riconosco la voce di Diego. "Spero di non averti spaventata. Ha detto che forse avresti dormito un po', e io ero in cucina a fare uno spuntino, quando ho sentito scorrere l'acqua. Stai bene? Ti serve qualcosa?"

"No, sto bene, grazie" dico, con il battito del cuore che rallenta un po'. "Arrivo, ehm... Arrivo subito."

"Nessun problema. Fa' con calma. Sto in cucina." Sento dei passi che si allontanano.

In modo automatico, mi lavo i denti e passo un pettine tra i capelli, districando il selvaggio pasticcio biondo. Sinceramente, non so nemmeno perché stia cercando di apparire presentabile. La faccia che mi fissa nello specchio sembra uscita da un incubo. Le mie labbra stanno già cominciando a guarire, ma il lato sinistro del mio viso, dove Kirill mi ha colpita, è un livido brutto e gigante. Graffi e lividi più piccoli decorano il resto del mio viso e del corpo—tranne la schiena, che è ancora peggio del mio viso.

Non c'è da stupirsi che io sia ancora dolorante.

Con attenzione, ruoto il collo da una parte all'altra, cercando di alleviare la rigidità dei muscoli. La testa mi fa male per quel movimento, ma non quanto ieri. Il medico aveva ragione sulla leggerezza della mia commozione cerebrale; sull'aereo, ero svenuta più per lo shock e la stanchezza che per il trauma cranico in sé.

Sentendomi leggermente meglio, stringo l'asciugamano intorno a me e vado in camera da letto per cambiarmi. Tutti gli abiti succinti che Lucas aveva acquistato per me sono ancora lì, e scelgo un paio di pantaloncini e una T-shirt a caso, facendo una smorfia di dolore mentre indosso i vestiti.

Quando finalmente arrivo in cucina, trovo Diego lì, a spalmare la crema di formaggio su una ciambella.

"Ehi" dice, rivolgendomi il suo solito sorriso affascinante. "Hai fame?"

Il mio stomaco sceglie proprio quel momento per borbottare, e il sorriso della giovane guardia si allarga. "Lo prendo come un sì" dice, mettendo la sua ciambella nel piatto e alzandosi. "Che cosa vuoi? Cereali, ciambella, frutta? Vieni qui, siediti." Fa un gesto verso il tavolo. "Ho ricevuto ordini severi di assicurarmi che non ti affatichi."

"Uhm, i cereali vanno benissimo." Mi avvicino al tavolo e mi siedo, sentendomi disorientata. È strano pensare che poco tempo fa ero in Ucraina in mezzo a spari ed esplosioni, e ora sono nella cucina di Lucas, a parlare di cereali con uno dei mercenari che hanno ucciso i miei colleghi dell'UUR.

I miei *ex* colleghi dell'UUR, mi correggo mentalmente. Ho cessato di far parte dell'organizzazione quando ho deciso di scomparire, invece di svolgere il mio incarico.

"Dov'è mio fratello?" chiedo, ricordando quello che mi ha detto Lucas a proposito delle guardie che lo stanno sorvegliando.

Diego mi rivolge un altro sorriso. "Sta con Eduardo. Quel povero ragazzo non è stato molto fortunato."

Sbatto le palpebre. "Davvero?"

"Diciamo solo che tuo fratello non è molto felice di essere qui." Diego si avvicina al frigorifero e tira fuori un cartone di latte. Versando i cereali in una tazza, aggiunge il latte, afferra un cucchiaio e mi porta la tazza. Prima che io possa fargli altre domande, dice: "Ma sta bene, quindi non preoccuparti. Nessuno gli farà del male."

Prendo il mio cucchiaio, anche se non ho più fame. Mi si stringe lo stomaco dall'ansia. Certo che Misha non è felice di essere qui. Come potrebbe esserlo? Suo zio è stato ucciso davanti ai suoi occhi, e dev'essere terrorizzato. E se Obenko non ha mentito sul rapporto di Misha con i suoi genitori adottivi, devono essere preoccupatissimi per lui. A meno che non viveva nelle caserme dell'UUR, come le altre reclute... In questo caso, forse non sanno ancora cos'è successo, anche se sono sicura che qualcuno li informerà presto dell'accaduto.

Che disastro—ed è tutta colpa mia. Se non fossi stata così debole, Lucas non avrebbe saputo nulla dell'UUR. Ho lasciato che il mio rapitore mi distruggesse, e poi l'ho condotto inavvertitamente da mio fratello—la persona che stavo disperatamente cercando di proteggere. Ricordo la discussione di ieri con Misha, le accuse che mi ha lanciato, e vorrei raggomitolarmi e piangere.

"Stai bene?" Diego si siede davanti a me e prende la sua ciambella. "Sei molto pallida."

"Sto bene" dico automaticamente, immergendo il cucchiaio nei cereali e portando i corn flakes bagnati alle labbra. "Sono solo un po' stordita."

"Certo." Diego mi rivolge un sorriso d'intesa. "Il jet lag è fastidioso, e poi ieri hai avuto una giornataccia."

Si concentra sulla ciambella, e io mando giù qualche boccone di cereali prima di mettere giù il cucchiaio. Non ho mentito sul fatto di sentirmi stordita; i miei pensieri sono confusi, con la mente che salta da un problema all'altro. Il futuro—soprattutto il futuro di mio fratello—è come un terribile buco nero che incombe in lontananza, così cerco di concentrarmi sul presente e sul passato più recente.

"Come avete fatto a trovarmi?" chiedo a Diego, dopo che ha finito la sua ciambella. "In generale, come avete fatto a individuare quella struttura?"

"Oh, sì, quella. . ." La guardia si alza e mette il piatto nel lavandino. "Temo che il tuo salvataggio sia stato più o meno un colpo di fortuna da parte nostra, ma lascerò che sia Kent a dirti di più su questo.”

Benissimo. Un'altra persona che mi fa ostruzionismo. Possibile che ogni singola persona in questa tenuta mi consideri una proprietà di Lucas al punto tale da non poter rispondere alle mie domande?

Sopprimendo la frustrazione, mi sforzo di mangiare un altro cucchiaio di cereali prima di alzarmi per gettare il resto nella spazzatura.

“Che stai facendo? Dammi quella tazza.” Diego mi ferma, prima che io possa raggiungere il lavandino, strappandomi la tazza dalle mani. “Hai bisogno di riposo oggi.”

“Sto bene” dico, poi mi appoggio al tavolo, con la debolezza alle ginocchia che smentisce la mia affermazione. “Voglio vedere Misha—Michael, voglio dire. Puoi portarlo qui o portarmi da lui?”

“No” dice Diego allegramente. “Eduardo lo ha portato ad allenarsi in palestra un'ora fa. Perché non riposi per ora, e poi vediamo cosa dice Kent?” La guardia sorride, ma percepisco la durezza sotto la sua maschera accomodante. Non mi lascerà fare altro che non sia riposare e aspettare che Lucas torni a casa.

Vorrei litigare, ma so che sarebbe inutile. Inoltre, tornare a letto non sembra così poco allettante.

“Va bene” dico. “Grazie della colazione.”

Tornando in camera da letto, mi corico, sentendomi esausta come se avessi appena corso per dieci chilometri. La testa mi palpita di nuovo, e le contusioni mi fanno male. Anche la mia gola è dolorante, così come la pelle e la schiena. Sul comodino accanto al letto, vedo gli antidolorifici di ieri e, dopo un attimo di indecisione, raggiungo il flacone e tiro fuori due pillole. Prendendo una bottiglia d'acqua che qualcuno ha premurosamente lasciato sul comodino, ingoio le pillole e mando giù l'acqua prima di sdraiarmi e chiudere gli occhi.

Non c'è motivo di opporsi agli ordini di Lucas oggi. Ho bisogno di risparmiare le forze per quando mi serviranno.

31

Lucas

Dopo essere stato via per diversi giorni, ho un sacco di lavoro arretrato di cui occuparmi, e non riesco a tornare a casa prima dell'ora di cena. Quando finalmente arrivo, vedo che Diego sta guardando la TV sul mio divano.

"Come sta?" chiedo, lanciando un'occhiata alla camera da letto. "Sta ancora dormendo?"

Diego annuisce, alzandosi in piedi. "Sì. Come ti ho detto nei messaggi, ha dormito fino all'ora di pranzo, poi si è svegliata per un'ora o giù di lì, ha letto un libro, e poi si è riaddormentata. Le ho preparato un panino, ma lo ha lasciato quasi tutto intatto. Oh, e ha continuato a chiedere di vedere suo fratello, ma le ho detto che avrebbe dovuto aspettare la tua autorizzazione."

"Capisco. Grazie per averla tenuta d'occhio. Ti farò sapere se avrò bisogno di te domani."

Diego sorride. "Nessun problema, amico."

Se ne va, ed entro in camera da letto per controllare Yulia. Il sonno eccessivo non è una reazione rara dopo un trauma fisico e un estremo stress emotivo—è questo il modo in cui il corpo guarisce—ma la sua mancanza di appetito mi preoccupa.

È buio nella stanza, così mi avvicino al letto e accendo la lampada sul comodino. Yulia si contrae leggermente per la luce soffusa. È sdraiata sulla schiena, con la coperta tirata su fino al petto e il viso verso di me. Mi si stringe il cuore alla vista della sua mascella gonfia e dell'occhio nero. Con la sua piccola mano a palmo in su sul cuscino, sembra incredibilmente giovane e indifesa, una bambina ferita, invece di una donna adulta.

Se Kirill è ancora vivo, rimpiangerà di non essere morto dieci volte prima che io lo finisca.

Questa mattina, ho sentito tutti i nostri contatti in Europa e ho dato ai nostri hacker un nuovo incarico: rintracciare Kirill Luchenko. Ho anche ricontattato Peter Sokolov per chiedergli se conoscesse qualcuno in Ucraina in grado di aiutarci. Ha risposto subito, promettendo che avrebbe controllato, quindi ora è solo una questione di tempo prima che individuiamo il figlio di puttana.

Ammesso che non sia già morto a causa delle ferite, voglio dire. Visto che Yulia gli ha fatto saltare le palle, potrebbe essere moribondo.

Sedendomi sul bordo del letto, mi allungo e le tocco il palmo all'insù con la punta del dito, sentendo la calda morbidezza della sua pelle. Come la ragazza stessa, la sua mano è ingannevolmente delicata, l'incarnazione dell'elegante femminilità. Ma so quanto possa essere pericolosa—e ora lo sa anche Kirill.

Quel fottuto bastardo morirà come un eunuco senza cazzo. Mi piace molto questo.

Yulia arriccia le dita in risposta al mio tocco, e un piccolo gemito le sfugge dalla gola. Ancora non si sveglia, però, e l'istinto mi fa allungare un altro po' per toccarle la fronte con il dorso della mano.

Fanculo.

È calda—davvero troppo calda. La sua fronte scotta.

L'istante successivo, sto in piedi, e tiro fuori il telefono. Goldberg non risponde subito, così lo richiamo. Più volte.

Al terzo tentativo, risponde. "Che cosa c'è?"

"Yulia è malata" dico senza preamboli. "C'è qualcosa che non va. Ho bisogno di te. Ora."

"Arrivo subito."

Riattacca, e io mi siedo sul letto e prendo la mano di Yulia, notando il calore che proviene dalla sua pelle. Il cuore mi martella con un sordo ritmo pesante, quando porto il suo polso al mio viso e premo le labbra sul suo palmo.

"Andrà tutto bene" sussurro, ignorando la paura che mi attanaglia le viscere. "Andrà tutto bene, tesoro. Ne sono certo."

"Sembrerebbe influenza" dice Goldberg, dopo aver esaminato Yulia. "Le è venuta probabilmente perché il suo sistema immunitario era già debilitato dalle ferite e tutto il resto. Le somministrerò una terapia antivirale e le darò il

Tylenol per farle abbassare la febbre. Oltre a questo, tienila a riposo e assicurati che beva molti liquidi."

Mentre parla, Yulia sbatte le palpebre, e mi fissa, confusa. "Lucas?" La sua voce è debole e roca, quando si rotola su un fianco. "Che cosa—"

"Va tutto bene, tesoro. Hai solo un po' di febbre" dico, sedendomi sul letto accanto a lei. Prendendo la bottiglia d'acqua dal comodino, faccio scivolare il braccio sotto la parte superiore della sua schiena e l'aiuto a sedersi, sistemandola sui cuscini. Porgendole la bottiglia e le pillole che Goldberg mi ha dato, mormoro: "Ecco, bevi. Ti farà stare meglio."

Sento lo sguardo divertito del medico su di me, mentre prende la sua borsa, ma non me ne frega più un cazzo di quello che pensa della mia debolezza per Yulia.

È mia, ed è giunto il momento che lo sappiano tutti.

Obbedendo, Yulia inghiotte le pillole e le manda giù con tutta l'acqua rimasta nella bottiglia. "Dov'è Misha?" chiede, quando ha finito, e io sospiro, rendendomi conto che questa sarà una battaglia infinita.

"Tuo fratello si è divertito molto con Eduardo" dico, mettendo la bottiglia vuota sul comodino, mentre Goldberg esce in modo discreto dalla stanza. "Si sono allenati a lungo; Michael ha mostrato meno aggressività nei confronti della guardia, e ora stanno cenando, credo—che è quello che dovremmo fare anche noi. Hai fame? Posso riscaldare un po' di brodo di pollo. È in scatola, ma—"

"Non ho fame" dice, scuotendo la testa. "Voglio solo vedere Misha."

"Che ne dici di questo: fai la doccia, mangi un po' di minestra e bevi un tè, e io vedrò cosa posso fare per far tornare qui Misha." Voglio che mangi, affinché possa guarire, e questo mi sembra il modo migliore per far sì che questo avvenga.

"Va bene." Yulia si toglie la coperta dalle gambe e comincia ad alzarsi, ma la prendo e la sollevo sul mio petto prima che possa fare altri passi traballanti. Mi rivolge uno sguardo spaventato, ma mi mette le braccia intorno al collo, aggrappandosi a me mentre la conduco in bagno.

Quando raggiungo la mia destinazione, metto Yulia in piedi con cautela e comincio a spogliarla, togliendole la T-shirt e i pantaloncini, mentre mi guarda in silenzio, con gli occhi lucidi dalla febbre. Per qualche motivo, mi ricorda quando l'ho portata qui per la prima volta, sporca e malnutrita dopo la prigione russa. Sembra impossibile che sia passato solo un mese da allora—che l'abbia conosciuta solo tre mesi fa.

Mi sembra che l'ossessione per la mia prigioniera duri da una vita.

"Hai bisogno di stare un momento da sola?" chiedo, e Yulia annuisce, con le parti prive di lividi del viso che avvampano.

"Va bene. Ti aspetto qui fuori. Chiamami se ti senti male."

Esco per lasciarle fare la pipì, e quando sento la doccia che si apre, torno da lei. È già nella cabina di vetro, con la mano tremante, mentre si allunga per prendere lo shampoo.

"Lascia che ti aiuti" dico, togliendomi in fretta i vestiti ed entrando nella doccia. "Non voglio che ti sforzi."

"Sto bene" protesta, ma prendo lo shampoo dalla sua mano e ne verso una piccola quantità sul mio palmo, poi mi metto sotto il getto per impedire che l'acqua la colpisca in faccia. Mentre le insapono i capelli, si appoggia a me, chiudendo gli occhi, e sopprimo un gemito quando il suo sedere formoso e sodo spinge contro il mio inguine, facendomi passare da uno stato semi-eretto alla durezza completa. Finora, ero riuscito a distogliere lo sguardo dal suo corpo nudo, mettendo da parte la libido e sostituendola con la preoccupazione per la sua salute, ma questo è troppo.

Pur essendo malata e ferita, mi eccita in un modo insopportabile.

Giù. Stai giù, cazzo, ordino mentalmente al mio pene. Il sangue sembra lava fusa nelle mie vene, mentre faccio girare Yulia verso il getto e le tolgo lo shampoo dai capelli, prima di applicare il balsamo sulle sue lunghe ciocche bionde.

"Lucas. . ." La sua voce è un sussurro tremante, quando si gira verso di me, con gli occhi febbricitanti che mi scrutano. Le gocce d'acqua si attaccano alle sue ciglia marroni, sottolineandone la lunghezza, e mi sento come se non riuscissi a mandare aria a sufficienza nei polmoni, mentre si allunga verso di me, strofinando la mano sui miei addominali prima di abbassarsi e stringerla intorno al mio cazzo duro e dolorante.

Ci vuole tutta la mia forza per indietreggiare. "Che cosa stai facendo?" chiedo con voce roca, con il cazzo duro che sfiora il mio ombelico, mentre il getto d'acqua la colpisce al petto. "Hai la febbre, cazzo."

Mi segue, sbattendo le palpebre per far cadere le gocce d'acqua. "Lascia che mi prenda cura di te, almeno in questo modo." Le sue dita sfiorano di nuovo la mia erezione, ma la prendo per il polso prima che possa avvolgere la mano intorno alla mia asta.

"Ma che cazzo fai, Yulia?" La fisso, incredulo, notando i cerchi scuri sotto i suoi occhi e il pallore innaturale della sua pelle. Sta per svenire, e vuole farmi una sega?

Al mio rifiuto, le labbra di Yulia tremano, e abbassa lo sguardo, con il polso improvvisamente floscio nella mia stretta. Sembra sconsolata, e mentre guardo la sua testa china, un'oscura possibilità mi passa per la mente.

"Stai facendo questo perché credi di doverlo fare?" chiedo, con voce dura. "Hai paura che farò del male a tuo fratello, se non fai sesso con me?"

Alza la testa, con gli occhi pieni di lacrime, e mi rendo conto che questo è esattamente quello che teme, che mi crede capace di questo. Non si sbaglia del tutto—userei il fratello per controllarla, se dovessi—ma non per questo.

Non finché sarà in queste condizioni.

"Yulia. . ." Le stringo la mascella delicatamente, assicurandomi di toccare solo il lato indenne del suo viso. "Non ti punirò per essere malata, va bene? Non sono un mostro fino a quel punto. Tuo fratello è al sicuro. Puoi riposare e guarire, senza preoccuparti di lui."

"Ma—"

"Shh." Premo la punta delle dita sulle sue labbra. "Starà bene a una condizione: che tu smetta di stressarti e guarisca. Pensi di poterlo fare?"

Annuisce lentamente, e abbassa la mano. "Bene. Ora, ti sciacquo e ti rimetto a letto. Questa sera, mi prenderò cura di te, va bene?"

Yulia annuisce di nuovo, e le tolgo il balsamo, poi lavo il resto del suo corpo, ignorando la mia eccitazione persistente. Dico a me stesso che sono un medico alle prese con una paziente, che è come se stessi lavando una bambina, ma il mio cazzo non la beve. Tuttavia, riesco a portare a termine la doccia senza saltarle addosso, e quando le porgo l'asciugamano e la riporto a letto, ho quasi ripreso il controllo.

"Ora minestra e tè" dico, sistemandola un'altra volta sui cuscini, e mi rivolge uno sguardo apatico, con il pallore ancora più pronunciato.

"Va bene" mormora. "E poi mio fratello, vero?"

"Sì" dico, ma, quando torno con la zuppa e il tè, noto che si è già addormentata e che la sua pelle è ancora più calda.

yulia

I giorni successivi trascorrono in preda alla febbre e al dolore. Mi fanno male le ossa, e mi sento come se avessi ingoiato una palla di fuoco. Persino le radici dei capelli mi fanno male, con il calore della febbre che mi consuma dall'interno. La malattia ha preso il sopravvento, lasciandomi debole e tremante, e le più semplici attività—come andare al bagno e fare la doccia—richiedono l'aiuto di Lucas.

Dormo per quelle che sembrano essere venti ore al giorno, e se non fosse per Lucas che mi costringe a bere acqua, tè e minestra a intervalli regolari, dormirei ancora di più. Ma continua a svegliarmi per farmi ingoiare vari liquidi, e sono troppo stanca per oppormi alle sue delicate ma insistenti cure. Resta con me durante la notte, con il suo grande corpo piegato in modo protettivo intorno a me mentre dormiamo, e mi è vicino il giorno—tutto il giorno.

"Non devi andare da nessuna parte?" gracchio la prima volta che vedo il mio rapitore accanto al letto, alle prese con un portatile su una sedia dall'aspetto scomodo. "Di solito non ci sei a quest'ora."

Le labbra dure di Lucas si piegano in un sorriso. "Mi sono preso un giorno di malattia. Come ti senti? Hai fame? Sete?"

"Sto bene" mormoro, chiudendo gli occhi. "Sono solo molto, molto stanca." La stanchezza sembra essersi insinuata nella profondità delle mie ossa, appesantendomi come un'ancora. Perfino questa breve interazione ha esaurito la mia inesistente energia, e mi sto per riaddormentare quando Lucas mi fa sedere e bere acqua a temperatura ambiente da una tazza con una cannuccia ricurva.

Deglutire mi fa male alla gola, ma il liquido mi rinvigorisce quanto basta da farmi chiedere notizie su mio fratello. Lucas mi assicura che sta bene, ma, quando continuo a insistere di vedere Misha, Lucas fa improvvisare da Eduardo un video di due minuti di mio fratello e ce lo fa mandare. Nel video, mio fratello mangia un hamburger e discute con Diego sui vantaggi del Krav Maga rispetto al Taekwondo. Non sembra né spaventato, né ferito, il che mi rassicura un po'.

"Lo porterò qui quando ti sarai un po' rimessa" promette Lucas. "Goldberg ha detto che dovresti stare meglio entro domani."

Ma non è così. Il giorno dopo sto ancora peggio, con la febbre che sale in modo incontrollabile, e mi sveglio a mezzogiorno sentendo Lucas che discute con il medico per chiedergli se devo essere ricoverata in ospedale.

Confusa, apro gli occhi per vedere il mio rapitore che cammina avanti e indietro nella stanza, stringendo un termometro nel suo potente pugno. "Ha quasi la febbre a quaranta. Se si trattasse di polmonite o qualcosa del genere?"

"Te l'ho detto, i suoi polmoni sono a posto" afferma il Dottor Goldberg con un accenno di esasperazione. "Finché continuerai a farla bere, starà bene. Devi solo lasciare che la malattia faccia il suo corso. Il corpo umano non gestisce bene lo stress estremo, e da quello che mi hai detto, ne ha passate più lei negli ultimi tre mesi di quante la maggior parte della gente ne affronta in una vita intera. È traumatizzata sia fisicamente che mentalmente, e ha bisogno di riposo e sonno per guarire. In un certo senso, questa influenza è il modo che il suo corpo usa per dirle di rallentare e prendersi cura di sé."

Lucas si ferma davanti al letto, stringendo le mani a pugno. "Se le succede qualcosa. . ."

"Sì, lo so, mi farai a pezzi" dice il medico stancamente. "Me l'hai già detto. Ora, se non ti dispiace, ho una guardia con una pallottola nella gamba che ha bisogno della mia attenzione. Chiamami se le sale la febbre ancora di più e, per ora, alterna il Tylenol con l'Advil."

Se ne va, e io chiudo gli occhi, sprofondando di nuovo nel sonno.

La febbre continua per altri tre giorni, salendo e scendendo in modo imprevedibile. Ogni volta che mi sveglio, sentendomi come se stessi morendo, Lucas è al mio fianco, pronto a farmi bere, a mettermi un asciugamano bagnato sulla fronte o a portarmi al bagno.

"Sei sicuro che non hai un diploma da infermiere?" scherzo debolmente quando mi rimette a letto, dopo avermi cambiato le lenzuola e sistemato i cuscini. "Perché sei davvero bravo in questo."

Lucas sorride e sistema la coperta per me. "Forse lo prenderò in considerazione, se questo incarico con Esguerra non dovesse funzionare."

Gli sorrido, e poi mi riaddormento, troppo esausta per rimanere sveglia così a lungo.

Quella notte, la febbre non mi dà tregua, sfidando gli sforzi di Lucas di farla abbassare con il Tylenol e gli asciugamani freschi. Mi rigiro nel letto, rabbrividendo e sudando mentre dei sogni agitati mi invadono la mente. Il lupo della ninna nanna dei bambini viene da me, mordendomi il fianco, e io grido quando il suo muso si trasforma nel viso di Kirill—un viso che esplode in mille pezzi, mentre gli sparo, più e più volte. Lucas mi sveglia, tenendomi sulle ginocchia fin quando i miei isterici singhiozzi non si placano, ma non appena mi riaddormento vedo una variazione dello stesso sogno, solo che questa volta i miei proiettili mancano Kirill e colpiscono mio fratello, mentre Kirill ride, toccandosi il cazzo insanguinato.

"Yulia, tesoro, calmati. Va tutto bene. Misha sta bene." La sicurezza nella voce profonda di Lucas mi calma fin quando un altro contorto sogno-ricordo prende il sopravvento, e il circolo vizioso continua fin quando il mattino dopo non ho più la febbre.

"Mi dispiace" sussurro, quando mi sveglio e vedo Lucas seduto accanto a me, con gli occhi cerchiati dalle occhiaie e la sua dura mascella con la barba non fatta, che aggrotta la fronte, leggendo qualcosa sul portatile. "Ti ho tenuto sveglio tutta la notte?"

Alza lo sguardo dal computer. "No, certo che no." Nonostante l'aspetto stanco, i suoi occhi chiari sono incredibilmente vispi, quando raggiunge il comodino e mi porge la tazza con la cannuccia. "Come ti senti?"

"Come se non potessi nemmeno schiacciare una mosca" dico con voce roca dopo aver succhiato l'intera tazza piena d'acqua. "Ma tutto sommato, meglio." Per la prima volta dopo giorni, la testa non mi fa male e la mia pelle sembra finalmente voler rimanere attaccata al corpo. Anche la gola è quasi tornata alla normalità, e provo una sospetta sensazione di vuoto allo stomaco, come se avessi fame.

Lo sguardo teso di Lucas si rilassa, quando poggia il portatile sul comodino e si alza. "Mi fa piacere. Altre due ore in quel modo, e ti avrei portata all'ospedale, nonostante quello che ha detto Goldberg." Raggiungendomi, mi prende con cautela e mi porta al bagno, lavandomi, visto che sono troppo debole per potermi sorreggere nel box doccia.

"Perché stai facendo questo?" chiedo, quando ha finito di lavarmi dalla testa ai piedi. Ora che mi sento leggermente più umana, mi rendo conto di quanto siano state straordinarie le azioni di Lucas nel corso degli ultimi giorni. Non conosco molti mariti che si prenderebbero cura delle proprie mogli con tanta dedizione.

“Che cosa vuoi dire?” Lucas si acciglia, mentre mi avvolge in un asciugamano spesso e mi prende in braccio. “Avevi bisogno di un bagno.”

“Lo so, ma non c'era bisogno che fossi tu a farmelo” dico, quando mi riporta nella camera da letto. “Avresti potuto farti aiutare da una delle guardie o—” Mi fermo, notando la sua espressione che si rabbuia.

“Se pensi che permetterei a un altro uomo di toccarti. . .” La sua voce è puro ghiaccio letale e, mio malgrado, tremo mentre mi rimette nel letto, sistemandomi due cuscini sotto la schiena per farmi stare in una posizione semiseduta. Avvicinandosi, ringhia: “Tu sei mia e solo mia, chiaro?”

Annuisco con cautela. Per un attimo, avevo dimenticato quanto possa essere pericoloso—e follemente possessivo—il mio rapitore.

Raddrizzandosi, Lucas si sforza visibilmente di riprendere il controllo. Il suo petto si gonfia con un respiro profondo, e chiede con tono più calmo: “Hai fame? Vuoi un altro po' di brodo di pollo?”

Mi lecco le labbra screpolate. “Sì. E magari un panino?”

Solleva le sopracciglia. “Davvero? Un panino? Devi essere in via di guarigione. Che ne dici delle uova? Ho provato a preparare una frittata ultimamente, e non è venuta tanto male.”

“Davvero?” lo fisso. “Va bene, certo, le uova vanno benissimo.”

Lucas sorride e scompare oltre la porta. Venti minuti dopo, torna portando un vassoio con una frittata dall'odore delizioso e una tazza fumante di Earl Grey.

"Ecco qua" dice, mettendo il vassoio sul comodino e prendendo il piatto con la forchetta. Tagliando un pezzo di frittata, tiene la forchetta in alto e ordina: "Apri la bocca."

"Posso mangiare da sola" comincio a dire, raggiungendo il piatto, ma lo allontana.

"Sei troppo debole anche per schiacciare una mosca, ricordi?" Mi rivolge uno sguardo d'intesa. "Ora, siediti e apri la bocca."

Sospirando, obbedisco, sentendomi a disagio come una bimba di due anni, mentre Lucas si siede sul bordo del letto e mi nutre con la disinvolta efficienza di un infermiere. Tuttavia, il luccichio nei suoi occhi non è affatto simile a quello di un infermiere e, con mio grande shock, mi rendo conto che si sta divertendo a fare questo.

Gli piace vedermi indifesa e dipendente da lui.

Per confermare la mia teoria, lo osservo attentamente la seconda volta che porta la forchetta alla mia bocca. Ed eccolo: nel momento in cui chiudo le labbra intorno alla forchetta, il suo sguardo si posa sulla mia bocca e indugia lì, stringendo la mano sul manico della posata. La coperta arrotolata sul grembo mi impedisce di vedere la parte inferiore del suo corpo, ma ho il sospetto che se la vedessi il suo cazzo sarebbe duro, spesso e pronto a esplodere dai confini dei suoi jeans.

Una spirale di calore si insinua lungo la mia schiena, e i miei capezzoli si irrigidiscono sotto la coperta. La reazione del mio corpo mi coglie di sorpresa. Non sono in forma per permettermi di pensare al sesso. Tuttavia, mi rendo sempre più conto della crescente umidità tra le cosce, man mano che Lucas continua a farmi mangiare, appoggiandosi a me ogni volta che porta il cibo alle mie labbra.

La frittata è buona—Lucas ha davvero imparato a farla—ma mi soffermo appena sul suo sapore ricco e saporito, rivolgendo tutta la mia attenzione al contorto erotismo della situazione. In un certo senso, l'insistenza di Lucas nel prendersi cura di me è un'estensione del suo desiderio di possedermi, di controllarmi completamente. Debole e malata, sono alla sua mercé più che mai e, per qualche perversa ragione, questo eccita entrambi.

In poco tempo, finisco la frittata, e mi accascio nuovamente sui cuscini, sentendomi sfinita per il semplice atto del mangiare. Eccitata o meno, non sto ancora bene. Lucas mette una cannuccia nel tè e me ne fa bere mezzo bicchiere, e poi mi riaddormento, con il corpo che pretende altro riposo.

Quando mi risveglio, mi sento più forte, e ricordo alcuni degli incubi che ho fatto durante la notte.

"Posso vedere mio fratello?" chiedo a Lucas, quando mi porta un panino e un piatto di minestra. "Vorrei tanto parlargli."

Lucas scuote la testa. "Non stai ancora bene."

"Sto benissimo. Ti prego, ho davvero bisogno di parlare con lui." Metto la mano sulla coscia di Lucas, sentendo il muscolo duro sotto il tessuto grezzo dei suoi jeans. "Voglio solo vederlo con i miei occhi."

"Non voglio che ti stanchi" dice Lucas, ma noto che sta per cedere.

"Che ne dici di questo?" Mi spingo su, mettendomi più dritta. "Mangio e, poi, se non mi riaddormento, lo porti da me. Solo per un po'. Ti prego, Lucas."

Socchiude gli occhi. "Mangia. Nel frattempo, ci penserò."

Annuisco con entusiasmo e scavo nel mio panino, consumandolo avidamente. Lucas insiste ad aiutarmi con la minestra, con le palpebre pesanti sui suoi occhi chiari, quando porta il cucchiaio alla mia bocca. Non mi oppongo; sono troppo emozionata all'idea di rivedere Misha, e non mi dispiace questa strana perversione che il mio rapitore sembra aver sviluppato. Inoltre, non voglio che Lucas scopra che non sono guarita come pensavo. Ancora una volta, mangiare mi ha stancata, e sto ricominciando a sentirmi calda, come se mi stesse tornando la febbre.

Fortunatamente, Lucas non se ne accorge, così, vedendo che non mi riaddormento subito dopo il pasto, manda un messaggio a Diego per dirgli di portare qui Misha.

"Ti concederò dieci minuti con lui" dice Lucas, mettendomi una delle sue magliette. "Ma non appena inizi a sentirti stanca—"

"Smetterò e riposerò" dico, curvando le labbra in quello che spero sembri un sorriso luminoso e sano. "Non ti preoccupare. Andrà tutto bene."

Lucas si acciglia quando mi sente la fronte, ma in quel momento qualcuno bussa alla porta.

Mio fratello e Diego sono qui.

"Dieci minuti" avverte Lucas, infilando le coperte intorno a me. "Sarò qui fuori, va bene?"

Annuisco. "Potresti mettere una sedia a pochi metri dal letto? Non voglio che Misha venga contagiato."

Lucas fa come chiedo, prima di lasciare la stanza, e pochi istanti dopo, mio fratello entra.

"Come ti senti?" chiede in russo, non appena entra nella camera, e alzo la mano, non volendo che si avvicini troppo. Anche se credo di aver superato la fase contagiosa di questa malattia, continuo a sentirmi più simile a uno straccio infestato dai germi che a una persona.

"Sono stata meglio" dico, indicando a Misha la sedia che Lucas ha preparato per lui. La pelle mi fa di nuovo male, ma mio fratello non deve saperlo. "Come stai? Come ti trattano?"

Misha esita, poi alza le spalle. "Bene, credo." Si siede sulla sedia, e noto che stavolta non ha le mani ammanettate.

"Ti lasciano andare in giro slegato?" chiedo, sorpresa, e mio fratello annuisce.

"Non mi lasciano da solo vicino alle armi, e sono ammanettato durante la notte, ma sì, ho un po' di libertà."

"Bene." Cerco un buon argomento di discussione con cui iniziare, ma decido di andare dritta al punto. "Michael" dico con calma: "Dove sono i tuoi genitori adottivi? Come hai fatto a finire con l'UUR?"

Mi rivolge uno sguardo impietrito. "Zio Vasya aveva detto che sapevi tutto."

"Mi ha detto. . . alcune cose. Ma mi piacerebbe sentirle da te." Dopo il tradimento di Obenko, ho zero fiducia nella versione della storia del mio ex capo. "I tuoi genitori sapevano cosa stavi facendo? Erano d'accordo con il tuo addestramento?"

Misha mi guarda in silenzio.

"Mishen'ka. . ." Mi fanno male le ossa, mentre mi raddrizzo. "Tutto quello che voglio è sapere qualcosa sulla tua vita. Non hai motivo di credermi, ma undici anni fa ho stretto un patto con Vasiliy Obenko—tuo Zio Vasya. Gli ho promesso che mi sarei unita all'UUR se sua sorella ti avesse adottato, garantendoti una buona vita. Ecco perché me ne sono andata: perché volevo che avessi il tipo di vita che avevamo prima che i nostri genitori morissero, il tipo di vita che non potevo offrirti nell'orfanotrofio. . ."

Mentre parlo, Misha scuote la testa. "Stai mentendo" dice, saltando in piedi. "Te ne sei andata. Zio Vasya mi ha detto che hai aderito al programma perché non volevi la responsabilità di un fratellino. . . perché eri stanca di stare in orfanotrofio. Stava male perché mi avevi abbandonato, così ha detto a Mamma di me e poi. . ." Si ferma, con il petto ansante. "Non mi avrebbe mentito su questo. Non l'avrebbe mai fatto." Ripete quelle parole come se stesse cercando di convincersi, e mi rendo conto che mio fratello non è così sicuro di Obenko come sembra. Ha già avuto modo di assistere alla spietatezza di quell'uomo?

"Mi dispiace" dico, sdraiandomi sui cuscini, quando la mia breve esplosione di energia svanisce. "Vorrei che fosse così, ma per tuo zio il suo Paese è sempre venuto prima di tutto. Lo sai, non è vero?"

Misha stringe le labbra, e scuote di nuovo la testa. "No. Ha detto che sei una brava manipolatrice."

"Misha. . ."

"Mi chiamo Michael." Incrocia le braccia sul petto. "E non voglio più parlare di questo."

"Va bene." Sono ancora troppo malata per discutere con un adolescente traumatizzato. "Dimmi solo una cosa... Sono brave persone, i tuoi genitori adottivi? Ti trattavano bene?"

Dopo un attimo di esitazione, Misha annuisce e si siede sulla sedia. "Sì." Il suo sguardo si addolcisce un po'. "Mamma prepara le frittelle di patate durante il fine settimana, e Papà gioca a ping-pong. È davvero bravo. Giocavo con lui ogni sera, da piccolo."

Delle lacrime di sollievo mi bruciano gli occhi sentendo una vera emozione nella sua voce. Qualunque cosa lo abbia fatto finire nell'UUR, Misha adora i suoi genitori adottivi—li adora come io adoravo i nostri Mamma e Papà.

"Li vedi spesso?" Ora che mio fratello mi sta finalmente parlando, mi sento disperata dalla voglia di saperne di più sulla sua vita. "Da quando hai cominciato l'addestramento, voglio dire? Vivi nelle camerate o a casa? Che cosa ne pensano i tuoi genitori di questo?"

Misha sbatte le palpebre davanti alle mie domande a raffica. "Io... Li vedo una volta al mese ora" risponde lentamente. "E sì, vivo nelle camerate. Mamma non era d'accordo, ma Zio Vasya ha detto che sarebbe stata la cosa migliore, che mi avrebbe aiutato con la transizione e tutto il resto."

Annuisco per incoraggiarlo, e lui continua dopo una breve pausa. "Più o meno, a loro va bene che mi sia unito all'agenzia. Voglio dire, capiscono che serviamo il nostro

Paese." Distoglie lo sguardo, agitandosi sulla sedia, e leggo tra le righe.

I suoi genitori avranno anche capito, ma non erano affatto felici che il loro figlio adolescente venisse reclutato per quella causa.

"Pensi che siano preoccupati per te?" Ignorando la stanchezza crescente, mi spingo su per mettermi seduta. "Hanno sentito parlare di quello che è successo?"

"Loro—" Gli si incrina la voce quando mi guarda, sbattendo rapidamente le palpebre. "Sì, credo che ormai lo sappiano. Qualcuno deve aver avvisato Mamma dello Zio Vasya."

"Mi dispiace, Michael." Mi mordo il labbro. "Mi dispiace davvero che sia successo in quel modo. Credimi, se potessi tornare indietro—"

"Non farlo." Misha si alza in piedi, stringendo le mani a pugno. "Non fingere."

"Non sto—"

"Basta." La voce di Lucas è affilata come un coltello, quando entra nella stanza e si avvicina a mio fratello con passi furiosi. "Te l'ho detto, non devi turbarla." Afferrando Misha dal retro della maglietta, lo trascina verso la porta, ringhiando: "Sta male. Non lo capisci?"

"Lucas, smettila." Mi tolgo la coperta, con il cuore che mi batte forte dalla paura improvvisa. "Per favore, non ha fatto niente."

Lucas lascia subito andare Misha e attraversa la stanza venendo verso di me, mentre faccio oscillare i piedi verso il pavimento, determinata ad alzarmi, nonostante un'ondata di vertigini.

"Che cosa stai facendo?" Fissandomi, mi afferra le gambe e le rimette sul letto, costringendomi a tornare in quella posizione semi-seduta sui cuscini, prima di ingabbiarmi con le braccia. I suoi occhi brillano dalla rabbia, mentre si appoggia, a pochi centimetri dal mio viso. "Devi riposare, chiaro?"

"Sì." Ingoio il nodo in gola. "Scusa."

Quella risposta sembra soddisfare Lucas, perché si raddrizza e si gira verso mio fratello. "Andiamo" dice, piegando il pollice verso la porta, e Misha mi rivolge uno sguardo di scuse prima di uscire dalla stanza davanti a Lucas.

Esausta, scivolo sui cuscini e chiudo gli occhi.

Mio fratello sta bene per ora, ma non è questo il posto adatto a lui. Devo riportarlo dai suoi genitori.

Deve tornare a casa.

lucas

Dopo aver portato Michael fuori dalla casa e averlo riconsegnato a Diego, torno in camera da letto e vedo che Yulia si è riaddormentata. Anche se i lividi dovuti all'aggressione di Kirill sono appena visibili ormai, scorgo delle profonde ombre blu sotto ai suoi occhi, e il suo viso è pallido e magro. Ha perso peso durante la malattia, e ancora una volta è molto fragile, come una statuetta di vetro che potrebbe frantumarsi al minimo tocco.

Devo essere un pervertito, perché la voglio lo stesso.

Facendo un respiro profondo, mi spoglio e salgo sul letto accanto a lei. I cuscini sono tutti ammucchiati, così li sistemo in modo più comodo e mi sdraio, tirandola a me. Indossa ancora la T-shirt, ma non mi dispiace quella barriera tra i nostri corpi.

Tiene il mio desiderio per Yulia sotto controllo, mi aiuta a mantenere l'illusione di essere solo un tutore spassionato invece di un uomo che ha dovuto masturbarsi due volte al giorno la scorsa settimana.

Ieri notte non ho dormito, quindi dovrei dormire come un sasso, ma sono completamente sveglio, mentre sento nuovamente quella pelle così calda. La febbre del cazzo è tornata. Sapevo che non avrei dovuto ascoltare Yulia, ma non sono riuscito a resistere alla supplica nei suoi grandi occhi azzurri. Ancora non so tutta la storia di suo fratello—il ragazzo si rifiuta di rispondere a qualsiasi domanda—ma so che gli vuole bene.

È scappata per salvarlo da me.

Chiudendo gli occhi, mi rimprovero per la centesima volta per non averla ascoltata. Negli ultimi giorni, ho avuto la possibilità di riflettere sulle nostre conversazioni pre-fuga, e ho capito che l'unica persona da biasimare per quell'equivoco sono io. Se avessi lasciato parlare Yulia, avrei capito chi era Misha, e le avrei promesso di non fargli del male.

Anch'*io* ho dei limiti.

Yulia borbotta qualcosa nel sonno, avvicinandosi a me, e le bacio delicatamente il lobo dell'orecchio, con il petto che mi si stringe, sentendo la sua pelle in fiamme. Non sta male come la notte scorsa, ma non sta affatto bene.

Staccandomi attentamente da lei, vado al bagno e torno con un asciugamano bagnato. Quando le tolgo la maglietta e le passo l'asciugamano sul corpo, Yulia si sveglia, sbattendo le palpebre e guardandomi con i suoi occhi azzurri smarriti, ma, prima che io possa finire di asciugarla, si riaddormenta.

Spengo la luce e mi metto nel letto accanto a lei, tirandola tra le mie braccia. Il calore del mio corpo non è ottimale in questo momento, ma ho notato che dorme meglio quando l'abbraccio. In questo modo, è meno probabile che abbia degli incubi.

Chiudendo di nuovo gli occhi, cerco di non pensare alla fonte dei suoi incubi, ma è impossibile. La malattia di Yulia ha mandato all'aria il mio normale lavoro di routine, ma mi sono assicurato che la ricerca di Kirill procedesse senza interruzioni. Purtroppo, a parte qualche vaga voce e qualche depistaggio, non hanno trovato nulla di utile questi ultimi giorni. È come se quel bastardo fosse scomparso. È probabile che non sia sopravvissuto alle ferite, ma in quel caso avremmo dovuto trovare un corpo o sentire qualcosa su un funerale.

No, il mio istinto mi dice che l'ex addestratore di Yulia è vivo—forse in preda a un terribile dolore, ma vivo. Dovrò intensificare i miei sforzi per trovarlo, non appena Yulia starà meglio.

Prima, però, ho bisogno che guarisca.

Baciandole la tempia, l'avvicino a me, ignorando la lussuria che mi fa irrigidire il cazzo. Il maggior appetito di Yulia mi fa pensare che stia guarendo e che presto la riavrò forte e sana.

In caso contrario, Goldberg si augurerà di non essere mai nato.

Con mio grande sollievo, nei due giorni successivi, la guarigione di Yulia prosegue senza ulteriori ricadute. Il suo appetito torna alla normalità, e mi ritrovo a dover cercare su Internet ricette semplici, ma nutrienti. Sono ancora un disastro in cucina, ma ho scoperto che con un minimo di attenzione e concentrazione posso preparare dei piatti semplici, seguendo le istruzioni e guardando i video online—cosa che prima non ero motivato a fare. Ma con Yulia che dipende completamente da me ora, mi sentirei male a nutrirla solo con panini e cereali.

Voglio che mangi bene e che riacquisti la sua salute.

"Che stai facendo, amico?" chiede Diego, quando entra in cucina e mi vede tagliare le verdure per lo stufato. "Non ti avevo mai visto cucinare prima d'ora."

"Sì, beh, sto ampliando le mie esperienze" dico, mettendo tutte le verdure in una pentola capiente, prima di dare un'occhiata al portatile per vedere il passaggio successivo. "Non è mai troppo tardi per imparare, no?"

"Uh-uh, certo." Diego mi lancia un'occhiata dubbiosa. "Perché non hai chiesto alla governante di Esguerra di preparare un po' di cibo in più per voi? Di solito non le dà fastidio."

"Non sono la persona preferita di Ana in questo momento" dico, misurando accuratamente un cucchiaino di sale. "Sai, per via di Rosa e tutto il resto."

"Oh, giusto." Diego si siede e mi guarda, visibilmente affascinato. "È abbastanza arrabbiata per tutta questa situazione, eh?"

"Puoi dirlo forte."

Anche se l'intervento di Nora ha salvato Rosa dal nostro interrogatorio e dalla successiva punizione, la domestica è agli arresti domiciliari dalla settimana scorsa, mentre

Esguerra sta decidendo cosa fare con lei. Se non fosse per l'amicizia tra Nora e la ragazza, sarebbe facile, ma Esguerra non vuole turbare la moglie uccidendo la sua cara amica.

Inoltre, nessuno di noi è del tutto certo che Nora abbia detto la verità, il che significa che c'è ancora una possibilità che la domestica possa aver lavorato per qualcun altro.

Ora che Yulia si sente meglio, le farò qualche domanda su questo—e su altre cose.

"Allora, è vero? Sei un grande chef, adesso?" dice Diego, quando verso la quantità suggerita di acqua nella pentola e la copro prima di accendere il fuoco. "Questo significa che Eduardo ed io possiamo venire a cena?"

"No, cazzo. Preparati quel dannato stufato da solo."

Diego scoppia a ridere, ma torna ad essere subito serio quando mi giro verso di lui.

"Basta chiacchierare" dico, asciugandomi le mani su un tovagliolo di carta. "Informami sui nuovi arrivati e sul reclutamento in generale."

La guardia snocciola il suo rapporto giornaliero, e mi siedo al tavolo, tenendo d'occhio la pentola per assicurarmi che l'acqua non trabocchi.

Quando lo stufato è pronto, vado a controllare Yulia e la trovo che sonnecchia sulla poltrona della biblioteca, con un'altra delle mie magliette addosso. L'ho portata lì dopo pranzo, quando ha insistito per alzarsi, sostenendo di essere stanca di stare tutto il giorno a letto. A giudicare dal libro che ha sul grembo, si è addormentata durante la lettura.

Accigliato, le metto una mano sulla fronte per assicurarmi che non abbia la febbre. Con mio grande sollievo, la sua pelle sembra normale al tatto. Non è ancora pienamente guarita, ma Goldberg aveva ragione quando mi ha detto di non lasciarmi prendere dal panico.

Guardo l'orologio.

Le quattro del pomeriggio. C'è un sacco di tempo prima di cena.

Prendendo una decisione, esco lentamente dalla stanza e mi dirigo fuori. Devo fare il mio giro di controllo con le guardie e parlare con Esguerra. Se sono fortunato, Yulia dormirà nelle prossime ore, mentre io lavorerò un po', e poi ceneremo insieme—sarà il nostro primo pasto normale dopo il suo ritorno.

Non vedo l'ora, cazzo.

yulia

Una snervante sensazione mi sveglia. È quasi come se qualcuno mi stesse guardando o—

Ansimando, mi siedo sulla poltrona e resto a bocca aperta davanti alla ragazza dalla pelle dorata al centro della biblioteca di Lucas. Indossa un prendisole azzurro e i suoi capelli scuri le cadono sulle spalle nude e magre. Sono abbastanza certa di non averla mai vista, anche se qualcosa dei suoi lineamenti delicati mi è familiare.

"Chi sei?" Cerco di mantenere la voce ferma—non è facile con il cuore che mi batte forte nella gola. Sono ancora debole per la malattia e, sebbene la creatura davanti a me, simile a una bambola, non sembri molto minacciosa, so che l'apparenza inganna. "Che cosa ci fai qui?"

"Sono Nora Esguerra" dice in un inglese americano privo di accento. I suoi occhi scuri con le ciglia folte mi deridono. "Conosci mio marito, Julian."

Sbatto le palpebre. Questo spiega come ha fatto a entrare in casa—deve avere le stesse chiavi di Rosa—e perché mi sembra di conoscerla. La sua foto era nel file che Obenko mi aveva dato a Mosca.

Inoltre, ho già visto quegli occhi scuri una volta.

"Stavi guardando nella finestra il giorno in cui sono stata portata qui" dico, tirando giù la maglietta di Lucas per coprirmi le cosce. Se avessi saputo che avrei avuto dei visitatori, avrei indossato dei vestiti veri. "Insieme a Rosa, vero?"

La ragazza annuisce. "Sì, ti abbiamo vista." Non si scusa, né mi dà una spiegazione; mi studia soltanto, con gli occhi un po' socchiusi.

"Ho capito, e oggi sei qui perché. . ." Non finisco la frase.

"Perché stavo aspettando l'occasione giusta per poter parlare con te, e questa è la prima volta che Lucas non è in casa dopo tanti giorni" dice, avvicinandosi alla mia poltrona.

Sentendomi a disagio, mi alzo. Anche se le mie gambe sono ancora molli come spaghetti cotti, riuscirò a proteggermi meglio stando in piedi—in caso di necessità.

"Di cosa volevi parlare?" chiedo, tenendo d'occhio le mani della ragazza. Non sembra armata, ma qualcosa nella sua postura mi dice che potrebbe non aver bisogno di armi per fare danni.

È allenata per combattere, mi rendo conto.

"Di Rosa" dice la ragazza. Solleva il suo piccolo mento per guardarmi con durezza. "Soprattutto, di quello che dirai a Lucas e a Julian di lei."

Alzo le sopracciglia, confusa. "Che cosa vuoi dire?"

"Vorranno sapere come hai fatto a scappare e chi ti ha aiutata" dice Nora con sincerità. "E tu dirai loro che è stata Rosa, che, però, ha agito in base alle indicazioni che le ho dato io. Chiaro?"

"Che cosa?" Questa è l'ultima cosa che mi sarei aspettata di sentire. "Vuoi che dia la colpa a te?"

"Voglio che tu dica la verità" dice con freddezza. "E sì, questo significa dire a tutti che Rosa ti ha aiutata su mia richiesta."

"Lei non mi ha detto niente sul fatto che fosse una tua richiesta" dico, sempre più confusa. A quanto pare, la domestica di Esguerra è nei guai, e la moglie di Esguerra sta cercando di proteggerla ammettendo il proprio coinvolgimento. Solo che—

"Non importa quello che Rosa ha detto o non ha detto." Nora alza la voce. "Ti sto dicendo che Rosa ha agito seguendo i miei ordini, ed è questo che dirai, quando Lucas e Julian ti faranno domande al riguardo. Capito?"

"Altrimenti?" Sento la minaccia nel tono della ragazza, ma voglio vedere fino a che punto è disposta a spingersi. "Altrimenti cosa succederà, Signora Esguerra?"

"Altrimenti mi assicurerò personalmente che Julian scuoi le tue ossa fino all'ultimo pezzetto di carne." Mi rivolge un sorriso finto. "Anzi, posso farlo io stessa."

La fisso, cercando di ricordare quello che so della ragazza. È giovane—un paio d'anni più piccola di me, secondo il fascicolo di Esguerra—e ha recentemente sposato il trafficante d'armi. Prima di allora, è stata presumibilmente rapita da lui; c'è stata un'indagine dell'FBI che è durata più di un anno. Ma a prescindere dal suo background, mi sembra ovvio che ormai non sia molto diversa da suo marito.

Non sta facendo una minaccia vuota.

"Va bene" dico lentamente. "Supponiamo che sia stata tu a dire a Rosa di aiutarmi. Perché l'avresti fatto? Lucas vorrà saperlo."

"Capirà perché. Tutto quello che devi fare è dire la verità—tutta la verità, compreso il mio coinvolgimento."

Piego le labbra. "Va bene. E immagino che tutta la verità non includa la tua visita di oggi."

"Esatto." Non batte ciglio. "Non c'è motivo per cui Rosa debba pagare per le mie azioni. Sono certa che sei d'accordo con me su questo."

"Certo." Se la moglie di Esguerra vuole che il marito—notoriamente spietato—pensi che sia stata tutta una sua idea, non ho alcuna intenzione di ostacolarla—soprattutto dopo questa breve chiacchierata. "È tutto, o posso aiutarti con qualcos'altro?"

"È tutto" dice, poi si gira e comincia ad allontanarsi. Ma prima che io possa tirare un sospiro di sollievo, si ferma sulla soglia e mi guarda, girandosi. "Un'ultima cosa, Yulia..."

Sollevo le sopracciglia, in attesa.

"Da quello che ha detto Julian, Lucas sembrerebbe...stranamente innamorato di te." La sua voce è priva di emozioni. "Sei fortunata, visto quello che è accaduto."

Sta parlando del disastro aereo, mi rendo conto. La moglie di Esguerra naturalmente mi dà la colpa per questo. Se non altro, non sono riuscita a sedurre suo marito; ho la sensazione che se Nora sapesse che Esguerra era il mio primo incarico, mi sveglierei con la gola tagliata.

"Sono sicura che stessi solo facendo il tuo lavoro" continua, con lo stesso tono che non lascia trasparire emozioni. "Eseguendo gli ordini dei tuoi superiori."

Annuisco con circospezione. Non so cosa si aspetti che dica. Non sapevo che le mie informazioni sarebbero state utilizzate per abbattere l'aereo di suo marito, ma anche se lo avessi saputo non credo che avrei potuto cambiare le cose. Forse avrei cercato di impedire a Lucas di salire su quell'aereo, anche se allora era ancora uno sconosciuto per me, ma non avrei mosso un dito per salvare Esguerra. Non lo farei nemmeno ora.

Visto tutto quello che so di quell'uomo, il mondo sarebbe migliore senza di lui—e starebbe meglio anche sua moglie.

"Bene. Lucas ha detto questo a Julian" dice Nora. "Non era una questione personale, per così dire."

Annuisco di nuovo, sperando che arrivi presto al punto. La stanchezza persistente dovuta alla malattia mi sta facendo tremare le gambe, e sudo dallo sforzo di essere rimasta in piedi così a lungo. Non voglio mostrare la mia vulnerabilità davanti alla moglie di Esguerra, però. Sarebbe come scoprire la gola davanti a una piccola, ma pericolosa lupa.

"Va bene, Yulia. . ." Gli occhi della lupa brillano di una luce particolare. "Quello che sto cercando di dire è che, per il tuo bene, spero che ricambi i sentimenti di Lucas. Perché se mai dovesse ritirare la sua protezione. . ." Non completa la frase, ma capisco perfettamente.

Mio fratello non è l'unico che dovrebbe allontanarsi da questa tenuta.

"Capisco" riesco a dire con calma. "Qualcos'altro?"

Mi rivolge un sorriso tirato. "No. È tutto. Spero che tu guarisca presto."

Si gira e scompare oltre la porta, e io crollo nuovamente sulla poltrona, sfinita, come se avessi appena combattuto in una guerra.

35

Lucas

Impiego più tempo del previsto a recuperare il ritardo su tutto ciò che ho trascurato negli ultimi giorni e, quando torno a casa, sono quasi le sette e mezzo.

La prima cosa che faccio quando entro in casa è andare in biblioteca. Con mia grande sorpresa, Yulia non c'è.

"Lucas?" grida, e mi rendo conto che la sua voce proviene dalla cucina. Accigliato, mi dirigo lì.

"Che cosa stai facendo?" dico, quando la vedo portare due cucchiai al tavolo della cucina. Avvicinandomi a lei con due passi lunghi, le tolgo le posate dalla mano e le stringo il gomito. "Devi riposare."

"Sto bene" protesta, mentre l'avvicino al tavolo. "Davvero, Lucas, mi sento molto meglio. Mi ero stancata di stare seduta tutto il giorno e ho deciso di apparecchiare la tavola per cena."

"Dannazione." Tiro fuori la sua sedia. "Siediti, e me ne occuperò io. Il tuo unico compito adesso è quello di guarire, capito?"

Yulia mi rivolge uno sguardo esasperato, ma obbedisce. Per la prima volta dall'inizio della sua malattia, indossa vestiti normali—un paio di pantaloncini di jeans e un top—ma quell'abito striminzito non fa che sottolineare la gravità della sua perdita di peso. Il suo stomaco è concavo, e le braccia sono incredibilmente magre. Non so perché si stia dando così da fare, ma questo non mi piace.

"Non devi muovere un muscolo" dico, mentre lavo le mani e prendo due scodelle. Yulia deve aver già acceso il fornello per riscaldare lo stufato, perché quando controllo, noto che è a fuoco basso. Ne verso una generosa porzione ciascuno e porto le scodelle al tavolo. "Non voglio che tu abbia un'altra ricaduta" dico, sedendomi davanti a lei.

Annusa lo stufato, invece di rispondere. "L'hai fatto tu?" chiede, alzando la testa, e io annuisco, curioso di vedere cosa ne pensa. L'ho assaggiato prima e mi è piaciuto, anche se ho ancora molta strada da fare prima di poter competere con Yulia in fatto di cucina.

Affonda il cucchiaio e prova un po' del brodo che circonda le verdure. "È buono, Lucas" dice, e non riesco a trattenere un sorriso davanti alla sorpresa nella sua voce.

"Sono contento che ti piaccia" dico, scavando nella mia porzione. "Non è stato difficile farlo, quindi dovrei riuscire a ripetermi."

Yulia inizia a mangiare con evidente entusiasmo, e la guardo, felice di vederla soddisfatta dei miei sforzi. C'è qualcosa di stranamente eccitante nel vederla al mio tavolo della cucina, a mangiare il cibo che ho preparato con gli abiti che ho acquistato per lei. Non avrei mai pensato che un giorno mi sarei comportato come una specie di infermiere, non avrei mai pensato che un giorno mi sarei preso cura di qualcuno, ma questo è esattamente quello che voglio fare con lei. È particolarmente strano perché, a parte questa malattia, Yulia è una delle donne più capaci che io abbia mai conosciuto.

È silenziosa, mentre consumiamo in fretta lo stufato, e la lascio mangiare in pace, preoccupato che anche questo pasto possa essere troppo faticoso per lei. Quando abbiamo finito, ripulisco e preparo a Yulia una tazza del suo Earl Grey preferito.

"Come ti senti?" chiedo, quando lo poggio sul tavolo, e lei sorride, accarezzandosi la pancia piatta.

"Estremamente sazia. Lo stufato era delizioso. Grazie per averlo preparato."

"È stato un piacere." Sorrido, mentre soffoca uno sbadiglio, prima di sorseggiare il suo tè. "Hai sonno?"

"Solo coma da cibo, credo" dice, con un altro quasi-sbadiglio. "Non è possibile che io voglia ancora dormire. Dormo da una vita intera."

"Il tuo corpo ne aveva bisogno" dico, con il divertimento che svanisce al ricordo del suo stato quasi catatonico dopo l'aggressione di Kirill. "Ne hai passate tante."

Abbassa lo sguardo sulla tazza. "Sì, credo di sì."

"Yulia. . ." Mi siedo e mi allungo sul tavolo per coprirle la mano con la mia. "Che cos'è successo? Come sei finita con Kirill?"

Le sue esili dita si contraggono sotto il mio palmo, ma non alza lo sguardo.

"Yulia." Le stringo leggermente la mano. "Guardami."

Incrocia il mio sguardo, a malincuore.

"Hai altri fratelli che mi stavi nascondendo?"

Scuote la testa.

"Qualcun altro che stai cercando di proteggere?"

Sbatte le palpebre. "No."

"Allora, dimmi cos'è successo. Perché eri in quella cella? Credevano che stessi facendo il doppio gioco?"

"È... È... È complicato, Lucas." Le sue labbra tremano per un secondo, prima che le chiuda.

"Capisco." Mi alzo e cammino intorno al tavolo. Yulia mi rivolge uno sguardo di sorpresa, quando la alzo in piedi, ma semplicemente la prendo e la porto nel soggiorno, cullandola sul mio petto.

"Che cosa stai facendo?" chiede, quando mi siedo sul divano, tenendola sulle ginocchia. È incredibilmente leggera tra le mie braccia, fragile com'era dopo il periodo passato nella prigione russa.

"Mi sto mettendo comodo, in modo che tu possa raccontarmi la tua complicata storia" dico, sistemandola meglio sul mio grembo. Nonostante la perdita di peso, il suo sedere è morbido e sodo, e i suoi capelli hanno un profumo dolce, come quello delle pesche mescolate alla vaniglia. Il mio corpo reagisce immediatamente, ma ignoro il picco di desiderio. Tenendole un braccio intorno la schiena, le infilo una ciocca di capelli dietro l'orecchio con la mano libera e dico a bassa voce: "Parlami, tesoro. Non farò del male né a te, né a tuo fratello, te lo giuro."

Yulia mi guarda per qualche istante, e so che sta cercando di capire quanto si fidi di me. Aspetto con pazienza, e, alla fine, mormora: "Da dove vuoi che cominci?"

"Dall'inizio? Parlami di Michael. Quando siete stati reclutati dall'agenzia?"

Yulia fa un respiro profondo e si lancia nella sua storia. Ascolto, con il petto che mi fa male, quando mi racconta di una bambina di dieci anni lasciata a badare al fratello di due anni dai genitori, durante una gelida notte d'inverno, dei genitori che non tornarono mai più, della visita della polizia la mattina seguente e degli orrori dell'orfanotrofio che ne seguirono.

"Nessuno mi prestava molta attenzione—come ti ho detto, ero magra e goffa a quell'età, un vero e proprio brutto anatroccolo. Ma Misha era bello" dice con voce roca. "Avrebbe potuto recitare in una pubblicità di prodotti per bambini. E non ero l'unica a pensarla così. La direttrice continuava a portarlo nel suo ufficio, e vedevo entrare uomini, uomini ogni volta diversi. Non so cosa gli facevano, ma c'erano dei lividi sul suo corpo, e di tanto in tanto anche del sangue. E lui non smetteva di piangere per giorni dopo questi episodi. Io cercavo di segnalare gli abusi, ma non mi ascoltava nessuno. Il Paese era allo sbando—lo è ancora—e nessuno si preoccupava degli orfani. Eravamo solo d'intralcio, e questo era tutto ciò che contava." I suoi occhi brillano visibilmente quando dice: "Avrei fatto qualsiasi cosa per tirare Misha fuori di lì. Qualsiasi cosa."

La furia mi pulsa nel cranio, ma taccio e continuo ad ascoltare, mentre Yulia mi racconta della visita di un uomo ben vestito, i cui freddi occhi color nocciola la spaventavano, dandole speranza al tempo stesso.

"Vasiliy Obenko mi offrì un contratto, e io accettati" dice. "Era l'unico modo per poter salvare Misha. Era in orfanotrofio da meno di un anno, ed era già un disastro: urlava, piangeva, disobbediva ai suoi insegnanti... Anche se fosse capitata una buona famiglia, nessuno avrebbe mai adottato un bambino con quei problemi comportamentali, per quanto potesse essere bello. Ero così disperata che pensai di prendere Misha e scappare, ma saremmo morti di fame per strada o peggio. Il mondo non è buono con i bambini senza casa." Fa un respiro, e le accarezzo la schiena, cercando di impedire alle mie mani di tremare dalla rabbia.

Andrò a trovare la direttrice di quell'orfanotrofio, e quella troia sfruttatrice di bambini la pagherà.

"Quindi sì" continua Yulia un attimo dopo. "Quando Obenko venne a reclutarmi, promettendomi che sua sorella e il marito avrebbero adottato Misha offrendogli una buona casa, colsi l'occasione al volo. Sapevo che c'era la possibilità che stessi facendo un patto con il diavolo, ma non mi importava. Volevo solo che Misha avesse l'opportunità di una vita migliore."

Naturalmente. Questo spiega tutto, cazzo: la sua bizzarra fedeltà a un'organizzazione che ha abusato di lei, la sua disponibilità a svolgere "incarichi" dopo quello che era successo con Kirill. Non si è mai trattato di patriottismo; ha sempre fatto tutto per suo fratello.

"E Obenko ha tenuto fede al suo patto?" Il mio tono è relativamente calmo.

"Più o meno—beh, non lo so." Si morde il labbro. "Sto ancora cercando di distinguere la verità dalle bugie. Misha avrebbe dovuto avere una vita normale, e sembra che l'abbia avuta, almeno fino a un paio di anni fa. I suoi genitori adottivi non hanno nulla a che fare con l'agenzia; la sorella di Obenko è un'infermiera, e suo marito è un ingegnere elettronico. Parte del patto consisteva nel tenermi lontana da Misha e dalla sua nuova famiglia, così lo vedevo solo nelle foto. Non sapevo che mio fratello fosse stato reclutato dall'UUR, fin quando non ho seguito Obenko in un magazzino alla periferia di Kiev e ho visto Misha lì, che veniva addestrato da Kirill insieme ad altri ragazzi."

"Il Kirill che credevi fosse morto?" La mia rabbia si intensifica, mentre immagino la sua reazione per quel doppio colpo—per un tradimento così crudele che non riesco a comprendere nemmeno io.

Yulia annuisce, con il suo sguardo che si indurisce, mentre mi racconta della cattura e del successivo interrogatorio da parte della sua agenzia. "Credevano che lavorassi per te, sai" dice. "Che li avessi *traditi*."

"Non capisco una cosa." Faccio scivolare la mano sotto i suoi capelli e l'appoggio sulla sua nuca, riuscendo a mantenere la mia ira sotto controllo. "Che cosa ti ha spinta a seguire Obenko in quel magazzino? Sospettavi qualcosa?"

"No, nient'affatto." I suoi occhi azzurri si rabbuiano. "Ho cominciato a seguire Obenko nella speranza che forse mi avrebbe condotta dalla famiglia di sua sorella—da mio fratello. Volevo vedere Misha solo un'ultima volta prima di—" Si ferma, affondando i denti nel labbro inferiore.

"Prima di cosa?"

Yulia non risponde.

"Prima di cosa, bellissima?"

"Prima di partire per un altro incarico" sussurra, sbattendo le palpebre in fretta.

Le sue parole mi riempiono di una gelosia così violenta che per poco non perdo il controllo quando aggiunge, quasi impercettibilmente: "E di scomparire per sempre."

"Che cosa?" Stringo la mano sulla parte posteriore del suo collo. "Che cazzo vuoi dire con questo?"

Fa una smorfia, e allento la presa, massaggiando la zona di cui ho appena abusato. Continua a non dire niente, tuttavia, e i secondi passano, facendo aumentare la mia furia.

"Yulia. . ." Solo il ricordo di quello che è successo l'ultima volta in cui ho lasciato che la gelosia mi rendesse cieco mi impedisce di esplodere. "Che cazzo vuoi dire con questo?"

"Niente. Volevo solo—" Chiude gli occhi per un secondo, prima di riaprirli per incrociare il mio sguardo. "Volevo solo andarmene, va bene?" Le trema la voce. "Non ne potevo più, non potevo svolgere un altro incarico per loro. Volevo utilizzare i biglietti aerei e le carte di identità che mi avevano dato per scomparire e ricominciare da un'altra parte."

"Davvero?" Abbasso la mano sulla sua schiena, quando un po' della mia rabbia si placa. "Perché? Perché dopo tutti quegli anni?"

Dà una piccola scrollata di spalle e guarda verso il basso, evitando i miei occhi. "Ho pensato che mio fratello fosse al sicuro, a quel punto—che i suoi genitori adottivi non lo avrebbero rimesso in orfanotrofio dopo undici anni."

"Sono certo che non ce l'avrebbero rimesso nemmeno dopo cinque anni." Le prendo il mento per costringerla a guardarmi. Sento il suo disagio nel parlare di quest'argomento, e sono ancora più determinato a fare chiarezza su questo mistero. "Non sapevi ancora di Kirill e di tuo fratello. Quindi, perché hai deciso di scappare?"

Resta in silenzio.

"Yulia. . ." Mi chino in avanti fin quando i nostri occhi quasi si toccano. Il suo dolce profumo è inebriante. Lo respiro, sentendomi come se fossi sul punto di perdere il controllo. Il cuore mi batte forte nel petto, e quando parlo, le parole escono dure e arrabbiate. "Perché hai deciso di scappare, bellissima? Che cos'era cambiato?"

Socchiude le labbra mentre mi fissa, e la tentazione di baciarla, di assaporare la rosa morbidezza della sua bocca seducente è insopportabile. Sono troppo preso da lei. Il rapido ritmo irregolare del suo respiro, il calore della sua pelle morbida e liscia, il modo in cui le sue lunghe ciglia marroni si aggrovigliano negli angoli più remoti degli occhi—tutto questo mi attira, intensificando la brama che mi brucia nelle vene. Solo la convinzione che devo avere questa risposta—che si tratta di qualcosa di veramente importante—mi impedisce di cedere al desiderio.

"Dimmi, piccola" sussurro, spostando la mano per accarezzarle la guancia. "Perché non potevi più farlo?"

Il respiro di Yulia si inceppa, e i suoi occhi si riempiono di lacrime, mentre spinge sulle mie spalle, cercando di divincolarsi. La sua angoscia è tale che quasi la lascio andare, ma l'istinto non me lo permette.

"Shh" la calmo, stringendo nuovamente il braccio intorno a lei per tenerla ferma. "Va tutto bene. Dimmi, tesoro. Dimmi perché volevi partire."

"Lucas, per favore. . ." Le sue lacrime sgorgano, rigandole le guance, mentre smette di spingere su di me. "Ti prego, non farlo."

"Non fare cosa?" Mi sento come se stessi tormentando una gattina indifesa, ma non riesco a smettere. Avvicinandomi, asciugo con un bacio l'umidità salata sulle sue guance e mormoro: "Non chiedere? Perché no? Perché non vuoi dirmelo? Che cosa stai nascondendo?"

Yulia chiude gli occhi, e strofino le labbra sulle sue palpebre tremanti. "Dai, tesoro" sussurro, insistendo. "Dimmelo. Che cos'era cambiato per te? Perché non volevi farlo?"

"Perché non potevo." Aprendo gli occhi, mi guarda, di nuovo in lacrime. "Non potevo più farlo, va bene?"

"Perché?"

Cerca di dimenarsi, ma le stringo di nuovo il braccio, tenendola ferma.

"Perché, Yulia?" continuo. "Dimmelo."

"Perché mi ero innamorata di te!" Con una forza sconvolgente, spinge sul mio petto, e sono così stordito che allento la presa. Lo slancio la spinge all'indietro, facendola quasi cadere, ma prima che io possa afferrarla riacquista l'equilibrio e corre in camera da letto, sbattendo la porta dietro di sé.

yulia

*D*ura! *Idiotka! Imbecile! Debilka!*

Singhiozzando, spingo una sedia contro la porta della camera, incuneando la parte posteriore sotto la maniglia per tenerla ferma. Mi tremano le braccia per gli sforzi eccessivi e l'adrenalina, e il rimorso è come un martello pneumatico che mi batte forte nel cranio. Come ho potuto essere così stupida? Come ho potuto confessare *nuovamente* i miei sentimenti per Lucas? L'ultima volta, almeno, credevo che stessi sognando, ma oggi non ho nessuna scusa.

Pienamente sveglia e cosciente, ho ceduto all'inesorabile tenerezza di Lucas, arrendendomi alle sue spietate richieste.

"Yulia!" La maniglia scricchiola mentre lui spinge contro la porta. "Che cazzo stai facendo? Fammi entrare."

Con il petto ansante, mi allontano dalla porta, premendo il pugno sulla bocca per soffocare i singhiozzi.

Perché l'ho fatto di nuovo? Sono una masochista? So cosa sono per lui: un giocattolo erotico, qualcuno che vuole avere e possedere. Se avevo dei dubbi su questo, i localizzatori li hanno scacciati. Quello che ha fatto è un gesto simile a quello di mettere il guinzaglio di un cane a un essere umano, e nessuna premura può compensare la sua intenzione di tenermi prigioniera fin quando non si stancherà di me.

L'amore e la prigionia non si mescolano—per la maggior parte delle persone sane di mente, almeno.

"Yulia." Lucas sbatte il pugno sulla porta. "Fammi entrare, cazzo!" Scalcia, e la sedia fa un cigolio scricchiolante, quando si sposta di un paio di centimetri sul tappeto, lasciando la porta aperta di uno spiraglio.

Lancio uno sguardo disperato alla stanza. Non so cosa sto cercando, ma non c'è niente, così continuo a indietreggiare, mentre Lucas inizia a prendere a calci la porta sul serio. Lo spiraglio si allarga ad ogni colpo violento, e proprio quando le mie gambe tremanti toccano il letto dietro di me, la sedia cede e la porta si apre.

"Lucas, io—" Non so bene cosa dire, ma non mi permette di farlo. Prima che io possa riordinare i pensieri confusi, è su di me, e il mio mondo si capovolge, mentre mi butto sul letto. Atterra su di me, e in un batter d'occhio, mi afferra i polsi, allungandomi le braccia sopra la testa. I suoi occhi chiari mi penetrano, mentre mi spinge contro il materasso, con il corpo muscoloso caldo e pesante su di me. È già eccitato—posso sentire il duro rigonfiamento nei suoi jeans—e so che c'è un solo modo in cui questa serata si concluderà.

La mia tregua dovuta all'influenza è finita.

Mi stringe le mani intorno ai polsi, e un'ansia oscura mi consuma, unendosi alla perversa eccitazione. Sono consapevole della forza del mio rapitore, della potenza del suo grande corpo maschile. Quando Kirill era stato sopra di me in questo modo, tutto quello che avevo provato era il terrore, il disgusto, ma con Lucas è infinitamente più complicato. Sotto la paura istintiva e la diffidenza, c'è una potente attrazione animalesca mescolata a un desiderio più profondo, una brama di connessione che non ha senso nel caso di due come noi.

Mi sono innamorata di un uomo che ha tutte le ragioni per disprezzarmi—un uomo che mi spaventa da morire.

"Yulia. . ." mormora, fissandomi, e faccio un respiro tremante, sentendomi come se non riuscissi a prendere aria a sufficienza. Mi sento divisa in due: una parte di me vorrebbe correre e nascondersi, fingere che questo non stia accadendo, ma un'altra parte, la parte più debole, vorrebbe nuovamente arrendersi a lui, dirgli cosa significa per me e pregarlo di tenermi per sempre.

Supplicarlo di amarmi come io amo lui—come lo amerò per sempre.

"Yulia, tesoro. . ." Il suo sguardo si addolcisce, e mi rendo conto che sto di nuovo piangendo, tremando per i singhiozzi ansimanti. "Calmati, tesoro, va tutto bene. . . Andrà tutto bene."

Ma non riesco a smettere di piangere—nemmeno quando mi bacia, strofinandomi le labbra con la lingua, e quando mi libera i polsi e mi fa sdraiare per togliermi i vestiti. Non riesco a smettere di piangere perché si sbaglia.

Non andrà tutto bene. Non c'è futuro per noi, nessuna speranza per qualcosa di simile a una vita normale. Lui è il braccio destro di un trafficante d'armi, un uomo privo di coscienza, e io sono la sua prigioniera.

Non c'è mai un lieto fine per quelli come noi.

Il dolore di quella consapevolezza è così intenso che me ne accorgo appena, quando Lucas mi strappa il perizoma e sale sopra di me, dopo essersi spogliato. Mi si stringe il petto, e ho la vista appannata dalle lacrime. È solo quando si sistema tra le mie gambe, con le sue potenti cosce che aprono le mie, che la sua parte bestiale riaffiora, con il mio corpo che reagisce a lui nonostante l'angoscia. La punta del suo cazzo indugia sulle mie pieghe bagnate, ma, invece di spingere, resta lì, appoggiato sui gomiti, mentre mi culla il viso nei suoi grandi palmi.

"Yulia. . ." I suoi occhi bruciano per una fame oscura, con la pelle abbronzata dal sole tesa sui suoi zigomi pronunciati. "Sei mia" dice, con voce bassa e gutturale. "Niente e nessuno ti porterà via da me. Niente più bugie, niente più tentativi di fuga, niente più nascondigli. Mi prenderò cura di te e ti proteggerò. Lo stesso vale per tuo fratello, hai capito?"

Riesco a fare un leggero cenno con il capo, agitando le mani lungo i suoi fianchi. Il suo corpo duro vibra come una corda, contraendo i muscoli come se volesse combattere, e mi rendo conto che sta cercando di controllarsi. Se fosse stata un'altra notte, sarebbe già dentro di me, ma sta cercando di trattenersi, di essere delicato dopo la mia recente malattia.

Qualcosa di questo mi fa sciogliere il nodo stretto che ho nel petto, scacciando il panico che provavo. Forse non sono solo un giocattolo per lui.

Non si tratterrebbe, se non gli importasse.

"Va tutto bene, Lucas" sussurro, sbattendo le palpebre per asciugare le lacrime. Visto quello che mi sta promettendo, lasciare che abbia il mio corpo è il minimo che io possa fare. "Sto bene."

Le sue pupille si dilatano, oscurando i suoi occhi grigio-azzurri, e poi abbassa la testa, catturando le mie labbra per un profondo bacio selvaggio. Mi infila la lingua in bocca, con fare dolce e conquistatore al tempo stesso, e la parte inferiore del mio ventre si stringe, sentendo la pressione insistente del suo cazzo. Il calore si intensifica dentro di me, concentrandosi tra le gambe, ma riaffiora anche un accenno di panico. Nonostante le mie rassicurazioni, non sono affatto pronta per questo—emotivamente, almeno.

Il sesso con il mio rapitore non è mai casuale e facile.

Ma è troppo tardi per dar voce alle mie esitazioni. Le labbra e la lingua di Lucas mi divorano, togliendomi il fiato, e una delle sue mani si sposta verso il basso, soffermandosi sul seno prima di scendere fino a toccarmi il sesso. Le sue dita trovano il mio clitoride, e ci giocano, fin quando non sono tutta bagnata e palpitante, e poi afferra il suo cazzo e lo guida sul mio ingresso, sollevando la testa per guardarmi.

I suoi occhi brillano mentre sorregge il mio sguardo, e sospiriamo entrambi, quando la grossa punta del suo cazzo entra, dilatandomi la carne stretta. Avevo dimenticato quanto fosse spesso, quanto fosse grosso. Nonostante l'eccitazione, i miei muscoli interni devono adattarsi alla sensazione di Lucas dentro di me, e il mio respiro si fa più rapido, quando spinge più in profondità, con una penetrazione lenta e controllata, ma inesorabile. Quando è entrato fino in fondo, si ferma, continuando a sorreggersi sopra di me, e vedo delle goccioline di sudore sulla sua fronte. Sta ancora cercando di controllarsi, di essere delicato, per quanto uno come lui possa esserlo.

"Ti amo" sussurro, non riuscendo a trattenere quelle parole. In questo momento, non ha importanza che potrebbe non ricambiare i miei sentimenti, che le probabilità sono contro di noi. "Ti amo, Lucas, tantissimo."

Il suo sguardo si riempie di un calore vulcanico, con i suoi potenti muscoli che si contraggono ancora di più, e vedo il suo ultimo residuo di autocontrollo andare in frantumi. "Yulia" geme, e poi lo tira fuori e lo rimette dentro, spingendo così forte da farmi uscire l'aria dal polmoni. Avrebbe dovuto essere troppo, troppo intenso, ma in qualche modo è giusto, e avvolgo le gambe e le braccia intorno a lui, stringendolo, mentre comincia a martellare dentro di me, prendendomi con ferale intensità.

"Lucas. . ." Il suo nome mi esce con un forte gemito, man mano che il calore dentro di me cresce, trasformandosi in una tensione insopportabile. "Oh Dio, Lucas. . ." Ogni muscolo del mio corpo vibra dal piacere agonizzante, con il battito del mio cuore che mi martella nelle orecchie. Quel momento sembra non finire mai, e poi raggiungo l'apice con una violenza sorprendente, mentre i muscoli stringono la sua asta, con ogni terminazione nervosa del mio corpo che esplode dalle sensazioni.

Lucas abbassa la testa, inghiottendo il mio grido con la sua bocca, e continua a spingere dentro di me, facendomi raggiungere l'orgasmo. Mi scopa come un uomo posseduto, facendo scivolare la mano tra i miei capelli per tenermi ferma durante il suo bacio vorace, e sento un altro orgasmo in arrivo, con ogni spietato colpo del suo cazzo che mi porta più vicina al limite. Ma prima che io possa andare oltre, si ferma e alza la testa per guardarmi.

"Ripetilo" dice, fissandomi. La sua pelle brilla di sudore, con il petto ansante per i respiri duri e il suo cazzo che palpita dentro di me. "Dimmi che mi ami."

"Ti amo" ansimo, sollevando i fianchi in un disperato tentativo di raggiungere il culmine. "Ti prego, Lucas, ti amo!"

Fa un respiro sonoro, e lo sento gonfiarsi dentro di me, diventando sempre più spesso e duro, mentre spinge un'ultima volta prima di piegare la testa all'indietro con un gemito selvaggio. Il suo cazzo scatta dentro di me, con il seme che sgorga con diverse fuoriuscite calde, e poi agita i fianchi con un movimento circolare, sbattendo il bacino contro il mio sesso. Con mia sorpresa, i suoi movimenti mi spingono al limite, e grido, scavando con le unghie nella sua schiena, con un'ondata devastante di piacere che mi attraversa ancora una volta, lasciandomi debole e tremante.

"Cazzo, piccola" geme Lucas, e sento il suo cazzo che freme un'ultima volta prima di uscire da me. Come me, è madido di sudore e il suo respiro è affannoso, ma in qualche modo trova la forza per tirarmi a sé, abbracciandomi da dietro.

Man mano che il battito del mio cuore rallenta e la beatitudine post-orgasmica comincia ad attenuarsi, chiudo gli occhi, cercando di non pensare a quello che ho fatto.

Cercando di ignorare il terrificante potere che Lucas ha su di me.

lucas

Quando il mio respiro rallenta e i muscoli cominciano a obbedire alle mie istruzioni, mi alzo e porto Yulia al bagno per un veloce risciacquo. È silenziosa e calma, ma tutta tremante mentre la lavo, e mi rendo conto di aver esagerato, di averla presa troppo duramente e troppo presto. Avrei dovuto concederle almeno un altro paio di giorni per riacquistare le forze; invece, l'ho aggredita come un cavernicolo, senza tenere conto della sua fragilità.

Il rimorso mi corrode, mescolandosi alla preoccupazione per la sua salute, ma sotto la pesante pressione della colpa c'è un bagliore di calda e oscura soddisfazione. A parte i residui dello straordinario piacere, a parte il sollievo fisico del sesso, provo una sensazione che mi riscalda dall'interno verso l'esterno, facendomi sentire come se fossi in capo al mondo.

Yulia mi ama. Non ne dubito più ormai. Ama *me*, non un fantasma dei sogni o un amante creato dalla mia mente.

È ridicolo, ma mi sento come se avessi vinto a una lotteria del cazzo.

Quando siamo entrambi puliti, aiuto Yulia ad uscire dalla doccia e l'asciugo prima di prenderla in braccio. Prendermi cura di lei in questo modo mi sembra la cosa più naturale ora, e quella bruciante sensazione si intensifica quando mi avvolge le braccia attorno al collo e poggia fiduciosamente la testa sulla mia spalla, mentre la riporto nella camera da letto.

"Come ti senti?" chiedo, fermandomi accanto al letto. Chinandomi, la sistemo delicatamente sulle lenzuola e chiarisco: "Non ti ho fatto male, vero?"

"No" sussurra Yulia, chiudendo gli occhi. Sembra esausta, e quella preoccupazione riaffiora. E se questo le provocasse una ricaduta? Avrei dovuto trattenermi, avrei dovuto controllarmi. Dannazione, avrei dovuto aspettare la sua completa guarigione per ottenere risposte, invece di cedere all'impazienza.

Scacciando il senso di colpa, spengo la luce e salgo sul letto accanto a lei, tirandola tra le mie braccia. La sensazione delle sue curve sode mi eccita di nuovo, ma questa volta riesco a ignorare la reazione del mio corpo.

"Buonanotte, bellissima" sussurro, abbassandomi per tirare la coperta sopra di noi. "Dormi bene."

Nel giro di un minuto, il respiro di Yulia assume il ritmo costante del sonno, e io chiudo gli occhi, con quella sensazione che ritorna, mentre la stringo.

Mi ama ed è mia.

La vita non potrebbe andare meglio.

Con mio grande sollievo, la mattina seguente Yulia si sveglia senza segni di ricadute. Sto in cucina a preparare la colazione, quando entra, indossando un paio di pantaloncini e una T-shirt, con i capelli pettinati e gli occhi luminosi e attenti.

"Ciao" dice a bassa voce, fermandosi sulla soglia. Un delicato rossore appare sulle sue guance, quando mi guarda. "Sei a casa oggi?"

"Solo per un po'" dico, sorridendole. "Come ti senti?"

"Sto bene." Ricambia un sorriso incerto. "Ho solo un po' di appetito."

"Bene. La frittata è quasi pronta."

"Vuoi una mano?" chiede, raggiungendo i fornelli. "Posso—"

"Grazie, ma ho già fatto tutto io." La allontano. "Se vuoi, puoi preparare un tè per entrambi, mentre metto la frittata nei piatti."

Yulia fa come le ho suggerito, e cinque minuti dopo, ci sediamo per mangiare.

"Voglio vedere Misha oggi" dice, dopo aver consumato la metà della sua porzione a tempo di record. "Visto che sto bene."

"Sono sicuro che si possa fare" dico. "Chiederò a Diego di portarlo qui nel pomeriggio." Sono ancora arrabbiato con quel bulletto per averla turbata l'altro giorno, ma so che non posso impedirle di stare lontana da lui—non dopo quello che mi ha detto la notte scorsa.

Yulia mette giù la forchetta, con espressione indecifrabile. "Lucas. . ." Si allunga per strofinare le dita sulla parte posteriore del suo collo. "Sono ancora una prigioniera in questa casa, anche con i localizzatori?"

Corrugo la fronte. "No." Avevo già deciso ci concederle la libertà di muoversi nella tenuta, una volta averle impiantato i dispositivi. "Te l'ho già detto."

"Allora, perché Diego deve portare mio fratello qui? Non posso andare a trovarlo da sola?"

Esito, guardandola. Anche se, in teoria, mi piace l'idea di concedere a Yulia un po' di indipendenza, ora che è giunto il momento, mi sento a disagio al pensiero di lasciarla vagare nella tenuta da sola.

"Puoi farlo" dico alla fine. "Ma non oggi. Devo prima presentarti ad altre persone qui. Devono sapere chi sei e che cosa signifíchi per me."

"A causa del mio coinvolgimento nello schianto" dice, e io annuisco, sollevato che capisca. Anche se una parte del mio disagio deriva dall'irrazionale possessività, ho buone ragioni per essere prudente.

Le guardie che sono morte nell'incidente aereo avevano famiglia e amici, alcuni dei quali risiedono nella tenuta. E sebbene Esguerra ed io abbiamo fatto del nostro meglio per tenere sotto silenzio i dettagli dello schianto, so che girano voci sul coinvolgimento di Yulia.

Fin quando non avrò reso pubblico che è mia, non è al sicuro da sola.

"E mio fratello?" chiede, prendendo la tazza di tè, e noto che ha smesso di mangiare, con i suoi occhi azzurri concentrati su di me. "È in pericolo?"

"No" la rassicuro. "Diego o Eduardo sono con lui in ogni momento."

"Quindi, è *prigioniero*?"

Sospiro. "Yulia, tuo fratello è. . . beh, è una situazione complicata. Non appena ci saremo assicurati che non spari o non provi a scappare, concederemo più libertà anche a lui, va bene? Ci vorrà solo un po' di tempo."

Beve qualche sorso di tè e ricomincia a mangiare, ma vedo un piccolo cipiglio sulla sua fronte. È preoccupata per Michael—il fratello che non sembra apprezzare i sacrifici che ha fatto per lui.

"Di cosa stavate discutendo voi due?" chiedo, quando abbiamo finito il nostro cibo. "Tuo fratello sembrava arrabbiato con te."

Yulia finisce il suo tè, poi dice con calma: "È confuso. Obenko gli ha raccontato un sacco di bugie su di me quando lo ha reclutato, ed era suo zio, quindi. . ." Si stringe nelle spalle, come se non importasse, ma vedo un accenno di dolore nei suoi occhi.

Il tradimento dell'UUR le fa più male di quanto pensassi.

"Quindi, Michael non sa cos'hai fatto per lui?" Stringo la mano intorno alla tazza, immaginando tutte le cose che ho intenzione di fare agli ex colleghi di Yulia.

"Non credo, ma non importa." Abbozza un sorriso. "Misha è qui ora, quindi ho solo bisogno di parlare con lui e di spiegargli come stanno davvero le cose."

"Va bene" dico, prendendo una decisione. La rabbia mi batte nel petto, ma tengo la voce ferma, quando dico: "Andiamo. Ti porto da lui."

Yulia sgrana gli occhi. "Adesso? Non devi lavorare?"

"Il lavoro può aspettare." Mettendo giù la tazza, mi alzo e cammino intorno al tavolo. "Ti va di fare una passeggiata?"

Salta subito in piedi. "Certo" dice, raggiante. "Andiamo."

Lasciamo la casa attraverso la porta d'ingresso. Quando siamo fuori, prendo la mano di Yulia, stringendole leggermente le dita, e lei mi guarda in modo ironico.

"Non ho intenzione di scappare, lo sai" dice, e io sorrido, con la rabbia che svanisce.

"Non lo sto facendo per impedirti di scappare" dico, stringendo la presa sulla sua mano. Yulia è mia ora, e nessuno le farà più del male—non facendola franca, per lo meno.

"Ah." Si guarda intorno, osservando le guardie e gli altri passanti, molti dei quali ci fissano. "Quindi, è una cosa strategica?"

"In parte." Sto stringendo la mano di Yulia perché ne ho voglia, ma far capire il nostro rapporto agli altri è sicuramente un vantaggio, tanto più che alcune guardie indugiano sulle sue gambe lunghe e snelle con evidente apprezzamento.

Li guardo storto, e distolgono subito lo sguardo.

Figli di puttana.

Yulia mi guarda e si avvicina, stringendosi al mio fianco mentre camminiamo. Le rivolgo un cenno di approvazione. È intelligente che accetti pubblicamente la mia protezione. Non appena tutti nella tenuta sapranno che è mia, sarà al sicuro.

Superiamo le caserme delle guardie, e Yulia mi guarda di nuovo. "Dove stiamo andando?" chiede. "Credevo che Michael stesse qui."

"È così, ma Diego mi ha detto che sta al campo di allenamento con lui questa mattina. È lì che stiamo andando."

"Oh, capisco." Yulia è silenziosa, mentre superiamo un gruppetto di guardie. Non appena siamo fuori dalla portata d'orecchio, rallenta e gira la testa per guardarmi. "Lucas. . ." dice con calma. "C'è una cosa che vorrei chiederti."

"Che cosa?"

"Quando siamo tornati, il Dottor Goldberg ha accennato a un tuo recente ferimento. Che cos'è successo? C'è stato qualche problema durante il viaggio?"

"Qualche problema?" Con la mano libera, mi tocco distrattamente le costole, che mi fanno sempre meno male, ogni giorno che passa. "Sì, diciamo di sì." E mentre camminiamo, informo Yulia sugli eventi accaduti a Chicago, sull'aggressione nella discoteca che ha subito Rosa e sulla caccia e le sue conseguenze. Cerco di sorvolare sui dettagli più raccapriccianti, ma nonostante questo, quando ho finito, Yulia è bianca come un fantasma, con la sua mano gelida nella mia.

"Hai rischiato di morire" sussurra con orrore. "E Rosa. . . Oh Dio, povera Rosa. . ."

"Sì, a proposito di questo. . ." Non siamo lontani dal campo di allenamento, così mi fermo e mi giro per affrontare Yulia. "Perché non mi parli di Rosa? Voglio sapere come ti ha aiutata a fuggire."

La mano di Yulia si irrigidisce nella mia, prima di rilassarsi un'altra volta. "Che cosa vuoi dire?" chiede, sollevando le sopracciglia in un'apparente confusione. La sua espressione è la perfetta imitazione della sincera stupidità; se non avessi sentito la contrazione della sua mano, non avrei capito che la mia domanda l'ha fatta esitare per un attimo. "Lei non—"

"Niente più bugie, ricordi?" la interrompo. "Abbiamo stretto un patto."

Yulia si lecca le labbra. "Lucas, io. . ."

"Non la tradirai, se è questo che ti preoccupa" dico, lasciandole la mano. Mi avvicino e la afferro per il mento, piegandole la testa fino a costringerla a incontrare il mio sguardo. "Sappiamo cos'ha fatto Rosa, e abbiamo il video per dimostrarlo."

"Davvero?" La gola di Yulia si stringe. "Avete—Sta bene?"

"Per ora." Lascio cadere la mano, ma non aggiungo altro. "Ora, dimmi esattamente cos'è successo. Come hai fatto a fuggire?"

Mi fissa, e mi rendo conto che non sa se credermi o meno per quanto riguarda il video. Alla fine, dice piano: "Il giorno prima della tua partenza, Rosa è venuta da me e mi ha dato una lametta e un fermaglio per capelli. Mi ha anche parlato un po' degli orari delle guardie, compreso il fatto che quelle della Torre Nord Numero Due giocano a poker il giovedì pomeriggio."

"Capisco." Questo spiega come mai Yulia si trovasse davanti a quella torre in quel momento esatto. "E perché ti ha aiutata? È stata contattata dalla tua agenzia?"

"No, certo che no." Yulia sembra sorpresa. "Come avrebbero potuto?"

"Non lo so. Ma, allora, perché l'avrebbe fatto?"

Yulia esita ancora, poi dice lentamente: "È stato strano. Si comportava come se non le piacessi, quindi non capivo in un primo momento, ma poi. . ."

"Poi, cosa?" insisto, quando non continua.

"Poi, ha accennato qualcosa riguardo a Nora" dice, fissandomi con gli occhi grandi e impassibili. "A quanto pare, era stata lei a chiederle di farlo. Rosa non ha voluto dirmi perché, però."

Beh, cazzo. Ho voglia di prendere a pugni qualcuno.

La moglie di Esguerra non ha mentito, dopotutto.

"Sai perché questa *Nora* mi ha aiutata?" chiede Yulia, e mi accorgo di essere rimasto zitto, carico di rabbia silenziosa. "È la moglie di Esguerra, no?"

"Sì" dico, cupo, riprendendo a camminare. "Purtroppo, sì."

Se non lo fosse, sarebbe già morta. Ma visto come stanno le cose, a meno che Esguerra non decida di punire Nora, lei è intoccabile, e se Rosa ha agito seguendo i suoi ordini, potrebbe esserlo anche la domestica.

yulia

Quando riprendiamo a camminare verso il campo di allenamento, lancio un'occhiata furtiva a Lucas, cercando di capire se ha creduto alla mia storia. Finora, sembrerebbe di sì. La sua mascella quadrata è tesa dalla rabbia, e la bocca forma una linea dura e sottile. Sembra essere sul punto di uccidere qualcuno e, con mia grande sorpresa, provo un leggero senso di colpa per avergli mentito su Nora.

È come se stessi tradendo la sua fiducia.

No. Mi scrollo di dosso quella ridicola sensazione. Non c'è mai stata fiducia tra noi. Desiderio sì, e anche qualche tenerezza di troppo, ma non fiducia. Non sarò più ammanettata, ma con i localizzatori nel corpo sono ancora la prigioniera di Lucas, ed essermi innamorata di lui non mi ha reso cieca. So che genere di uomo è e di cosa è capace. Se Lucas sapesse che Nora mi ha detto di coinvolgerla nella mia fuga, è altamente probabile che la domestica verrebbe uccisa—e credo che sia questo il motivo per cui la moglie di Esguerra ha fatto ricadere la colpa su di sé. *Se* ha fatto davvero ricadere la colpa su di sé, voglio dire. È possibile che la minuta ragazza mi abbia semplicemente detto la verità, e in questo caso, non avrei mentito a Lucas. Non ho menzionato la visita di Nora, ma non è questo il punto.

Inoltre, quando penso a quello che è successo a Rosa, mi sento male. So come ci si sente. L'ultima cosa che voglio è che soffra ancora di più.

Per fortuna, mentre camminiamo, la rabbia di Lucas sembra svanire, e man mano che ci avviciniamo a un grande campo erboso, sembra averla lasciata completamente alle spalle.

"È questo?" chiedo, guardando il campo. È diviso in parti uguali tra un poligono di tiro e un percorso a ostacoli. C'è anche un edificio con il tetto piatto—una palestra coperta, forse?—su un lato e quello che sembra essere un magazzino delle scorte in un angolo.

"Sì, questa è l'area di allenamento" dice Lucas, mentre superiamo alcune guardie che stanno praticando arti marziali. "E credo che quello laggiù sia tuo fratello." Indica un gruppetto di uomini sul percorso a ostacoli.

I brillanti capelli biondi di mio fratello si distinguono come un faro tra le guardie latino-americane. Sta facendo le flessioni sul prato accanto a una guardia magra e con i capelli castani, che sembra avere solo qualche anno più di lui.

Man mano che ci avviciniamo, mi rendo conto che stanno combattendo. Gli altri uomini formano un semicerchio, facendo il tifo e scommettendo in un colorito mix di spagnolo e inglese. Sia Misha che il ragazzo che sta sfidando sono a torso nudo e grondanti di sudore, e mi chiedo da quanto tempo lo stiano facendo. Non che ci voglia molto sforzo per sudare con questo clima; ho la maglietta attaccata alla schiena solo per aver camminato fin qui.

"A quanto pare, Michael sta vincendo" commenta Lucas, e sento una nota di oscuro divertimento nella sua voce. "Dovrò potenziare l'allenamento delle nuove reclute. Questo proprio non va bene."

Gli dico di stare zitto, non volendo interrompere la concentrazione di mio fratello. Il volto di Misha è rosso, e gli tremano le braccia come se stesse per arrendersi. L'altra guardia, tuttavia, sta molto peggio, e mentre guardo, il giovane crolla a pancia in giù, incapace di fare un'altra flessione.

"Vai, Michael!" grida qualcuno, e mi giro per vedere Diego che applaude. Ha un sorriso a trentadue denti. Voltandosi verso le altre guardie, tende la mano e dice con aria di sufficienza: "Ve l'avevo detto che il ragazzino ce l'avrebbe fatta. Ora, pagate."

Mentre parla, anche mio fratello crolla sull'erba. Ansimante, si rotola sulla schiena, e vedo un enorme sorriso luminoso sul suo viso. Sembra felice come in quelle foto.

Mi affretto verso di lui, con il volto altrettanto gioioso. "Ottimo lavoro, Michael" grido, sentendomi come se potessi scoppiare dall'orgoglio. "Sei stato fantastico."

Si siede, sgranando gli occhi, quando mi vede avvicinare. "Yulia?" dice in russo. "Come ti senti?"

"Sto molto meglio, grazie" rispondo nella stessa lingua. Poi, rendendomi conto che altre guardie ci stanno guardando accigliate, dico in inglese: "Mi fa piacere che vi stiate divertendo, ragazzi."

Misha si alza in piedi, togliendo i frammenti di sporco e i pezzi d'erba dai pantaloncini. "Uhm, sì" dice in inglese, rivolgendo agli altri uno sguardo imbarazzato. "Stavamo solo, sai. . ."

"Sì, lo sa" dice Lucas, dietro di me. Incrociando le braccia davanti al petto, osserva le guardie, che si dileguano in fretta, borbottando di avere un lavoro da fare.

Resta solo Diego, con un bel sorriso sul volto. "Dovremmo assumerlo" dice. "È già molto meglio di alcuni di questi nuovi ragazzi, e con pochissimo allenamento."

Lucas alza la mano, interrompendo Diego. "Michael verrà un po' con noi" dice. "Ti chiamerò quando avrò bisogno di te."

"Va bene" concorda Diego. "Sarò in giro."

Si allontana per raggiungere gli altri, e Lucas si rivolge a Misha, che lo sta guardando con diffidenza.

"Devo parlare con un paio di guardie" dice Lucas. "Mi prometti che rimarrai in questo campo e non ti metterai nei guai, se ti lascio solo con tua sorella?"

Il volto di Misha è di pietra, ma annuisce.

"Bene." Lucas mi stringe il gomito e mi tira a sé. Abbassando la testa, mi dà un rapido bacio sulle labbra, prima di indietreggiare. "Ci vediamo presto. Non allontanatevi. Chiaro?"

"Sì" dico, cercando di ignorare le guance in fiamme. "Resteremo qui."

Lucas se ne va, e mi rivolgo a Misha, con l'imbarazzo che si intensifica quando vedo lo stesso rossore sul suo volto. So perché Lucas mi ha baciata in quel modo—oggi vuole far capire a tutti che sono sua—ma questo non significa che volevo che mio fratello quattordicenne assistesse a questo.

Misha ha già poca stima di me.

"Vuoi fare una passeggiata?" chiedo, cercando di fingere che non ci sia stato alcun bacio. "Non avevo mai visto questa zona. Forse puoi farmi da guida?"

"Certo." Misha sembra contento di avere qualcosa da fare. Afferrando la maglietta sull'erba, la indossa e dice: "Ecco fatto, andiamo da questa parte."

Mi conduce verso il percorso a ostacoli, e lo seguo, ignorando il mix di sguardi ostili e curiosi delle guardie.

"Come stai?" chiedo in inglese. Voglio abituarmi a parlare con Misha in questa lingua, in modo che Lucas e gli altri non pensino che stiamo cercando di nascondere qualcosa. "Continuano a trattarti bene?"

Annuisce. "Mi controllano sempre" risponde in inglese. "Ma a parte questo, è tutto a posto."

"Bene." Mi lascio sfuggire un sorriso di sollievo. "Come sono i tuoi alloggi?"

Si stringe nelle spalle, mentre superiamo un paio di guardie che stanno scalando un recinto con il filo spinato. "Buoni. Meglio delle camerate, credo."

"Bene. E che mi dici di—"

"Per quanto ancora ci terranno qui?" mi interrompe, guardandomi storto. "Le guardie non mi dicono niente."

"Hai ragione. Per quanto riguarda questo . . ." Faccio un respiro profondo. "Ne parlerò con Lucas, ma prima che lo faccia ho bisogno di sapere qualcosa di più sulla tua situazione."

Misha si acciglia. "Cosa vuoi dire?"

Questa parte non sarà facile. "Come hai fatto a finire nell'UUR, Michael?" chiedo con attenzione, usando il suo nome preferito. "È stato tuo zio a chiederti di unirti a loro?"

"No." Misha non batte ciglio. "È stata un'idea mia."

Mi fermo, guardandolo scioccata. "Tua?"

Mio fratello mi studia. "Avevo qualche problema a scuola, e Zio Vasya è venuto a parlare con me. Mi ha detto che mi stavo comportando come uno stupido, che molti altri ragazzi avrebbero dato qualsiasi cosa per aver quel tipo di vita. E gli ho detto che non era quello che volevo. Che non volevo diventare un commercialista, un avvocato o un infermiere. Volevo essere un agente, come lui."

Sollevo le sopracciglia, confusa. "Hai discusso apertamente di questo in famiglia? Dell'UUR e tutto il resto?"

"No, certo che no. I miei genitori erano molto riservati sul lavoro di Zio Vasya, ma continuavo ad ascoltare di nascosto le conversazioni. Inoltre, sapevo di avere una sorella che lavorava per il nostro Paese. I miei genitori me l'hanno detto, perché continuavo a chiedere loro perché te ne fossi andata." Ho un sussulto, ma sta già continuando a raccontare. "Comunque" dice: "Ho fatto due più due, e durante quella visita, ho parlato di questo con Zio Vasya. Ha ammesso che ti eri unita al suo programma, e poi mi ha raccontato di come sono arrivato ad essere adottato dai miei genitori."

"Michael, non è—"

"Non mentire. Ha detto che avresti mentito su questo." Misha alza la voce. "Era un uomo buono. È morto per l'Ucraina."

"Lo so, ma. . ." Faccio un respiro per calmarmi. "Ascoltami, Michael. Tuo zio ed io avevamo stretto un patto. La tua adozione faceva parte di questo. Dovevi essere al sicuro, non reclutato. Solo io dovevo esserlo. Mi sono unita all'agenzia perché volevo proteggerti, e non potevo farlo rimanendo in orfanotrofio. Obenko mi aveva promesso—"

"Basta. Non voglio sentire altro." Misha fa un passo indietro, scuotendo la testa. "Stai mentendo. Lo so."

"No, Mishen'ka." Mi si stringe il cuore per la rabbia e la confusione che ha nello sguardo. "Tuo zio non ti ha detto tutto. Non me ne sono andata, perché ero stanca dell'orfanotrofio. L'ho fatto, perché era l'unico modo per tenerti al sicuro."

Misha continua a scuotere la testa, ma non mi interrompe più, così gli parlo della visita dell'uomo ben vestito e della sua offerta, compreso il fatto che avrei dovuto tenermi alla larga da Misha e che avrei ricevuto le sue foto ogni pochi mesi. Mentre parlo, noto che l'incertezza ha sostituito una parte della rabbia negli occhi di mio fratello.

Non sa a chi credere, e non posso biasimarlo.

"Ho ancora tutte quelle foto" dico, quando resta in silenzio. "Le ho caricate su un servizio di cloud sicuro qualche mese fa. Posso fartele vedere un giorno, se vuoi."

Misha mi fissa. "Le hai conservate?"

"Certo." Mi si stringe dolorosamente il petto, ma abbozzo un sorriso. "Tu sei la mia unica famiglia, Michael. Le ho conservate tutte."

Deglutisce e distoglie lo sguardo prima di riprendere a camminare. Lo seguo, e passeggiamo senza parlare per qualche minuto. Ci sono un milione di cose che vorrei dirgli, un miliardo di domande che vorrei fargli, ma non voglio provocare un'altra discussione.

Mi basta avere la compagnia di mio fratello per ora.

Con mia grande sorpresa, Misha è il primo a rompere il silenzio. "Non sapevo che eri tu quel giorno" dice sottovoce, quando ci fermiamo ad osservare due guardie che stanno lanciando i coltelli.

"Che cosa?" Mi volto per guardarlo. "Di cosa stai parlando?"

"Quel giorno nel magazzino, quando li ho aiutati a prenderti. Non sapevo che eri tu." La fronte di Misha è corrugata. "L'ho scoperto dopo."

"Oh, certo." E non potevo nemmeno pretendere che mi avrebbe riconosciuta. "Non mi avevi più vista da quando avevi tre anni, e indossavo una parrucca. Inoltre, perché mai tua sorella avrebbe dovuto aggirarsi nei pressi della tua struttura di addestramento?"

"Giusto." Incrocia le braccia sul petto. "Allora, che ci *facevi* lì? Zio Vasya ha detto che ci avevi traditi, che non eri più fedele all'UUR."

"Non ho mai tradito l'agenzia, ma stavo per *partire*" dico, decidendo di essere sincera al cento percento. "Stavo seguendo Obenko, perché speravo che mi avrebbe portato da te, così ti avrei rivisto per l'ultima volta prima di andarmene."

Misha sbatte le palpebre. "Lo hai seguito per vedermi? Ma perché volevi partire?"

"È una lunga storia, Michael."

"È a causa sua?" Misha lancia un'occhiata dall'altra parte del campo, dove Lucas sta parlando con un gruppo di guardie. "Perché"—arrossisce—"siete amanti?"

"È. . ." Cavolo, perché è così difficile? Non ho quattordici anni *io*. "È complicato tra noi" riesco a dire, finalmente. "Il suo capo è in contrasto con l'Ucraina da un po', e—"

"Kent ti sta costringendo?" Gli occhi di Misha brillano di un fuoco blu. "Perché lo ucciderò, se—"

"No, certo che no" lo interrompo, con il cuore che salta un battito. L'ultima cosa di cui ho bisogno è vedere Misha sulla difensiva. "Voglio stare con Lucas" dico con fermezza. "Solo che è una situazione complicata per via dell'UUR e tutto il resto."

Mio fratello non sembra convinto, così aggiungo in fretta: "E sì, il fatto che siamo amanti era una parte del motivo per cui stavo per partire."

Misha arrossisce di nuovo e distoglie lo sguardo. "Va bene" mormora. "È come pensavo."

"Sì, e avevi ragione." Scacciando il disagio, gli rivolgo un sorriso mesto. "Sei molto intelligente, e praticamente un adulto ormai. Dovrò abituarmici. L'ultima volta che ti ho visto, il tuo maggior successo era salire sul vasino, quindi dovrò abituarmi all'idea che sei cresciuto ormai."

Misha sorride, compiaciuto dalle mie lodi come qualsiasi altro ragazzo di quattordici anni, e mi rendo conto di quanto mia fratello si comporti da persona matura. Non ho molta esperienza con gli adolescenti, ma dubito che la maggior parte di loro avrebbe gestito la situazione come lui.

Anzi, pochi *adulti* avrebbero mantenuto la calma dopo essere stati rapiti, portati dall'altra parte del mondo, e tenuti prigionieri nella tenuta in mezzo alla giungla di un trafficante d'armi.

Mentre rifletto, un movimento dall'altra parte del campo cattura la mia attenzione.

"Dobbiamo tornare indietro" dico, realizzando che Lucas sta agitando le braccia. "Credo che Lucas ci stia chiamando."

Misha annuisce, seguendomi, e mentre torniamo indietro, cerco di pensare al miglior modo per affrontare con il mio rapitore l'argomento di mandare a casa mio fratello.

39

Lucas

*D*opo aver parlato con le nuove reclute sul campo, vedo Yulia e la saluto, facendole cenno di tornare. Prende suo fratello e inizia a venirmi incontro, e mi dirigo alla sbarra delle flessioni, pensando di fare qualche esercizio mentre aspetto.

Ho quasi finito il mio primo set di flessioni, quando vedo Esguerra avvicinarsi.

"Che c'è?" gli chiedo, lasciando cadere la sbarra sull'erba. Il sole è caldo e insopportabile, e uso l'orlo della maglietta per asciugarmi il sudore sulla faccia. "Stavi cercando me?"

"Dobbiamo scoprire la verità su Rosa" dice senza preamboli. "Nora vuole toglierle gli arresti domiciliari, ma non sappiamo ancora se—"

"Lo sappiamo, in realtà" lo interrompo. "Te ne avrei parlato nel pomeriggio. Ho appena ricevuto la conferma da Yulia che Nora *era* coinvolta."

Il volto di Esguerra si rabbuia. "Che cos'ha detto la tua spia, esattamente?"

Riporto la mia conversazione con Yulia quasi parola per parola. "Quindi sì" concludo: "A quanto pare, Rosa non ha agito di sua iniziativa—non che questo significhi che dovrebbe farla franca." E lo stesso vale per Nora, a mio parere, ma so che farei meglio a non dirlo.

"Cazzo." Esguerra si gira, con la postura rigida dalla rabbia, e noto il momento in cui vede le due figure che si avvicinano. Voltandosi verso di me, dice, incredulo: "Quelli sono—"

"Sì." Incrocio il suo sguardo con freddezza. "Yulia e suo fratello, Michael. Ti avevo detto che l'abbiamo preso durante il viaggio in Ucraina, ricordi?"

L'angolo del suo occhio vero comincia a contrarsi. "Che lo avete preso, sì. Che lo lasciate libero di camminare per la tenuta insieme alla sua infida sorella, no. Che cazzo stai facendo, Lucas? Avevi detto che non l'avrebbe fatta franca."

"E ti avevo anche detto che l'avrei tenuta con me." L'acciaio nella mia voce si contrappone al gelo della sua espressione. "Sono io a decidere se punirla o meno. Proprio come fai tu con Nora."

Per un attimo, sono certo che Esguerra mi colpirà, e mi irrigidisco, pronto a ricambiare il colpo. Ma fa un respiro e un passo indietro, con le mani lungo i fianchi. Girandosi, guarda Yulia e suo fratello, che ora sono a meno di quindici metri di distanza.

Yulia deve averlo notato, perché sta camminando più lentamente ora, ed è pallida dall'ansia. Suo fratello sta camminando accanto a lei, ma, man mano che si avvicinano, lo afferra per il polso e si mette davanti a lui, come se volesse nasconderlo alla vista di Esguerra.

"È mia" ripeto con voce bassa e dura, quando Yulia si ferma a una decina di metri di distanza, guardando da me a Esguerra e viceversa. "Se farai qualcosa a loro. . ."

Esguerra gira la testa per guardarmi. "Non lo farò." I suoi occhi sono freddi. "Ma, Lucas, fa' un favore a entrambi. Tienila il più lontano possibile da me."

Piego la testa, ma se ne sta già andando, nella direzione opposta rispetto a quella di Yulia e suo fratello.

—

Quando torniamo a casa, Yulia è silenziosa, e capisco che è preoccupata per Esguerra. Diego è tornato a prendere Michael poco dopo la mia discussione con Esguerra, e Yulia ha sorriso e abbracciato suo fratello prima di salutarlo. Da allora, però, ha detto a malapena una parola, mantenendo lo sguardo distante e le spalle tese, mentre cammina accanto a me.

Vorrei rassicurarla, dirle che si sta stressando per niente, ma le parole mi si bloccano in gola. La tenuta di Esguerra è grande in termini di superficie, ma per quanto riguarda la popolazione è più simile a un piccolo villaggio. Tutti si incontrano frequentemente, e tenere Yulia lontana da Esguerra non sarà facile—per lo meno se faccio come ho promesso e le permetto di vagare da sola.

Probabilmente Esguerra non le farebbe del male, ma non la perdonerebbe mai.

Mentre ci avviciniamo alla casa, l'andatura di Yulia rallenta, e mi rendo conto che la lunga passeggiata deve averla stancata, mettendo a dura prova le riserve di forza riacquistate di recente. Senza pensarci due volte, mi chino e la prendo in braccio, ignorando il suo urletto spaventato e la fitta di dolore alle costole.

"Che cosa stai facendo?" chiede, quando riprendo a camminare. "Lucas, non c'è bisogno di prendermi in braccio—"

"Zitta." La stringo al petto, ignorando i suoi deboli tentativi di respingermi. "Ti sto portando a casa."

Smette di dimenarsi e, un attimo dopo, mi mette le braccia intorno al collo e poggia la testa sulla mia spalla. "Lucas. . ." La sua voce è più stanca che mai. "Non funzionerà, lo sai."

"Di cosa stai parlando?"

"Di noi due." Alza la testa per guardarmi, e vedo l'oscura ombra della disperazione nei suoi occhi. "Non funzionerà."

"Stronzate." Accelero il passo, con un'esplosione di rabbia che mi spinge in avanti. "Funzionerà se è quello che voglio."

Yulia scuote lentamente la testa. "No. Forse in un'altra vita—"

"In un'altra vita, le nostre strade non si sarebbero mai incrociate, bellissima. Solo in questo modo hai potuto essere mia."

Se i suoi genitori non fossero morti in quell'incidente d'auto, se io non avessi lavorato per Esguerra, se l'UUR non le avesse affidato quell'incarico. . . Il numero dei modi in cui *non* avrei potuto incontrarla è infinito, ma l'ho incontrata, e col cazzo che mi arrenderò.

Yulia sospira e rimette la testa sulla mia spalla, lasciandosi portare da me senza ulteriori proteste. So che non è convinta, però.

Come me, conosce troppo bene questo mondo per poter credere in un lieto fine.

"Lucas, credo che Misha dovrebbe tornare casa."

Mi fermo, con la metà del cucchiaio in bocca. "A casa?"

"Dai suoi genitori" chiarisce Yulia, mettendo giù la posata. Il suo piatto di minestra fuma davanti a lei, quasi svuotato. "Dai suoi genitori adottivi."

"Credevo che stesse con la tua agenzia." Metto giù il cucchiaio e mi pulisco la bocca con il tovagliolo.

Mi aspettavo qualcosa di simile dopo l'incidente di questa mattina, e non mi piace questa conversazione.

"Stava con l'UUR di sua spontanea volontà, sì, ma dopo aver ascoltato tutta la sua storia ho capito che è molto legato ai suoi genitori." Lo sguardo di Yulia è inflessibile. "Gli hanno permesso di farlo anche se non erano d'accordo, e sono sicura che siano davvero preoccupati per lui."

Tamburello con le dita sul tavolo. "Quindi, cosa vuoi che faccia, riportarlo da loro? E che mi dici del fatto che non lo rivedevi da undici anni? Non vuoi trascorrere un po' di tempo con tuo fratello?"

Il volto di Yulia si indurisce. "Certo che lo voglio, ma non posso essere così egoista. Misha non dovrebbe stare qui, e non è al sicuro. Ho visto il modo in cui Esguerra lo guardava. . . il modo in cui guardava entrambi. Ci odia, Lucas. So che hai promesso di proteggerci, ma—"

"Non vi torcerà nemmeno un capello" spiego, e dico sul serio. Per quanto rispetti Esguerra, lo ucciderei prima che potesse fare del male a Yulia. "Tu e tuo fratello siete al sicuro."

"Ma per quanto tempo?" Si sporge in avanti. "Fin quando ti stancherai di me? E poi? Saremo alla mercé di Esguerra?"

"Non mi stancherò di te." Non riesco a immaginare un giorno in cui non la vorrei più. Ho desiderato altre donne in passato, ma mai così. Il mio desiderio per Yulia sembra una parte di me ormai, qualcosa impresso nel DNA. "Non devi preoccuparti di questo."

"Non puoi aspettarti che io ti creda, ma va bene, supponiamo per un momento che sia vero." Spinge la scodella da una parte. "Resta sempre il fatto che il tuo lavoro è pericoloso, Lucas. La tua *vita* è pericolosa. Guarda cos'è successo quando sei andato a Chicago. Se un proiettile è diretto a Esguerra, è più che probabile che colpisca prima te."

La guardo in silenzio, sapendo che ha ragione. Se dovesse accadermi qualcosa, Yulia e suo fratello sarebbero soli, in un luogo in cui nessuno muoverebbe un dito per aiutarli.

No, è peggio di questo. Se morissi, probabilmente verrebbero subito uccisi.

"Non posso rimandare Michael a casa in questo momento" dico, poco dopo. Appoggiandomi, mi metto le mani dietro la testa e guardo Yulia. "Non se desideri che rimanga al sicuro, almeno."

Impallidisce. "Perché?"

"Perché l'Operazione UUR è in pieno svolgimento." Il programma di hackeraggio che abbiamo utilizzato durante la nostra incursione sulla base segreta ha scaricato e trasmesso un sacco di dati riservati dal computer dell'agenzia. Ora abbiamo i nomi e le identità di copertura di quasi tutte le persone che lavorano per l'UUR, e le stiamo eliminando una per una. Non spiego questo a Yulia, però. Tutto quello che le dico è: "Sarebbe troppo pericoloso per tuo fratello."

Capisce, e il suo viso impallidisce ancora di più. "E i suoi genitori? Sono—"

Abbasso le braccia e le allungo in avanti. "Ho già dato ordine che la famiglia della sorella di Obenko non deve essere toccata." L'ho fatto, non appena ho scoperto il legame di Michael con loro. "Tuttavia, i loro nomi *sono* nei nostri archivi" continuo, prima che Yulia possa aggiungere altro: "E visto il coinvolgimento molto diretto di tuo fratello con l'agenzia, è meglio che rimanga qui per ora."

"Oh, Dio." Spinge indietro la sedia e si alza in piedi, con la mano premuta sulla bocca. Sta tremando visibilmente. "Li ucciderai tutti, non è vero?"

Sollevo le sopracciglia. "Mi hai chiesto di risparmiare Michael, e questo è esattamente quello che sto facendo." Mi alzo e cammino intorno al tavolo. Raggiungendo Yulia, piego le dita intorno al suo polso e le porto la mano verso il basso, lontano dalle sue labbra tremanti. "È quello che volevi, no?" La stringo su di me. "Che tuo fratello rimanesse illeso, nonostante il suo legame con l'agenzia? E sto addirittura estendendo la cortesia ai suoi genitori adottivi. Quindi, come vedi, andrà tutto bene."

Le lacrime brillano negli occhi di Yulia, mentre scuote la testa, ma non si allontana quando le lascio andare il polso e la afferro per i fianchi, tirando la parte inferiore del suo corpo verso di me. La mia crescente erezione preme sul suo ventre, e il mio respiro accelera, mentre un calore incandescente mi attraversa le vene. La nostra cena interrotta, l'UUR, suo fratello—niente di tutto questo ha importanza in questo momento.

Tutto quello sui cui riesco a concentrarmi è la bellissima ragazza tra le mie braccia e il dolore nei suoi grandi occhi azzurri.

"Yulia. . ." Respiro il suo profumo, con il desiderio che cresce, quando tira fuori la lingua per inumidire le labbra. Sto per piegarmi in avanti per assaporare la dolcezza di quelle labbra, quando preme i palmi sul mio petto, spingendo con tutte le sue forze per allontanarmi.

"Lucas, per favore, ascoltami. . ." Il suo torace si alza e si abbassa con un ritmo veloce. "La maggior parte degli agenti non aveva niente a che fare con l'incidente. È stata un'idea di Obenko, e ormai è morto. Non è necessario—"

"Dimenticati di loro" grugnisco, stringendo le mani sui fianchi di Yulia, quando cerca di indietreggiare. Il mio desiderio frustrato si aggiunge alla rabbia e alzo la voce quando dico: "L'agenzia non è più un problema. Stai con me ora, hai capito?"

"Ma, Lucas, loro—"

"Hanno i minuti contati" dico con durezza. "Quelli che sono ancora vivi, voglio dire. La tua agenzia ha ucciso decine dei nostri uomini, e pagheranno per questo. Gli unici ad essere risparmiati sarete tu e tuo fratello."

Le lacrime le rigano le guance ora, ma quella vista non mi fa cambiare idea. Niente di quello che dice riuscirà a convincermi e a farmi perdonare i nostri nemici. Hanno deciso di colpirci, e ora affronteranno le conseguenze delle loro azioni. Tutto qui.

Eppure, non mi piace vedere Yulia turbata.

Lasciandole andare i fianchi, alzo la mano per asciugarle le lacrime. "Non piangere per loro" dico, con un tono leggermente più dolce. "Non meritano le tue lacrime. Lo sai."

"Non è vero." La sua voce è tesa. "Alcuni di loro potrebbero non meritarle, ma la colpa di molti di loro è solo quella di aver voluto servire il proprio Paese e—"

"E la colpa dei quarantacinque uomini che sono morti su quell'aereo era solo quella di lavorare per Esguerra." Lascio cadere la mano, con la rabbia che riaffiora in tutta la sua potenza. "Nessuno è innocente in questa storia, bellissima—nemmeno tu."

Yulia fa un passo indietro, ma le prendo il braccio prima che possa indietreggiare.

"Non mi hai chiesto di Kirill" dico freddamente. Il cazzo mi palpita nei jeans, ma respingo il desiderio, sapendo di dover affrontare la questione una volta per tutte. "Non vuoi sapere quali misure stiamo adottando per trovarlo?"

Sbatte le palpebre. "Credevo che fosse morto. Le sue ferite—"

"Non è stato ritrovato alcun cadavere e non c'è stata alcuna sepoltura. Non c'è traccia di lui, punto. I morti non sono così bravi a nascondere le tracce."

Yulia fa un respiro tremante. "Quindi, che cosa mi stai dicendo?"

"Sto dicendo che molto probabilmente il bastardo è vivo—e si sta nascondendo con l'aiuto di altri membri della tua agenzia." Mi fermo, cercando di tenere a freno la rabbia. Quando riprendo a parlare, la mia voce è leggermente più calma. "Le persone che stai cercando di salvare sono le stesse che hanno permesso a quel mostro di mantenere il lavoro e che ti hanno mentito. La nostra operazione in Ucraina non è più solo una questione di ritorsione. Vogliamo anche rintracciarlo."

Yulia mi fissa, e vedo il conflitto nel suo sguardo. Vuole vedere Kirill morto tanto quanto me, ma non vuole che muoiano anche gli agenti dell'UUR. Me ne rendo conto; deve aver imparato a conoscere molti di loro durante il suo addestramento; forse, ha addirittura fatto amicizia con qualcuno, quindi non vuole avere la loro morte sulla coscienza.

Purtroppo per quegli agenti, la *mia* coscienza è in grado di gestire la loro morte più che bene.

"Allora, che cosa dico a Misha?" chiede Yulia alla fine. La sua voce è ancora roca, ma le lacrime sul viso si stanno asciugando. "Dovrebbe rimanere qui e aspettare che stermini tutti gli agenti dell'UUR? Allenarsi con le guardie e sperare che i suoi genitori sopravvivano all'epurazione?"

"Puoi dirgli quello che vuoi" dico, rifiutandomi di abboccare alla sua esca. "Sarei più diplomatico se fossi in te, ma è tuo fratello e lo conosci meglio di me. Ora"—le tiro il braccio per avvicinarla—"dove eravamo rimasti?"

Yulia sembra sul punto di aggiungere qualcos'altro, ma io ho finito con questa discussione.

Avvolgendo le braccia intorno al suo esile corpo, piego la testa e spingo la bocca sulle sue labbra.

yulia

Il bacio di Lucas è rabbioso, con le labbra e la lingua che mi puniscono, mentre invade la mia bocca, e l'eccitazione mista alla paura scalda il mio intimo, facendomi agitare ancora di più.

L'uomo che amo ucciderà i miei ex colleghi, ed è tutta colpa mia. Se non avessi lasciato che Lucas mi distruggesse quella volta, se non avesse insistito, niente di tutto questo sarebbe successo. Razionalmente, mi rendo conto che c'erano altri fattori in gioco—l'attacco di Obenko all'aereo di Esguerra, per prima cosa—ma continuo a sentirmi responsabile della caotica situazione.

Se la famiglia adottiva di mio fratello muore, sarà per colpa mia.

Non aiuta il fatto che, sotto lo schiacciante senso di colpa, non mi senta del tutto dispiaciuta. A un certo punto, il seme dell'odio ha cominciato ad attecchire dentro di me, e non l'avevo capito fin quando Lucas non ha menzionato il nome di Kirill. Avevo soppresso tutti i pensieri sul mio ex addestratore, convincendomi di aver già ottenuto la mia vendetta, ma non appena Lucas l'ha nominato mi sono resa conto che il danno che gli avevo inflitto non era abbastanza.

Voglio che Kirill muoia, che venga cancellato dalla faccia della Terra—insieme a tutti coloro che l'hanno aiutato.

Lucas approfondisce il bacio, stringendo le braccia intorno a me, e piego la testa all'indietro sotto la pressione della sua bocca. La sua lingua mi esplora con una bramosia che rasenta la brutalità, con i suoi denti che mi strappano il labbro inferiore, e io gemo, impotente, agitando le mani per aggrapparmi alle sue spalle muscolose, mentre mi appoggia la schiena contro il muro della cucina, catturandomi. Indossa i jeans e una T-shirt, e anch'io sono vestita, ma nonostante gli indumenti sento il calore del suo grande corpo e il profumo di muschio della sua pelle. La sua erezione è come una roccia che spinge sul mio stomaco, e i miei capezzoli si irrigidiscono, con il corpo che reagisce alla sua smania.

"Cazzo, Yulia, ti voglio" mormora, alzando la testa, e io ansimo, mentre una delle sue grandi mani scivola lungo il mio corpo e mi prende il sesso tra i pantaloncini. L'interno della mano esercita una pressione sul mio clitoride, e l'umidità raggiunge il mio intimo, mentre muove il palmo in un semicerchio, con un ritmo incredibilmente erotico.

"Sì." Il battito del mio cuore mi martella nelle orecchie, con i muscoli che si irrigidiscono man mano che il piacere aumenta. "Oh Dio, sì. . ." Non so cosa sto dicendo; tutto quello che so è che voglio lui—quest'uomo, questo spietato killer che è sbagliato per me in molti sensi. Lo voglio, e lo temo. Lo odio, e lo amo. La dicotomia delle mie emozioni mi lacera, mi fa a pazzi, eppure tutto sembra anche giusto, come se il mio posto fosse proprio qui, tra le sue braccia.

Come se fossi sua.

Abbassa la testa per baciarmi di nuovo, e glielo lascio fare, rispondendo con la stessa feroce necessità. Affondo i denti nel suo labbro inferiore fino ad assaporare il sangue, e questo scatena qualcosa di violento dentro di me, qualcosa di selvaggio di cui non ero a conoscenza. Sono intrappolata nel suo abbraccio, ma in questo momento mi sento libera—libera di cedere alla rabbia, libera di fargli del male come lui ne ha fatto a me. Mi sento come se si fosse sganciata una catena, e mi godo quella sensazione, con l'impotenza che lascia il posto al trionfo, quando stacca la bocca e vedo la macchia di sangue sulle sue labbra. Il suo largo torace si gonfia dai respiri, mentre mi fissa, con gli occhi chiari socchiusi dal desiderio che brucia, e quel qualcosa di selvaggio dentro di me cresce, scacciando la paura e la razionalità.

Lo voglio, e non mi negherò questo piacere.

Raggiungendolo, prendo il viso di Lucas con entrambe le mani e gli abbasso la testa, reclamando la sua bocca. Continua a palpeggiarmi in mezzo alle gambe, con la dura pressione della sua mano che mi tiene in bilico, ma non è sufficiente, e gli mordo di nuovo il labbro, desiderando il suo dolore quanto il mio orgasmo.

Rabbrividisce, e con sorprendente rapidità, mi fa girare, appoggiandomi al bordo del tavolo. Il suo braccio forma un arco violento, e il mio cuore salta un battito quando sento le scodelle che vanno in frantumi, con i resti della nostra cena che si infrangono sul pavimento. Sono quasi uscita dallo stato di trance, ma mi ha già fatta sdraiare sul tavolo, con il calore che mi attraversa ancora una volta, concentrandosi sotto forma di dolore pulsante tra le cosce, mentre Lucas mi tira giù i pantaloncini e si abbassa la cerniera dei jeans.

Ci stiamo ancora baciando, con le nostre labbra e le lingue che lottano dalla fame selvaggia, quando spinge dento di me, con il suo cazzo spesso che mi dilata. Ansimo nella sua bocca, irrigidendomi per i residui delle sensazioni. La mia carne freme intorno a lui, cercando di adeguarsi, ma lui non si ferma, non rallenta. Comincia a sbattere dentro di me, e io stacco la bocca dalla sua, con il respiro che si trasforma in un rantolo di dolore, mentre le sue spinte mi trascinano avanti e indietro sul tavolo duro. Il suo possesso è violento, sconvolgente, ma non mi basta. Voglio più durezza, più del suo oscuro calore selvaggio.

Voglio che si accompagni all'animale dentro di me, che mi faccia male come io sto facendo con lui.

Sollevo le gambe, avvolgendole intorno ai suoi fianchi, e affondo i denti nel muscolo del suo collo, godendomi il sapore di sale e virilità. Il suo grande corpo trema, e si lascia andare a un'imprecazione, spingendo in profondità fino a perforarmi. Stringo le mani a pugno nella sua maglietta zuppa di sudore, e la tensione dentro di me cresce, con il calore tra le gambe che si intensifica. Sembra sostituire tutti i miei sensi, togliermi tutto, tranne il bisogno di venire.

"Lucas" ansimo, sentendo di essere vicina. "Oh, cazzo, Lucas!"

Incredibilmente, le sue spinte accelerano, e raggiungo il culmine, con l'orgasmo che mi colpisce con una potenza straordinaria. Il piacere esplode nelle mie terminazioni nervose, con una forza tale che è quasi doloroso, e io grido, con i muscoli che si contraggono e rilassano con onde pulsanti. Il cuore mi martella in modo incontrollabile, con i residui dell'orgasmo che mi fanno tremare, ma Lucas non ha ancora finito. Prima che io possa respirare, esce fuori e mi gira sullo stomaco, piegandomi sul tavolo.

"È questo che vuoi?" grida, spingendo di nuovo dentro di me. Stringendomi i capelli, costringe la parte superiore del mio corpo a inarcarsi fuori dal tavolo. "Vuoi che ti scopi? Che ti usi e ti faccia male?"

"Sì." Oh Dio, sì. Il suo cazzo è spesso e caldo dentro di me, una minaccia e una promessa al tempo stesso. Non sapevo di volere questo, ma è così. Voglio che il dolore che mi infligge sia l'unico nella mia mente, che il suo tocco sia il mio unico ricordo. È folle e assolutamente illogico, ma voglio che Lucas mi faccia del male, in modo da poter dimenticare Kirill.

"Va bene." La voce del mio rapitore è bassa e roca. "Ma ricorda che sei stata tu a chiedermelo."

Con il cuore che mi batte sempre più forte, mi stringe i capelli, facendomi piegare il collo in un'angolazione impossibile. Grido, agitando le mani per afferrargli il polso, ma ignora le mie braccia e infila due dita della sua mano libera nella mia bocca, soffocandomi dall'improvvisa aggressione. Le sue dita sono leggermente salate, e sembrano enormi e ruvide nella mia bocca, grandi quasi quanto un cazzo. Le spinge così in profondità che soffoco di nuovo, sputando la saliva—che a quanto pare è quello che voleva.

Togliendomi le dita bagnate dalla bocca, usa la presa sui miei capelli per spingermi giù, mettendomi la faccia sul tavolo.

"Aspetta, Lucas. . ." Il panico esplode nel mio cervello, quando sposta la mano dalla mia bocca al culo e comincia a infilare un dito nello stretto sfintere anale. "Io non. . . non è. . ." Mi allungo dietro alla cieca, spingendo le mani sui suoi fianchi, ma non riesco a far leva in questa posizione. Sono piegata sul tavolo con il suo cazzo dentro di me; anche se non fosse muscoloso e robusto, potrei fare ben poco.

"Shh. . . Andrà tutto bene." Lucas accompagna quelle parole con una spinta poco profonda del suo cazzo, e respiro, mentre il suo dito va più in profondità, con la saliva che facilita le cose. "Andrà tutto bene, piccola." Mi lascia andare i capelli, mettendo il palmo sulla parte superiore della mia schiena per tenermi ferma. "L'abbiamo già fatto, ricordi?"

È vero; ha usato il dito, e mi è piaciuto, ma oggi vuole spingersi oltre. Sento il suo desiderio, e sono terrorizzata. Vorrei cancellare i brutti ricordi, sostituirli con un dolore scelto da me, ma questo è troppo, troppo vicino ai miei incubi. Stringo le natiche, cercando di tenerlo fuori, ma il secondo dito sta già spingendo dentro di me, facendomi dilatare e bruciare la carne dall'invasione.

"Aspetta, non così. . ." Oltre al bruciore, provo una strana sensazione di pienezza che mi mette a disagio, la sensazione di essere schiacciata e sopraffatta. Il suo cazzo dentro di me si flette, peggiorando quella sensazione, e il mio respiro si fa rapido, con il sudore che mi riga la schiena. "Ti prego, Lucas. . ."

Ignora la mia supplica, inserendo lentamente le dita nel mio culo, e il mio corpo cede alla sua inesorabile avanzata, con i muscoli che si distendono perché non possono fare diversamente. Ansimando, mi sdraio con il viso premuto sulla dura superficie del tavolo e sento il suo cazzo che pulsa nella mia figa. Ha infilato tutte le dita ormai, e questo è troppo. Il mio corpo non è fatto per questo. Tutto di questa penetrazione sembra sbagliato e innaturale, come quando—

Lucas inizia a spingere, distraendomi dai pensieri, e mi rendo conto che a un certo punto i miei muscoli si sono rilassati un po', attenuando il calore dovuto all'invasione. Non sta muovendo le dita—le tiene solo dentro di me—e con il cazzo che entra ed esce in un ritmo lento e cauto, la sensazione non sembra più così spiacevole.

Chiudo gli occhi e cerco di calmare il respiro. Le sue dita sembrano ancora troppo grandi, ma non c'è nessun dolore vero e proprio, e quella consapevolezza mi tranquillizza ulteriormente, attirando la mia attenzione sulla tensione che sta lentamente crescendo nel mio intimo. Le spinte del suo cazzo riaccendono la mia eccitazione, e l'invasiva pienezza nel mio sedere non sembra derivare da questo. In qualche modo perverso, ne aumenta l'intensità.

Posso sopravvivere a questo, dopo tutto.

"Yulia." La voce di Lucas è roca, quando lo tira fuori. "Ti scoperò duramente ora."

Il mio cuore vacilla, con l'illusione della calma che svanisce. "Aspetta—"

Ma è troppo tardi. Prima che io possa finire di parlare, infila di nuovo il cazzo, spingendomi sul bordo del tavolo. Io grido, facendo scivolare le mani in avanti per tenermi, ma l'ha già tirato fuori per poi rimetterlo dentro. Le dure martellate dei suoi fianchi mi fanno scivolare sulle sue dita, e grido di nuovo, irrigidendomi per le travolgenti sensazioni. Ma non si ferma. Continua a spingere, a scoparmi, e il disagio si trasforma in qualcos'altro: un oscuro calore palpitante che si diffonde in tutto il corpo. Il cuore mi martella nel petto, con il respiro che diventa frenetico, e sento che sto per raggiungere nuovamente il culmine, con la duplice invasione del mio corpo che intensifica tutti i sensi. Il caldo profumo al muschio del sesso nell'aria, il fremito della mia carne dilatata, la pressione della sua grossa mano sulla mia schiena—tutto questo contribuisce al sovraccarico sensoriale. Le mie grida si fanno più forti, trasformandosi in urla, e poi vado in frantumi, esplodendo con una forza tale da strapparmi il fiato e appannarmi la vista. Con i muscoli che si stringono, spremendo il cazzo e le dita, sento il suo lamento roco, quando spinge per l'ultima volta e si ferma, pulsando dentro di me dall'orgasmo.

Confusa e tremante, resto sdraiata lì, incapace di dire o fare qualcosa, mentre Lucas tira lentamente fuori le dita e solleva la mano dalla mia schiena. Il suo cazzo è ancora dentro di me, ma un attimo dopo toglie anche quello. Sento l'aria fredda sulla mia carne calda, quando fa un passo indietro, e sento l'umidità sulle mie pieghe—la mia umidità mescolata al suo seme.

"Aspetta, tesoro" mormora, allontanandosi, e sento l'acqua che scorre nel lavandino.

Un minuto dopo, ritorna, con un tovagliolo di carta bagnato. Ormai, mi sono ripresa abbastanza da scendere dal tavolo e sorreggermi sulle gambe tremanti, così prendo il tovagliolo dalle sue mani e lo utilizzo per asciugarmi l'umidità tra le gambe. Lucas mi osserva, con la cerniera dei jeans già tirata su, e un rossore mi scalda il viso, quando vedo i pantaloncini sul pavimento, accanto al pasticcio di scodelle rotte e cibo sparso.

Deglutendo, arrotolo il tovagliolo di carta nella mano e tiro su i pantaloncini, ma Lucas mi prende il braccio.

"Ci penso io" dice, con i suoi occhi chiari che brillano. "Va' a farti una doccia. Ti raggiungo subito."

Non discuto, e un minuto dopo, sto sotto al getto caldo, con la mente fortunatamente vuota. Fedele alla sua parola, Lucas si unisce subito a me, e io chiudo gli occhi, appoggiandomi contro di lui, mentre mi lava dalla testa ai piedi, prendendosi cura di me ancora una volta. Sono contenta che non dica niente, né faccia domande. Non so se sarò mai in grado di spiegargli il motivo per cui ho voluto qualcosa di così oscuro da lui... perché, anche ora, dopo che mi ha spinta ben oltre i limiti, mi sento grata per quell'esperienza.

Quando siamo entrambi puliti, Lucas mi fa uscire dalla doccia e mi avvolge un asciugamano intorno prima di afferrarne uno per sé. È ancora silenzioso, con lo sguardo stranamente vigile, e, alla fine, sento il bisogno di parlare.

"Non mi hai scopata nel culo" dico, torcendo le mani nell'asciugamano. "Perché?"

"Perché non eri pronta." Finisce di asciugarsi e riattacca l'asciugamano, mostrando il corpo in tutta la sua potente virilità. "Per non parlare del fatto che avremmo bisogno di un po' di vero e proprio lubrificante per quello. Sei stretta e, beh. . ." Dà un'occhiata al suo cazzo, che, anche quando è a riposo, è impressionante.

"Giusto." Ingoio l'improvviso groppo di paura nella gola. "È più grande delle tue due dita."

"Sì, in un certo senso" dice, e vedo un barlume di divertimento nei suoi occhi.

Per qualche ragione, sapere che questo lo diverte mi fa arrossire di nuovo. Girandomi, faccio un passo verso la porta per uscire dal bagno, ma Lucas mi precede, con espressione seria.

"Non ti preoccupare, bellissima" mormora, prendendomi il mento. Strofina il pollice sul mio labbro inferiore con una dolce carezza. "Ogni parte di te sarà mia, prima o poi. Lo dimenticherai, te lo prometto."

Lo fisso, spaventata e terrorizzata dalla sua perspicacia, ma Lucas ha già abbassando la mano e si sta voltando.

"Vieni" dice, aprendo la porta. "Andiamo a vestirci. Prepareremo qualcos'altro per pranzo."

Attraversa il corridoio, e lo seguo, confusa.

Non so bene che cosa mi aspettassi dalla nuova prigionia, ma sicuramente non questo—qualunque cosa sia.

La Nuova Prigionia

yulia

Nel corso delle due settimane successive, io e Lucas ripristiniamo qualcosa di simile alla nostra vecchia routine. Man mano che recupero le forze, mi occupo di cucinare e delle altre faccende domestiche, e Lucas riprende la sua normale giornata lavorativa, tornando a casa solo la sera e per i pasti. Mentre è via, leggo i libri e mi alleno per mantenermi in forma, e quando siamo insieme, discutiamo dei libri che ho letto. Inoltre, la mattina passeggiamo insieme. La principale differenza rispetto a prima è la presenza di mio fratello nella tenuta e il fatto che, teoricamente, mi è permesso andare in giro da sola.

Dico "teoricamente" perché la prima volta che cerco di trarre vantaggio da questa opportunità, Lucas mi mette in guardia affinché io eviti Esguerra il più possibile.

"Non ti farà niente, ma è meglio non attirare la sua attenzione inutilmente" dice Lucas, e intuisco anche quello che non dice.

Se non fosse per Lucas, Esguerra farebbe volentieri quello che ha minacciato sua moglie e scuoierebbe ogni pezzo di carne dalle mie ossa.

Visto come stanno le cose, decido di non passeggiare verso le caserme delle guardie per chiacchierare con mio fratello. Così, chiedo che sia Diego a portarlo a casa di Lucas. Non ho paura per me stessa—vivo giorno per giorno dalla mia cattura a Mosca—ma non riesco a sopportare l'idea che a Misha possa accadere qualcosa di brutto. Questa possibilità mi preoccupa così tanto che quando Diego si avvicina, porto la giovane guardia da una parte e gli chiedo di tenere mio fratello lontano dal suo capo.

"Da Esguerra?" Diego mi rivolge uno sguardo sorpreso. "Perché? Non gli importa di Michael. Ha visto il ragazzo una mezza dozzina di volte dal suo arrivo, e non ha mai mostrato alcun interesse nei suoi confronti."

Questo mi rassicura un po'. Sul campo di allenamento, Esguerra mi ha guardata con inconfondibile odio. Se prova emozioni diverse nei confronti di mio fratello—o, meglio, gli è indifferente—è una cosa positiva. Eppure, il nucleo della mia paura rimane. Anche se l'animosità del trafficante d'armi è riservata esclusivamente a me, so di cosa è capace. Se Esguerra decidesse di farmi del male, non gli importerebbe che Misha ha quattordici anni o che non ha avuto niente a che fare con l'incidente.

Mio fratello potrebbe pagarla per le mie colpe.

"Sei sicuro che Misha sia più al sicuro qui che in Ucraina?" chiedo a Lucas quella sera. "Forse, se i suoi genitori si trasferissero in un'altra regione del Paese, o—"

"L'Ucraina è una zona di guerra in questo momento" dice Lucas senza mezzi termini. "Abbiamo tre dozzine di uomini lì, e ne stanno arrivando altri mentre parliamo. Non posso garantire che tuo fratello non rimarrebbe coinvolto nel fuoco incrociato. Vuoi correre questo rischio?"

"No, certo che no." Mi mastico la parte interna della guancia, cercando di fermare le immagini mentali della strage che si sta perpetrando. "Ma che mi dici dei genitori adottivi di Misha? Probabilmente saranno davvero preoccupati per lui—per non dire terrorizzati, se non sanno niente di quello che sta succedendo."

"La cosa migliore che io possa fare è informarli che Misha è vivo e vegeto" dice Lucas. "Questo, e ricordare ai nostri uomini che sono intoccabili. Ma come ho detto, non posso garantirti niente. La situazione è incerta, e dal momento che non sono lì a sorvegliare l'operazione di persona, agli uomini è stata concessa una grande autonomia nello svolgimento della missione."

Deglutisco. "Capisco . . . e grazie. Qualunque cosa tu possa fare per tenere i genitori di Misha al sicuro è ben accetta" mormoro, e dico sul serio. Forse non sarò in grado di impedire a Lucas ed Esguerra di ottenere la loro vendetta, ma se riuscissi a tenere la famiglia di mio fratello al sicuro non mi sentirei così tormentata—impotente e complice al tempo stesso.

Non solo vado a letto con un mostro; sono innamorata di lui.

E il mostro lo sa. Gode di questo, facendomi confessare i miei sentimenti quasi ogni giorno. Non so perché Lucas sia compiaciuto di questo—non posso essere la prima donna ad essersi innamorata di lui—ma sicuramente gli piace sentire quelle parole pronunciate da me. Mi costringe a urlarle mentre mi scopa duramente, e a sussurrarle mentre mi culla dolcemente nel suo abbraccio. La costante contrapposizione di violenta possessività e tenerezza mi confonde, mi stordisce. Non ho idea di come stiano le cose col mio rapitore. Un minuto prima, sono certa che mi veda come il suo giocattolo sessuale, e quello successivo mi ritrovo a sperare di essere qualcosa di più.

Mi ritrovo a sognare che un giorno possa amarmi.

Non aiuta il fatto che Lucas continui a fare cose che mi fanno sentire come se avessimo una vera e propria relazione. Ogni volta che scopre una bevanda o un cibo che mi piace, mi sorprende acquistandoli per me. La settimana scorsa, abbiamo ricevuto le consegne di dolcetti russi difficili da trovare, una scatola di cachi maturi da Israele, cinque varietà esotiche di Earl Grey, e pane di segale tedesco appena sfornato. Inoltre, ha ordinato per me una grande varietà di vestiti—lasciandomene scegliere alcuni su Internet—e vari prodotti e articoli da bagno, tra cui il mio shampoo preferito, quello al profumo di pesche.

Mi vizia talmente tanto che ne sono spaventata.

E non si tratta solo delle cose che Lucas acquista per me. Si tratta di tutto quello che fa. Se mi graffio, benda la zona per me. Se mi fanno male i muscoli dopo un allenamento, mi fa un massaggio completo. La sera abbiamo cominciato a guardare la TV insieme, e ha preso l'abitudine di accarezzarmi i capelli o di giocare con la mia mano, mentre sto rannicchiata accanto a lui. È una sorta di affetto distratto, come accarezzare un gatto, ma questo non attenua il suo impatto su di me. È quello che mi mancava, quello che desideravo da tanto tempo. Ogni volta che il mio rapitore mi dà il bacio della buonanotte, ogni volta che mi abbraccia, le ferite asciutte e vuote intorno al mio cuore si rimarginano un po', con il dolore per le perdite che si dissolve.

Con Lucas, la terribile solitudine degli ultimi undici anni sembra un lontano ricordo.

Quello che mi tocca di più, tuttavia, è che Lucas capisca la devozione verso mio fratello e non cerca di interferire nella ricostruzione del nostro rapporto. Nonostante la continua contrarietà di Misha nei suoi confronti, mi permette di invitare mio fratello tutte le volte che voglio, e cominciamo a pranzare tutti e tre insieme—consumando pasti spesso avvolti da una tensione imbarazzante.

"A tuo fratello non sto molto simpatico, vero?" chiede Lucas dopo il nostro primo pranzo tutti insieme. "Per qualche istante, ho creduto che stesse per imitarti, colpendomi con una forchetta."

"Mi dispiace" mi scuso, preoccupata che possa far allontanare Misha. "Gli parlerò. È solo che con suo zio e quello che è successo in Ucraina—"

"Va tutto bene, tesoro. Ho capito." Lo sguardo di Lucas si addolcisce inaspettatamente. "È ancora un ragazzino, e ne ha passate tante. Ha tutte le ragioni del mondo per odiarmi. Non posso biasimarlo."

Sbatto le palpebre. "Dici sul serio?"

"Certo. Cambierà idea su di me. E se non dovesse farlo. . . Beh, è tuo fratello, quindi sopporterò."

Mi si gonfia la gola dall'emozione. "Grazie" riesco a dire. "Davvero, Lucas, grazie di questo e. . . e di tutto."

Non ho dimenticato che, grazie alla caccia che mi ha dato in Ucraina, Lucas molto probabilmente mi ha salvato la vita—e mi ha certamente salvato la salute mentale. Non so se sarei potuta sopravvivere a una seconda aggressione da parte di Kirill, quindi, in un certo senso, la mia nuova cattura ha rappresentato anche la mia salvezza.

"Prego" dice Lucas, facendo un passo verso di me. Il calore nel suo sguardo si trasforma in una familiare oscurità. "Il piacere è tutto mio, credimi."

E mentre mi prende in braccio, dimentico tutte le preoccupazioni—per il momento, almeno.

"Lo ami?" chiede Misha, dopo essere stati nella tenuta per quasi sei settimane. "È davvero il tuo ragazzo?"

"Che cosa?" Guardo mio fratello, sorpresa. Stiamo camminando nella foresta per ridurre al minimo le probabilità di incontrare Esguerra, e fino a questo momento, stavamo parlando di argomenti completamente innocui: la vecchia scuola di Misha, il suo miglior amico Andrey e i generi di film che piacciono ai ragazzi della sua età. Questo è venuto fuori dal nulla. "Perché me lo chiedi?" dico con cautela.

Misha si stringe nelle spalle. "Non lo so. All'inizio, pensavo che ti stessi prendendo gioco di lui, in modo da poter fuggire, ma più vi vedo insieme e meno sembra che sia così." Mi rivolge uno sguardo indecifrabile. "Vuoi davvero andartene da qui?"

"Michael, io. . ." Faccio un respiro, sapendo che devo procedere con cautela. Il nostro rapporto sta andando a gonfie vele. La settimana scorsa, ho finalmente convinto Lucas a lasciarmi navigare su Internet, e ho mostrato a Misha le foto che avevo caricato sul cloud. Le ha guardate in silenzio, senza accuse di menzogne o manipolazioni, e ho pensato che finalmente stessimo facendo progressi. L'ultima cosa che voglio è tornare ai nostri difficili inizi.

"Ascolta, Michael" dico alla fine: "Mi sto impegnando per farti tornare dalla tua famiglia. Te l'ho detto, i tuoi genitori sono stati avvisati che stai bene, e non appena le cose in Ucraina si saranno un po' stabilizzate—"

"Non è questo che sto chiedendo." Misha si ferma e si gira verso di me. "Vuoi andartene via? Se avessi la possibilità di fuggire da lui, la sfrutteresti?"

Mi fermo anch'io, colpita dalla domanda. Nell'ultimo mese, non ho pensato affatto alla fuga. Anche se non avessi i localizzatori sotto la pelle, il fatto che Lucas mi abbia trovata in Ucraina mi ha fatto capire che non posso scappare da nessuna parte. Anche se, in qualche modo, riuscissi a fuggire di nuovo, Lucas mi troverebbe e mi riporterebbe indietro.

Non è questo che Misha vuole sapere, però.

"No" dico con calma, sostenendo lo sguardo di mio fratello. "Non me ne andrei, se potessi."

Annuisce. "Come pensavo."

Ricomincia a camminare, e mi affretto per stare al passo con le sue lunghe falcate. Misha sembra essere cresciuto di un altro centimetro o due da quando siamo qui, con le spalle sempre più larghe. Ho il sospetto che quando la sua crescita sarà terminata, avrà l'altezza e il fisico di Lucas. Per ora, però, è ancora un ragazzo—e io sono ancora sua sorella maggiore.

"Michael, ascoltami." Lo raggiungo. "Solo perché non voglio andarmene, questo non significa che non mi stia impegnando per te. Ti prego, credimi. Sto facendo tutto il possibile per riportarti a casa."

"Lo so." Mi guarda, con la fronte corrugata. "Vorrei solo che venissi con me, quando me ne andrò. Un sacco di gente ti odia qui, lo sai."

"Lo so." Sorrido per scacciare l'espressione preoccupata sul suo volto. "Ma non preoccuparti per me. Starò bene."

"Perché hai *lui*."

"Lucas? Sì." Ho notato che a mio fratello non piace riferirsi a Lucas con il suo nome, preferendo solo dire *lui*. "Mi terrà al sicuro."

Misha è ancora accigliato, così mi allungo d'istinto verso di lui e gli arruffo scherzosamente i capelli. "Sai, questa spazzola sulla tua testa si sta allungando. Vuoi che te la tagli o vuoi farti crescere una coda?"

"Ehm, no." Misha fa una smorfia e alza una mano. Le sue dita scompaiono nelle spesse ciocche bionde. "Sì, credo che dovrei accorciarli" dice a malincuore. "Sei brava con i tagli di capelli?"

"Sono certa che posso farcela." Sorrido davanti alla sua espressione dubbiosa. "Se roviniamo tutto, chiederemo a Lucas di sistemare le cose—lui li taglia ogni due settimane."

Alla menzione di Lucas, Misha si irrigidisce di nuovo, e distoglie lo sguardo. "Va bene" mormora, improvvisamente affascinato da un formicaio alla nostra sinistra. "Qualsiasi cosa tu faccia, andrà bene."

Sospiro, ma lo lascio andare. Non posso costringere mio fratello a voler bene a Lucas. L'attacco brutale alla base segreta e la morte di Obenko hanno lasciato un'impronta indelebile nella sua giovane psiche. Misha vede Lucas come un nemico, ed è giusto che sia così.

Se Lucas non si fosse reso conto di chi era Misha, mio fratello sarebbe stato una delle vittime di quell'attacco.

Camminiamo senza parlare per qualche minuto, ma man mano che ci avviciniamo al confine della foresta tocco il braccio di Misha, facendolo fermare. "Mi dispiace per quello che è successo quel giorno" dico, quando si gira verso di me. "Dico davvero. Se potessi tornare indietro e cambiare le cose, lo farei. L'ultima cosa che volevo era mettere in pericolo te o gli altri, credimi."

Misha mi fissa, poi dice lentamente: "Non è stata colpa tua. Mi dispiace aver detto questo prima. E poi, se non fossero venuti—" Si ferma, con il pomo di Adamo che va su e giù.

"Cosa?"

"Probabilmente saresti stata uccisa." Le sue parole sono appena udibili. Voltandosi, continua a camminare, e io lo seguo, con lo stomaco sottosopra.

"Chi ti ha detto questo, Michael?" Raggiungendolo, lo afferro per un braccio, facendolo fermare di nuovo. "Perché dici questo?"

"Perché è vero." Il volto di Misha si rabbuia, con l'avambraccio teso nella mia presa. "Ho sentito lo Zio Vasya parlarne con Kirill Ivanovich. Non volevo crederci in un primo momento—ho pensato che forse avevo capito male o che avevo decontestualizzato le loro parole—ma più ci pensavo, più tutto diventava chiaro. Ti avrebbero uccisa e mi avrebbero detto che eri scappata col tuo amante." Si lascia sfuggire un respiro instabile. "Mi avrebbero mentito, come mi hanno mentito su di te per tutto il tempo."

"Oh, Michael. . ." Lascio andare il suo braccio, con il cuore che mi si stringe vedendo il dolore nei suoi occhi. Non riesco nemmeno a immaginare quanto debba essere terribile questo tradimento per lui. Obenko era il mio capo e mentore, ma per mio fratello è stato molto di più. Misha deve aver lottato duramente contro questa consapevolezza, cercando di negare la verità il più a lungo possibile. "Forse hai frainteso" dico, non riuscendo a sopportare la sua angoscia. "Forse si è trattato di—"

"No, basta. Non hai fatto che ripetermelo, e sono stato troppo stupido per crederti. E poi, quando mi hai mostrato quelle foto la settimana scorsa. . ." Scuotendo la testa, Misha fa un passo indietro. "Avrei dovuto ascoltarti fin dall'inizio. È solo che non volevo credere a quello che dicevi, sai?" Il suo volto si contorce. "Era morto e—"

"Ed era tuo zio, un uomo che ammiravi, mentre io ero la sorella che ti aveva abbandonato quando avevi tre anni." Continuo, con voce dolce e ferma. "Non avevi motivo di credere a me e non a lui. Lo capisco . . . e l'avevo capito anche prima." Respiro per attenuare la contrazione della gola.

"E mi dispiace, Michael. Mi dispiace davvero che le cose siano andate a finire così."

L'espressione di Misha non cambia. "Non hai nulla di cui dispiacerti" dice, con voce tesa. "Zio Vasya—Obenko—era un bugiardo, e io sono stato un idiota ad avergli creduto. Kent ha detto—" Si ferma di nuovo, con il viso che arrossisce per qualche ragione.

"Lucas?" Fisso Misha senza capire. "Hai parlato con lui?"

"Ieri" borbotta Misha, e ricomincia a camminare. "Quando mi ha riportato negli alloggi dopo cena."

"Che cosa ti ha detto?" chiedo, raggiungendolo. Misha non risponde, così dico con maggior fermezza: "Che cosa ti ha detto, Michael?"

"Mi ha detto che Kirill Ivanovich ti ha fatto del male quando avevi la mia età" dice con riluttanza. "E che Obenko ti aveva detto che si sarebbero occupati di lui, ma non l'hanno mai fatto." Mi guarda, pallido in volto ora. "È vero? Ti ha"—si ferma, sbarrandomi la strada—"fatto qualcosa?"

Oh Dio. L'afflusso di sangue al cervello mi fa girare la testa. Le mie guance avvampano, poi si trasformano in ghiaccio, mentre la rabbia mi riempie lo stomaco. Come osa Lucas dire questo a un quattordicenne? Non volevo che Misha sapesse di Kirill. Da quello che ho potuto capire, sembra che mio fratello abbia cancellato la maggior parte delle cose che gli sono accadute in orfanotrofio. Ricorda che stava male, ma non sembra conoscere la portata di quel male. Qualcosa del genere potrebbe riportare alla sua memoria quegli orribili ricordi e, anche se così non fosse, non voglio esporlo a quel genere di bruttezza. È sufficiente che suo zio l'abbia ingannato; ora mio fratello penserà che tutto il mondo sia costituito da persone orribili.

Per un attimo, sono tentata di negare tutto, ma se lo facessi sarei solo una persona in più ad aver mentito a Misha. "Sì" dico, con voce tesa. "È vero. Ma ero un po' più grande di te—avevo quindici anni—e l'hanno tenuto lontano da me dopo aver saputo quello che era successo."

Misha chiude le mani mentre parlo. "Stai inventando scuse per difenderli?" La sua voce si alza dall'incredulità. "Per quei... quei *mostri*? Dopo tutto quello che ti hanno fatto? Credevo che Kent stesse inventando tutto affinché io lo odiassi di meno, ma non è così, vero? È di questo che stavate parlando nella base segreta. Vi ho sentiti, ma stavano succedendo troppe cose e non ci ho riflettuto. Kirill ti ha fatto del male, e io. . ." Il suo volto si torce dolorosamente. "Oh, cazzo, mi allenavo con quel mostro. Mi piaceva."

"Mishen'ka. . ." Mettendo da parte la rabbia che provo per Lucas, mi allungo per toccare la spalla di Misha, ma lui si allontana, scuotendo la testa.

"Sono un idiota." Inciampando su una radice, si aggrappa a un albero e continua a indietreggiare, mormorando con amarezza: "Sono un fottuto idiota. . ."

"Michael." Respingendo le preoccupazioni riguardo ai suoi ricordi cancellati, faccio una voce severa. "Non voglio che usi quel linguaggio. Capito? Non sei un idiota, e sicuramente non sei un fottuto idiota. Non potevi saperlo, proprio come non potevi sapere che Obenko stava mentendo. Niente di questa situazione è colpa tua."

Misha sbatte le palpebre. "Ma—"

"Niente ma." Nascondendo tutte le emozioni dal volto, mi avvicino e mi fermo davanti a lui. "Non voglio sentire altri piagnistei. Quel che è fatto è fatto. È acqua passata. È questo il presente ora. Siamo qui, e non guarderemo indietro. Sì, ci sono successe alcune cose brutte, e abbiamo conosciuto alcune persone cattive, ma siamo sopravvissuti e siamo più forti ora." Addolcendo la voce, mi allungo e gli stringo la mano. "Non è così?"

"Sì" sussurra Misha, stringendo le dita intorno alle mie. "Hai ragione."

"Bene." Gli lascio la mano e faccio un passo indietro. "Ora, andiamo. Diego mi ha detto che ti avrebbe portato alle esercitazioni di tiro nel pomeriggio, visto che sei bravo. Non vorrai fare tardi."

Mi giro e comincio a camminare, con Misha accanto a me. L'amarezza sul suo volto nel frattempo è stata rimpiazzata da uno sguardo smarrito. Non avevo mai parlato con lui in quel modo, e non sa come prenderla.

Nonostante la mia cocente rabbia verso Lucas, sorrido mentre ci avviciniamo a casa sua.

Sono la sorella maggiore di Misha, e mi piace comportarmi come tale.

42

Lucas

"Come hai potuto fare questo?"

Nell'istante in cui varco la porta d'ingresso, Yulia si precipita verso di me, con le sue gambe lunghe e i fluenti capelli biondi. I suoi occhi azzurri sembrano due fessure, con le narici che sputano fuoco.

"Fare cosa?" chiedo, confuso. Ho ricevuto un aggiornamento piuttosto raccapricciante dall'Ucraina questa mattina, ma è impossibile che Yulia l'abbia scoperto. "Di cosa stai parlando?"

"Di Misha" sibila, fermandosi davanti a me. Ha le mani strette a pugno lungo i fianchi. "Gli hai detto di Kirill."

"Oh." Mi viene da sorridere, ma non lo faccio. Yulia sembra pronta ad avventarsi contro di me, e dato che ormai è guarita, potrebbe colpirmi un paio di volte prima che io la sottometta. Mantenendo un'espressione neutra, dico in tono ragionevole: "Perché non avrei dovuto dirglielo? È giusto che sappia la verità. Sai che una parte della sua rabbia è dovuta al fatto di sentirsi ingannato, vero? A nessuno piace essere manipolato."

Yulia digrigna i denti. "Ha quattordici anni. È ancora un bambino. Non si parla ai bambini di stupri brutali—soprattutto ai bambini con il suo background. Kirill era il suo addestratore. Misha lo ammirava—"

"Sì, esattamente." Le prendo i polsi come misura di difesa preventiva. "Tuo fratello continuava a parlare di quel bastardo e di tutte le cose che gli aveva insegnato. Credi che fosse giusto per lui? Che fosse un bene? Come pensi che Michael si sarebbe sentito una volta scoperto che hai lasciato che rispettasse il tuo stupratore? E lo avrebbe scoperto, credimi. La verità viene sempre a galla."

I polsi di Yulia sono rigidi nella mia presa, ma non mi dà calci, né cerca di divincolarsi. Lo prendo come un segnale che sta cominciando a darmi ragione e dico: "E poi, non è un bambino. Nient'affatto. Sai che tuo fratello è già andato a letto con una ragazza, vero?"

"Che cosa?" Yulia resta a bocca aperta.

"Sì, l'ha detto a Diego." Approfitto del suo shock per tirarla verso di me, modellando la parte inferiore del suo corpo sul mio cazzo indurito. "Gli allievi sono andati in un locale qualche mese fa, e ha conosciuto una ragazza più grande lì. Ne è follemente orgoglioso, come lo sarebbe qualunque altro adolescente."

Sembra avere un nodo in golo. "Ma—"

"Non ti preoccupare. Ha usato il preservativo. Gliel'ha chiesto Diego."

E prima che Yulia possa riprendersi, abbasso la testa e la bacio, godendo del modo in cui si oppone prima di sciogliersi su di me.

Passa molto tempo prima che ci sediamo per cenare quella sera, ma non mi pento nemmeno un minuto di quel ritardo.

***

Man mano che la nostra nuova vita insieme prosegue, mi ritrovo ad essere sempre più ossessionato da Yulia. Tutto di lei mi affascina: il modo in cui canticchia quando cucina, il modo in cui si stiracchia la mattina, il gemito simile alle fusa di una gatta che le sfugge dalle labbra quando le bacio il collo. Il suo corpo è tornato come prima, con quel pallore malaticcio ormai svanito, e uno sguardo alla sua meravigliosa bellezza è tutto quello che mi serve per eccitarmi ormai. La scopo tutte le volte che posso, ma non è mai abbastanza. La voglio costantemente, con un desiderio che mi consuma. Ogni volta che la prendo, è la sensazione migliore del mondo, eppure la desidero sempre di più.

A volte, penso che finirò nella tomba desiderandola.

Se fosse solo un prurito sessuale, riuscirei ad affrontarlo. Ma la mia fame è più profonda. Voglio sapere tutto di lei, ogni piccolo dettaglio della sua vita. Non mi piace pensare al mio passato, così non mi è mai interessato molto quello di altre persone, ma con Yulia la mia curiosità non conosce limiti.

"Sai, non mi hai mai rivelato il tuo vero nome" dico un giorno, mentre pranziamo. "Il tuo cognome, voglio dire."

"Oh." Sbatte le palpebre. "Che cosa te ne importa?"

"Mi importa." Metto giù la forchetta e la fisso intensamente. "Non hai più nessuno da proteggere, quindi dimmelo, ti prego, piccola."

Esita, poi dice: "Molotova. Il mio nome intero è Yulia Borisovna Molotova."

Molotova. Ne prendo nota mentalmente. Non ho dimenticato quello che mi ha raccontato sulla direttrice del suo orfanotrofio, e utilizzerò quest'informazione per rintracciare quella donna. Vorrei parlarne a Yulia, ma non so come reagirebbe, così decido di tacere per ora.

Cambiando discorso, chiedo: "Hai mai ucciso qualcuno? Non durante un combattimento o come auto-difesa, ma a bruciapelo."

Con mia grande sorpresa, Yulia annuisce. "Sì, una volta" mormora, guardando il suo piatto.

"Quando?" Mi allungo sul tavolo per coprirle la mano snella con il palmo della mano. "Com'è successo?"

"Durante l'addestramento, come ultima parte del programma" dice, mentre alza la testa, osservandomi con sguardo velato. "Nessuno di noi sarebbe dovuto diventare un assassino, ma volevano assicurarsi che saremmo stati in grado di premere il grilletto, se fosse stato necessario."

"Allora, che cos'hanno preteso? Hai dovuto uccidere qualcuno?"

"In un certo senso, sì." Si bagna le labbra. "Ci portarono un senzatetto che stava per morire. Aveva un cancro al fegato al quarto stadio. Gli restavano solo pochi giorni di vita nel migliore dei casi, ed era estremamente dolorante. Lo imbottirono di farmaci, e poi, lo appesero al posto del bersaglio di cartone. Il nostro obiettivo era quello di dargli il colpo mortale."

"Quindi, sparaste tutti a quel tipo?"

"Sì." Yulia contrae le dita sotto al mio palmo. "Utilizzammo delle pallottole segnate, e in seguito gli venne fatta l'autopsia per vedere quali proiettili avessero colpito il bersaglio. Un paio di allievi non riuscirono a sparare."

"Ma tu sì."

"Sì." Ritrae la mano dalla mia stretta, ma non distoglie lo sguardo. "L'autopsia rivelò che tre proiettili gli perforarono il cuore."

"E uno di quelli era il tuo?" chiedo, appoggiandomi allo schienale.

"No." Non batte ciglio. "Il mio venne trovato nel suo cervello."

Quella notte, Yulia si aggrappa a me con una passione che sconfina nella disperazione, e mi rendo conto che le mie domande devono aver fatto riaffiorare dei brutti ricordi. So che dovrei lasciarla in pace, lasciarla vivere nel presente, come chiaramente vuole fare, ma ho sempre voglia di saperne di più, e alla fine cedo.

"Hai mai dormito con un uomo di tua iniziativa?" chiedo, mentre siamo aggrovigliati dopo una lunga sessione di sesso. Dovrei sprofondare nel sonno, ma il mio corpo canticchia dall'energia e i miei pensieri continuano a tornare su questo tema.

Yulia si irrigidisce nelle mie braccia. Girandosi, mi guarda. "Che cosa vuoi dire? Sono stata costretta solo quella volta—"

"Voglio dire, hai mai frequentato qualcuno che non fosse un incarico?" dico, mettendole la mano sul fianco. "Hai mai frequentato bar, locali? Flirtato con un ragazzo solo per divertimento?" Volevo che la domanda fosse banale, ma mentre pronuncio quelle parole mi rendo conto che Yulia con un altro uomo non sarà mai un argomento banale per me.

Mi viene da commettere un omicidio al solo pensiero che qualcun altro possa averla toccata, oltre a me.

Lo sguardo di Yulia si illumina dalla comprensione. "No" dice a bassa voce. "Non sono mai andata a un appuntamento. Non sarebbe stato giusto per il ragazzo."

"Allora, c'era un ragazzo." La mia gelosia si acuisce. "Qualcuno che volevi?"

"Che cosa?" Con mio grande sollievo, sembra spaventata da quel pensiero. "No, nessuno. Volevo solo dire che ero sempre in missione, quindi sarei stata una pessima fidanzata."

"Quindi, nemmeno un appuntamento casuale?" insisto.

"No." Si morde il labbro. "Non vedo perché avrei dovuto. Avevo le lezioni e i compiti di scuola oltre al lavoro, e non avevo molto tempo libero."

"E così, mi stai dicendo che, a parte i tuoi tre amanti assegnati ed io, non sei mai stata con nessun altro?"

Fa una smorfia. "Ti stai dimenticando di Kirill."

"Non lo sto dimenticando." Il fatto che non abbiamo ancora trovato lui o il suo corpo è come una scheggia infetta sotto la mia pelle. Sopprimendo la rabbia, dico: "È stato il tuo aggressore, non il tuo amante."

"In quel caso, sì." Gli occhi azzurri di Yulia sono chiari e innocenti, mentre mi guarda. "Ho avuto quattro amanti, compreso te."

La fisso, non riuscendo a credere alle mie orecchie. La mia seducente spia—la bellissima ragazza che sfruttava il proprio corpo per ottenere informazioni—ha dormito con meno uomini rispetto a una normale studentessa universitaria.

"E tu?" ribatte, appoggiandosi su un gomito. "Con quante *donne* sei andato a letto?" Lo sguardo nei suoi occhi è l'immagine speculare della mia precedente gelosia.

"Probabilmente con meno di quante tu creda" dico, compiaciuto dalla sua possessività. "Ma sicuramente più di quattro. Come tuo fratello, ho cominciato abbastanza giovane, e... beh, non ero proprio un tipo da relazioni."

Socchiude gli occhi. "Davvero? E ora lo sei?"

"Ho una relazione con te, no?" dico, con il cazzo che si contrae alla vista del suo capezzolo che fa capolino da sotto la coperta. "Quindi sì, direi di sì."

Yulia apre la bocca per rispondere, ma mi sto già togliendo la coperta di dosso. Rotolando sopra di lei, le divarico le gambe con le ginocchia e afferro il mio cazzo, posizionandolo sulla sua apertura. È scivolosa per la sessione precedente, così lo spingo dentro, invadendo la sua setosa strettura senza preliminari. Non sembra darle fastidio, avvolgendomi con le braccia e le gambe per tenermi a sé, e comincio a scoparla sul serio, prendendola duramente e velocemente. Dopo pochi minuti, sento che sto per raggiungere l'orgasmo, e mi sforzo di rallentare, cercando di prolungare il momento.

"Dimmi che mi ami" esigo, accarezzando il suo corpo in profondità. "Voglio sentirtelo dire."

"Ti amo, Lucas" sospira nel mio orecchio, stringendomi i fianchi con le gambe. La sua figa è come un caldo guanto scivoloso intorno al mio cazzo e le mie palle spingono sul mio corpo, quando la sento iniziare a fremere. Esplodiamo insieme e, in quel momento, mi sento come se fossimo una cosa sola, come se le nostre lacere metà si fossero fuse, formando un tutt'uno ininterrotto. I nostri polmoni lavorano in tandem, i nostri respiri si mescolano, e quando alzo la testa e vedo che Yulia mi sta guardando, qualcosa di caldo e denso si espande nel mio petto.

"Ti amerò per sempre" sussurra, piegando la mano intorno alla mia guancia, e quella sensazione si rafforza, con quel denso calore che si estende fino a riempire ogni angolo vuoto della mia anima.

Con Yulia, mi sento completo, e faccio tesoro di quella sensazione.

yulia

In qualche modo, è come se io e Lucas fossimo degli sposini, e questo insolito periodo—questa lunga tregua tra noi—fosse la nostra luna di miele.

In parte, è sicuramente dovuto al sesso. Lungi dal dissolversi con il tempo, l'attrazione tra noi è solo più ardente, con la magnetica sensualità che si intensifica ogni giorno che passa. I nostri corpi sono in sintonia l'uno con l'altro in un modo che non avrei mai immaginato. Uno sguardo, un respiro, un tocco, e si accende la passione. Non ne abbiamo mai abbastanza. Tutte le volte che Lucas si allunga per prendermi, reagisco a lui, con il mio corpo che lo desidera a prescindere da quanto io sia dolorante. Il suo tocco mi riduce a un essere che non riconosco, un essere primitivo con desideri e bisogni. È come se fossi stata programmata per esistere solo per il suo piacere, per desiderarlo in ogni modo. Mi spinge oltre ogni limite, e voglio sempre di più.

Rude o dolce, il mio rapitore mi consuma, e il bisogno che provo per lui mi lega più stretta di qualsiasi corda.

Al di là del sesso, tuttavia, vi è una crescente intimità emotiva tra noi. Ogni giorno, Lucas pretende il mio amore, e io glielo do, incapace di fare qualsiasi altra cosa. Non è uno scambio equo; Lucas non ricambia mai le mie parole, né mi fa capire quali siano i suoi sentimenti. Eppure, dopo il sesso, mi abbraccia, come se avesse paura di lasciarmi andare dall'altra parte del letto, e capisco che quei sereni momenti di tenerezza sono importanti per lui, quanto lo sono per me. Mi fanno sperare che un giorno potrò avere più da lui, che potrò raggiungere l'uomo nascosto sotto la corazza dura.

"Sai, non mi hai mai detto davvero come sei finito qui. . . come sei passato dalla Marina ad essere il braccio destro di Esguerra" mormoro una sera, mentre siamo sdraiati lì, così avvinghiati l'uno all'altra che è impossibile dire dove finisca uno e cominci l'altra. Tracciando un cerchio con il dito sul suo potente torace, dico: "Tutto quello che so è quello che ho letto nel tuo fascicolo, e non c'era niente che spiegasse perché l'avessi fatto."

"Come ho fatto a uccidere il mio comandante?" La voce di Lucas non tradisce alcuna emozione, ma flette il muscolo della spalla sotto la testa. "È questo che vuoi sapere? Perché ho ucciso quel bastardo?"

"Sì." Mi spingo un po' più indietro per guardarlo. Sotto la luce fioca della lampada sul comodino, il viso del mio rapitore è duro come non mai. Questo non mi scoraggia, però. "Perché l'hai fatto?" chiedo a bassa voce.

"Perché uccise il mio miglior amico." Una fredda, oscura rabbia si insinua nella voce di Lucas. "Jackson—il mio amico—sorprese Roberts a vendere armi ai talebani, e stava per denunciarlo. Ma prima che potesse farlo, Roberts lo uccise. . . facendo sembrare quell'omicidio un agguato da parte di alcuni nemici. Ero lì quando successe."

"Oh, Lucas, mi dispiace tanto. . ." Mi allungo per toccargli il volto, ma intercetta la mia mano, stringendola forte.

"No." Mi guarda, con gli occhi socchiusi. "È successo in Afghanistan, tanto tempo fa." Torna a fissare il soffitto, ma non mi lascia andare la mano. Tenendomi le dita, dice: "Comunque sia, sono sopravvissuto. Ci misi diversi giorni per tornare alla base, ma ci riuscii. E quando arrivai, uccisi quel bastardo. Presi la sua pistola e lo riempii di proiettili."

Naturalmente. Guardo il mio rapitore con un mix di tristezza e di amara comprensione. Come me, è stato tradito da qualcuno di cui si fidava, qualcuno che avrebbe dovuto coprirgli le spalle. Non so che cosa avrei fatto a Obenko, se fosse sopravvissuto, ma non mi infastidisce, né mi sorprende che Lucas abbia scelto questo brutale metodo di ritorsione.

"E poi, cos'è successo?" insisto, quando Lucas resta in silenzio, con lo sguardo fisso sul soffitto. "Sei stato arrestato?"

"Sì." Continua a non guardarmi. "Venni riportato negli Stati Uniti, alla corte marziale. Roberts aveva amici nelle alte sfere, e le mie prove contro di lui vennero occultate prima che potessi scrivere una relazione formale."

"Come hai fatto a fuggire, allora?"

Lucas finalmente si gira verso di me. "I miei genitori" dice con voce piatta e dura. "Non riuscivano a sopportare l'imbarazzo di vedere il proprio figlio processato per omicidio, così organizzarono la mia fuga. Mio padre fece un patto con me: mi avrebbe aiutato a sparire in Sud America, e non li avrei mai più contattati."

"Ti volevano fuori dalla loro vita?" Resto a bocca aperta, non riuscendo a immaginare che un genitore possa concepire un simile accordo. "Perché? A causa dell'accusa di omicidio?"

"Perché, secondo mio padre, sono una mela marcia—'marcia fino al midollo' per la precisione."

"Oh, Lucas…" Il mio cuore va in frantumi per lui. "Tuo padre si sbaglia. Tu non sei—"

"Un uomo malvagio?" Solleva un sopracciglio, con un sorriso sardonico che gli appare sul viso. "Andiamo, bellissima, sai cosa sono. I miei genitori mi fecero frequentare le scuole più prestigiose, mi diedero tutti i vantaggi che potevano permettersi, e che cos'ho fatto? Ho buttato via tutto, unendomi alla Marina per poter soddisfare il mio desiderio di combattere. Ho fatto una cazzata, no? Puoi davvero biasimare i miei genitori per non aver voluto più niente a che fare con me?"

"Sì, posso." Deglutisco, sostenendo il suo sguardo. "Eri pur sempre loro figlio. Avrebbero dovuto esserti vicino."

"Tu non capisci." Gli occhi di Lucas luccicano come se fossero di ghiaccio. "Non volevano più un figlio. Dovevo essere il loro erede. Una perfetta estensione di loro… il culmine delle loro ambizioni. E ho rovinato tutto questo quando sono diventato un soldato. L'accusa di omicidio è stata solo la goccia che ha fatto traboccare il vaso. Mio padre fece la cosa giusta proponendomi quel patto. Non ero adatto alla loro vita—non lo sono mai stato—e sicuramente loro non erano adatti alla mia."

Mi mordo la parte interna della guancia, cercando di trattenere le lacrime che mi pungono gli occhi. Riesco a immaginare Lucas come un ragazzo inquieto, costantemente incoraggiato e spronato a essere qualcosa che non voleva. Riesco anche a immaginare i suoi genitori, avvocati aziendali, darsi da fare per crescere un figlio che era in realtà un guerriero—un ragazzo che, per uno strano scherzo della genetica, era assolutamente diverso da loro.

Eppure, dire al figlio che non avrebbero mai più voluto rivederlo...

"E così, non parli con loro da allora?" chiedo, mantenendo la voce ferma. "Non ci hai parlato nemmeno una volta?"

"No." Il suo sguardo è acciaio puro. "Perché avrei dovuto?"

Perché, infatti? Per me, la famiglia è sacra, ma la mia famiglia era molto diversa da quella di Lucas. Non riesco a immaginare Mamma e Papà allontanarsi da me o da Misha, a prescindere dal percorso che avessimo deciso di intraprendere nella vita. Sarebbero rimasti al nostro fianco, nonostante tutto, proprio come io rimarrei al fianco di mio fratello.

E di Lucas, mi rendo conto, scossa da un improvviso shock. Infatti, *sto* al suo fianco, anche se lui ed Esguerra faranno a pezzi l'organizzazione per cui ho lavorato. Suo padre non aveva tutti i torti—Lucas non è un bravo ragazzo, nient'affatto—ma questo non cambia quello che provo per lui.

Forse anch'io sono marcia fino al midollo, ma a un certo punto il mio rapitore senza scrupoli è diventato qualcosa di simile alla mia famiglia.

Allontano quella sorprendente rivelazione per concentrarmi sul resto della storia. "Allora, come sei finito con Esguerra?" chiedo, appoggiandomi su un gomito. "L'hai incrociato da qualche parte in Sud America, e ti ha ingaggiato?"

"È stato. . . un po' più complicato." Gli angoli della bocca di Lucas si piegano. "In realtà venni ingaggiato da un cartello messicano per proteggere un carico di armi che avevano acquistato da Esguerra. Ma quando mi presentai per svolgere il mio lavoro, scoprii che uno dei capi del cartello era diventato avido, e così decise di rubare la spedizione per sé, facendo il doppio gioco con Esguerra e la sua gente. Ci fu una brutale sparatoria, e alla fine, io ed Esguerra fummo tra i pochi sopravvissuti, ognuno di noi bloccato in posizione coperta. Stava esaurendo le munizioni, e a me era rimasto solo qualche proiettile, così, invece di continuare a cercare di ucciderci a vicenda, mi propose di assumermi in modo permanente. Ovviamente, accettai." Ridacchia cupamente prima di aggiungere: "Oh, e poi sparai a un ragazzo che si stava avvicinando furtivamente a Esguerra per cercare di farlo fuori. Quell'episodio suggellò il patto, per così dire."

"È per questo che hai detto che Esguerra è in debito con te?" chiedo, ricordando le sue parole di tanto tempo fa. "Perché gli hai salvato la vita quella volta?"

"No. Quello faceva parte del mio nuovo lavoro. Esguerra è in debito con me per un'altra cosa."

Lo guardo, in attesa, e un momento dopo, Lucas sospira e dice: "L'anno scorso, Esguerra rimase ferito durante l'esplosione di un magazzino in Tailandia. Lo tirai in salvo e lo portai in un ospedale, ma rimase in coma per quasi tre mesi. Mi occupai dei suoi affari in quel periodo, assicurandomi che la sua attività non ne risentisse, che sua moglie fosse al sicuro, eccetera."

"Capisco." Non mi stupisce che Lucas fosse così sicuro che Esguerra gli avrebbe permesso di tenermi. La vera fedeltà dev'essere più rara degli unicorni nel mondo dei trafficanti d'armi. "E non hai mai avuto la tentazione di prenderti tutto? L'attività di Esguerra deve valere miliardi."

"È così, ma Esguerra mi paga abbastanza bene, quindi che senso avrebbe?" Lucas mi rivolge uno sguardo ironico. "E poi, mi piace quel ragazzo. Utilizzò i suoi contatti per togliere il mio nome delle liste dei ricercati quando iniziai a lavorare per lui. Per non parlare del fatto che non finge assolutamente di essere diverso da quello che è, e lo stimo molto per questo."

Naturalmente. Vedo come questo possa sembrargli positivo dopo il tradimento del suo comandante in Afghanistan. Eppure, molti uomini al posto di Lucas si sarebbero lasciati accecare dall'avidità, e il fatto che lui non l'abbia fatto, la dice lunga sul suo carattere.

Il mio rapitore non sarà legato alla sua famiglia, ma a modo suo è leale quanto me.

Man mano che la nostra estesa pseudo-luna di miele continua, mi ritrovo con uno strano problema: ho una quantità eccessiva di tempo libero. Non ho incarichi, né lezioni, nessuna vera responsabilità. Inizialmente, mi faceva piacere; la malattia e gli eventi traumatici che l'avevano preceduta mi avevano tolto un sacco di energie, lasciandomi esausta sia mentalmente che fisicamente. Per diverse settimane, mi sono sentita felice di leggere, guardare la TV, trascorrere del tempo con Misha, e perdere tempo piacevolmente per la casa, ma quando le settimane si sono trasformate in mesi ho cominciato ad aver voglia di fare di più. Sono sempre stata occupata—prima come studentessa, poi come praticante, e negli ultimi anni come spia attiva in missione. Il tempo libero era un lusso che bramavo, ma ora che ci sguazzo dentro non mi piace.

Per riempire le ore, comincio a sperimentare nuove ricette. Lucas mi concede l'accesso a Internet—su un computer monitorato, visto che ancora non si fida completamente di me—e mi ritrovo a visitare vari siti web alla ricerca di piatti nuovi e interessanti. Lucas è felicissimo del mio nuovo hobby—si gode i risultati ad ogni pasto—e gradualmente sviluppo un repertorio che spazia dai classici piatti russi come il *borscht* alla cucina esotica che unisce elementi di cucina asiatica, francese e latino-americana. Invento anche delle variazioni, come il sushi al curry e coriandolo ricoperto con barbabietole sott'aceto, anatra alla pechinese ripiena di cavolo al gusto di mela, e arepas con una spalmata di melanzane russe.

"Yulia, è delizioso" dice Lucas, quando preparo delicati dolci con strati di funghi shiitake e formaggio Camembert.

"Davvero, è meglio di un ristorante per palati fini. Avresti dovuto fare la cuoca."

"È davvero ottimo" interviene mio fratello, divorando il suo quarto pasticcino. Pranza con noi quasi ogni giorno, e ho il sospetto che la mia cucina abbia molto a che fare con questo. È persino disposto a sopportare Lucas in questi giorni, anche se sono ancora lontani dall'essere buoni amici.

"Bene. Mi fa piacere che ti piaccia" dico, alzandomi per portare il piatto nel lavello. Sto per scoppiare dopo due pastarelle, ma Misha e Lucas sembrano avere uno spazio infinito nello stomaco. Nascondo un sorriso quando Lucas si allunga per prendere l'ultimo dolcetto e mio fratello glielo ruba, infilandolo in bocca come se potesse scappargli.

"Ne hai altri?" chiede Misha, dopo aver masticato e inghiottito. "Diego ed Eduardo mi hanno implorato di portar loro qualche avanzo."

"Che cosa?" Lucas si ferma a metà boccone per guardare storto Misha. "Possono cucinare da soli. Non manderemo loro alcun avanzo."

"In realtà, ne ho preparato un vassoio in più, per emergenza" dico, dirigendomi verso il forno. Non è la prima volta che le due guardie supplicano di avere un po' di cibo, chiedendolo a mio fratello, e ho il sospetto che non sarà l'ultima. Se Lucas lo permettesse, verrebbero a mangiare qui ogni giorno, ma visto che non lo fa trovano altri modi per trarre vantaggio dal mio nuovo hobby. "Di' loro di mangiare i dolci prima che si freddino completamente. Non saranno altrettanto buoni, dopo essere stati riscaldati nel forno a microonde."

"Certo" dice Misha, quando metto il velo di plastica sulla vaschetta di alluminio e gliela porgo. "Vado subito."

Lucas ci osserva, un po' accigliato. "Ma che ne dici—"

"Ne preparerò subito altri" gli prometto, sorridendo. "Per cena, sto cucinando pasta ai funghi enoki con salsa di anacardi, e budino con sopra cioccolato e lampone yuzu. Se hai ancora fame, rifarò questi dolci, va bene?"

Misha ascolta con evidente invidia prima di chiedere: "Credi che rimarrà un po' di budino, se passo dopo cena? Le guardie mi hanno invitato a un barbecue stasera, ma probabilmente avrò un po' di tempo per il dessert. . ."

"Sì, certo." Gli sorrido. "Ne metterò un po' da parte per te."

"Sì, per lui e la metà delle guardie" mormora Lucas, alzandosi per lavare il suo piatto. "La prossima volta, cucinerai per l'intera tenuta."

Rido, ma ben presto Diego ed Eduardo cominciano a trovare varie scuse per venirci a trovare, spesso portando un paio di amici. Non mi dispiace cucinare porzioni più grandi—è una sfida divertente per me—ma Lucas si irrita, soprattutto quando i nostri pasti vengono interrotti da frequenti visitatori.

"Questo non è un ristorante, cazzo" ringhia contro Diego, quando la giovane guardia "si presenta" a pranzo con sei amici. "Yulia cucina per me e suo fratello, capito? Ora, toglietevi dalle palle prima che vi affidi un turno extra."

Le guardie se ne vanno, sconsolate, ma il giorno dopo Eduardo arriva appena prima che Lucas torni per il pranzo. "Non ti è rimasta un po' di quell'insalata di gamberi, vero?"

chiede, tenendo d'occhio la porta d'ingresso. "Michael ha detto che ne hai preparata un po' ieri sera, e—"

"Certo." Nascondo un sorriso. "Ma faresti bene ad affrettarti. Credo che Lucas e Michael saranno qui tra poco."

Gli porgo un contenitore con l'insalata avanzata, e lui mi ringrazia prima di correre fuori dalla porta. Il giorno dopo, Diego ripete la mossa di Eduardo, fermandosi a casa di Lucas mezz'ora prima di cena, e gli porgo un intero pollo ripieno di riso e mirtilli che ho preparato proprio per un'occasione del genere. Mi ringrazia immensamente, e durante la settimana successiva, faccio mangiare le guardie di nascosto in quel modo. Il lunedì seguente, tuttavia, Lucas mi coglie in flagrante, e non è contento.

"Che cazzo sta succedendo?" ringhia, irrompendo in cucina proprio mentre sto porgendo a Diego un vassoio di polpette di carne appena sfornate. Fermandosi accanto a noi, rivolge alla guardia uno sguardo furioso. "Ti avevo avvertito—"

"Lucas, va tutto bene. Ne ho preparate abbastanza per tutti" lo rassicuro. "Davvero, va tutto bene. Non mi dà fastidio cucinare per loro. Mi fa piacere."

"Vedi? Le fa piacere." Diego sorride, strappandomi il vassoio dalle mani. "Grazie, principessa. Sei la migliore."

Esce dalla cucina, e Lucas si gira verso di me, serrando la mascella. "Che cazzo stai facendo? Il tuo lavoro non è preparare da mangiare alle guardie. Hanno un bar nella caserma, lo sai."

"Lo so." D'impulso, faccio un passo verso di lui e poggio la mano sulla sua mascella dura, sentendo i muscoli che lavorano sotto la barba ruvida. "È tutto a posto, però.

È divertente per me. Mi piace che le guardie apprezzino la mia cucina. Mi fa sentire. . ." Mi fermo, cercando la parola giusta.

"Utile?" dice Lucas, addolcendo la sua espressione, e io annuisco, sorpresa che l'abbia individuata così bene.

Sospira e copre la mia mano con la sua prima di portare le mie dita alla sua bocca. Strofinando le labbra sulle mie nocche, mi studia, con espressione più turbata che arrabbiata, ora. "Yulia, tesoro. . . Sei utile per *me*, va bene? Non è necessario preparare da mangiare a ogni persona di questa tenuta per dimostrare il tuo valore."

Lo fisso, con lo stomaco inspiegabilmente chiuso, quando mi lascia andare la mano. "E se non volessi essere utile solo per te?" sussurro. "E se non avessi solo bisogno di scaldarti il letto e prendermi cura della tua casa? Sai che ho davvero finito l'università, no?" Vedo lo sguardo di Lucas che si rabbuia mentre parlo, ma non riesco a impedire alla mia voce di alzarsi sempre di più, parola dopo parola. "Ho una laurea in Lingua Inglese e Relazioni Internazionali, ed ero un'ottima interprete, oltre che una spia. Per sei anni, ho vissuto in una delle città più cosmopolite del mondo e ho interagito con i funzionari di più alto livello del governo russo. Andavo sempre in giro, avevo cose da fare, e ora a malapena metto un piede fuori dalla tua casa, perché non voglio che Esguerra si ricordi che esisto." Mi fermo per respirare, e mi rendo conto che un muscolo della mascella di Lucas è contratto.

"Ho capito bene?" chiede, con voce pericolosamente calma. "Ti manca essere una spia?"

Maledico subito la mia lingua sciolta. Avrei dovuto immaginare che Lucas avrebbe frainteso le mie parole. "No, certo che no—"

"Ti manca scopare uomini su incarico?" Si avvicina, spingendomi sul tavolo della cucina.

Il mio battito accelera. "No, non è quello che—"

Mi stringe la gola, quel tanto che basta per farmi sentire la forza d'acciaio in quelle dita. Sporgendosi, mi sussurra in un orecchio: "O è solo che non sono abbastanza per te?" Il suo respiro mi scalda, provocandomi la pelle d'oca sulle braccia. "Hai bisogno di maggior varietà, bellissima?"

"No" soffoco, con il mio respiro che rallenta. Un Lucas geloso è una cosa terrificante. "Nient'affatto. Volevo solo dire che—"

"Sei mia" ringhia, alzando la testa per fissarmi con uno sguardo glaciale. "Non me ne frega un cazzo del tipo di vita che conducevi. Ti ho trovata, etichettata e ora sei mia, cazzo. Nessun altro uomo ti toccherà più, e se voglio tenerti in una gabbia del cazzo per il resto della tua vita, lo farò. Hai capito?"

Allenta la presa sul mio collo, ma mi si chiude la gola, con il dolore che mi schiaccia come una marea. Per settimane, ho vissuto in una bolla di felicità domestica, condividendo la casa con un uomo che mi vede come niente di più di un oggetto, una celebrata schiava del sesso che ha "etichettato" con i localizzatori. Qualsiasi altra donna avrebbe combattuto con le unghie e con i denti per la libertà, ma io ho abbracciato la prigionia come se fossi nata per questo, sperando che la nostra incasinata relazione un giorno avrebbe potuto trasformarsi in qualcosa di vero.

Desiderando l'amore del mio rapitore, ho di nuovo costruito dei castelli di sabbia.

"Ho capito" riesco a sussurrare con le labbra intorpidite. "Mi dispiace."

Lucas mi lascia andare e fa un passo indietro, con il viso ancora teso dalla rabbia, e mi allontano, raggiungendo istintivamente alcuni piatti da lavare.

La nostra "luna di miele" è finita.

Quella notte, Lucas torna a casa tardi, e io e Misha ceniamo da soli. Indosso una maschera allegra per mio fratello, ma percepisce che qualcosa non va. È un sollievo accompagnarlo alla porta con degli avanzi per le guardie; più che altro, voglio rimanere da sola a leccarmi le ferite.

Quando Lucas torna, ho quasi finito di fare la doccia. Entra nel bagno proprio mentre sto uscendo dal box e, senza dire una parola, mi abbraccia e mi porta in camera da letto. Il suo volto è duro, con gli occhi socchiusi mentre cammina, e il vecchio disagio riaffiora. Non credo che voglia farmi del male—non fisicamente, almeno—ma questo non riduce la mia ansia. Lucas, in questo stato d'animo, è imprevedibile, e riesco a stento a controllarmi. Per un breve momento di follia, prendo in considerazione l'idea di affrontarlo, ma respingo immediatamente quell'idea. Non potrei mai vincere con lui. E poi, che senso avrebbe cercare di oppormi? Come ha detto, sono sua e può farmi quello che vuole.

La mia vita—e quella di mio fratello—è nelle sue mani.

Se potessi aggrapparmi al torpore che mi ha avvolto questo pomeriggio, sarebbe più facile, ma è tutto nitido e chiaro nella mia mente, con ogni sensazione dolorosamente viva. Sento il calore della sua pelle attraverso i nostri vestiti e il modo in cui i suoi muscoli del braccio si flettono, quando mi sistema sul letto; vedo lo scintillio nei suoi occhi chiari e sento il suo caldo profumo maschile. Si china su di me, e il mio corpo prende vita, con un familiare calore che mi brucia lo stomaco. Il miei capezzoli si irrigidiscono, con i seni doloranti al suo tocco, e il mio sesso si fa scivoloso quando mi bacia, con la sua lingua che mi invade la bocca con rudi colpi esigenti. Le sue grandi mani mi catturano i polsi, inchiodandoli sopra la mia testa, e chiudo gli occhi, sprofondando volontariamente nel caldo oblio della lussuria. Il mio dolore e l'ansia si dissolvono, e l'istinto bestiale prende il sopravvento. Gemendo, mi inarco contro Lucas, strofinando i capezzoli induriti sulla sua maglietta, e mi si contorcono le viscere quando sento lo spesso rigonfiamento nei suoi jeans che spinge sul mio fianco nudo.

Sì, prendimi, scopami, fammi dimenticare... Quel canto erotico mi frulla per la testa. Per ora, non ho bisogno di preoccuparmi del futuro, della mia vita con un uomo che mi vede come il suo giocattolo personale. Non ho bisogno di pensare che probabilmente non sarò mai più di una valvola di sfogo per la sua lussuria. Posso solo concentrarmi sui suoi baci e sul peso caldo e pesante del suo corpo sopra di me.

È solo quando sposta i miei polsi in una delle sue mani e fruga nel cassetto del comodino con l'altra che quel guizzo di disagio riemerge. Aprendo gli occhi, stacco le labbra dalle sue. «Lucas, che cosa—»

Mi interrompe con un altro profondo bacio sconvolgente, e un attimo dopo, ho la mia risposta. Un metallo freddo mi tocca il polso sinistro, e poi sento un clic, non appena mi mette la manetta. Ansimando, mi giro di lato e cerco di liberare l'altro polso dalla sua presa, ma Lucas approfitta del mio movimento per girarmi di fianco e trascinare il braccio ammanettato verso il palo di metallo che aveva fissato al letto nei primi giorni della mia prigionia. Mettendosi carponi sopra di me, fissa la manetta attorno al palo e mi afferra l'altro polso, ammanettandolo prima che io possa oppormi.

Il mio disagio si trasforma in vera e propria paura. Sono sdraiata su un fianco, nuda e con i polsi ammanettati al palo—proprio come ai vecchi tempi.

"Perché stai facendo questo?" La mia voce diventa acuta e sottile, quando giro la testa per guardare Lucas, che si sta allungando per prendere qualcos'altro nel cassetto del comodino. "Lucas, non farlo, ti prego." I capelli mi coprono il viso, impedendomi la vista, e prima che io possa sistemarli, un morbido panno mi copre gli occhi.

"Shh" sussurra Lucas, legandolo intorno alla mia testa. "Andrà tutto bene, piccola."

Bene? Mi ha appena ammanettata e bendata. Il cuore mi martella nelle orecchie, con l'eccitazione attutita dal panico. "Lucas, per favore. . . Che cos'hai intenzione di fare?"

Sempre carponi sopra di me, si china, e sento il suo respiro caldo sulla guancia. "Mi ami?" mormora. Le sue labbra mi sfiorano il lobo dell'orecchio, passando la lingua sul bordo esterno. "Mi ami, Yulia?"

Deglutisco. "Sì. Sai che ti amo."

"Ti fidi di me?"

No. Per poco non rivelo la verità, ma riesco a chiudere la bocca appena in tempo. Non mi fido di Lucas—non mi sono mai fidata—ma non voglio ammetterlo ora. Non conosco le regole di questo nuovo gioco, e fin quando non le scoprirò, non ho intenzione di adeguarmi.

"Capisco" mormora, e mi rendo conto che la mia non-risposta era comunque una risposta. Il battito del mio cuore accelera ulteriormente.

"Lucas, io—"

"Va tutto bene." Mi morde dolcemente il lobo dell'orecchio. "Non c'è bisogno di mentire." Scende giù da me, e sento il rumore degli abiti che vengono rimossi, seguito da quello del cassetto del comodino che viene tirato fuori. Ascolto, affinando l'udito, ma non sento altro, e un attimo dopo Lucas mi fa sdraiare di schiena, con le braccia ammanettate da una parte.

Sto per chiedere ancora una volta che cosa ha intenzione di fare, ma si sta già abbassando per divaricarmi le gambe, con le potenti mani che mi inchiodano le cosce al materasso.

Il primo tocco della sua lingua sulle mie pieghe è sorprendentemente morbido, una carezza invece di un'aggressione. Mi disorienta e mi disarma. Ero preparata per qualcosa di spaventoso e brutale, ma i piacevoli colpi della sua lingua sulle mia labbra e sull'apertura non sono niente del genere. Mi lecca come se avesse tutto il tempo del mondo, con le sue labbra e la lingua che giocando con la mia carne sensibile per quelle che sembrano ore, prima di avvicinarsi al mio pulsante clitoride. Ormai sono bagnata fradicia e gemo il suo nome, muovendo i fianchi in modo incontrollabile, man mano che la mia eccitazione riaffiora con tutta la sua forza. Se non fosse per le sue mani che mi tengono ferme le cosce, avrei ancorato il mio sesso sulla sua bocca, accettando con forza l'orgasmo che attende appena oltre la mia portata.

"Ti prego, Lucas" lo supplico, mentre la sua lingua circonda il mio clitoride con colpi esasperatamente leggeri. "Solo un po' di più, ti prego. . ."

Con mia grande sorpresa, lo fa, succhiandomi il clitoride in un modo tale che provo quella sensazione fino alle dita dei piedi. Un grido soffocato mi sfugge dalla gola quando i miei muscoli interni si contraggono, e poi raggiungo l'orgasmo, che spazza via tutto tranne il piacere devastante. Vengo così forte che vedo lampi di luce, con i fianchi che escono quasi dal letto, nonostante la pressione delle sue mani. Le pulsazioni continuano per diversi momenti e, quando è tutto finito, rimango distesa, sfinita e ansimante, consumata dalle sensazioni.

So che Lucas non ha ancora finito con me, ma sono sorpresa quando mi gira sullo stomaco, sbattendo le manette contro il palo di metallo. Le mie braccia ora sono tese verso il lato opposto, e per la prima volta, rifletto sulla spaventosa versatilità di questa situazione.

Lucas può farmi tutto quello che vuole, in qualsiasi posizione, e io non posso fare niente per fermarlo.

Mi cavalca le gambe, immobilizzandole al letto, e la paura riaffiora, scacciando parte delle endorfine post-orgasmo. Un secondo dopo, sento qualcosa di freddo e umido tra le natiche e mi rendo conto che l'ansia è giustificata.

Lucas ha messo un po' di lubrificante su di me.

"Non farlo, per favore." Strattono le manette che mi incatenano i polsi al palo, con il battito alle stelle. "Per favore. . . non così."

"Va tutto bene, bellissima." Ignorando i miei tentativi di divincolarmi, Lucas infila due cuscini spessi sotto i miei fianchi, sollevandomi per farmi stare quasi carponi. "Te l'ho detto, andrà tutto bene."

Ma si sbaglia. Lo so per esperienza. Mi farà a pezzi, con quel cazzo troppo lungo e spesso per essere accolto dal mio corpo in quel modo. Ha giocato con il mio sedere più volte nelle ultime settimane, usando le dita e qualche giocattolino, ma non si è mai spinto oltre e avevo stupidamente cominciato a sperare che non l'avrebbe fatto, che avrebbe rispettato i miei desideri. Naturalmente, avrei dovuto immaginare che le cose sarebbero cambiate prima o poi.

Il suo desiderio non conosce confini quando si tratta di me.

Si china su di me, con il calore del suo corpo che mi scalda la pelle fredda, e mi rendo conto che sto tremando, con la schiena ricoperta da uno strato di sudore freddo. La sua mano accarezza il lato del mio fianco, e sussulto prima che io possa controllare la mia reazione, con i muscoli che si contraggono in previsione del dolore che proverò.

"Yulia. . ." Mi mette i capelli da una parte, spostandoli sulla mia schiena sudata, e sento le sue labbra sulla nuca, quando il suo cazzo duro spinge sulla mia gamba. "Non ti farò male, piccola, te lo prometto."

Non mi farà male? Vorrei urlare che sta mentendo, che non mi legherebbe, né benderebbe, se volesse fare l'amore con me con dolcezza, ma non ho il tempo di farlo, perché in quel momento le dita di Lucas scivolano tra le mie gambe e trovano il clitoride. Premendo su di esso con delicatezza, mi bacia di nuovo il collo, e con grande shock, sento una fitta di qualcosa che non è paura... un caldo piacere che, in qualche modo, coesiste con il panico.

"Non ti farò male" ripete, sussurrando quelle parole mentre mi sfiora la spalla con le labbra, e una parte della mia ansia si attenua, sciogliendosi nel calore che sta iniziando a pulsare dentro di me. Ormai, Lucas conosce tutto il mio corpo, e sfrutta questa conoscenza senza scrupoli, con le sue dita che mi provocano sensazioni che dovrebbero essere irraggiungibili.

Il secondo orgasmo mi coglie di sorpresa, e ansimo nel materasso, mentre ondate di piacere mi cullano. Non ho dimenticato quello che mi aspetta, ma è difficile aggrapparsi alla paura quando il cervello sguazza nelle endorfine. E Lucas non ha ancora smesso di soddisfarmi. La sua mano trova l'ingresso della mia figa, e un lungo dito spinge dentro, individuando infallibilmente il punto G. Presto, la tensione torna ad accumularsi nel mio intimo, e un altro orgasmo, anche se molto più debole questa volta, mi fa tremare.

"Basta, ti prego" gemo, quando ritira il dito dal mio canale fremente e fa dei cerchi sul clitoride gonfio. "Non ne posso più."

"Sì, piccola, puoi, invece." I suoi denti mi sfiorano il collo, e poi mi sussurra in un orecchio: "Più e più volte, tutte quelle necessarie."

Ci vogliono altri due orgasmi, a quanto pare. O, almeno, sono due quelli che Lucas mi provoca prima che i miei muscoli si trasformino in poltiglia e io sia troppo sfinita per venire un'altra volta. A quel punto, ho smesso di preoccuparmi della pericolosa scorrevolezza tra le natiche—ho smesso di pensare, punto. Così, quando ritira le dita dalla mia figa bagnata e le fa scorrere sulle natiche, rimango sdraiata lì, stordita ed esausta, reagendo a stento quando due di quelle lunghe dita spingono nel mio culo, uno dopo l'altro, scivolando dentro quasi senza resistenza.

"Ecco, tesoro. Che brava ragazza" canticchia Lucas vedendo che rimango rilassata, accettando le sue due dita senza contrarmi. Non è ancora la mia sensazione preferita; la pienezza mi sembra strana e invadente, ma non c'è dolore e sono troppo sfinita per resistergli quando inizia a scoparmi il sedere con le dita, infilandole e ritraendole lentamente. "Davvero una brava ragazza. . ." Quel ritmo è stranamente ipnotico, facendomi sentire come se la mia mente fosse scollegata dal corpo. Vagamente, mi rendo conto che dovrei avere paura, che dovrei protestare per questa violazione, ma non sembra valerne la pena, soprattutto quando l'altra mano di Lucas preme dolcemente e nuovamente sul mio clitoride, provocandomi una fitta di piacere per la carne sovrastimolata.

Sono così immersa in quello stato disconnesso che non mi spavento, quando le sue dita si ritirano e qualcosa di liscio e spesso preme nella mia apertura posteriore. Il mio corpo rimane inerte e rilassato, anche quando sento un'enorme pressione che mi dilata e sento Lucas gemere a bassa voce: "Cazzo, piccola, sei stretta. . ." La pressione si intensifica, sfiorando il dolore, ed è solo allora che parte della paura riaffiora, insieme alla voglia di contrarre i muscoli per evitare l'intrusione.

"No, tesoro, non irrigidirti. Respira." Il comando arriva con una voce bassa e tesa, e mi rendo conto di quanto questo autocontrollo stia costando a Lucas, di quanto si stia trattenendo per non farmi male. Stranamente, quella consapevolezza mi tranquillizza un po', e faccio respiri lenti e profondi, cercando di rilassare i muscoli.

"Sì, così" mi incoraggia con voce roca, e sento che sta iniziando a penetrarmi, con l'ampia punta del suo cazzo che dilata l'anello muscolare al mio ingresso. Brucia, e la voglia di respingerlo è quasi insopportabile, ma continuo a respirare profondamente, e lui avanza, lentamente, spingendo il suo cazzo enorme dentro di me millimetro dopo millimetro.

Quando la punta è entrata fino in fondo, si ferma, accarezzandomi il fianco dolcemente, e dopo pochi istanti, sento il bruciore pungente placarsi. Riesco a rilassarmi un po' di più, e Lucas riprende la sua lenta avanzata. Man mano che spinge più in profondità dentro di me, però, la mia calma svanisce. È grosso, troppo grosso. Il battito del mio cuore accelera, con il respiro che diventa rapido e affannoso. La scivolosità del lubrificante riduce l'attrito, ma non altera la sua dimensione, e mi si contorcono le viscere man mano che Lucas entra dentro di me, dilatandomi oltre il limite. Sopraffatta, gemo nel materasso, e mi bacia la nuca, con quel tenero gesto in netto contrasto con la spietata invasione del mio corpo.

"Solo un altro po'" mormora, e mi rendo conto di averlo inavvertitamente stretto per impedirgli di andare più in profondità. "Puoi farcela, piccola."

No, non posso farcela, vorrei protestare, ma tutto quello che riesco a fare è un verso incoerente, qualcosa a metà tra un grugnito e un lamento. Tremo e sudo, stringendo le mani al palo di metallo a cui sono ammanettata. Questo non è niente in confronto al terribile dolore che Kirill mi inflisse quel giorno, ma a suo modo è altrettanto straziante. I movimenti lenti e attenti di Lucas mi permettono di sentire tutta la sua lunghezza. . . di assorbire l'immensa pressione schiacciante che mi dilania le viscere. Il suo cazzo sembra riempire ogni parte di me, violandomi e possedendomi al tempo stesso, portandomi in un luogo in cui le tenebre e l'erotismo si scontrano, fondendosi in una perversa sinfonia.

"Cazzo, Yulia, sei fantastica" geme Lucas, e mi rendo conto che è entrato tutto dentro di me, con le palle che premono sul mio sesso. Tiene ancora la mano tra le mie gambe, con le dita che fanno pressione sul clitoride, e reprimo un grido mentre si sposta dentro di me, con lo stomaco in subbuglio per quella strana sensazione. "Sei stretta. . . così fottutamente stretta." Spinge più duramente sul clitoride, pizzicandolo con due dita in una presa a forbice, e un piacere inaspettato inonda il mio intimo, facendomi ansimare ad alta voce.

"Sì, proprio così, bellissima. . ." La voce di Lucas trabocca di un'oscura soddisfazione. "Puoi farcela. Vieni per me ancora una volta." Le sue dita cominciano a muoversi con quel movimento a forbice, e con mio grande shock, il mio corpo si contrae per un'ondata di calore. L'estrema pienezza dentro di me ostacola e amplifica quelle sensazioni, con il dolore pulsante del mio clitoride in lotta con l'agonia del sedere troppo dilatato. Il suo cazzo sembra un tubo di acciaio dentro di me, ma il modo in cui le sue dita mi stanno toccando mi sconvolge le viscere in maniera decisamente più piacevole. Grido, tremando per l'imminente corsa verso l'orgasmo, e Lucas mi stringe il clitoride più duramente, pizzicandolo quasi dolorosamente.

"Ecco, proprio così, piccola. . ." Mi pizzica di nuovo il clitoride, e io esplodo, impotente, con le terminazioni nervose abusate ed elettrizzate dal suo ruvido tocco. Il mio corpo freme più volte, contraendosi intorno alla sua lunga asta, e singhiozzo per quella dolorosa estasi, perché tutto questo è sbagliato. Il piacere è oscuro e brutale, e quando comincia a muoversi dentro di me, la spinta del suo cazzo mi eccita ancora di più, con quelle sconosciute sensazioni potenziate dalla benda e dal freddo acciaio intorno ai polsi. Non so quanto ci metta Lucas a venire, con il suo caldo seme che mi inonda, ma quando lo ritira e sblocca le manette tutto quello che posso fare è rimanere sdraiata lì, debole e tremante, con il sedere in fiamme e il clitoride che pulsa per i residui dell'orgasmo.

In silenzio, mi tira tra le sue braccia, e io piango sul suo petto, sentendomi sia a pezzi che libera.

Ho lasciato ufficialmente il passato con Kirill alle spalle. Ogni parte di me ora appartiene a Lucas, nel bene e nel male.

yulia

A colazione, Lucas è insolitamente silenzioso e pensieroso, e devo sforzarmi per non arrossire ogni volta che alzo lo sguardo dal piatto e vedo quegli occhi chiari che mi studiano. Vorrei chiedergli a cosa sta pensando, ma una strana timidezza mi fa restare zitta. Non aiuta il fatto che io sia dolorante, e che ogni movimento mi ricordi quello che è avvenuto tra noi. Non mi ha lacerata come temevo, ma mi rendo conto che qualcosa di grande e grosso è stato dentro di me, portandomi in luoghi che non avrei mai immaginato. . . facendomi provare cose che non avrei mai immaginato.

Per accelerare il pasto, divoro la mia torta salata con funghi e spinaci e mi alzo per portare il piatto nel lavandino. Quando torno al tavolo per prendere il piatto di Lucas, mi sorprende catturandomi il braccio, chiudendo le sue lunghe dita intorno al mio polso in una presa granitica.

"Yulia." I suoi occhi brillano di un qualcosa di indefinibile. "È stato straordinario, grazie."

"Oh." Sbatto le palpebre. "Prego." Mi aspetto che mi lasci andare il polso a quel punto, ma continua a stringerlo senza aggiungere altro.

"Uhm, fammi prendere il tuo piatto. . ." Goffamente, mi allungo con l'altra mano, ma lo sposta, allontanandolo dalla mia portata.

"Ci penso io, non ti preoccupare. Yulia. . ." Respira profondamente. "Va tutto bene?"

"Sto bene." Il viso mi brucia fino alla radice dei capelli, ma mi sforzo di non distogliere lo sguardo come una vergine che arrossisce. "Va tutto bene."

"Ok." I suoi occhi si rabbuiano. "Non volevo farti male."

"Non l'hai fatto." Deglutisco. "Non molto, almeno."

Lucas mi studia per qualche istante, poi annuisce, apparentemente soddisfatto. Lasciandomi il polso, si alza in piedi e porta il piatto nel lavandino. Lo lava insieme al mio, e io resto lì, non sapendo bene se questa strana conversazione sia finita. Poi, decido di lasciare la cucina, ma, prima che possa andarmene, Lucas si asciuga le mani con un tovagliolo di carta e si volta verso di me.

Con pochi lunghi passi, chiude la distanza tra noi, fermandosi a meno di un palmo da me. "Volevo solo dirti" spiega con calma: "Che non ti farei mai davvero male. Sei *mia*, ma questo non significa che abuserei mai di te. La tua felicità è importante per me, Yulia. Che tu mi creda o meno, questa è la verità."

Apro la bocca, per poi richiuderla, non riuscendo a formulare una frase coerente. È la prima volta che Lucas mi riveli cosa prova—e che riconosca le cose offensive dette in preda alla gelosia. Eppure, non c'è traccia di rimpianto sul suo volto, nessuna vera scusa nelle sue parole. Quello che ha detto la notte scorsa è la verità assoluta—in questa relazione, ho tutti i diritti di una schiava—e non lo negherà. Tuttavia, mi sta promettendo di essere un bravo padrone e, stranamente, lo trovo rassicurante. La scorsa notte—ogni notte, in realtà—avrebbe potuto farmi davvero male, ma non l'ha fatto, e quando guardo l'uomo duro davanti a me capisco con inaspettata certezza che non lo farà mai.

Potrà sembrare stupido da parte mia, ma mi fido del mio rapitore—su questo, almeno.

Prima che possa decidere come dirgli questo, Lucas piega la testa, mi bacia sulla bocca, e esce dalla cucina, lasciandomi lì, confusa. . . e con una nuova, fragile speranza.

Non riparliamo della questione di cucinare per le guardie, ma una settimana dopo ricevo una consegna di attrezzature da cucina simile a quelle di un ristorante di alto livello, dall'enorme forno alle pentole e le padelle. Diego ed Eduardo impiegano due giorni a ristrutturare la cucina e a sistemare tutto, e quando hanno finito, ho tutto quello di cui ho bisogno per sfamare un piccolo esercito.

E quando la settimana seguente è finita, questo è esattamente quello che mi ritrovo a fare. Non appena Lucas torna a casa dal lavoro, mi impegno a preparare dei pranzi folli. Diego ed Eduardo devono aver detto alle altre guardie che Lucas ha ceduto, e la cucina pullula di visitatori che vengono dalle dieci del mattino fino al tardo pomeriggio.

E poi comincia la corsa alla cena. Un giorno, si fermano da noi settantanove guardie—le conto, solo per assicurarmi di non aver esagerato—e capisco che devo fare qualcosa per gestire la situazione. Lucas è notevolmente stoico su tutto, sopportando la folle interruzione della nostra routine senza alcuna lamentela, ma sono certa che non accetterà che questo vada avanti per sempre. E anch'io sento la mancanza di mangiare solo in due—o in tre, quando viene Misha. C'è una grande differenza tra dare qualche avanzo alle guardie e lavorare per quello che sta rapidamente diventando un ristorante aperto tutto il giorno. Dopo cena, sono talmente sfinita che mi sento svenire, e spesso perdo conoscenza nel soggiorno, mentre guardiamo la TV—una situazione che di solito fa sì che Lucas mi porti a letto e mi scopi prima di lasciarmi dormire.

C'è anche un'altra preoccupazione, una più complessa.

"Lucas, le guardie partecipano alla spesa alimentare?" gli chiedo una mattina, mentre mescolo la pastella per preparare i *blini*—crepes alla russa. "O è Esguerra a pagare per gli ingredienti?"

"No, e no" risponde Lucas, guardandomi dal tavolo con gli occhi socchiusi. Non so se voglia le crepes o se siano i miei minuscoli pantaloncini ad incuriosirlo, ma noto un familiare desiderio sul suo volto crudamente maschile.

Rifiutando di lasciarmi distrarre, poggio la frusta su un tovagliolo di carta e corrugo la fronte verso Lucas. "No? Ma si tratta di un sacco di cibo—e alcuni ingredienti sono molto costosi."

"E allora?" Il suo sguardo indugia sul mio corpo, soffermandosi sullo stomaco esposto dal top. "Ti piace farlo, e possiamo permettercelo."

Mi tiro giù il top e aspetto che torni a guardarmi. "Possiamo?"

"Certo" dice Lucas senza battere ciglio. "Te l'ho detto, Esguerra mi paga bene, e ho accumulato un bel po' di soldi nel corso degli anni."

"Già." Pensando che abbia sbagliato a usare il plurale, torno sull'argomento. "Comunque sia, questo non significa che tu debba pagare di tasca tua per il cibo di tutti" dico. "Voglio dire, stiamo parlando di centinaia di dollari al giorno."

Lucas si stringe nelle spalle. "Non c'è problema. Se sei preoccupata, dirò alle guardie di cominciare a pagarsi i pasti. Il tuo cibo è sicuramente abbastanza buono per un ristorante di alto livello, quindi credo che sarebbe una buona idea se li facessi pagare."

"Davvero?" Lo fisso. "Vuoi che apra un ristorante vero e proprio?"

"Tesoro, non so se te ne sia resa conto, ma hai già aperto un ristorante vero e proprio." Lucas si alza per camminare verso di me. I suoi occhi brillano quando si ferma davanti a me e dice: "Un ottimo ristorante, come dimostra il fatto che un terzo delle guardie viene da te almeno una volta al giorno. E gli altri. . . Beh, molti sono ancora impossibilitati a farlo a causa dell'incidente, ma la maggior parte di quelli che non vengono semplicemente non possono—hanno compiti che impediscono loro di lasciare i propri posti."

"Oh." Non mi ero resa conto che il mio cibo fosse così popolare, anche se avrei dovuto immaginarlo dopo quel giorno in cui ho contato settantanove visitatori.

"Sì, oh." Lucas si allunga per togliermi una ciocca di capelli dalla fronte. "Ti stavi divertendo, così non ho detto niente, ma ora che ne stiamo parlando credo che sia una buona idea far pagare quei figli di puttana, e farli pagare bene. Questo ti permetterebbe di eliminare i bastardi che vogliono risparmiare e di ridurre il tuo carico di lavoro."

"Va bene" concordo, dopo un attimo di riflessione. "Se pensi che possa andare bene, ci proverò."

Seguo il consiglio di Lucas con trepidazione, certa che nessuna persona sana di mente pagherebbe per la mia cucina, quando può mangiare nella mensa gratuitamente. Il motivo principale per cui lo faccio è che non voglio che Lucas spenda tutti quei soldi a causa del mio hobby. È stato più che generoso con me, ma non posso chiedergli di pagare i pasti di tutti per sempre. Inoltre, non sono esattamente contraria a un carico di lavoro ridotto; per quanto questa sfida sia divertente, lavorare in cucina per oltre dieci ore al giorno è un lavoro duro. Sono così stanca che devo indossare il correttore per nascondere le occhiaie, e so che se Lucas se ne accorgesse, metterebbe fine a tutto questo.

La mia salute è ancora la sua preoccupazione principale.

Con mia grande sorpresa, quando stabilisco i prezzi—prezzi da vero e proprio ristorante di alto livello, scritti con il pennarello nero su un foglio di carta attaccato alla porta d'ingresso—nessuno esprime un accenno di protesta. Quando la giornata volge al termine, ho guadagnato oltre sei milioni di pesos colombiani—quasi duemila dollari.

Stordita, mostro il bottino a Lucas. "Hanno pagato. Ci credi? Hanno pagato davvero."

"Ci credo, purtroppo." Guarda storto il mucchio di soldi sul tavolo. "Non sono così avari come speravo."

E così, la follia continua. La mia attività—e ormai devo considerarla tale—è molto faticosa. Faccio tutto dalla cucina al servizio e alla pulizia. Dopo altre tre settimane, mi rendo conto che se dovessi aprire davvero un ristorante, dovrei farmi aiutare o limitare quello che sto facendo.

"Credo che preparerò solo il pranzo" dico a Lucas, mentre strofino le pentole e le padelle utilizzate per cena. "E se non ti dispiace, metterò qualche tavolo nel cortile sul retro, trasformarlo in una specie di locale con posti a sedere, invece di preparare del cibo da asporto. In questo modo, se vengono più persone di quante possano trovare il posto a sedere durante l'orario in cui siamo aperti, dovranno prenotare per un altro giorno."

"Ottima idea" dice Lucas, avvicinandosi per aiutarmi a sollevare una pentola pesante dal lavandino. "Per questa sera, perché non vai a letto presto? Finisco io e ti raggiungo."

"No, va bene, posso farlo" dico, ma mi tira da una parte e va a lavare le pentole rimaste. Vedendo che non ha intenzione di fare marcia indietro, sospiro e lo ringrazio prima di trascinarmi stancamente verso il bagno per fare una doccia.

A questo punto, accetterò tutto l'aiuto che mi viene offerto.

Il giorno dopo, inizio ad attuare le mie idee. In un primo momento, alcune guardie si lamentano di essere state private della cena, ma quando Lucas si presenta e le guarda storto smettono di borbottare. Quando la settimana volge al termine, sono passata con successo da una disorganizzata preparazione di pasti da asporto per tutto il giorno a un piccolo e ricercato locale per il pranzo.

"È tutto prenotato per le prossime tre settimane" dico a Lucas incredula, durante la passeggiata del mattino—la prima dopo quasi due settimane. "Davvero, sto ricevendo le prenotazioni per il prossimo mese."

"Certo, che cosa ti aspettavi?" Mi rivolge un bel sorriso. "Ti ho sempre detto che cucini magnificamente."

Sorrido, deliziata dalle sue lodi. Ho il sospetto che Lucas sia più emozionato per il ritorno alle nostre cene private che per la popolarità del mio locale, ma ciò non toglie che sia stato incredibilmente favorevole alla mia impresa. Sono certa che il guadagno del locale non guasti, ma era d'accordo anche quando il mio hobby rappresentava un salasso finanziario.

"Che cos'hai fatto con i soldi?" chiedo, curiosa di sapere cosa accada al mucchio di contanti che do a Lucas ogni notte. "Li hai versati da qualche parte? Li hai investiti?"

"Li ho messi sul tuo conto, naturalmente. Sennò dove?"

"Sul mio conto?" Sollevo le sopracciglia. "Che cosa vuol dire sul mio conto?"

"Il conto che ho aperto per te alle Isole Cayman" dice Lucas con noncuranza, come se facesse cose del genere ogni giorno. "Beh, tecnicamente, è a nome di entrambi, in base al consiglio del mio commercialista, ma sei tu la principale titolare del conto."

"Che cosa?" Mi fermo e corrugo la fronte, certa di aver frainteso. "Hai versato il denaro in un conto per me? Perché?"

"Perché è il tuo denaro" dice, come se fosse ovvio. "L'hai guadagnato tu, quindi cos'altro ci dovrei fare?"

"Uhm, tenerlo, visto che cucino con gli ingredienti che compri e utilizzando apparecchiature che hai pagato tu."

"Sì, ma non sono io quello che cucina" spiega Lucas ragionevolmente. "Inoltre, detraggo le spese del cibo prima di effettuare i versamenti. Il denaro che va sul conto è puro profitto—profitto dovuto alla *tua* attività."

Mi gira la testa mentre lo fisso. "Ma che cosa ti aspetti che faccia con quei soldi? E quanti soldi ci sono?"

"Poco più di quaranta mila dollari." Riprende a camminare, e lo seguo, sentendomi come se fossi caduta nella tana del Bianconiglio. "E, beh, sta a te decidere cosa farci. Se vuoi, posso chiedere al mio gestore di portafoglio di investirli per te, o se vuoi giocare in borsa da sola, puoi fare anche questo. O semplicemente non fare niente finché non avrai un'idea migliore su ciò che vuoi farci."

La mia sensazione da Alice nel Paese delle Meraviglie si intensifica. "Posso giocare in borsa?"

"Se vuoi, certo. Oppure puoi lasciarli ai professionisti—Winters, il mio gestore di portafoglio, è abbastanza bravo."

Certo. Perché tutti sanno che le prigioniere hanno accesso ai migliori gestori di portafoglio. La mia mente lavora duramente, mentre cerco di capire le implicazioni di questo. "Lucas, mi. . ." Lo guardo con cautela. "Mi libererai?"

Si ferma e si gira verso di me, senza più traccia del suo atteggiamento cordiale. "Che cosa vuoi dire?" I suoi occhi chiari brillano pericolosamente. "Stai dicendo che vuoi andartene?"

"No, ma—"deglutisco, con il cuore che mi batte più forte—"me lo lasceresti fare, se lo volessi?" Lucas potrebbe aver cambiato idea sul nostro rapporto? È possibile che tenga a me abbastanza da lasciarmi questa possibilità?

Fa un passo verso di me, con le spalle larghe che bloccano il sole che filtra tra gli alberi. "Mai" dice con durezza. "Non mi lascerai. Potrai fare quello che vuoi: aprire un migliaio di ristoranti, guadagnare milioni, se ti va, ma lo farai al mio fianco. Non ti lascerò andare, Yulia—né ora, né mai."

Lo fisso, con il cuore che mi batte confuso in un miscuglio di sgomento ed esaltazione. "Mai? E se ti stancassi di me?"

"Non succederà."

"Non puoi esserne certo—"

"Sì che posso." Si avvicina, spingendomi contro un albero. Mettendo le mani sul tronco dietro di me, si china in avanti, con gli occhi che brillano. "Non ho mai voluto nessun'altra donna nel modo in cui voglio te. Sei come un fuoco sotto la mia pelle. Ti voglio ogni minuto di ogni giorno. Non importa quante volte scopiamo; non appena lo tiro fuori, ho subito voglia di tornare dentro di te, sentendo il tuo calore bagnato e setoso, odorandoti. . . assaporandoti." Fa un respiro profondo, gonfiando il muscoloso torace, e sento il mio respiro accelerare, quando i suoi duri pettorali mi sfiorano i capezzoli. Spingo i palmi sull'albero dietro di me, con la ruvida corteccia che scava nella mia pelle. Sono ingabbiata, circondata da lui, con il fuoco di cui ha appena parlato che brucia anche sotto la mia pelle.

Involontariamente, tiro fuori la lingua per bagnarmi le labbra, e vedo gli occhi di Lucas che si rabbuiano.

"Yulia. . ." Preme la parte inferiore del corpo su di me, e sento il duro rigonfiamento nei suoi jeans. "Non riesco a smettere di volerti, a prescindere da quello che faccio" dice a bassa voce. "Ogni notte, quando ti abbraccio, penso che forse il giorno dopo questa ossessione diminuirà, che potrò passare qualche ora senza pensare a te, senza desiderarti come una droga del cazzo, ma non succede mai. Mi sveglio sempre con la stessa dipendenza, e sai una cosa, piccola?"

"Che cosa?" riesco a sussurrare, con la bocca secca e il cuore che mi martella. Quello che Lucas sta dicendo, il modo in cui mi sta guardando. . .

"Mi piace." Abbassa la testa fin quando la sua bocca volteggia a meno di un centimetro dalla mia. Sento l'odore del bergamotto dell'Earl Grey nel suo respiro, vedo l'oscurità delle sue pupille e gli anelli grigio-azzurri delle iridi che le circondano. "Mi dai qualcosa che non sapevo di volere, e non me la lascerò scivolare via."

"Che cosa . . ." Respiro, con il sudore che mi cola lungo la schiena. "Che cosa ti do?"

"Questo." Mi sfiora le labbra, con la tenerezza di quel bacio in netto contrasto con la smania selvaggia che sento in lui. "Te. Tutto quello che voglio." La sua bocca indugia sulla mia mascella, calda e morbida sulla pelle, e chiudo gli occhi, con un gemito che mi sfugge dalle labbra, quando piego involontariamente la testa all'indietro. Sento caldo e ho le vertigini, con il corpo che vibra per un oscuro calore pulsante che non ha nulla a che vedere con il sole di mezzogiorno, che splende raggiante sulla foresta pluviale sopra di noi. Sono ubriaca di Lucas, drogata da chissà quale cocktail chimico mi bruci il cervello in sua presenza. Non mi sta dicendo nulla che non sapessi già—la sua ossessione sessuale per me era evidente fin dall'inizio—ma la parte bisognosa di me cerca un significato più profondo nelle sue parole cariche di erotismo, sforzandosi di decifrarle come un puzzle. Questo potrebbe essere il suo modo di dirmi che tiene a me? Che mi ama?

Apro gli occhi, combattendo quella sensazione per trovare il coraggio di chiedere, e poi la sento.

La risata di una donna, seguita da un rumore di ramoscelli che si spezzano sotto i piedi di qualcuno.

Deve averlo sentito anche Lucas, perché mi lascia andare e si gira, tenendomi dietro di lui per proteggermi.

Un secondo dopo, una minuta ragazza con i capelli scuri sbuca da dietro gli alberi, con il viso abbronzato e illuminato da un sorriso e il reggiseno sportivo bianco bagnato di sudore. Due metri dietro di lei, c'è un uomo alto e attraente. Indossa solo un paio di pantaloncini da corsa grigi, con il corpo dorato e muscoloso che brilla dal sudore e i denti bianchi esposti in un ghigno.

I suoi occhi azzurri incontrano i miei dietro il riparo del corpo di Lucas, e il calore dentro di me si trasforma in ghiaccio.

Sono Julian e Nora Esguerra.

Devono essere usciti a fare jogging.

Vedendoci, si fermano, con il respiro affannoso. I loro sorrisi scompaiono senza lasciare traccia.

"Ehi" dice Lucas con calma, incurante della tensione nell'aria. "Come va la corsa?"

"Fa caldo. È umido. Lo sai, come al solito" risponde Esguerra con lo stesso atteggiamento informale, ma noto la sua dura mascella, quando fa un passo in avanti per fermarsi accanto a Nora. Incombe sulla sua esile figura, con i bicipiti larghi quasi quanto la vita di lei. Un raggio di sole gli illumina il viso, e scorgo una leggera cicatrice bianca sul suo zigomo sinistro. Arriva fino alla parte superiore del suo sopracciglio, attraversando l'occhio sinistro.

Il suo finto occhio sinistro, ricordo con un brivido freddo. Ha perso quello vero dopo l'incidente aereo che ho provocato io.

"Scusateci, non volevamo interrompervi" dice Nora, con un tono freddo che smentisce le sue scuse. I suoi occhi scuri si spostano da me a Lucas, per poi tornare su di me, quando aggiunge: "È colpa mia. Di solito non corriamo da questa parte, ma oggi ho deciso di fare un percorso diverso."

Lucas alza le spalle. "È la vostra tenuta. Potete andare dove volete." La sua voce è ancora imperturbabile, ma i muscoli delle braccia si contraggono, e quando guardo Esguerra, vedo che mi sta fissando, con uno sguardo carico di minacciosa intensità.

Il ghiaccio dentro di me si diffonde fino alle dita dei piedi. Non ho paura per me stessa, ma non riesco a sopportare l'idea di mettere in pericolo Lucas, che sta davanti a me come uno scudo umano. È pronto a combattere per me, lo sento.

Per proteggermi, sfiderebbe Esguerra e morirebbe—se non nella lotta, dopo, per mano di duecento guardie presumibilmente fedeli al loro capo.

"Lucas" dico con calma, serrando le dita intorno al suo polso. "Vieni. Dobbiamo andare."

Non si muove, e non lo fa neanche Esguerra. I due uomini sembrano essere bloccati, con i muscoli potenti e contratti, mentre si fissano a vicenda. Lucas è un paio di centimetri più alto e ha un torace leggermente più ampio di quello di Esguerra, ma ho la sensazione che sarebbero alla pari in un combattimento. La violenza è il loro linguaggio; è lì, nelle cicatrici sui loro corpi e nella ferocia dei loro occhi.

Se la linea di fiducia venisse varcata, solo uno di loro uscirebbe vivo da questa tenuta.

Giungendo alla stessa conclusione, Nora dice a bassa voce: "Sì, Julian, dobbiamo andare." Ripetendo le mie parole, avvolge le dita affusolate intorno al grande polso di suo marito, con la mano che sembra infantile accanto alla sua. Esguerra si irrigidisce ulteriormente, e per un attimo, sono certa che stia per liberarsi della mano di Nora, con la stessa facilità con cui un adulto allontanerebbe un bambino, ma non lo fa.

"Sì" dice suo marito, facendo un visibile sforzo per rilassarsi. "Hai ragione. Andiamo. Ho del lavoro da sbrigare."

Nora annuisce e lascia cadere la mano, girandosi. "Facciamo a chi arriva prima!" grida a Esguerra da dietro, e rivolgendoci un'ultima occhiata, scatta via, scomparendo tra gli alberi. Il marito la segue, e pochi istanti dopo, siamo di nuovo soli.

Lucas si gira verso di me. "Stai bene?" chiede con calma.

"Certo." Mi sforzo di sorridere. "Perché non dovrei?" Facendo un passo a sinistra, corro verso casa sua, non volendo rimanere nella foresta un momento di più.

Non ho più alcun dubbio sul mio futuro in questo posto.

La prossima volta che Esguerra mi vedrà, sarà versato del sangue.

lucas

Appena arriviamo a casa, Yulia si scusa e scompare nel bagno per fare una doccia prima di iniziare i preparativi per il pranzo. Vorrei unirmi a lei, ma decido di non farlo.

Per quanto vorrei consolarla dopo quello che è successo, c'è qualcos'altro che devo fare prima.

Mezz'ora dopo, entro nell'ufficio di Esguerra. Dev'essersi appena fatto la doccia e cambiato, perché ha i capelli bagnati quando si alza per guardarmi in faccia, con lo sguardo duro e la mascella rigida dalla rabbia.

Non perdo tempo a girarci intorno. "È mia" dico con durezza, avvicinandomi alla sua scrivania. "Quale parte di questo ti è poco chiara?"

Lo sguardo di Esguerra si indurisce ancora di più. "Non le ho torto un capello."

"No, ma vorresti farlo, non è vero?" Metto i pugni sulla scrivania e mi chino in avanti. "Vuoi fargliela pagare per quello che è successo."

"Sì—e dovresti farlo anche tu." Imita il mio atteggiamento aggressivo, con l'ampia scrivania tra noi che è l'unica barriera contro la violenza latente nell'aria. "Quasi quattro dozzine dei nostri uomini sono morti, e lei va in giro come se niente fosse. . . gestendo un ristorante del cazzo nella *mia* proprietà." Le sue parole trattengono a stento la rabbia che prova. "Sai che una prenotazione al 'Locale di Yulia' è la cosa più ambita della tenuta in questi giorni? Le guardie trattano quelle slot machine come se fossero d'oro, cazzo."

Mi raddrizzo, fissandolo. "Sì, certo che lo so." Solo ieri ho dovuto sedare una rissa tra due guardie—una rissa derivante da un gioco di carte in cui il premio era la prenotazione di una slot alle undici e trenta di venerdì.

"E tu lasci che questo accada?" Girando intorno alla scrivania con ampie falcate, Esguerra si ferma davanti a me, stringendo i pugni. "Questa è la *mia* tenuta. La lascerò vivere, perché ti devo un favore, ma non voglio ricordarmi della sua esistenza ogni giorno. Hai capito?"

"Perfettamente." Incontro il suo sguardo furioso. "Ecco perché me ne sto andando."

Esguerra si ferma, con la rabbia che si trasforma in qualcosa di più freddo. "Scusa?"

"Sono venuto qui per discutere di questo" dico, incrociando le braccia sul petto. Respingendo la rabbia che ribolle nel mio intestino, dico con tono calmo: "Non la perdonerai mai, e io non rinuncerò mai a lei, quindi, per come la vedo io, abbiamo due alternative. Possiamo ucciderci per questo oppure posso portare lei—e me—fuori dai piedi."

"Ti stai licenziando?"

"Se è quello che vuoi." Lo fisso. "Lavoriamo bene insieme, ma potrebbe essere giunto il momento che le nostre strade si dividano. Potrei addestrare il mio sostituto prima di andarmene, naturalmente. Thomas è un pilota straordinario, quindi sarebbe perfetto, e Diego è intelligente e leale; sarebbe un buon braccio destro per te. Oppure . . ." Mi interrompo.

Esguerra solleva le sopracciglia. "Oppure cosa?"

"Oppure possiamo trovare un modo per lavorare insieme senza che io viva qui." Mi fermo, concedendogli il tempo di riflettere. "Prima che scegliessi questa tenuta come casa permanente, andavamo ovunque l'attività ci portasse. È stato bello stabilirsi qui—e sicuramente più sicuro per te e Nora, vista la situazione con Al-Quadar— ma sappiamo entrambi che abbiamo dovuto rinunciare a un paio di opportunità lucrative, perché volevi limitare i viaggi."

Le sue narici si dilatano. "Che cosa mi stai suggerendo, esattamente?"

"Quando eri in coma, mi sono occupato dell'intera organizzazione. Ho gestito tutto, dai fornitori ai clienti, e ho avuto modo di conoscere ogni aspetto dell'attività. Se vuoi—se ti fidi abbastanza di me—posso essere più del braccio destro che lavora al tuo fianco. Posso rappresentarti a livello internazionale, fare tutto il necessario per far crescere l'attività all'estero."

L'impassibilità svanisce dal volto di Esguerra. "Vuoi diventare il mio socio."

"Puoi chiamarlo così, anche se il termine più appropriato sarebbe manager esecutivo. Avresti l'ultima parola sulle decisioni importanti, ma io mi occuperei delle nuove iniziative e terrei d'occhio le attività esistenti di persona. Potrei stabilirmi in Europa o a Dubai, e viaggiare il necessario per far sì che tutto proceda senza intoppi."

"Hai riflettuto molto su questo."

"Sì. Ho capito da tempo che questa situazione non avrebbe potuto durare a lungo."

"A causa *sua*."

"Sì, a causa di Yulia." Sostengo il suo sguardo gelido. "Non permetterò che le accada qualcosa."

"E se non fossi d'accordo?"

"L'attività è la tua, quindi sei tu a decidere" dico. "Mi piace lavorare con te, ma ho altre opzioni. Per prima cosa, potrei rientrare nella legalità e aprire una ditta di sicurezza da qualche parte. Se non ti sta bene, basta che tu lo dica, e me ne andrò."

Mi fissa, e so cosa sta pensando. Non può lasciarmi andare—conosco troppo bene le operazioni interne della sua attività—quindi, ha due alternative: uccidermi o accettare la mia proposta. Lo guardo con calma, pronto ad entrambe le possibilità. So che sto rischiando, costringendolo a questa scelta, ma non vedo altri modi per risolvere questa situazione. Yulia non può passare il resto della sua vita nascosta in casa mia, cercando di non attirare l'attenzione di Esguerra. Prima o poi, qualcosa andrà storto, e quando succederà, le cose si metteranno male.

Devo portarla via prima che ciò accada.

Proprio quando sto cominciando a credere che Esguerra abbia deciso che non gli importa molto della mia fedeltà, sospira e fa un passo indietro, aprendo le mani lungo i fianchi. "È davvero così importante per te?" Sento una stanca rassegnazione nella sua voce. "Non puoi trovarti un'altra bella bionda da scopare?"

Alzo le sopracciglia. "Non puoi trovarti un'altra bella brunetta?"

Un sorriso privo di allegria appare sul suo viso. "È così, eh?"

"È tutto per me" dico senza battere ciglio. "Quindi sì, credo che sia così."

Esguerra mi guarda, con il sorriso che si dissolve. Poi, dice bruscamente: "Il dieci percento dei profitti derivanti dalle nuove iniziative, oltre allo stesso stipendio—è questa la mia offerta."

"Il settanta percento" rispondo senza perdere un colpo. "Sarò io a fare tutto il lavoro, quindi credo che sia giusto."

"Venti percento."

"Sessanta."

"Trenta."

"Cinquanta, e questa è la mia ultima offerta."

"Quarantacinque."

Scuoto la testa, anche se non potrebbe importarmene di meno di quel cinque percento. "Il cinquanta percento" ripeto. Se voglio che Esguerra mi rispetti come socio, devo insistere. Per un rapporto di lavoro migliore nel lungo termine. "Prendere o lasciare."

Mi studia con freddezza, poi piega la testa. "Va bene. Il cinquanta percento dei profitti derivanti dalle nuove iniziative."

"Affare fatto." Tendo la mano, e gliela stringo. "Comincerò subito a darmi da fare, in modo da toglierci dai piedi al più presto" dico, lasciando andare la sua mano e facendo un passo indietro. "Un'ultima cosa..."

Esguerra serra la mascella. "Che cosa c'è?"

"Sai bene quanto me che la nostra linea di lavoro è pericolosa, soprattutto là fuori, al di là della tenuta" dico. "Quindi, ho bisogno della tua promessa affinché tu non venga mai a cercare Yulia o la sua famiglia. A prescindere da cosa possa succedermi."

Esguerra annuisce, seccato. "Hai la mia parola."

Quella sera, Yulia è calma e silenziosa, con lo sguardo fisso sul piatto per quasi tutto il pasto, nonostante la presenza a tavola di suo fratello. Michael cerca di coinvolgerla più volte nella conversazione, ma dopo aver ottenuto solo risposte monosillabiche si arrende e finisce rapidamente il pasto.

"Che cosa le succede?" borbotta, quando lo accompagno alla caserma delle guardie, mentre Yulia rimane a pulire. "È arrabbiata con me?"

"Non ha niente a che vedere con te" dico. "È solo preoccupata per qualcosa."

"Che cosa?" Il ragazzo mi rivolge uno sguardo ansioso. "È successo qualcosa?"

"No." Sorrido per rassicurarlo. Ho imparato ad apprezzare il fratello di Yulia nelle ultime settimane, e non voglio che si preoccupi. "Lei pensa di sì, ma si sbaglia."

Il ragazzo corruga la fronte, confuso. "Quindi, è tutto a posto?"

"Sì, Michael" dico, mentre ci avviciniamo all'edificio. "Va tutto bene, te lo giuro."

Sembra dubbioso, ma, quando ci fermiamo davanti all'ingresso, dice burbero: "Da' a Yulia la buonanotte da parte mia e dille di smettere di preoccuparsi. Si preoccupa inutilmente, a volte."

"Si preoccupa troppo, non è vero?" Sorrido al ragazzo. "E tu di' a Diego che ho bisogno di parlargli domani mattina, ok?"

Annuisce ed entra nell'edificio, e io torno a casa. Quando arrivo lì, trovo Yulia seduta sulla poltrona della biblioteca, con il naso nel libro.

"Ehi, bellissima" dico, attraversando la stanza. "Che cosa stai leggendo?"

Alza gli occhi. "*L'Amore Bugiardo.*" Mette giù il libro e si alza in piedi. "Probabilmente dovrei fare una doccia. Sono stanca."

"Yulia." Le prendo il polso, quando prova a passarmi davanti. "Dobbiamo parlare."

Esita, poi dice: "Va bene, parliamo. Lucas" fa un respiro instabile. "Sai che questo non può andare avanti per sempre. Prima o poi, tu ed Esguerra arriverete alle mani a causa mia, e non posso sopportarlo. Se ti succedesse qualcosa—" La sua voce si incrina. "Devi lasciarmi andare."

"No." La tiro verso di me, con lo stomaco che mi si stringe al solo pensiero. "Non ti lascerò andare via."

"Devi." Il suo sguardo è implorante. "È l'unico modo."

"No, piccola." Alzo le mani per stringerle le braccia. "C'è un'alternativa. Ce ne andremo via insieme."

"Che cosa?" Yulia resta a bocca aperta. "Che cosa vuoi dire?"

"Supervisionerò l'espansione dell'organizzazione di Esguerra" spiego. "Viaggerò un bel po', ma non vivremo più qui. Ci stabiliremo in Europa o in Medio Oriente—puoi aiutarmi a decidere esattamente dove."

Sgrana gli occhi, quando mi guarda. "Vuoi andartene da qui? Ma questa è casa tua. Che ne dici—"

"Vivo qui da meno di due anni" dico, divertito. "Posso considerare casa mia qualsiasi altro posto con la stessa facilità. Questa è la proprietà di Esguerra, non la mia."

"Ma credevo che ti piacesse vivere qui."

"Mi piace—ma mi piacerà anche altrove." Spostando una mano, le sollevo il mento. "Ovunque ci sei tu, sarà casa mia, bellissima."

Fa un respiro tremante. "Ma—"

"Niente ma." Premo il pollice sulle sue labbra morbide. "Non sto sacrificando nulla, credimi. Sarò socio di Esguerra per il cinquanta percento sulle nuove iniziative, quindi, se andrà tutto bene, diventeremo ricchi sfondati."

"Diventeremo?" sussurra, quando tolgo il pollice.

"Sì, io e te." E prima che possa farmi altre domande, aggiungo: "Riporteremo tuo fratello dai suoi genitori. La situazione sta tornando alla normalità in Ucraina, quindi il suo ritorno sarà sicuro. Andremo a trovarlo tutte le volte che vuoi, naturalmente, e se preferisce restare con noi, non sarà un problema."

"Lucas. . ." Corruga la fronte. "Ne sei sicuro? Se lo stai facendo per me—"

"Lo sto facendo per noi." Abbassando le mani, le prendo il sedere e la tiro verso di me, con il cazzo che si indurisce quando sento le sue gambe sulle mie. Sostenendo il suo sguardo, dico: "Voglio essere certo che tu sia al sicuro, che nessuno potrà mai portarti via da me. Avrai le migliori guardie del corpo che il denaro possa comprare, uomini che sono fedeli a me e solo a me. Costruiremo la nostra fortezza, bellissima—un luogo in cui non dovrai temere niente e nessuno."

Yulia preme i palmi sul mio petto. "Una fortezza?" I suoi occhi brillano pieni di speranza e per uno strano senso di disagio.

"Sì." Stringo la presa sul suo sedere, godendo per la sensazione della sua carne soda, nonostante il tessuto spesso dei suoi pantaloncini. Distogliendo la mente dal desiderio che mi martella nelle vene, chiarisco: "Niente di così estremo come la tenuta di Esguerra, ma un luogo sicuro tutto per noi. Nessuno potrai mai toccarti lì."

"Tranne te" mormora, stringendo le mani affusolate sotto la mia maglietta.

"Sì." Le mie labbra si piegano in un sorriso oscuro. "Tranne me." Non sarà mai al sicuro da me, a prescindere da dove vada o cosa faccia. La proteggerò da tutti gli altri, ma non la lascerò mai andare.

"Quando. . ." Si passa la lingua sulle labbra. "Quando partiremo?"

"Presto" dico, seguendo con gli occhi il movimento della sua lingua. "Forse tra un mese o meno."

E prima che le palle mi scoppino, raggiungo la cerniera dei suoi pantaloncini e catturo le sue labbra per un profondo bacio carico di desiderio.

yulia

Il mese successivo trascorre in un turbinio di lavoro e preparativi per la partenza. Continuo con l'attività del locale, pensando che un po' di soldi in più non possano far male, anche se smetto di ordinare nuove scorte di cibo e limito il menù, man mano che i prodotti finiscono. Il locale mi tiene occupata, il che è positivo perché Lucas lavora senza sosta, spesso per diciotto ore al giorno. Nell'arco di quattro settimane, allena Diego a sorvegliare le guardie nella tenuta, crea impianti di produzione in Croazia, trova clienti per le armi che verranno prodotte in quegli impianti e acquista una casa sulla penisola carpatica, a Cipro—il luogo che abbiamo scelto come quartier generale per il clima caldo, la vicinanza strategica all'Europa e al Medio Oriente, e la percentuale relativamente alta di popolazione che parla inglese o russo.

"La casa si trova su una scogliera che si affaccia su una spiaggia privata" dice Lucas, quando mi mostra le foto della nuova proprietà. "Ha solo cinque camere, ma ci sono una piscina infinity, un balcone al secondo piano, e una palestra completamente attrezzata nel seminterrato. Oh, e farò ristrutturare la cucina, in modo da adattarla alle tue necessità."

"È stupenda" dico, guardando tutte le foto. Anche se ha "solo" cinque camere, la casa è grande e spaziosa, con un open space e le finestre che vanno dal pavimento al soffitto e si affacciano sul Mediterraneo. E, cosa importantissima per Lucas, è situata su dieci acri di terra che intende recintare e proteggere con le guardie del corpo, cani da guardia, e vari droni di sorveglianza.

Vivremo in una fortezza—una fortezza meravigliosa, fronte mare.

Mi sembra così surreale che spesso mi viene voglia di darmi un pizzicotto. La vita che Lucas sta pianificando per noi non è affatto come l'avevo immaginata, quando gli uomini di Esguerra mi hanno tirata fuori da quella prigione di Mosca. Sono ancora la prigioniera di Lucas—i pallidi segni bianchi dove sono stati inseriti i localizzatori ne sono un quotidiano promemoria—ma la mancanza di libertà mi preoccupa meno ultimamente. Forse è la bambina bisognosa dentro di me a parlare, ma la feroce possessività impenitente di Lucas mi rassicura quasi quanto mi spaventa.

Sono sua, e questo è rassicurante.

Naturalmente, anche se potessi lasciare Lucas, non lo farei. Con ogni bacio, ogni gesto premuroso—grande o piccolo che sia—il mio rapitore mi lega a sé un po' di più, e questo me lo fa amare un po' di più. E anche se non ricambia le mie parole, sono sempre più sicura che mi ami, per quanto un uomo come lui possa essere capace di amare. Quello che abbiamo insieme non è normale, ma nemmeno noi siamo normali. La mia "normalità" è finita con l'incidente dei miei genitori, e quella di Lucas potrebbe non essere mai esistita. Ma, come sto scoprendo in fretta, non ho bisogno di normalità. Il mio mercenario senza scrupoli mi sta dando tutto quello che ho sempre voluto, e quando mi fermo a pensarci, provo sia gioia che paura.

Le cose stanno andando così bene che ho il terrore che possa accadere qualcosa che mi porti via tutto.

"Va tutto bene?" chiede Misha un giorno, durante la cena. Lucas lavorerà fino a tardi, quindi siamo solo noi due per la terza sera consecutiva. "Sembri preoccupata."

"Davvero?" Spingendo da una parte il mio risotto ai funghi, cerco di rilassare i muscoli tesi della fronte. "Scusa, Mishen'ka. Stavo solo pensando, tutto qui."

Misha solleva le sopracciglia davanti al piatto che sta svuotando in fretta. "A cosa?"

"A questo, quello. . . ai cambiamenti" dico con un'alzata di spalle. "Niente di particolare." Non voglio dire a mio fratello che il futuro, per quanto possa essere meraviglioso e brillante, mi spaventa fino a farmi avere incubi ogni notte, che un freddo pugno duro sembra essersi conficcato nel mio petto, stringendomi il cuore ogni volta che penso a quanto la felicità possa essere fragile ed effimera. Scacciando quell'oscuro pensiero, sorrido a Misha e dico: "E tu? Sei felice di tornare a casa?"

"Sì, certo." Il volto di Misha si illumina, mentre si allunga per una seconda porzione di risotto. "Lucas mi ha permesso di parlare con i miei genitori ieri. Mamma ha pianto, ma erano lacrime di gioia, sai? E Papà sta già pianificando tutte le cose che faremo insieme."

"Oh, è fantastico." Sapere che presto dovrò separarmi da mio fratello è come avere un acido ustionante nel cuore, ma la gioia nei suoi occhi mi fa capire che ne vale la pena. "Come stanno?"

Lucas mi ha mostrato le foto dei genitori di Misha, e ora li immagino nella mia mente. Natalia Rudenko, sorella di Obenko e madre adottiva di Misha, è una bruna esile ed elegante che somiglia a suo fratello, mentre il padre di Misha, Viktor, è grassoccio e calvo—un tipico ingegnere di mezza età. Ha quasi dieci anni più della moglie quarantenne, e si vede, ma ha un viso gentile, e in molte delle foto che ho visto guarda sua moglie con adorazione.

"Stanno bene" dice Misha. "Come al solito, lo sai." La sua espressione si incupisce, quando aggiunge: "Mamma ha passato un brutto periodo a causa di Zio Vasya, ma Papà ha detto che sta meglio ora. Hanno sempre saputo che il suo lavoro era pericoloso, quindi non sono rimasti molto sorpresi da quello che è successo. Per fortuna, Lucas li ha contattati, dicendo loro che sto bene."

"Già." Il messaggio di Lucas spiegava che io, la sorella da tempo perduta di Misha, ero uscita da un incarico sotto copertura a lungo termine per portare Misha in un posto sicuro per un po' di tempo. "Quindi, che cos'hanno detto?"

"Beh, mi hanno fatto un milione di domande, come ci si aspetterebbe, ma più che altro erano sollevati di sapere che tornerò a casa e"—mi rivolge un'occhiata un po' schiva—"a scuola."

Sorrido, più che rincuorata. A quanto pare, gli eventi recenti hanno raffreddato un po' dell'entusiasmo di mio fratello per le carriere non tradizionali. "Dovrai seguire delle lezioni di recupero per rimetterti in pari?" chiedo. È già ottobre, quindi Misha ha perso almeno un paio di settimane della prima superiore.

"No, non credo" dice, affondando il cucchiaio nel risotto. "Abbiamo ripassato la maggior parte delle materie insegnate a scuola durante l'addestramento con l'UUR."

"Oh, sì, hai ragione." Avevo quasi dimenticato che il motivo per cui ero riuscita a iniziare il college a sedici anni era che il programma di studi per gli allievi includeva matematica, scienze, storia, e lo studio delle lingue a livelli di gran lunga superiori a quelli insegnati ai ragazzi di quell'età. "Quindi, sei già più che in pari."

Misha annuisce, prendendo il bicchiere d'acqua accanto al suo piatto. "Sì, dovrei essere a posto." Trangugia l'acqua, e lo studio, notando ancora una volta le linee più sottili e dure sul suo volto. Ogni giorno che passa, il mio fratellino cresce un po' di più, maturando davanti ai miei occhi. Ben presto, non sarà nemmeno più un ragazzo, proprio come non è più il bambino dei miei ricordi.

Sento nuovamente quel nodo alla gola al pensiero che dovrò separarmi da lui. "Mi mancherai" dico, cercando di non sembrare così angosciata. "Tantissimo."

Misha mette giù il bicchiere. "Mi mancherai anche tu, Yulia." La sua espressione è ancora più cupa rispetto a prima. "Verrai a trovarmi, però, non è vero?"

"Certo." Non riuscendo a stare ferma, mi alzo, inghiottendo le lacrime che mi bruciano la parte posteriore della gola. "Ci separeranno solo tre ore di volo. Saremo praticamente vicini di casa." Per lo meno, quando non viaggeremo in tutta Europa, Asia e Medio Oriente, come Lucas mi ha detto che faremo. Scacciando quella consapevolezza, dico con forzata allegria: "E verrai a trovarci. D'estate, durante le vacanze scolastiche, e in altre occasioni del genere."

"Sì, sarà fantastico." Finendo di mangiare, si alza anche Misha. "Mi invidieranno tutti gli amici, quando sapranno della vacanza a Cipro."

"Esattamente." Sorrido, anche se tutto quello che vorrei fare è piangere. "Sarai il ragazzo più famoso della scuola."

"Oh, lo sono sempre stato, comunque" dice con una totale mancanza di modestia. "Quindi, va tutto bene."

Rido e giro intorno al tavolo per andare ad abbracciarlo. Me lo lascia fare, e ricambia addirittura l'abbraccio, con le sue braccia muscolose robuste e forti. Quando mi allontano e lo guardo, mi rendo conto che il mio fratellino è cresciuto di un altro paio di centimetri nell'ultimo mese e mi sento di nuovo soffocare.

"Oh, andiamo" mormora Misha, quando le lacrime che stavo trattenendo iniziano a spargersi. Tirandomi a sé per un altro abbraccio, mi accarezza la schiena goffamente. "Non piangere. Dai, andrà tutto bene. Ci vedremo spesso, e ci sentiremo tramite e-mail e Skype. . ."

"Lo so." Mi allontano e sorrido a Misha, asciugandomi le lacrime sulle guance con il dorso della mano. "È solo che continuo a ricordare quanto eri piccolo, e ora stai crescendo

così in fretta e ti stai trasformando in un giovane adulto. . ."
Tiro su con il naso. "Scusa. Sono una stupida."

"Beh, sei una ragazza" dice, grattandosi la nuca. "Puoi permettertelo, credo."

Scoppio a ridere davanti a quella dichiarazione sciovinista, e, per il resto del pasto, non parliamo più della separazione.

Il pomeriggio prima della nostra partenza, do una grande festa nel cortile di Lucas, invitando tutti i clienti del mio locale e chiunque altro voglia venire. Utilizzando le scorte di cibo rimaste, preparo una gran varietà di antipasti e, con l'aiuto di Lucas, Eduardo e Diego, sistemo un paio di barbecue dove griglio bistecche, hamburger e costolette d'agnello. Gestire la griglia è un lavoro che fa sudare, ma mi sento euforica, quando una guardia dopo l'altra si avvicina per salutarmi ed esprimere la propria gratitudine per gli ottimi pasti.

"Ci mancherai" dice, in tono burbero, una delle guardie. "A parte gli scherzi, non ho mai mangiato del cibo delizioso come il tuo."

"Grazie." Gli sorrido, poi mi giro per salutare un'altra guardia che mi dice qualcosa di simile in spagnolo. Molti di questi uomini sono ex soldati, assassini sfregiati e armati fino ai denti, e il fatto che mi stiano ringraziando in questo modo mi commuove enormemente.

Naturalmente, molte delle guardie presenti qui oggi sono nuove reclute o quelle che non hanno amici tra le vittime del disastro, ma non mi lascio sopraffare da questo pensiero. So che non sarò mai pienamente accettata nella tenuta di Esguerra—è per questo che stiamo per andarcene, dopo tutto—e il fatto che così tante persone esprimano rammarico per la mia partenza è un dono che va al di là di qualunque mia aspettativa.

"Sei un figlio di puttana fortunato" dice a Lucas una guardia con i capelli rossi, quando metto un pezzo di bistecca nel suo piatto. "Dico davvero, amico. La tua ragazza è la migliore."

"Lo so" dice Lucas, mettendomi un braccio intorno alla vita con fare possessivo. "Ora vai avanti, O'Malley. Stai bloccando la fila."

Quando il barbecue è finito e gli ultimi antipasti scompaiono dai piatti, la festa comincia a scemare. Lucas se ne va per l'ennesima telefonata con i nuovi fornitori, e Diego, Eduardo e Misha portano i piatti vuoti all'interno e raccolgono la spazzatura. Sfinita, vado a lavarmi le mani, e quando esco, vedo che tutte le guardie se ne sono andate. C'è solo una persona in mezzo al cortile di Lucas, con il solito abito nero.

Stordita, guardo la domestica che mi ha aiutato a fuggire. "Rosa? Che cosa ci fai qui?"

Lancia un'occhiata nervosa alla casa, dove Misha e le due guardie stanno ancora pulendo, poi dice con esitazione: "Hai un minuto? Speravo di parlare con te da sola."

La studio, alla ricerca di eventuali armi. Non trovando nulla di sospetto, dico: "Va bene, certo. Vuoi fare una breve passeggiata?"

Annuisce e scompare tra gli alberi. La seguo, incuriosita e inquieta. Sono abbastanza certa che non mi aggredirà fisicamente, ma non so quali intenzioni abbia, e questo mi rende nervosa. Al tempo stesso, ricordo cosa mi ha detto Lucas sugli eventi di Chicago, e la comprensione attenua la mia diffidenza.

Non conoscerò le motivazioni di Rosa, ma posso sicuramente capire quello che ha passato.

Quando raggiungo Rosa, si ferma e si gira verso di me. "Yulia, io. . ." Fa un respiro. "Volevo ringraziarti per quello che hai detto a Lucas. Nora mi ha detto di aver parlato con te, ma non sapevo se l'avresti fatto o meno."

"Beh, Nora non mi ha lasciato molta scelta" dico, ricordando l'implicita minaccia della ragazza minuta. "Comunque, prego. Tu e Nora state bene?"

Rosa annuisce, arrossendo. "Sì. Sono stata agli arresti domiciliari per un po', e non ho più accesso a quelle chiavi, ma il Señor Esguerra ha limitato il mio ruolo nella casa principale un paio di settimane fa."

Sorrido, sinceramente felice per lei. "Bene, sono contenta. E credo che dovrei ringraziarti per avermi aiutata quella volta. È stato molto gentile da parte tua—"

Con mia grande sorpresa, Rosa scuote la testa. "Non è stato gentile" mormora. "È stato stupido. *Io* sono stata stupida."

Il sorriso si spegne sulle mie labbra. "Che cosa vuoi dire?"

Il viso di Rosa è rosso scuro ora. "Avevo una cotta per Lucas, e speravo che se te ne fossi andata. . ." Agita le mani sulla gonna. "Mi dispiace. Non so cosa mi sia passato per la testa. È solo che volevo credere che fosse diverso. Ma poi, ho visto che ti teneva in quel modo e—" Si ferma, stringendo le labbra.

"E quello stava rovinando l'idea che ti eri fatta di lui" dico, cominciando finalmente a capire. "Hai pensato che se mi avessi lasciata andare, avresti fatto qualcosa di buono, aumentando le possibilità con l'uomo che desideravi." Vedendo la sorpresa sul suo viso, mi fermo, poi dico gentilmente: "Solo che non è l'uomo che desideri davvero, o sì?"

"No." I suoi occhi castani si rabbuiano. "Non lo è. Non lo è mai stato. Ho creato nella mia testa l'immagine dell'uomo che volevo, e l'ho fissata al primo bel viso che ho trovato."

"Oh, Rosa. . ." Cedendo a un improvviso impulso, faccio un passo in avanti e le stringo la mano per confortarla. "Ascoltami" dico a bassa voce. "Troverai la persona giusta per te, e questa persona potrebbe non essere quella che immaginavi, ma la vorrai lo stesso, con tutti i suoi difetti. Non sarà perfetta, ma sarà reale, e lo saprai—lo sentirai. Lo sentirete entrambi."

Deglutisce e tira via la mano. "Le cose stanno così tra te e Lucas?"

"Sì" dico, e quella verità mi brucia. "Non è tenero e bello come pensavo. Qualcuno potrebbe addirittura dire che è brutto. Ma siamo noi. È la nostra realtà, la nostra versione della perfezione. E l'avrai anche tu un giorno—la tua versione della perfezione. Potrebbe non essere quella che ti aspetti, o con chi la aspetti, ma ti *renderà* felice."

Le labbra della ragazza tremano un attimo; poi, le emozioni scompaiono dal suo volto e fa un passo indietro. "Dovresti andare" dice, con le mani che giocano ancora una volta con la gonna del suo abito. "Verranno a cercarti, se non torni al più presto."

"Hai ragione."

Sto per voltarmi e tornare indietro quando Rosa dice tranquillamente: "Addio, Yulia. Auguro a te e Lucas tutto il meglio. Davvero."

"Grazie—ti auguro le stesse cose" dico, ma Rosa si sta già allontanando, con la sua figura avvolta dall'abito nero che si fonde con il verde della foresta pluviale, e scompare dalla mia vista.

lucas

Mi aspettavo che Yulia e suo fratello dormissero durante il volo per l'Ucraina, ma trascorrono tutto il tempo a parlare. Ogni volta che metto la testa fuori dalla cabina di pilotaggio per controllare se hanno bisogno di qualcosa, sono presi dalla conversazione, e mi ritiro, non volendo intromettermi tra i fratelli.

Presto avrò Yulia tutta per me.

Quando ci avviciniamo allo spazio aereo ucraino, prendo contatti con i nostri uomini a terra. La settimana scorsa, hanno finalmente rintracciato gli ultimi tre noti collaboratori dell'UUR e li hanno eliminati, come avevo ordinato di fare. Con mia grande delusione, nessuno di loro stava dando rifugio a Kirill, il che significa che l'ex addestratore di Yulia o è completamente fuori gioco o, come pensava Yulia, il figlio di puttana è morto per le ferite riportate ma non abbiamo ritrovato il suo corpo.

Quest'ultima possibilità mi dà un po' di gioia—volevo uccidere il bastardo con le mie mani—ma è meglio dell'alternativa. Gli uomini hanno rintracciato anche la direttrice dell'orfanotrofio di Yulia. La donna era già in carcere per abusi e traffico di minori, quindi mi sono dovuto accontentare di inviare un assassino che l'ha messa all'angolo di un bagno, mostrandole quanto soffrissero le sue vittime. Il video della sua morte—tutte e tre le ore—è stato il momento migliore dello scorso mercoledì. Un giorno potrei mostrarlo a Yulia, ma per ora ho deciso di non farlo, per evitarle di rivivere i brutti ricordi.

"Hai il permesso di atterrare" riferisce Thomas, quando lo contatto per telefono. Sorrido, soddisfatto che la campagna di tangenti che stiamo conducendo si stia dimostrando così efficace. Nonostante la sanguinosa guerra che abbiamo condotto contro l'UUR, la maggior parte dei burocrati ucraini sono più che disposti a chiudere un occhio—soprattutto da quando l'ex agenzia di Yulia è completamente scomparsa.

Nessuno si preoccupa di qualche spia ufficialmente inesistente quando ci sono in gioco dei cospicui assegni.

Quando atterriamo nell'aeroporto privato, c'è un SUV blindato che ci aspetta, e andiamo subito dai genitori di Michael. Thomas e altre due guardie guidano il gruppo, mentre una dozzina dei nostri uomini ci seguono con altre vetture. Non mi aspetto alcun problema, ma è sempre bene essere prudenti quando ci si trova in un territorio ostile.

Tangenti o meno, l'Ucraina è poco tenera con chi è collegato all'organizzazione di Esguerra.

"Sei sicuro che mio fratello sarà al sicuro?" mi ha chiesto Yulia ieri sera, e le ho assicurato che grazie al nostro sistema di hackeraggio e alla successiva distruzione dei fascicoli dell'UUR, è impossibile collegare il figlio adottivo di due civili a lei, e per estensione, a me ed Esguerra. Per ogni eventualità, però, ho assunto personalmente due guardie del corpo per vegliare su Michael e la sua famiglia nel corso dei prossimi mesi. Non credo che sia in pericolo, ma so quanto il ragazzo è importante per Yulia. E, a dire il vero, ho imparato ad apprezzarlo anch'io. A Yulia probabilmente non piacerebbe sentire questo, ma c'è qualcosa in Michael che ricorda me a quell'età.

Vasiliy Obenko non aveva sbagliato del tutto a reclutarlo; il ragazzo sarebbe diventato un ottimo agente se avesse completato l'addestramento.

Durante il tragitto dall'aeroporto, Yulia e Michael sono entrambi silenziosi, e so che stanno pensando all'imminente separazione. In teoria, avrei potuto assumere più uomini per garantire la sicurezza a Michael e lasciarlo tornare a casa prima, ma volevo far passare a Yulia più tempo con il fratello, e sono contento di averlo fatto. Il ragazzo non è più il ribelle adolescente scontroso a cui erano state raccontate tante bugie su sua sorella. I due fratelli ora si vogliono bene come non mai, e so che questo rende Yulia felice—cosa che di riflesso rende felice anche me.

Se potessi tornare indietro nel tempo e spazzar via tutto il dolore del suo passato, lo farei in un baleno. Ma dal momento che non posso, devo accontentarmi di fare in modo che non soffra più.

È mia, e mi prenderò cura di lei per il resto della nostra vita.

———

I genitori di Michael vivono al quinto piano di un palazzo alla periferia di Kiev. Le due guardie del corpo che ho reclutato ci fanno un cenno all'ingresso dell'edificio per informarci che è tutto tranquillo. Le ringrazio e concedo loro la libertà per il resto della giornata, prima di dire a Thomas e agli altri di aspettare al piano di sotto. Non c'è l'ascensore, così io, Yulia e Michael facciamo le scale.

Yulia cammina davanti a me. Indossa un paio di stivali senza tacchi e dei jeans attillati e alla moda—entrambi acquistati di recente su internet—e non riesco a staccare gli occhi dal suo sedere formoso, che flette ad ogni passo.

"Amico, smettila di fissarla per un paio di minuti" mormora Michael, salendo le scale accanto a me, e gli sorrido, per niente imbarazzato che mi abbia sorpreso a desiderare sua sorella.

"Perché?" ribatto a bassa voce. "Tua sorella è sexy. Non lo sapevi?"

"Uh." Fa una smorfia, disgustato, e Yulia ci guarda con sospetto da dietro la spalla.

"Di cosa state parlando?" chiede lei, quando raggiungiamo il pianerottolo del terzo piano.

"Di niente" dice Misha in fretta, diventando tutto rosso in viso. "Roba da uomini."

"Uh-uh." Yulia ci rivolge uno sguardo esasperato, ma non insiste, e saliamo le ultime due rampe di scale in silenzio. Sono contento che non incontriamo altri vicini, perché ho l'M16 con me.

Dopo quello che è successo a Chicago, non vado da nessuna parte senza un'arma.

Quando arriviamo al quinto piano, Yulia si ferma davanti all'appartamento 5A e suona il campanello.

Il primo indizio che qualcosa non va è il volto bianco della donna con i capelli scuri che apre la porta. È Natalia Rudenko, la madre adottiva di Michael—riconosco i suoi occhi color nocciola dalle foto degli appostamenti. Invece di sorridere e di fare un passo in avanti per abbracciare suo figlio, spalanca la porta e indietreggia, con la bocca tremante.

Immediatamente, capisco perché.

Intorno allo stomaco e parzialmente nascosti dal grembiule che indossa ci sono un groviglio di cavi e una scatola nera con una luce lampeggiante.

"Mamma?" dice Michael, insicuro, facendo un passo avanti, e gli afferro istintivamente un braccio, tirandolo indietro mentre copro Yulia, proteggendola dalla bomba. Il cuore mi batte all'impazzata dall'adrenalina, con il terrore e la rabbia che mi sommergono con una tossica ondata.

Yulia, Misha e una bomba.

Fottuti figli di puttana.

"Va tutto bene, lascia entrare il ragazzo" dice un'accentata voce maschile in inglese. "Là fuori non è più sicuro. Ne ho abbastanza per far saltare l'intero edificio."

Non mi muovo, anche se ogni istinto mi urla di attaccare, per proteggere Yulia e suo fratello. Solo la consapevolezza che farlo significherebbe la morte certa per loro mi spinge a cambiare idea.

Facendo appello a tutti i miei anni di esperienza nei combattimenti, blocco il martellante ritmo della paura e valuto la situazione.

Oltre alla donna, ci sono due uomini sul corridoio. Uno di loro, un uomo corpulento di mezz'età, è avvolto dagli stessi cavi della madre di Michael. Riconosco anche il suo volto terrorizzato. È Viktor Rudenko, il padre adottivo di Michael. Ma non è lui a catturare la mia attenzione.

È l'uomo muscoloso dietro di lui, con le labbra sottili arricciate in un sorriso malvagio.

Kirill Ivanovich Luchenko, l'uomo a cui stavamo dando la caccia.

È stato lui a trovare noi, invece.

yulia

Non ho mai provato un terrore così intenso, così devastante. Lucas è un muro umano davanti a me, ma riesco a vedere intorno al suo corpo potente, e la scena surreale mi fa contorcere le viscere.

Kirill è nel corridoio illuminato dietro i genitori di Misha, che sono avvolti da cavi aggrovigliati. Tiene una pistola nella mano destra, e nella sinistra stringe qualcosa di piccolo e nero.

Un detonatore, mi rendo conto con nauseante panico.

Ha il pollice sul detonatore.

"Entrate" dice in inglese, guardando Lucas e Misha prima di concentrarsi su di me. Un sorriso grottesco gli fa piegare la bocca, quando il suo sguardo incontra il mio. "Fate come se foste a casa vostra. Siamo tutti un'allegra famiglia qui, non è vero?"

Lucas non muove un muscolo, nemmeno quando Misha cerca di spingerlo da una parte, con il suo giovane viso contorto dallo stesso terrore che mi tiene paralizzata. So cosa sta passando per la mente di mio fratello; come me, probabilmente ha visto questo tipo di detonatore durante l'addestramento sugli esplosivi.

È la versione dell'UUR di un giubbotto suicida, progettato per essere utilizzato solo nella più disperata delle circostanze. Kirill non ha bisogno di premere il pulsante per innescare l'esplosivo; gli basterà *togliere* il pollice dal pulsante.

Se gli scivola il pollice—se viene colpito, per esempio—la bomba verrà attivata.

Deve averlo capito anche Lucas, perché non si allunga verso l'M16 che ha a tracolla sulla schiena.

"Fammi passare" sibila mio fratello, vedendo che Lucas ancora non si muove. "Sono i miei genitori. Fammi passare, cazzo!"

Questa volta, sono io a bloccare il braccio di Misha. "Non farlo" dico sottovoce, e lui si ferma. Non so se mio fratello pensa che io abbia un piano, o se è a causa della finta tranquillità nella mia voce, ma smette di spingere Lucas e si ferma, con lo sguardo fisso sul corridoio.

"Non volete entrare?" chiede Kirill. "Bene, useremo le maniere dure, allora."

Con un rapido movimento, alza la mano destra e spara. Il colpo è attutito—la pistola di Kirill ha il silenziatore—ma le urla che seguono sono inconfondibili. Balzo in avanti in preda al panico, terrorizzata per Lucas, ma lui è ancora lì, e si rifiuta di muoversi, nonostante i rinnovati sforzi di mio fratello per entrare in casa.

Il proiettile ha colpito il padre di Misha alla gamba, mi rendo conto, dando un'occhiata a Misha, che continua ad agitarsi. L'uomo più anziano è a terra e urla, mentre si stringe la gamba sanguinante, e la madre di Misha è in ginocchio accanto a lui, piangendo istericamente.

"Il prossimo proiettile entrerà nella sua testa" dice Kirill, e Misha si ferma di nuovo. "E quello dopo, nel suo cervello." Agita la pistola contro la donna in lacrime. "Oh, e se qualcuno di voi cerca di fuggire, sparerò immediatamente a entrambi, e le bombe esploderanno prima che riusciate a scendere una sola rampa di scale." Il suo sorriso si allarga, notando le nostre espressioni. "Vi ripeto, entrate e mettetevi comodi."

"Lucas, per favore" sussurro, vedendo che ancora non si muove. La bile mi sale nella gola. "Ti prego, dobbiamo farlo. Non possiamo lasciare che li uccida davanti a Misha." Non so se Kirill sia abbastanza pazzo da sacrificare sé stesso, innescando gli esplosivi, ma non ho dubbi sul fatto che sparerà ai genitori di Misha senza pensarci due volte.

"Tu. Getta l'arma prima di entrare" dice Kirill, indicando Lucas con la pistola. "Non vorrai che si sollevi per sbaglio." Alza la mano sinistra—quella con il detonatore—per illustrare esattamente cosa intende.

Senza dire una parola, Lucas raggiunge la cinghia del suo M16 e poggia l'arma sul pavimento. Poi, sempre in silenzio, entra nel corridoio.

Io e Misha lo seguiamo. Il volto di mio fratello è pallido come la morte, con gli occhi terrorizzati. Non ho alcun dubbio sul fatto che io abbia lo stesso aspetto. Il terrore è una cavità ghiacciata nel mio stomaco. Quando Kirill mi aveva catturata, ero sola, e potevo rifugiarmi negli angoli bui della mia mente. Ma non ho scampo ora, non quando le uniche due persone che amo sono in pericolo accanto a me—in pericolo a *causa* mia.

So perché Kirill sta facendo una cosa così spericolata e folle. Ce l'ha con me. Vuole punirmi per quello che gli ho fatto, e non gli importa di chi rimarrà ferito. Lucas è ancora davanti a me, con il corpo che forma uno scudo tra me e il mio ex addestratore, ma non riuscirà a salvarmi.

Siamo in vantaggio numerico e abbiamo altri uomini giù al portone, ma Kirill ha il pollice su quel detonatore.

"Vieni qui, troia" dice il mio ex addestratore, guardandomi. I suoi occhi scuri brillano dalla rabbia e qualcosa di simile alla follia. "È te che voglio."

Ignorando il nauseante terrore che mi fa contorcere le viscere, faccio un passo intorno a mio fratello, spingendolo dietro di me, ma Lucas mi sbarra la strada.

"Lei non andrà da nessuna parte." La sua voce è acciaio letale.

"No?" Kirill solleva la pistola, puntandola alla tempia di Viktor Rudenko. L'uomo si blocca, con le urla che si affievoliscono, e Kirill mi fissa, mentre Natalia comincia a piangere ancora più forte. "Non farmelo ripetere."

"Lucas, lasciami andare." Cerco di passare, spingendolo, ma lo stretto corridoio è pieno di mobili, e quasi inciampo su uno sgabello posto davanti a uno specchio alto. Brividi di terrore mi attraversano la schiena, quando Kirill indurisce la mascella, davanti alla posizione intransigente di Lucas. Freneticamente, afferro il braccio di Lucas e cerco di spingerlo da una parte. "Ti prego, Lucas, lasciami passare."

Mi ignora. Ogni muscolo del suo corpo è teso, e quando lo guardo, la furia nei suoi occhi chiari mi terrorizza ancora di più.

Non sentirà ragioni.

Per proteggermi, lascerà morire i genitori di Misha—e si farà uccidere.

"Perché la vuoi?" chiede a Kirill, con tono incredibilmente calmo. "Sai che morirai qui, oggi."

"Davvero?" Kirill ride, con quel suono stranamente acuto, e per la prima volta, noto i cambiamenti nel suo aspetto. I suoi capelli ora sono più grigi che castani, il suo volto è gonfio e il fisico che era sempre stato muscoloso ora sembra semplicemente ingrossato. È come se fosse invecchiato di dieci anni nel corso degli ultimi mesi. "E cosa ti fa pensare che me ne importi?"

L'espressione di Lucas non cambia. "So che non ti importa. È per questo che sei qui, non è vero? Per morire con un tripudio di gloria piuttosto che vivere come il patetico mezzo uomo che sei diventato?" Il disprezzo si insinua nella sua voce. "Saresti dovuto venire a cercarci fin dall'inizio. Avrei potuto rendere le cose molto più semplici per te, mettendo fine alla tua misera vita senza cazzo molto prima."

Che cosa sta facendo Lucas? Il cuore mi batte forte dall'orrore, mentre guardo il volto di Kirill contorcersi dalla rabbia e la sua mano sollevarsi, con la pistola che punta dritto al petto di Lucas.

È come se Lucas stesse cercando di farsi colpire.

E un attimo dopo, mi rendo conto che questo è esattamente quello che sta facendo. Il mio rapitore spera di sacrificarsi, facendoci guadagnare del tempo. Per fare cosa, non lo so. Siamo al quinto piano di un edificio senza ascensore. Anche se le guardie a terra sentissero il colpo—improbabile, visto il silenziatore di Kirill—non riuscirebbero mai ad arrivare qui in tempo. E anche se lo facessero, rimarrebbe il problema degli esplosivi.

A prescindere da ciò, anche se Lucas avesse un piano, non potrei lasciargli fare questo.

In una frazione di secondo, prendo l'unica decisione possibile.

"Oh, sì, è vero" dico ad alta voce. Dietro di me, sento il rapido respiro di Misha, ma lo ignoro. "Avevo quasi dimenticato che ti ho fatto saltare le palle e il cazzo" continuo, lasciando trasparire tutta la derisione possibile nelle mie parole. "Come ci si sente, eh? Dev'essere dura non poter violentare le quindicenni."

La furia che contorce i lineamenti di Kirill è demoniaca. Il suo volto gonfio diventa viola, e la pistola oscilla verso di me. Lucas si sposta per impedire a Kirill di puntarla contro di me, ma salto dall'altra parte, esponendomi nuovamente.

Sono io quella che il mio ex addestratore vuole. Se riesco a farmi uccidere, c'è una possibilità che gli altri possano fuggire.

"Fa' quello che devi fare" schernisco l'uomo, saltando da una parte all'altra per evitare i tentativi di Lucas di proteggermi. "Sparami come il vigliacco che sei, come il miserabile che sei diventato." Le parole si riversano fuori dalla mia bocca sempre più velocemente. "Guardati. Il famoso Kirill Luchenko, mai sconfitto in un combattimento. E cosa ti è successo? Ti hanno fatto saltare il cazzo. Scommetto che faccia male. Scommetto che non riesci a pisciare senza frignare come un bambino. Non so cosa si provi, naturalmente, ma—"

Il colpo sibila, e il rumore è assordante nonostante il silenziatore. Qualcosa sbatte contro di me, e volo.

Il mio ultimo pensiero è la disperata speranza che Misha e Lucas sopravvivano.

49

Lucas

Accade tutto in un istante. Non appena il colpo parte, sono già in movimento, balzando contro Kirill. Non oso guardare dietro, perché se vedessi Yulia morta o morente, perderei gli ultimi brandelli della mia sanità mentale, e non posso lasciare che questo accada.

Devo salvare suo fratello.

Ci schiantiamo contro il muro, e Kirill si gira per proteggere la pistola, ma non è quella che sto cercando. Con entrambe le mani, gli afferro il pugno sinistro e stringo forte, per fargli tenere le dita chiuse e il pollice sul detonatore. Allo stesso tempo, mi tiro indietro e sbatto ancora una volta contro di lui, torcendomi, in modo che la mia spalla colpisca il suo braccio destro. La pistola cade rumorosamente a terra, ma, prima che io possa cantare vittoria, sfrutta la sua mole per spingermi indietro e sbatte il pugno destro sulla mia tempia.

La mia visione si rabbuia per un secondo, con le orecchie che mi fischiano, ma mi sforzo di rimanere cosciente e lo spingo nuovamente contro il muro. La rabbia e il dolore che mi ribollono nel petto mi danno una forza sovrumana. *Quel figlio di puttana ha sparato a Yulia.* Con un ruggito, stringo le dita ancora più forte e sento le sue ossa fratturarsi. Urla e oscilla il pugno destro verso di me, ma questa volta lo schivo, tenendo le mani chiuse intorno alla sua mano sinistra. Lontanamente, mi rendo conto che i genitori di Michael stanno tentando di fuggire, ma non riesco a distinguere le loro grida in preda al panico. Il combattimento si sta svolgendo alla velocità della luce; e un attimo di disattenzione potrebbe essere fatale.

Le orecchie mi fischiano e assaporo il sangue, quando mi arriva un altro colpo sulla mascella, ma sposto la gamba in tempo per impedire al ginocchio di Kirill di colpire il mio inguine. Allo stesso tempo, salto indietro per evitare un terzo colpo e mi giro da una parte per dargli una gomitata alle costole. L'ho colpito duramente, ma non grugnisce nemmeno questa volta. Il bastardo sembra un carro armato, e anche se i suoi riflessi non sono buoni come i miei, sa cosa sta facendo. In circostanze normali, sarebbe stato un combattimento difficile, ma con entrambe le mani strette sul suo pugno sinistro mi trovo in una posizione di grave svantaggio. Non posso lasciar andare la sua mano, però, perché sono certo che innescherebbe la bomba.

A questo punto, il figlio di puttana vuole solo la vendetta, e morirebbe pur di ottenerla.

Ha violentato Yulia a quindici anni. Le ha sparato.

La furia è come un combustibile missilistico per i miei muscoli. Girandomi, sbatto la nuca sul suo naso, frantumandogli le ossa e la cartilagine, e prima che possa riprendersi, sfrutto la presa sul suo pugno per farlo oscillare e gettarlo contro la parete opposta.

I suoi occhi rotolano all'indietro quando la sua testa colpisce la superficie dura, ma riesce a darmi un calcio, con lo stivale che si schianta dritto nel mio rene. Sibilo, allentando per un secondo la presa sul suo pugno, e si getta a terra, trascinandomi, mentre stringo di nuovo la presa. Ci scontriamo e rotoliamo, e un attimo dopo, capisco cosa stava cercando.

La pistola che gli era caduta.

L'ha afferrata con la mano destra, e la sta puntando dritto alla mia testa.

Vedo il suo dito che comincia a premere il grilletto, e le cose sembrano rallentare. Registro tutto con straordinaria chiarezza, come se il mio cervello avesse deciso di riprendere un'ultima immagine. In quella frazione di secondo prima di morire, vedo il ringhio vittorioso di Kirill, respiro il fetore del sudore che gli cola lungo il viso e sento le urla dei genitori di Michael in fondo al corridoio. Penso anche a Yulia e a come spero disperatamente che sopravviva.

Morirei mille volte pur di tenerla in vita.

Parte un colpo con uno scoppio assordante.

Solo che non muoio.

È Kirill a gridare, con il braccio destro che esplode in pezzi sanguinolenti. Stordito, alzo lo sguardo e vedo Michael con il mio M16. Il ragazzo sta ansimando, con il volto pallido rigato da sudore e sangue e, un attimo dopo, preme di nuovo il grilletto, sparando una serie di proiettili nella spalla destra di Kirill.

Urlando, Kirill sferra un calcio a Michael, e torno a concentrarmi sul mio avversario.

È giunto il momento di mettere fine a tutto questo.

Tenendo le dita strette intorno al pugno sinistro di Kirill, sbatto la fronte sul suo naso sanguinante, più e più volte, godendo dello scricchiolio, mentre conficco i frammenti ossei nel suo cervello. Non è così che volevo che il bastardo se ne andasse, ma non ho scelta.

Quando resta disteso lì, immobile, con il volto insanguinato, guardo Michael, con la testa palpitante. "Spara al suo braccio sinistro" ordino con voce roca, e il ragazzo non ci pensa due volte.

Senza esitazione, spara un'altra serie di colpi sul braccio del morto. I proiettili gli frantumano le ossa. Tutto quello che devo fare è strattonarlo, e il braccio si separerà dal corpo.

Ignorando il sangue che sgorga dal suo moncone, mi alzo in piedi, tenendo l'appendice recisa per il pugno avvolto intorno al detonatore. Il cuore mi martella a tutta velocità, mentre mi volto verso l'ingresso. Dietro di me, la madre di Michael singhiozza e suo padre geme dal dolore, ma non me ne frega un cazzo.

Tutto quello di cui m'importa è Yulia.

È immobile a terra, in mezzo a frammenti di specchio rotti, con il corpo accasciato come una bambola di pezza. I suoi lunghi capelli biondi le coprono il volto, ma c'è sangue dappertutto, su tutta la sua esile figura.

Il vuoto nel mio petto si diffonde.

No. Cazzo, no.

Non può essere morta. Non può esserlo.

"Yulia" sussurro, mettendomi in ginocchio accanto a lei. Mi sento soffocare, come se i polmoni stessero collassando nella mia cassa toracica. "Yulia, tesoro. . ."

Non si muove.

Stordito, stringo la mano sinistra intorno al pugno di Kirill, premendo il pollice per tenere giù il detonatore, e con la mano destra, la raggiungo. Le mie dita sono ricoperte dal sangue di Kirill, e quando le metto i capelli da una parte, provo l'orribile sensazione di danneggiarla con quel tocco, distruggendo qualcosa di puro e bello. . . un angelo che non appartiene al mio brutto mondo.

Le sue ciglia sono mezzelune marroni sulle sue guance pallide, e la sua bocca è leggermente aperta. È come se stesse dormendo, ma c'è del sangue.

Tanto sangue del cazzo.

"Yulia. . ." Mi trema la mano quando le sfioro il viso, lasciando impronte di sangue sulla sua pelle di porcellana. Il vuoto dentro di me si espande, con le ossa che scricchiolano sotto la pressione del vuoto interiore. Non riesco a immaginare una vita senza di lei. Cazzo, non riesco a immaginare una sola settimana senza di lei. In pochi mesi, è diventata tutto il mio mondo. Se è morta, se se n'è andata. . . Le mie dita le sfiorano il lato del collo, per sentire le pulsazioni, e mi blocco, con un violento brivido che mi attraversa.

Sento un battito. Un debole, ma inconfondibile battito.

"Yulia!" Mi chino, tirandola su con il braccio libero. È morbida e calda, inequivocabilmente viva. Sento il suo respiro sul mio collo, e il mio cuore ruggisce dalla gioia feroce.

È viva.

La mia Yulia è viva.

Per un attimo questo mi basta, ma, non appena mi fermo a riflettere, una nuova paura mi attanaglia.

Perché è incosciente, e da dove viene tutto questo sangue?

La poggio freneticamente a terra, cercando la ferita del proiettile. Ha numerosi taglietti causati dal vetro andato in frantumi, e c'è una ferita che sanguina su un lato della sua testa, ma non vedo dov'è penetrato il proiettile.

"Sta bene?" chiede Michael, e alzo la testa per guardarlo. Barcolla, con il viso bianco-verdastro. Per un attimo, penso che stia per vomitare davanti alla vista del braccio mozzato che continuo a tenere in mano, ma mentre lo guardo cade in ginocchio accanto a me—o, più precisamente, crolla in ginocchio.

Accigliato, cammino verso di lui e mi fermo.

Il sangue sgorga da sotto la maglietta scura di Michael.

"Misha?" gracchia Yulia con voce roca, e giro la testa per vedere le sue palpebre che si aprono. Mentre ci guarda, l'orrore appare sul suo viso, e capisco che è giunta alla mia stessa conclusione.

Suo fratello è stato colpito.

yulia

Nei dieci minuti successivi, sembra accadere tutto insieme. C'è sangue dappertutto: su Misha, che è sdraiato a terra accanto a me, su Lucas, intorno al corpo martoriato di Kirill, e sul braccio mozzato che Lucas sta stringendo. A un paio di metri di distanza, il padre di Misha geme dall'agonia, con la gamba che gli sanguina in modo incontrollabile, e la madre di Misha piange e corre avanti e indietro tra il marito ferito e il figlio. Gli uomini di Lucas—che devono aver sentito gli spari non silenziati—fanno irruzione con le armi, e Lucas inizia a dar loro gli ordini. Nel giro di un minuto, due uomini si occupano del disinnesco degli esplosivi, e altri due cercano di fermare l'emorragia di Misha e suo padre. Cerco di alzarmi per aiutarli, ma ogni volta che mi muovo provo un'ondata di nausea e devo sdraiarmi, con il cranio palpitante nel punto in cui ho sbattuto la testa sullo specchio. Le mie frenetiche domande restano senza risposta in mezzo al caos, ma non appena torniamo nel SUV blindato e acceleriamo verso un ospedale rimetto insieme i pezzi di quello che è successo.

Non è stato un proiettile a colpirmi. È stato mio fratello. Misha mi ha colpita, spingendomi contro lo specchio che è andato in frantumi. Nel farlo, il proiettile destinato a me ha colpito lui. Secondo Lucas, gli ha attraversato la parte carnosa della spalla, facendolo cadere a terra sopra di me. È soprattutto il sangue di Misha a ricoprirmi, sebbene io sanguini anche per la ferita alla testa e i tagli nella pelle dovuti ai frammenti di vetro.

"Si riprenderà" dice Lucas per la quinta volta mentre mi allungo verso Misha, che è svenuto sul sedile posteriore accanto a me. "Ha perso molto sangue, ma abbiamo fermato l'emorragia e se la caverà. Ci ha salvati tutti. Se non avesse preso il mio M16—" Si ferma, ma un brivido mi attraversa la schiena, mentre rifletto sulle sue parole non dette.

Saremmo morti, tutti noi. Con un colpo solo, avrei perso mio fratello e l'uomo che è diventato tutta la mia vita.

Con la mano tremante, stringo il palmo di Misha, e mi allungo verso Lucas, che è seduto dall'altra parte.

Solo che non mi permette di tenergli la mano. Non appena lo tocco, Lucas mi tira sul suo grembo, avvolgendomi forte nel suo abbraccio, e nasconde il viso tra i miei capelli. Sento i brividi che gli fanno tremare il suo grande corpo, e non riesco più a trattenermi.

Stringendolo con tutte le mie forze, piango.

Abbraccio Lucas e piango.

Un ospedale locale si prende cura delle ferite da arma da fuoco di Misha e Viktor e della ferita sulla mia testa, e poi voliamo in Svizzera per la convalescenza nella clinica privata che Lucas aveva già usato in passato. I genitori di Misha vengono con noi, non volendo separarsi dal proprio figlio, nonostante abbiano paura di me e Lucas.

Faccio del mio meglio per rassicurarli, ma so che per loro non siamo altro che spaventosi estranei provenienti da un mondo violento—un mondo che ha invaso le loro vite nel modo più brutale. Ciò che Kirill ha fatto, il modo in cui li ha terrorizzati, le cicatrici lasciate non svaniranno mai.

Prima di quel terribile giorno, sapevano cos'aveva fatto il fratello di Natalia per il suo Paese, ma non avevano capito pienamente.

"Ci siamo svegliati una mattina, e lui era lì, con una pistola puntata contro di noi" singhiozza Natalia, mentre racconta quello che è successo. "Ha legato Viktor e applicato la bomba su di me, e poi ha fatto la stessa cosa con lui. Abbiamo pensato che fosse un terrorista—pensavamo che saremmo morti—ma poi ha cominciato a parlare di te e di come ti stesse aspettando, e così ci siamo resi conto di cosa voleva davvero. . ." A quel punto, scoppia in una crisi isterica, e Lucas deve chiamare un'infermiera, che le somministra un sedativo per calmarla.

Victor—il padre adottivo di Misha—è in condizioni simili, sebbene cerchi di mostrarsi coraggioso davanti alla moglie. Ogni volta che Natalia si mette a piangere, lui la conforta, dicendole che andrà tutto bene, ma l'infermiera mi ha detto che anche lui si sveglia urlando, in preda agli incubi.

Il proiettile penetrato nella gamba di Viktor gli ha spaccato la rotula, e potrebbe non riuscire più a camminare senza zoppicare.

L'unica nota positiva in tutto questo casino è che la ferita alla spalla di Misha si è rivelata lieve, come aveva detto Lucas. Mio fratello ha perso molto sangue, ma i medici hanno promesso che sarà in piedi—anche se con un reggibraccio—entro una settimana.

Mentre ci riprendiamo, gli uomini di Lucas mettono sottosopra l'appartamento dei Rudenko per capire come abbia fatto Kirill ad agire senza essere scoperto, e quello che trovano è scioccante. A quanto pare, il nuovo appartamento dei genitori di Misha—dove si erano trasferiti dopo il mio ritorno—inizialmente era una casa-rifugio dell'UUR. In quanto tale, aveva un appartamento segreto nascosto dietro la parete del salone—un magazzino pieno di dispositivi medici, munizioni e cibo a sufficienza per diversi mesi. Dev'essere lì che Kirill si è ripreso, dopo essere fuggito dalla base segreta. Come sia sopravvissuto al viaggio e come abbia nascosto le tracce rimarrà sempre un mistero, ma a giudicare dalle condizioni dell'appartamento dev'essersi nascosto lì per tutto il tempo in cui gli abbiamo dato la caccia. I genitori di Misha giurano che non sapevano che fosse lì e, dopo averli interrogati diverse volte, Lucas si convince che abbiano detto la verità.

A quanto pare, avevano sentito più volte dei rumori provenienti dal salone, ma pensavano che fosse solo una strana risonanza del nuovo condominio.

"Credevo che ci fosse un fantasma" sussurra Natalia Rudenko, con gli occhi rossi e gonfi sul suo volto pallido.

"Viktor mi diceva che ero un'idiota, così mi sono azzittita. Ma avrei dovuto ascoltare il mio istinto. Non potrò mai perdonami per quello che è successo."

Lucas comincia a farle un'altra domanda, ma lo fermo posandogli una mano sul braccio. La povera donna non è nelle condizioni adatte per un ulteriore interrogatorio. "Non è colpa tua" la rassicuro gentilmente. "Kirill era un agente esperto. Se voleva rimanere nascosto, non potevate scoprirlo."

"È quello che mi ha detto Viktor, ma avrei dovuto immaginarlo." Chiudendo gli occhi, si pizzica il naso con le dita tremanti. "C'erano dei piccoli indizi; ad esempio, il nostro computer era stato violato, e un paio di cose sembravano spostarsi di tanto in tanto. . ."

Tra me e me, concordo sul fatto che quelle cose avrebbero dovuto destare un certo sospetto—per me sarebbe stato così, almeno—ma lei è una civile, e io no. Le persone normali non sono abituate a distinguere certe cose, e sebbene Natalia non fosse completamente estranea all'oscuro mondo delle organizzazioni di intelligence, non poteva immaginare che un agente segreto fosse nascosto nel suo appartamento.

"Kirill deve aver scoperto che stavamo venendo tramite l'hackeraggio del computer" dice Lucas, cupo, e io annuisco, concordando con lui. Non so se il mio ex addestratore abbia scelto l'appartamento dei Rudenko perché era il miglior nascondiglio o perché sospettava che un giorno sarei tornata con Misha, ma, ad ogni modo, era pronto a colpire quando meno ce lo aspettavamo.

Le guardie controllavano il pericolo proveniente dall'esterno, ma il nemico è sempre stato all'interno.

Con mio grande sollievo, Misha sembra molto meno traumatizzato rispetto ai genitori. Non so se sia per via del suo addestramento con l'UUR o per quello che ha già passato durante l'attacco di Lucas alla base segreta, ma mio fratello si sta riprendendo davvero in fretta, e non solo dal punto di vista fisico. Non sembra essere affatto sconvolto, né prova rimorso per il suo ruolo nella morte di Kirill. Misha sembra orgoglioso di aver partecipato all'uccisione dell'uomo che mi ha ferita e che ha quasi ucciso i suoi genitori.

"Sono contento di aver sparato a quel bastardo" dice, fiero, quando io e Lucas andiamo a trovarlo. "Ha avuto quello che meritava."

"Hai fatto bene, ragazzo" dice Lucas, dandogli una pacca sulla spalla sana. "Non ti tremavano nemmeno le mani, quando gli hai fatto saltare in aria il braccio."

Sussulto, immaginando quella scena, ma Misha annuisce soltanto, accettando la lode che merita. Lui e Lucas sembrano essere sulla stessa lunghezza d'onda ora, come se l'aver combattuto Kirill insieme li avesse fatti avvicinare. Mi piace questo sviluppo, ma mi disturba vedere mio fratello quattordicenne reagire con una tale indifferenza davanti alla morte raccapricciante di un uomo.

"E perché dovrebbe essere sconvolto?" dice Lucas, quando quella sera do voce alla mia preoccupazione nella nostra stanza d'ospedale privata. "È abbastanza grande per capire che devi fare ciò che è necessario se vuoi sopravvivere e proteggere coloro a cui tieni. Il ragazzo sta crescendo e, che tu voglia ammetterlo o meno, non è un fiorellino delicato."

"Non è neanche un killer senza rimorsi—o, per lo meno, non dovrebbe esserlo" ribatto, ma Lucas resta seduto sul bordo del letto e mi prende la mano. Il suo sguardo è duro, ma la sua stretta è delicata. È così, premuroso ma distante, da quando siamo arrivati in questa clinica e, nonostante i miei sforzi, non riesco a capire perché, durante la notte, non faccia altro che coccolarmi.

L'altro ieri, i medici mi hanno assicurato che posso fare sesso, ma Lucas non mi ha ancora toccata.

"Tesoro" mormora, stringendomi leggermente la mano: "Tuo fratello non è come te. Non lo è mai stato, e non lo sarà mai. Ha deciso lui di unirsi all'UUR e, che ti piaccia o meno, ha trascorso con loro più anni di te."

La convinzione nella voce di Lucas mi distrae dalla stranezza del suo comportamento. Accigliata, dico: "Non credo proprio. Misha probabilmente pensava che sarebbe stato affascinante diventare una spia e tutto il resto. Sono sicura che si sia unito a loro per questo: per giocare a essere James Bond. Ma quando ha capito come stavano realmente le cose—"

"Ha continuato a farne parte" dice Lucas tranquillamente. "O vorrebbe continuare a farne parte, dovrei dire."

Colpita, lo fisso. "Cosa vuoi dire? Tornerà a scuola."

"Sì—ma solo per far felici te e i suoi genitori."

"Che cosa? Come fai a saperlo?"

Lucas sospira, accarezzandomi la parte interna del palmo con il pollice. "Me l'ha detto lui. Ieri. Vuole lavorare con me, quando sarà più grande, ma per ora pensa che sia una buona idea finire la scuola in modo da potersi confondere meglio con la popolazione.'" Fa una pausa, poi aggiunge a bassa voce: "Parole sue, non mie."

"Capisco." Ritirando la mano dalla sua presa, mi alzo, con le tempie palpitanti a causa di un mal di testa che non ha niente a che vedere con il taglio mezzo guarito sul cranio. Dovrei essere sorpresa, ma non lo sono. In un certo senso, lo sapevo già.

Come Lucas, mio fratello ama il pericolo, e prima o poi abbraccerà questo stile di vita.

Il dolore si insinua dentro di me; è solo un flebile dolore in un primo momento, ma con il passare dei secondi diventa sempre più forte, espandendosi fino a soffocarmi dall'interno. Mi si stringe la gola, e sto cominciando ad andare in iperventilazione, cercando disperatamente di prendere aria per riempire i polmoni rigidi e vuoti. Un singhiozzo roco mi sfugge, seguito da un altro e un altro ancora, e a quel punto Lucas è accanto a me, e mi abbraccia, mentre dei brutti versi mi escono dalla gola. È come se qualcosa si stesse rompendo dentro di me, come se stessi andando in frantumi. Cerco di calmarmi, di controllarmi, ma i singhiozzi continuano a uscire.

"Yulia, tesoro, va tutto bene. . . Andrà tutto bene." Le braccia di Lucas sono intorno a me, stringendomi forte, e la consapevolezza che è qui, che non sono più sola, non fa che peggiorare le cose. Le lacrime si riversano fuori, brucianti e purificanti al tempo stesso, una marea tossica che distrugge e rigenera contemporaneamente.

Piango per il futuro di mio fratello e per il nostro passato, per tutte le bugie, le perdite e i tradimenti. Piango per quello che avrebbe potuto essere e per quello che è successo, per la crudeltà del destino e la sua incoerente misericordia.

Piango perché non riesco a smettere, e perché so che non dovrei farlo.

Mi fido di Lucas, e so che mi conforterà nel mio momento più buio, prestandomi la sua forza ora che ne ho più bisogno.

In qualche modo, finiamo di nuovo sul letto, con me rannicchiata tra le sue braccia, mentre mi culla sulle sue ginocchia, come se fossi la cosa più preziosa del suo mondo. E continuo a piangere. Piango fin quando la mia gola è irritata e lacera, fin quando il dolore lascia il posto alla stanchezza. Quando Lucas mi fissa e mi toglie i vestiti, me ne rendo conto a malapena, e quando si infila nel letto accanto a me, sono già addormentata.

Addormentata e libera da tutte le mie paure.

Mi sveglio trovando Lucas seduto sul bordo del letto, ad osservarmi. Il ricordo di ieri sera mi torna subito in mente, e arrossisco, rievocando l'inspiegabile crisi.

"Mi dispiace" mormoro, stringendo la coperta al petto, mentre mi siedo. "Non so che cosa mi sia preso."

Lucas non si muove. "Non hai niente di cui dispiacerti, piccola." Nonostante le parole rassicuranti, il suo sguardo è imperscrutabile, e l'espressione è ancora distaccata e distante. "Ci voleva proprio un bel pianto."

"Sì, beh, ne avevo bisogno, su questo non c'è dubbio." Sentendomi in imbarazzo, scivolo fuori dalla coperta e prendo un accappatoio, poi entro nel bagno adiacente per fare una doccia veloce e lavarmi i denti, prima che gli infermieri facciano il loro giro mattutino.

Quando esco, vedo che Lucas è ancora seduto sul letto, immobile. I lividi sul suo volto—i ricordi del combattimento con Kirill—sono sbiaditi ora, e con la luce del mattino che gli mette in risalto i duri lineamenti mascolini, somiglia alla statua di un guerriero più che a un essere umano in carne ed ossa. Solo i suoi occhi smentiscono questa impressione; acuti e chiari, scrutano ogni mio movimento, come farebbe un gatto con la propria preda.

Resto senza fiato, e mi ritrovo a camminare verso di lui, con le gambe che mi portano al letto, agendo quasi contro la mia volontà.

Quando sono accanto a lui, avvolge la mano intorno al mio polso, tirandomi giù per farmi sedere accanto a sé.

"Lucas. . ." Lo fisso, sentendomi stranamente nervosa. "Che cosa—"

"Shh." Preme due dita sulle mie labbra, con un tocco incredibilmente delicato. I suoi occhi infuocati penetrano i miei, e con grande shock, vedo un oscuro velo di dolore nel suo sguardo languido. "Lo dirò una volta sola, e voglio che mi ascolti" dice con calma, abbassando la mano. "Ho versato un po' di soldi sul tuo conto—circa due milioni per iniziare. Poi, ne aggiungerò altri, ma dovrebbero essere sufficienti in un primo momento. Naturalmente, se avrete bisogno di qualcosa, tu e Michael potrete sempre contare su di me—"

"Che cosa?" ribatto, certa di aver frainteso. "Di cosa stai parlando?"

"Lasciami finire." La sua mascella è rigida. "Ti fornirò anche una serie di guardie del corpo" continua, con voce sempre più tesa, parola dopo parola. "Il loro compito sarà quello di proteggerti, ma mi aspetto che tu sia in gamba e non faccia nulla per metterti in pericolo. Se devi volare da qualche parte, manderò qualcuno a prenderti, e sorveglierò personalmente il perimetro di sicurezza intorno alla tua nuova casa. Inoltre—"

"Lucas, di cosa stai parlando?" Tremando, salto in piedi. "Stai scherzando?"

"Certo che no." Si alza, con tutti i muscoli che vibrano dalla tensione. "Credi che sia facile per me? Fanculo!" Si gira e comincia a camminare avanti e indietro, con ogni movimento carico di una violenza controllata a stento.

Stordita, lo guardo per qualche istante; poi, i neuroni nel mio cervello cominciano a funzionare. Facendo un passo in avanti, gli prendo il braccio, sentendone la forza. "Lucas, stai—" deglutisco a fatica. "Stai dicendo che mi lascerai andare?"

Socchiude gli occhi con fare minaccioso. "Che cazzo starei dicendo, sennò?"

Il cuore mi martella nel petto, mentre lascio cadere la mano. "Ma perché? Si tratta di questo?" Tocco la striscia di capelli rasati sulla testa, dove i punti della ferita sono visibili nonostante i miei migliori tentativi di nasconderli. Come quelli di Lucas, i lividi sul mio viso sono quasi scomparsi, ma le cicatrici lasciate dai pezzi del vetro rotto non lo sono. Stanno guarendo—i medici mi hanno assicurato che saranno quasi invisibili un giorno—ma al momento, sono tutt'altro che bella, e improvvisamente mi rendo conto che l'atteggiamento distaccato di Lucas potrebbe avere una causa molto evidente.

Il suo desiderio per me si è raffreddato.

"Che cosa?" L'incredulità riempie la sua voce, mentre segue il movimento della mia mano con gli occhi. "Stai scherzando, cazzo? Credi che non ti voglia a causa di quella ferita?"

"Non mi hai toccata la notte scorsa." So che sembro una scolaretta insicura, ma non posso farci niente. Lucas è un uomo molto sessuale, e il fatto che abbia rinunciato alla possibilità di scoparmi. . .

"Certo che non ti ho toccata" dice a denti stretti. "Sei ancora convalescente, e io—Cazzo." Si piega, come per allontanarsi di nuovo, ma si ferma. Allungandosi, mi stringe il braccio. "Yulia. . . Se ti avessi toccata, ti avrei presa un'altra volta e non sarei riuscito a fare questo, capisci?" La sua voce si fa ancora più dura. "Ti terrei con me come il bastardo egoista che sono, e non avresti mai la possibilità di fuggire."

Tutta l'aria mi esce dai polmoni. "No, non capisco. Se mi vuoi ancora, allora perché stai dicendo questo?"

"Perché non fai parte di questo mondo. . . del *mio* mondo. Ti hanno spinta in questa vita, facendoti diventare una persona che non saresti mai voluta diventare. Quando ti ho vista lì, a terra, ferita e sanguinante—" Si ferma, poi dice: "Non avresti mai dovuto trovarti in quel tipo di pericolo, non avresti mai dovuto conoscere uomini come Kirill e Obenko. . ." Fa un respiro profondo. "Uomini come me."

Lo fisso, con uno strano dolore che prende vita nella profondità del mio petto. "Lucas, tu non sei—"

"Sì, lo sono." La sua bocca si contorce. "Non fingere. Io sono come *loro*—come gli uomini che ti hanno fatto del male, usandoti e manipolandoti. Non hai mai potuto farci niente, e nemmeno con me hai potuto. Ti ho presa perché ti volevo, e ti ho tenuta perché non riuscivo a immaginare una vita senza di te. Quando sei scappata, sarei andato in capo al mondo per trovarti, bellissima. Avrei fatto qualsiasi cosa per riaverti."

Un brivido mi attraversa la schiena. "E allora, perché mi stai lasciando andare?" sussurro, con il cuore che mi batte in modo irregolare. Potrebbe essere così? Lucas è—

"Perché non posso sopportare di perderti" dice con durezza. "Quando ti ho vista distesa lì, ricoperta di sangue, ho pensato che fossi morta. Ho pensato che ti avesse uccisa." Un visibile brivido increspa la pelle di Lucas, prima che si avvicini, sollevando le mani per stringermi le spalle. Chinandosi, dice con rabbia a malapena controllata: "A che cazzo stavi pensando, a proposito, schernendo il bastardo in quel modo? Avresti dovuto rimanere zitta, lasciare—"

"Lasciare che ti sparasse?" Tutte le brutte emozioni riaffiorano a quelle parole. "Non l'avrei mai permesso. Ce l'aveva con me, non con te o Misha—"

"Così, hai cercato di sacrificarti per tutti noi, come hai cercato di fare con tuo fratello per tutto il tempo? Pensavi davvero che te l'avrei lasciato fare?" Le sue dita scavano nelle mie spalle, ma prima che io possa fare qualcosa allenta la presa e la sua espressione dura si addolcisce. "Yulia" sussurra con voce roca: "Non sai che sarei disposto a prendere un migliaio di proiettili e a morire un centinaio di volte prima di lasciare che qualcosa ti faccia del male?"

Il cuore mi batte all'impazzata. "Lucas. . ."

"Sei la mia ragione di vita ora." I suoi occhi brillano ferocemente. "Sei tutto per me. Ti voglio nel mio letto, ma, ancora di più, ti voglio nella mia vita. È stato così fin dall'inizio. Ti amavo, anche quando ti odiavo. Se morissi—"

"Mi ami?" I miei polmoni si espandono quando pronuncio quelle parole. Avevo sospettato, sperato—avevo addirittura detto a me stessa di esserne sicura—ma fino a questo momento, non ne ero sicura. Il fatto che Lucas abbia finalmente ammesso questo. . .

"Certo che ti amo." Alza le mani per incorniciarmi il viso, con i suoi grandi palmi caldi sulla mia pelle. Guardandomi, dice: "Ti ho amata dal momento in cui ho visto Diego farti scendere da quell'aereo, esile, sporca e così meravigliosa da starci male. Mi sono detto che era solo lussuria, convincendomi di poterti cancellare dalla mia mente, ma ho finito per innamorarmi di te ancora di più, desiderandoti di più giorno dopo giorno. La tua fedeltà, il tuo coraggio, il tuo calore—erano tutto quello di cui non credevo di aver bisogno. Prima che entrassi a far parte della mia vita, non avevo nessuno, non mi importava di nessuno, e mi andava bene così. Ma quando ho conosciuto te. . ." Respira. "Cazzo, è stato come vedere il sole per la prima volta. Hai reso il mio mondo molto più luminoso, molto più completo. . ."

La mia gola è così stretta che riesco a malapena a parlare. "Allora, perché—"

"Perché sei nata per l'amore e la famiglia, per le cose belle e le parole dolci." Il dolore si insinua nella sua voce, mentre abbassa le mani. "Avresti dovuto essere adorata dai tuoi genitori e da tuo fratello, adorata da fidanzati innamorati e amici fedeli, e invece—"

"E invece, mi sono innamorata di te." Allungandomi verso di lui, afferro la sua mano potente. Le lacrime mi offuscano la vista, mentre fisso il mio spietato rapitore, l'uomo che ora è tutto per *me*. "Mi sono innamorata dell'uomo che mi ha salvata da Kirill e dalla prigione russa, che mi ha guarita e mi ha ridato mio fratello. Lucas..." Piego il palmo intorno alla sua mascella dura. "Sarai anche come loro, ma mi hai sempre dato più di quello che hai preso. Sempre."

Mi fissa, e vedo la crescente frustrazione sul suo volto. "Yulia..." La sua voce è bassa e minacciosa. "Se te ne vuoi andare, dimmelo subito. Ti sto dando questa possibilità, capisci?"

"Sì." Un sorriso appare sulle mie labbra tremanti, mentre abbasso la mano. "Capisco."

I suoi muscoli si contraggono, come se stesse per parare un colpo. "E?"

"E ho deciso di restare."

Per un attimo, Lucas non si muove, come se fosse immobilizzato e incredulo, e poi è su di me, con le labbra che mi divorano con un desiderio tanto violento quanto tenero. Le sue mani vagano sul mio corpo, e il suo tocco è rude ma dolce, consapevole delle mie ferite in via di guarigione. Cadiamo sul letto, con le bocche fuse insieme, strappandoci i vestiti a vicenda. Da qualche parte, là fuori, ci sono infermieri e medici, mio fratello e i suoi genitori adottivi, il mondo intero, ma qui, in questa stanza privata, ci siamo solo noi e il calore che brucia sempre di più attimo dopo attimo.

"Ti amo" ansimo, quando Lucas spinge dentro di me, e ripete quelle parole, con voce roca e bassa mentre si muove dentro di me, implorandomi più e più volte. Veniamo insieme, con i nostri corpi in perfetta sintonia, e, mentre restiamo sdraiati lì, dopo l'orgasmo, Lucas sostiene il mio sguardo. Nei suoi occhi vedo la lussuria e la possessività, la bramosia e il bisogno, e in profondità, la calda tenerezza dell'amore.

Tra pochi minuti verranno gli infermieri, e la nostra piccola bolla si romperà. Ci sforzeremo di guarire e di andare avanti, costruendo la nostra nuova vita e stabilendoci nella nostra nuova casa. Per ora, tuttavia, non abbiamo bisogno di preoccuparci di quello che ci riserverà il futuro.

Ciò che abbiamo io e Lucas non sarà mai bello, ma è perfetto.

È la nostra versione della perfezione.

nora & julian

CIRCA 3 ANNI DOPO

AVVISO DI SPOILER: Se non avete letto la trilogia *Strapazzami*, vi prego di fermarvi qui e di leggere prima quella. Quanto segue è per coloro che hanno amato la storia di Nora & Julian e che mi hanno chiesto uno sguardo sul loro futuro oltre l'epilogo di *Stringimi a Te* (*Strapazzami #3*). Oh, troverete anche una sbirciatina sul futuro di Lucas & Yulia.

julian

L'urlo di Nora riecheggia dalle pareti, e quel grido tormentato mi dilania. Mi appoggio allo stipite della porta, tremando per lo sforzo che devo fare per rimanere fermo e non aggredire i medici con il camice bianco che incombono su mia moglie. La mia maglietta è bagnata di sudore, e agito convulsamente le mani lungo i fianchi, con la voglia di proteggere Nora, ma al tempo stesso con la consapevolezza di non dover ostacolare i medici.

La bambina nascerà con due settimane d'anticipo, e non mi sono mai sentito così fottutamente inutile in vita mia.

"Vuoi che ti porti qualcosa?" chiede Lucas con calma, e mi rendo conto che ha attraversato il corridoio per starmi accanto. "Acqua, caffè. . . un bicchiere di vodka?" La sua espressione è insolitamente comprensiva.

"Sto bene." La mia voce è come una raspata di carta vetrata sul legno, e mi schiarisco la gola prima di continuare. "Hanno detto che manca poco ormai. Ecco perché hanno diminuito gradualmente l'anestesia epidurale."

Lucas annuisce. "Hai ragione. Mi sono informato sull'argomento."

"Davvero?" Quella strana affermazione—e la momentanea assenza delle urla di Nora—risveglia in me un briciolo di curiosità. "Tu e Yulia. . .?"

"No, non ancora, ma lei ne parla da quando ci siamo sposati." Fa un sonoro respiro. "Credevo che non fosse una cattiva idea, ma ora che ho visto questo—"

"Julian!"

Il grido angoscioso di Nora interrompe qualunque cosa lui stesse per dire, e dimentico tutto, tutti, saltando dall'altra parte della stanza per rispondere al suo richiamo.

"Signor Esguerra, la prego, deve stare indietro—"

"Ha bisogno di me" ringhio al medico che mi blocca la strada. Se non fosse che è il miglior ostetrico della clinica svizzera, sarebbe già morto. Spingendo l'idiota da una parte, faccio un passo in avanti per afferrare la mano tremante di Nora. Il suo palmo è scivoloso per il sudore, ma stringe le dita intorno alle mie con una forza sorprendente, con le nocche che diventano bianche, mentre il suo ventre si increspa per un'altra contrazione. Il suo piccolo viso è una maschera di dolore, con gli occhi chiusi, e il mio petto si espande dalla rabbia e l'impotenza che provo, mentre un altro grido le sfugge dalla gola. Darei qualsiasi cosa per prendere il suo posto, per provare questo dolore al posto suo, ma non posso farlo, e quella consapevolezza mi fa a pezzi.

"Sono qui, tesoro." La mia voce è roca, la mano libera instabile, quando mi allungo per toglierle i capelli bagnati di sudore dalla fronte. "Sono qui con te."

Nora apre gli occhi, e mi si stringe il cuore quando mi guarda e abbozza un sorriso rassicurante. "Va tutto bene" ansima. "Andrà tutto bene. Devo solo—" Ma prima che possa finire di parlare, il suo viso si contorce di nuovo, e sento i medici urlare, chiedendole di spingere. Nora stringe la mano intorno alla mia con una forza incredibile, con le sue dita delicate che quasi mi schiacciano le ossa del palmo, e tutto il suo corpo sembra fremere, inarcando la testa all'indietro con un urlo che mi trafigge come un migliaio di coltelli. Il suo dolore mi dilania, scacciando ogni tentativo di calma e razionalità. Una nebbia rossa mi appanna la vista, con il sangue che mi martella forte nelle tempie, e mi rendo conto che non riuscirò a sopportarlo ancora a lungo.

Tenendo la mano di Nora, mi giro e ringhio ai medici: "Aiutatela, cazzo! Subito!"

Ma nessuno di loro mi presta attenzione. Tutti e tre i medici sono riuniti ai piedi del letto, dove un lenzuolo nasconde la parte inferiore del corpo di Nora. Vedo uno di loro piegarsi e poi. . .

"Eccola!" Il medico che mi ha bloccato la strada in precedenza si raddrizza, tenendo qualcosa di piccolo, agitato, e sanguinante. Si allontana, con movimenti rapidi ed attenti, e nell'istante successivo, il grido della neonata squarcia l'aria. È debole e incerto, in un primo momento, ma ben presto prende forza. Lo shock di quel verso acuto e stridulo è come un'esplosione, e mi stordisce. Quando finalmente riesco a girare la testa per guardare Nora, mi rendo conto che la sua mano è inerte nella mia, con i lineamenti non più contorti dal dolore. Piange e ride al tempo stesso, e poi ritrae la mano e si allunga verso la bimba che le porge il medico—la piccola creatura che si dimena e grida sempre più forte.

"Oh mio Dio, Julian" singhiozza, quando il medico mette la neonata tra le sue braccia e alza il letto in una posizione semi-seduta. "Oh Dio, guardala. . ." La culla sul petto, con il camice da ospedale che si apre, rivelando il seno gonfio per la gravidanza, e mentre rimango a bocca aperta in stato di shock, la piccoletta comincia ad aggrapparsi al seno, con la boccuccia rosa che si apre e si chiude diverse volte prima di attaccarsi al capezzolo di Nora.

È *lei*. Nostra figlia.

Io e Nora abbiamo una figlia. Una che le succhia il seno come una professionista.

La mia vista torna alla normalità, e i rumori dell'ospedale scompaiono. Una bomba nucleare avrebbe potuto esplodere accanto a noi, e non me ne sarei accorto. Tutto quello che vedo, tutto quello di cui mi rendo conto, è la mia bellissima gattina preziosa, con i capelli arruffati che le cadono in avanti come una nube scura, mentre si china sulla lattante. Ipnotizzato, mi avvicino, cercando di distinguere tutti i dettagli, e il mio cuore comincia a battere con un ritmo stranamente udibile. È come se stessi ascoltando il battito cardiaco di qualcun altro attraverso uno stetoscopio. *Bum-bum.* Un pugnetto stringe il morbido seno paffuto di Nora. *Bum-bum.* La boccuccia lavora con disinvoltura, con le guancette che si svuotano ad ogni movimento di suzione. *Bum-bum.* I capelli della testolina sono scuri e morbidi, dall'aspetto soffice come la sua pelle leggermente dorata.

"Di che colore sono i suoi occhi?" sussurro quando riesco a parlare, e Nora si lascia sfuggire una risata incerta, guardandomi.

"Di che colore, secondo te?" Il suo viso irradia tenerezza. "Azzurri, come i tuoi."

Come i miei. Quelle parole mi colpiscono. Non mi interessa il colore dei suoi occhi—gli occhi di molti bambini cambiano man mano che crescono—ma sapere che questo esserino è mio, che è *mia* figlia, mi toglie il fiato. Mi trema la mano quando mi allungo e le tocco delicatamente un piedino, con le mie dita che sembrano incredibilmente enormi rispetto alle minuscole dita dei piedi della bimba. Sembra impossibile che possa esistere qualcosa di così piccolo; sembra una bambolina. . . una bambola in carne ed ossa.

La mia Nora in miniatura, solo infinitamente più fragile e vulnerabile.

Mi si stringe il petto, e ritraggo la mano, con un'improvvisa paura irrazionale che mi inonda la mente. È normale che una neonata sia così piccola? È nata con *due* settimane di anticipo. E se facessi del male a quel piedino, toccandolo? Alzando gli occhi, guardo il medico con fare minaccioso. "Sta—"

"Sta bene" mi rassicura il dottore con un sorriso. "È un po' piccola, pesando solo due chili e settecento grammi, ed è leggermente sotto la media, ma è perfettamente normale."

"*È* perfetta" mormora Nora, guardando la bimba con un amore così intenso e assoluto che resto nuovamente senza fiato.

Mia moglie. Mia figlia. La mia famiglia.

Per un attimo, mi si appanna la vista, con gli occhi che mi bruciano, e devo sbattere le palpebre per cancellare il velo di umidità. Non piango da quando ero un bambino piccolo, ma, se ricordo bene le sensazioni, questo bruciore dietro gli occhi significa che sto per farlo.

"Vieni qui" sussurra Nora, guardandomi di nuovo, e mi avvicino, non riuscendo a farne a meno. Lentamente, alzo la mano e accarezzo la testa della bimba con un dito, e tutto dentro di me si ferma, mentre la bimba lascia andare il capezzolo di Nora e mi guarda. Nora aveva ragione, prendo nota nella frazione di secondo prima che quel visetto si contorca nervosamente.

Ha gli occhi azzurri.

Aprendo la bocca, mia figlia si lascia sfuggire un urlo, e Nora ride prima di aiutare la bimba a ritrovare il capezzolo. La creatura si tranquillizza subito, succhiando diligentemente, e io abbasso la mano, fissando quella meraviglia.

"Come vuoi chiamarla?" chiedo in tono sommesso, mentre la bimba continua a nutrirsi. A causa dell'aborto spontaneo di Nora di tre anni fa, abbiamo deciso di non scegliere un nome fin quando non fosse nata, ma ho il sospetto che la mia gattina ci abbia pensato lo stesso.

Nora mi guarda e sorride. "Che ne dici di Elizabeth?"

Un dolore agrodolce mi stringe il petto. "Per Beth?"

"Per Beth" conferma Nora. "Ma credo che potremmo chiamarla Liz—o Lizzy. Non ha l'aspetto di una Lizzy?"

"Sì." Strofino le dita sulla sua soffice testolina. "Moltissimo."

Nora e la bimba si addormentano, entrambe sfinite per quel calvario, così esco dalla stanza per prendere una bottiglia d'acqua e sgranchirmi le gambe. Con mia grande sorpresa, quando arrivo in fondo al corridoio, vedo due teste bionde nella sala d'attesa.

La moglie di Lucas—la ragazza ucraina coinvolta nello schianto—è con lui.

Mentre mi avvicino, Yulia guarda nella mia direzione. Balza subito in piedi, con il viso pallido che diventa ancora più bianco. Anche Lucas si alza in piedi, facendo un passo davanti a lei per proteggerla.

Mi lascio sfuggire un sospiro. Ho promesso a Lucas di non farle del male, ma ancora non si fida di me quando c'è lei, anche se lo scorso anno io e Nora siamo andati al loro matrimonio a Cipro. Non lo biasimo per la sua iperprotettività—di solito, già solo vedere l'ex spia mi fa salire la pressione sanguigna—ma oggi non sono in vena di litigare.

Sono troppo felice per pensare ad altri che non siano Nora e nostra figlia.

Lizzy, ricordo a me stesso.

Nora e Lizzy.

Mi si stringe il cuore. *Ho una figlia di nome Lizzy.*

"Congratulazioni" dice Yulia sottovoce, stringendo il braccio del marito, e mi rendo conto che sta parlando con me. "Io e Lucas siamo molto felici per te."

Con mia grande sorpresa, sento un sorriso stanco che mi piega le labbra. "Grazie" dico, e lo apprezzo davvero. Non perdonerò mai la ragazza per avermi quasi ucciso e per aver messo in pericolo Nora di conseguenza, ma nel corso degli anni la rabbia che provavo nei suoi confronti si è lentamente attenuata, diventando tiepida. Rende felice Lucas, e Lucas mi procura un sacco di soldi con le nuove iniziative, così non fantastico più sulla mia voglia di scuoiarla viva.

"Come sta Nora?" chiede Lucas, facendo scivolare il braccio intorno alla vita sottile di Yulia e tirandola a sé. "Dev'essere sfinita."

"Lo è. Si è addormentata subito dopo le videochiamate con i suoi genitori, Rosa e Ana. Erano tutti arrabbiati per non essere riusciti ad arrivare in tempo, ma hanno capito che la bimba aveva i suoi tempi." Respirando, mi passo una mano tra i capelli. "Nora sta dormendo ora, e anche Lizzy."

"Lizzy?" dice Yulia, e vedo il suo bel viso addolcirsi. "È un bellissimo nome."

"Grazie. Ci piace." Lo adoro, in realtà, ma non ho intenzione di discutere con la moglie di Lucas sui nomi dei bambini. La tolleranza—cioè, il fatto di non ucciderla su due piedi—è il limite fin dove sono disposto a spingermi.

Rivolgendo l'attenzione a Lucas, dico: "Grazie per essere partito con così breve preavviso e per aver tolto gli uomini da quel progetto in Siria. La situazione è abbastanza tranquilla ultimamente, ma una maggior sicurezza non fa mai male." Soprattutto quando si tratta di mia moglie e mia figlia. Immagino Lizzy in pericolo, e le mie viscere si tramutano in ghiaccio.

Le impianterò i localizzatori non appena i medici me lo consentiranno, e arruolerò una dozzina extra di guardie del corpo per tenerla d'occhio in ogni momento. Se dovesse pungersi il mignolo, la sua squadra di sicurezza dovrà vedersela con me.

"Nessun problema" dice Lucas. "Eravamo in viaggio verso Londra, per l'apertura del nuovo ristorante di Yulia. Michael ci sta già aspettando lì."

Ah, ecco perché Yulia è qui. Mi stavo chiedendo come mai Lucas l'avesse portata. Se ricordo bene, questo sarà il quarto ristorante a cui la moglie di Lucas conceda il proprio marchio e le ricette—un'attività interessante per un'ex spia.

"Comunque" dice Yulia, guardandomi con diffidenza: "Non volevamo trattenerti troppo. Credo che tu debba tornare da Nora e dalla bimba."

"Sì" dico, senza preoccuparmi di negarlo. Sono ancora di buon umore, però, così aggiungo: "Se non ci rivediamo, buona fortuna per la tua prossima apertura."

E senza attendere una risposta, mi avvio lungo il corridoio.

Quando gli infermieri riportano la bimba per la poppata, massaggio il piede di Nora—l'unico contatto fisico consentito per ora. Lizzy urla come un'ossessa, ma non appena la mettono tra le braccia di Nora si calma e le afferra il capezzolo. La guardo, ipnotizzato, mentre la sua boccuccia trova il suo obiettivo, e comincia a ciucciare. Nora canticchia, accarezzandola dolcemente, e io le osservo, non riuscendo a distogliere lo sguardo. La mia bella gattina è una mamma—la mamma di mia figlia. Non pensavo che fosse possibile sentirmi ancora più possessivo nei riguardi di Nora, ma è così. È mia in modo completamente diverso ora, e vederla così mi fa provare emozioni che non pensavo avrei mai provato. È come se tutta la mia vita mi avesse portato a questo—a mia moglie e a mia figlia, a questa gioia spaventosamente incandescente.

"Vuoi tenerla?" mormora Nora quando la bimba si stacca dal suo capezzolo, e mi blocco, con tutti i muscoli contratti. Ho affrontato terroristi e signori della droga, generali e capi di stato, e non mi sono mai sentito così intimidito.

"Sei sicura?" chiedo con voce tesa. "Non credi che possa farle del male?"

"No." Nora piega le labbra in un sorriso. "Ecco." Con cautela, mi porge la bimba, e faccio del mio meglio per tenerla nel modo in cui la teneva Nora, sistemandola nella piega del braccio, e sostenendole la testolina con la mano. Lizzy è incredibilmente leggera, un minuscolo fagotto caldo di bimba dal profumo dolce, e mentre la guardo, sbatte le palpebre e chiude gli occhi.

"Sta dormendo" sussurro con stupore. "Nora, sta dormendo tra le mie braccia."

"Lo so" sussurra Nora, e alzo lo sguardo, vedendola sorridere nonostante le lacrime che le rigano le guance. "Voi due . . . Dio, non l'avrei mai immaginato."

"Nemmeno io." Facendo attenzione a non far male a Lizzy, stringo le delicate dita di Nora con la mano libera e le porto alle labbra. Baciandole le nocche, mormoro: "Ti amo, piccola, da morire."

Le labbra di Nora tremano per un sorriso. "E io amo te, Julian."

Ci sediamo e guardiamo nostra figlia che dorme, e so che questo è solo l'inizio.

La nostra vera storia è appena iniziata.

Anticipazioni

Grazie per la lettura! Se poteste lasciare una recensione, ve ne sarei molto grata.

Anche se *Rivendicami* conclude la storia di Lucas & Yulia, ho ancora molti altri libri per voi. Se volete essere avvisati quando verrà pubblicato il prossimo libro, iscrivetevi alla mia mailing list su http://annazaires.com/series/italiano/.

Se non avete letto la storia di Nora & Julian, vi invito a provare *Strapazzami*. Tutti e tre i libri di quella trilogia sono disponibili.

E ora, voltate pagina per un breve assaggio di *Strapazzami*.

Estratto Di Strapazzami

Rapita. Portata su un'isola privata.

Non avrei mai immaginato che potesse succedermi questo. Non avrei mai immaginato che un incontro casuale alla vigilia del mio diciottesimo compleanno avrebbe potuto cambiarmi la vita in questo modo.

Ora appartengo a lui. A Julian. A un uomo che è così spietato quanto bello—un uomo il cui tocco mi fa bruciare. Un uomo la cui tenerezza trovo più devastante della sua crudeltà.

Il mio rapitore è un enigma. Non so chi sia, né perché mi abbia presa. C'è un'oscurità in lui—un'oscurità che mi spaventa anche se mi attira.

Mi chiamo Nora Leston e questa è la mia storia.

È sera ormai. Ogni minuto che passa, l'ansia sale sempre di più al pensiero di rivedere il mio rapitore.

Il romanzo che stavo leggendo non mi interessa più. Lo poso e cammino in cerchio per la stanza.

Indosso gli abiti che Beth mi ha dato prima. Non è quello che avrei scelto di indossare, ma è sempre meglio di una vestaglia. Un paio di mutandine di pizzo sexy e bianche e un reggiseno abbinato come biancheria intima. Un bel prendisole blu con i bottoni nella parte anteriore. Mi sta tutto benissimo in modo sospetto. Mi seguiva da tempo? Scoprendo tutto di me, compresa la mia taglia di vestiti?

Quel pensiero mi dà la nausea.

Cerco di non pensare a quello che avverrà, ma è impossibile. Non so perché sono così sicura che verrà da me stasera. Forse ha un intero harem di donne da qualche parte sull'isola e fa visita ad ognuna solo una volta a settimana, come facevano i sultani.

Eppure qualcosa mi dice che verrà presto. Ieri sera aveva semplicemente stuzzicato il suo appetito. So che non ha finito con me, neanche per sogno.

Finalmente, la porta si apre.

Cammina come se fosse a casa sua. Ed è proprio così, infatti.

Rimango di nuovo colpita dalla sua bellezza mascolina. Potrebbe essere un modello o una star del cinema, con un viso del genere. Se ci fosse giustizia nel mondo, sarebbe stato basso o avrebbe avuto qualche altra imperfezione sul volto per compensare.

Ma non è così. È alto e muscoloso, perfettamente proporzionato. Ricordo cos'ho provato ad averlo dentro e sento una sgradita scossa di eccitazione.

Indossa ancora jeans e T-shirt. Una grigia questa volta. Sembra preferire i vestiti semplici e fa bene a farlo. Il suo aspetto non ha bisogno di altri accessori.

Mi sorride. È quel sorriso da angelo caduto—oscuro e seducente allo stesso tempo. "Ciao, Nora."

Non so cosa rispondere, così sputo la prima cosa che mi passa per la mente. "Per quanto tempo hai intenzione di tenermi qui?"

Inclina leggermente la testa di lato. "Qui in camera? O sull'isola?"

"Entrambi."

"Beth ti farà fare un giro domani, potrai nuotare se vuoi" dice, avvicinandosi. "Non verrai chiusa a chiave, a meno che tu non faccia qualcosa di stupido."

"Tipo?" chiedo, con il cuore che mi batte forte nel petto mentre si ferma accanto a me e solleva la mano per accarezzarmi i capelli.

"Cercare di fare del male a Beth o a te stessa." La sua voce è dolce, il suo sguardo ipnotico mentre mi guarda. Il modo in cui mi tocca i capelli è stranamente rilassante.

Sbatto le palpebre, cercando di spezzare il suo incantesimo. "E per quanto riguarda l'isola? Per quanto tempo mi terrai qui?"

Mi accarezza il viso con la mano, piegandola sulla mia guancia. Mi sorprendo ad appoggiarmi al suo tocco, come una gatta che viene coccolata, e mi irrigidisco subito.

Le sue labbra si arricciano in un sorriso presuntuoso. Il bastardo sa quale effetto ha su di me. "A lungo, mi auguro" dice.

Chissà perché, non mi stupisce. Non mi avrebbe portata fin qui, se avesse solo voluto scoparmi un paio di volte. Sono terrorizzata, ma non sono sorpresa.

Raccolgo il coraggio e passo alla prossima domanda logica. "Perché mi hai rapita?"

Il sorriso abbandona il suo volto. Non risponde, semplicemente mi guarda con uno sguardo blu imperscrutabile.

Comincio a tremare. "Hai intenzione di uccidermi?"

"No, Nora, non voglio ucciderti."

La sua negazione mi rassicura, anche se potrebbe benissimo mentire.

"Hai intenzione di vendermi?" riesco a malapena a far uscire le parole. "Come prostituta o qualcosa del genere?"

"No" dice a bassa voce. "Mai. Sei mia e solo mia."

Mi sento un po' più calma, ma c'è ancora una cosa che devo sapere. "Hai intenzione di farmi del male?"

Per un attimo, non risponde. Per un istante qualcosa di oscuro lampeggia nei suoi occhi. "Probabilmente" dice lentamente.

E poi si china in avanti e mi bacia, con le sue calde labbra morbide e delicate sulle mie.

Per un attimo, resto lì bloccata, senza rispondere. Gli credo. So che dice la verità quando afferma che mi farà del male. C'è qualcosa in lui che mi fa paura, che mi ha spaventata fin dall'inizio.

Non è come i ragazzi che ho frequentato. Lui è capace di qualunque cosa.

E sono completamente alla sua mercé.

Rifletto ancora una volta sulla possibilità di affrontarlo. Questa sarebbe la cosa normale da fare nella mia situazione. La cosa coraggiosa da fare.

Eppure non lo faccio.

Sento l'oscurità dentro di lui. C'è qualcosa di sbagliato in lui. La sua bellezza esteriore nasconde qualcosa di mostruoso dentro.

Non voglio scatenare quell'oscurità. Non so cosa accadrà se lo faccio.

Così, resto immobile mentre mi abbraccia e gli permetto di baciarmi. E quando mi tira di nuovo su e mi porta sul letto, non cerco in alcun modo di opporgli resistenza.

Anzi, chiudo gli occhi e mi abbandono alle sensazioni.

Tutti e tre i libri della trilogia *Strapazzami* sono disponibili. Visitate il mio sito all'indirizzo http://annazaires.com/series/italiano per saperne di più e per iscrivervi alla mia mailing list delle nuove pubblicazioni.

Biografia dell'autrice

Anna Zaires è un'autrice bestseller di sci-fi romance, romance contemporaneo erotico e dark del *New York Times, USA Today*. È appassionata di libri dall'età di cinque anni, quando sua nonna le insegnò a leggere. Da allora, vive sempre parzialmente in un mondo di fantasia, in cui gli unici limiti sono quelli della sua immaginazione. Al momento risiede in Florida. Anna è felicemente sposata con Dima Zales (un autore fantasy e di science fiction) e collabora strettamente con lui in tutti i suoi lavori.

Per saperne di più, visitate il sito
http://annazaires.com/series/italiano/.